U0947319

天下霸唱 著

天津出版传媒集团
天津人民出版社

图书在版编目（CIP）数据

贼猫：金棺陵兽 / 天下霸唱著．-- 天津：天津人民出版社，2019.9
ISBN 978-7-201-15000-0

Ⅰ．①贼… Ⅱ．①天… Ⅲ．①长篇小说－中国－当代
Ⅳ．① I247.5

中国版本图书馆 CIP 数据核字（2019）第 188882 号

贼猫：金棺陵兽

ZEIMAO : JINGUAN LINGSHOU

天下霸唱 著

出　　版 天津人民出版社
出 版 人 刘　庆
地　　址 天津市和平区西康路 35 号康岳大厦
邮政编码 300051
邮购电话 （022）23332469
网　　址 http://www.tjrmcbs.com
电子信箱 reader@tjrmcbs.com

责任编辑 章　赪
封面设计 吴黛君

制版印刷 天津市祥丰印务有限公司
经　　销 新华书店
开　　本 620 × 889 毫米　1/16
印　　张 19
字　　数 193 千字
版次印次 2019 年 9 月第 1 版　2019 年 9 月第 1 次印刷
定　　价 59.50 元

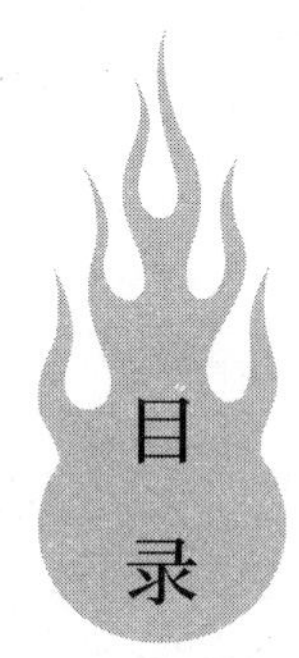

第一卷 金棺村

第二卷 槐园宅

|第三卷|　灵州城

|第四卷| 古塔之王

|第五卷| 黄天荡

第六卷　瓦罐寺

「第一卷」

第一章　狗屠人

话说当年有个金棺村，为什么叫这名呢？只因自古以来，皇帝的棺椁叫“梓宫”，贵妃的棺椁则称“金棺”。传说当年有位贵妃生前受宠，但得罪了太后，被赐银铃金挂，也就是拿绳给活活勒死了。由于这位贵妃死得冤枉，太后和皇帝晚上一闭眼就看见她身穿红裙前来索命，为了安抚她的亡灵，就远远地修了座墓，将这贵妃的尸骨埋了进去。在下葬之前，贵妃的金棺被暂停在了这村中的一座古寺之中，后来连村子带寺庙都改了名，村叫金棺村，寺叫金棺寺。但是否真有这么一回事，连村里最年长的老人也说不清楚了。那屈死的贵妃埋在地下千百年，丘垄早平，已经没人知道这座古墓究竟在什么地方了。只有这金棺村的村名，以及村中那座破旧不堪、随时都可能倒塌的破庙为证，残砖败瓦似乎在默默述说着过去的岁月里的确有过这么一段往事。

到了清朝末年，爆发了席卷大半个中国的太平天国起义。由于太平天国的领袖洪秀全是广东人，这场农民起义又起自粤西桂东，也就是两广之地，所以在当时也被称为“粤寇之乱”。

战乱持续了将近二十年，金棺村一带的百姓深受其苦，官军与义军之间各有攻守，杀伐甚重。战事过后，往往殍尸遍野，大部分尸体都没人处理，附近的老百姓就算想埋也埋不过来。死的人实在是太多了，无数血肉之躯就这么扔在荒郊野外，任凭乌鸦和野狗随便啃食。

吃死人的不仅是野狗和乌鸦，就连村中人家所养的家狗和猪也跟着一道吃。经常啃吃死人的猪绝不同于一般的猪，这点明眼人一眼就能看出来。啃过死人的猪肥得吓人，毛光皮亮，就连看人的眼神都冒着凶光。这些猪虽然肥，但知道怎么回事的人，可一辈子都不敢再吃猪肉了，而且看见别人吃猪肉自己就忍不住想吐。

金棺村里有个孤儿，姓张，排行第三，两个姐姐都早早夭折了。他自称张三，也不知他大号叫什么，因为头发天生又稀又黄，到了十五六岁，这辫子仍是留不起来，只好用草绳随便扎了个狗尾似的小辫儿，凡是识得他的人，都以“张小辫儿”相称。

张小辫儿穷得连半间房子都没有，平时就住在金棺寺那座破庙里。他推倒了庙中的泥塑神像，铺些乱草睡在泥台上，白天到各家各户帮忙挑几桶水，干点儿杂活什么的，讨口饭吃。他也曾给棺材铺的师傅当过学徒，还拜过算卦的老道为师。但由于年景不好，师傅都快活不下去了，哪还养得了徒弟，所以这几样营生他都没学到底。有时候生活艰难，他一连几天都没东西吃，就只好到了晚上靠偷鸡摸狗充饥。他知道自己家道中落前，祖上曾是京城里的大官，内心深处仍拿自己当爷，对自己偷鸡摸狗深以为耻。可兵荒马乱的年月里混口饭吃谈何容易，饿急了就什么都顾不上了，还管什么出身门庭。

近年天灾人祸不断，村里的粮食不如往年那般富裕，连讨口吃的都不太容易。这天夜里，张小辫儿饿得翻来覆去睡不着，他横躺在神坛上跷着二郎腿，望着从破屋顶上漏下来的月光，心里琢磨着得弄点儿吃的充饥，不然实在挨不过去了。这些年来他最拿手的就是偷鸡，村里养鸡的人多，隔三岔五地偷上一两只，这么多回从来没失过手。从不失手并非走运，只因他自己摸索出了一套独门的偷鸡绝技。

打定主意，张小辫儿就借着月黑风高，摸到了村中王寡妇母女的院子外边。这家没男人也没养狗，门墙又低，而且张小辫儿对各家鸡窝的位置了如指掌，没费什么力气就翻过墙头，发现鸡窝里的老母鸡睡得正熟。

张小辫儿看得明白，但他没有直接探手去抓，而是悄悄把手伸进鸡窝里，施展独门绝技，轻轻地去搔那老母鸡的腹部。不管是有人偷鸡还是黄鼠狼钻鸡窝，窝里的鸡必定会扑腾乱叫，那样主人就会被惊动起来。可张小辫儿自有他的办法，只轻轻搔得几下，鸡窝里的老母鸡不仅没扑腾乱叫，反而露出一副惬意的神态，似乎很享受有人替它搔痒。

张小辫儿心中窃喜，只要第一下没失手，这只鸡就算是偷到手了。看着那母鸡，他心中发狠："我不能白伺候你，等会儿到破庙里拔鸡毛的时候，你就没这么舒服了。"他心中高兴，手底下也没闲着，一只手不断替那老母鸡解痒，另一只手揭掉鸡窝顶棚，打算把老母鸡从上边抱出来。可大概是因为有一段时间没偷鸡了，手艺生疏，也可能是连饿了好几顿，反正手底下发虚，竟然把老母鸡抱到鸡窝顶的时候，一个没抱住，将它摔在了地上。

老母鸡半睡半醒，迷迷瞪瞪地正惬意间，忽然啪嚓掉了下来，立时从美梦中惊醒了。它大概也明白这是有贼偷鸡，哪肯罢休，扇着鸡翅扑腾了起来，闹得动静很大，果然惊动了家中的主人。就听窗户里的王寡妇骂道："哪个小贼又到老娘门上偷鸡，肯定是住金棺寺那挨千刀的张小辫儿。老娘就剩这一只下蛋的老母鸡了，你也不肯放过……"说话声中就见纸窗一抬，一个尿盆从屋内飞了出来。

张小辫儿见黑乎乎一物从屋里掷出，急忙低头躲闪，那尿盆本就没有准头，当的一声砸在了院墙上，臭液哗啦四溅。他心道不妙，想不到三爷名声在外，那王寡妇一听母鸡扑腾就知道是三爷在此，而且兜头将一个又臊又臭的尿盆打将下来，被她拿住了少不得一顿好打，好汉不吃眼前亏，现在不走，更待何时？

想到这，张小辫儿不敢怠慢，翻身跳出院墙，耳中还听得院中王寡妇的叫骂声不断，似乎在招呼她的女儿小凤去邻居家借狗追贼。张小辫儿心中暗骂："好你个王寡妇，都说寡妇门前是非多，此言果是不假。

偷你只鸡又没得手，犯得上赶尽杀绝吗？等将来三爷发了迹，赔你个紫金尿盆……”

虽然嘴上不服软，但毕竟做贼心虚。四邻家中有养狗的，这时也都被王寡妇那盏尿盆打在墙上的动静惊了起来，一时之间到处鸡鸣狗叫，整个村子乱成一片，人们都以为是山贼进来劫村了。这回娄子捅大了，张小辫儿知道必须得出去避两天，否则人人知道他夜宿金棺庙，一旦被堵到那破庙里，可就插翅难逃了，于是在夜色中一路狂奔，逃出了村子。

最后跑得上气不接下气才停住脚步，村里的人声狗吠都已远不可闻，张小辫儿心里的一块石头方才落地，呼哧带喘举目四望，想看看跑到了什么地方。只见月冷星稀，枯树荒草，草丛间坟丘起伏，石碑嶙峋，刚才慌不择路，却是逃进了村后的坟茔之中。

这片坟地据说是块风水宝地，而且此地无主，十里八乡死了人都往这儿埋，无数坟丘是一个紧挨着一个，封土新鲜光洁的是近年新坟，长满了荒草的老坟更是多得数不清。前些时候有数股粤寇在这一带出没，跟官兵恶战了几场，才刚刚退去，战场上积尸数千。来不及掩埋的尸体腐烂发臭，引发了一场不小的疫情，所以最近这周围的百姓死得比以往多出许多，这片坟地也随之添了许多坟丘。家境稍微富裕的都有碑有棺，那些穷苦人家就没那么走运了，临死混上口薄棺就不错了，或者干脆直接拿麻席一卷胡乱刨坑埋了，坟包也小得可怜，至于石碑更是能省就省，或是插块木牌树枝代替。那些没有了记号的新坟，很快就成了无主的孤坟。

到了晚上，乌云遮月的时候，坟地里鬼火闪动，偶尔有一两只野猫从草间蹿出，还有些不知道是鬼哭还是狼嚎的怪异响动，不时从坟地深处传来，听得人肌肤起栗。

张小辫儿一向胆大包天，反正是贱命一条，活着也是吃苦受罪，扔在哪儿不是扔，所以他向来豁得出去，从不忌鬼避神，要没有这种胆量，又如何敢一个人晚上住在那神佛狰狞的破庙之中。不过一看自己跑到了这片坟地，他心里还真有点儿打怵，赶紧对四周的墓碑坟丘作了个罗圈揖："各位大哥大姐，小人张三不敢造次，无心惊扰，得罪勿怪，得罪勿怪……"

说着话他转身就要离去，正在这时，忽听身后的一个坟丘里面传来一阵嘭、嘭、嘭的声音，听上去好像是有人在使劲儿撞木板门。不过这乱坟茔子里哪有人家的门户，这声音必定是在撞棺材盖子。

正值午夜，四下里静得出奇，显得这撞棺材盖子的声音格外惊心动魄。张小辫儿觉得自己脑袋后边拖着的小辫子都竖起来了，但他并没有立刻逃跑。刚才他跑过了劲儿喘个不停，加上肚里又没食，实在是迈不开腿了，当下用衣袖抹了抹鼻涕，打量着四周的坟茔，心想这是哪路死鬼跟你家三爷作耍？三爷不是给你们作过揖了吗，怎么还不依不饶的，想吓得三爷磕头求饶不成？

可那坟中撞击棺材的声音越来越大，张小辫儿猜想许不是有盗墓掘冢之辈在撬棺材？定要看看是什么作怪。要是真有挖坟掘墓的，三爷就吓他一吓，给他来个贼喊捉贼，卷了他的赃物，这叫贼吃贼，越吃越肥。

他三两步转到坟后，只见这是一座无主新坟，土丘下被人掏了个大窟窿，那嘭、嘭、嘭的怪声，正是从那窟窿深处发出来的。他刚走到近前，就听那坟侧的窟窿里一阵巨响，一张满面流血、红毛丛生的大脸从窟窿里探了出来。那张脸的脑门儿上生了一个椭圆形的大肉瘤，吐着鲜红的舌头，嘴边牙齿上还挂着血迹，双眼凶光四射，恶狠狠地盯着张小辫儿。

张小辫儿心中叫苦，怎么就没想起来是这个东西！现在想起来也晚了，只好转身落荒而逃。

原来早年间的野狗和现代的野狗大不同，有些野狗的种类在解放后社会稳定下来就逐渐绝迹了。乱世之中人命如同草芥，因为死的人太多，暴尸于荒野的情形到处都有，所以吃死人的东西也就多了。乡下山野间有种专吃死人的野狗，能闻着死人的臭味在坟上刨洞，刨到棺材了，就用脑袋撞破棺材挡板，然后把棺中死尸拖出来吃肚肠子。这种野狗体形巨大，生性凶残，吃多了死人的肠子它就不想再吃别的东西了，有时候碰上落单势孤的活人，也往往直接扑过去咬死。长着血瘤的野狗常年吃死人肉，身上尸气重，牙齿带有尸毒，被它咬到了就别想活。它的特征是脑袋上长了一个血红的大瘤子，这瘤子比铁锤都硬。穷人的廉价薄棺，最好的不过是“三寸柏木板”，棺板被这狗头撞不了几下就能撞穿，这种简易的棺材有个俗名就叫“狗碰头”，这意思再明显不过了。死者家人买了副“狗碰头”回去，将死者尸体盛殓下葬了，家人也就算尽到心了，然后棺材里这位您就等着喂野狗吧。可在当时，就连这种三寸板的“狗碰头”还都供不应求。

这正是：“人无伤犬心，狗有屠人意。”欲知后事如何，且听下回分解。

第二章　鬼掐颈

书接前文，说的是张小辫儿半夜偷鸡不成，误走荒坟，不料惊动了一只在掏死人的野狗。那只野狗掏了座新坟，刚刚撞开了棺板，咬得棺中死尸开膛破肚，正要往外拖拽肚肠，忽听背后有动静，立刻打坟中钻了出来；它也是饥火中烧，加之又刚舔了些人肉尸血，此时一见单个孤丁堵着洞口，那双布满红丝的狗眼顿时凶光毕露，“嗷”的一嗓子从坟墓里蹿了出来，奔着来人便咬。

张小辫儿一看大事不好，叫了声：“有种的别追来……”话音未落，扭头便跑，本来明明跑不动了，但惊慌之下也不知是哪来的力气，撒开两条腿飞似的就在坟地里跑开了。他心知肚明，要是一直这么跑下去，不出十步就得让那野狗扑住扯出肠子，于是灵机一动，脚下疾停，躲开背后野狗扑咬之势，斜刺里跑向坟地深处，借着墓碑闪躲逃避。

野狗猛扑了一空，不禁恼羞成怒，随即一拨狗头，抖了抖脑门儿上那颗血红的大肉瘤，也是一头斜撞出去，紧迫着张小辫儿乱咬。张小辫儿在坟丘和墓碑之间东一头西一头地乱钻，坟茔间地势高低错落，挡住了野狗狂追的去路。这一人一狗就围着几座坟墓兜开了圈子，那野狗虽是猛恶凶残，眼看到嘴的活肉，却一时难以扑住。

最后这野狗终于明白过味儿来了，不再跟张小辫儿在坟茔地里乱钻，而是一个虎跳，跃上一座高大的坟头，想要居高临下，直接跳下去吃人，这就叫“狗急跳墙”。其实就算它不这么干，那位张三爷也快跑不动了，他此刻吁吁气喘，胸膛都好似要炸了开来。

但狗急跳墙，人急也能生智，张小辫儿眼见自己陷入绝境。这厮胆子倒也真大，将生死置之度外，干脆弯腰蹲在地上不再逃了。自古兵不厌诈，三爷这招也绝非是匹夫之勇。

在乡下走夜路，难免会遇到豺狼野狗，老百姓们在吸取了无数血的教训之后，逐渐摸索出了一些防身之道，有句话说得好：“狗怕弯腰，狼怕捣鼓。”

豺狼野狗再怎么凶残，也自有它的弱点，狼的疑心最重，如果一个人在晚上遇狼，难免胆战心惊，可要转身一跑，十有八九就被狼追上吃了。倘若当时能够沉得住气，假装对恶狼视而不见，在口袋里东翻西翻，做出一些连你自己都不明白的动作，那狼就不敢轻易过来咬你，疑心你这是设计要收拾它。而野狗就怕人弯腰，担心人一弯腰，是打算捡棒子打它：甭管多凶恶的狗，天生就对棍棒有种极强的畏惧之意。叫花子都带打狗棒，正是出于此理。

可也该着张小辫儿走背字儿，他大概偷鸡摸狗的事做多了，时常显得贼眉鼠眼，身上正气不足，此时把腰弯了假装要捡棍棒打狗，那野狗却根本不吃他这一套，从坟丘上顺势跃下，重重扑到了张小辫儿身上。

张小辫儿叫了一声命苦，还以为自己要丧身在此，没想到他身后坟丘土垄下有个裂缝，缝隙宽大处形成了一个天然的洞口，那洞口都被荒蒿乱草掩盖了，即使走到近前也是看不分明，此刻他被那恶犬一扑倒地，连人带狗都落进了坟窟。

那坟地土垄下的裂缝虽深，颈口处却是好生狭窄。张小辫儿身子骨单薄，顺着裂缝斜刺里滚了下去，可那野狗常年吃死人肚肠，生得似马驹牛犊般壮大，硬生生卡在窄处，揉作了一团，进退不得。

张小辫儿捡了条命，也顾不得身上摔得疼痛，此时落在地缝深处，四周伸手不见五指，根本不知自己究竟身在何方。他使劲儿揉了揉眼睛，望见远处忽明忽暗的似有灯光，于是打起精神摸将过去。

无多时，土垄岩层已尽，他摸至一道寒气逼人的石壁，触手所感石壁之砖奇大，凛冽之气透入骨髓。那壁上裂开一缝，穿过缝隙便能见到壁后是间石殿，墙上钉了一盏命灯如豆，明暗恍惚。张小辫儿哪知其中厉害，见有灯光，便从墙缝间挤身而入，待看冥殿中情形，更是觉得诧异莫名。

但见那石殿命灯下摆着享桌。享桌是种青石棺床，其上停着一具年轻女子的尸体，年纪约莫十八九岁，身上殓衣嵌金戴银好是阔绰。看服色绝非近代之人，可这年轻女子云鬓雪脂，眉目清丽脱俗，又哪里像是故去千百年的死人。张小辫儿害怕归害怕，不过眼下生计没有着落，正穷得揭不开锅，见命灯下珠光宝气，如何能不动心。

殿内还摆有许多造型诡异的纸人纸马，死者身旁更有一池碧水晶莹清澈。张小辫儿刚才逃得口干舌燥，当下用手掬了几捧水喝了个痛快，只觉甘甜胜于仙露，不过仙露到底什么滋味他却从没尝过。喝完水，脑子就灵活了些许，他心想这世道撑死胆大的，饿死胆小的，命苦之人是怕穷不怕死，于是狠一狠心，凑到女尸近前，拔金钗、褪玉镯、拽香鞋……把值钱的东西全扒取了下来，又脱下那女子一件殓服打了个包裹，边忙边对那女尸说话给自己壮胆：“看你这小娘子穿金戴玉，生前想必是位受用过的贵人，小人却是生来命苦，早已三月不知肉味。而今生计无着，不得不借小娘子些零碎事物换些米面粮油为生，还望小娘子莫怪，日后若让小人有出头的时日，再来烧纸上香还你些人情……”

正当张小辫儿掠取金玉之时，忽听石殿角落里一声猫叫，连忙转头一看，只见从那没有灯光的黑处爬出一只大花猫。出人意料的是，那花猫竟作人声悲鸣哀号，哭得凄风惨雨。张小辫儿见过出殡的哭孝子，这只花猫怎么就如同是在给死者哭坟吊丧，这老猫岂不是成了妖怪吗？

那只大花猫对张小辫儿视若无睹，瞪着两盏红灯般的眼睛悲哀哭号。猫哭之声在这寂静的地下格外凄厉刺耳，张小辫儿不免从心底里生出一股厌恶之情。这老猫也来装神弄鬼，他心中不由得动了杀机。

想到这，他趁那花猫不备，用裹着金银之物的殓服突然将其按住，只觉那大花猫挣扎了几下，就被活活憋死了。张小辫儿心想现在饿得走回金棺村都走不动了，三爷干脆一不做、二不休，吃了你这成精的老猫祭祭五脏庙，看看到底是你这鬼猫的道行大，还是你家三爷道行深。

张小辫儿胆大包天，仗着以前跟老道学过画符捉鬼，半点儿也不把幽冥之事放在心上。他把这好大一只花猫剥皮开膛，胡乱收拾一番，拔下石壁上的命灯，在殿中找些纸马香锞拢起堆火来，就将那猫肉在火上翻翻回回地烧烤。不承想手艺不济，却把那猫肉烧焦了，外边黑乎乎地烧成了一层黑炭。但张小辫儿饿得紧了，饥不择食，闻了闻还挺香，也不觉得有多煳，张口就想去咬那烤猫。忽然一双冰冷如钩的手从背后掐住了他的脖子，就听背后有个阴森森的声音在问：“小厮，可见我宫里的花皮猫去了哪里？嗯……你这短命小鬼烤的是什么东西？”

张小辫儿惊得魂不附体，胆子再大也撑不住了，想画符念咒但脑子里一片空白，只好随口应道：“没……没见，这烤的是……是鸡。”只觉身后一股凉气吹来，他全身战栗，汗毛孔都好似结出一层冰霜，背后那女子的声音再次逼问道：“鸡怎么会有四条腿？”张小辫儿兀自硬着头皮辩道："三爷烤的这是两只鸡，两只烤鸡四条腿……"

有分教："阎罗殿上充好双，怨魂缠腿怎得脱？"欲知后事如何，下回再说。

第三章　冥殿液

且说张小辫儿懵懵懂懂闯入一座古墓，见有一只老猫哭坟，便以为是妖，当即下手害了那猫性命，剥了猫皮在火上细细地烤，不想惹出墓中屈死的厉鬼前来寻猫。张小辫儿被那鬼从身后掐住脖子逼问情由，他兀自强辩烧煳的这物是鸡非猫。

身后那鬼如何肯信，钢爪似的一双冰冷大手，恶狠狠地锁住他的咽喉。张小辫儿只觉颈中吃紧，赶忙去掰那鬼手，但他身单力薄，又饿了数日，哪里挣脱得开，顿时翻起白眼吐出舌头。正是无常二鬼索命来，哪管你阳世难割舍，眼瞅着张小辫儿被掐得三魂七魄离壳，就要去到那枉死城中做个怨魂。

正在生死相分之际，忽闻霹雳一声，石殿内飞沙走石，身后石墙被土炮从外打破了一个窟窿。张小辫儿被烟尘碎土一呛，涕泪横流，耳朵震得嗡嗡轰鸣，脖子上的鬼手也就此消失无踪。但听得被土炮打破的砖墙后有人声响动，张小辫儿立时翻倒在地装死。他飘零江湖日久，也好个急智，明白这是有贼人前来盗墓，若被他们撞见多余的活人在这石殿里，自己必被贼寇害了性命，事急从权，只好躺在石墙破损的瓦砾堆中纹丝不动。这几年兵祸横生，到处都是死人，横死惨死无人收尸者屡见不鲜，所以他装起死人来几可乱真。

所谓无巧不成书，还真就让张小辫儿给猜着了，原来真是两个盗墓贼，早就打听金棺村坟茔地下有前朝古冢，踩盘子认泥痕，反复勘验之后挖掘盗洞。盗墓是暗地里偷摸之道，半分急切不得，非只是三两日的工夫，只在夜晚才肯勾当，直用了半月有余，方始发至墓砖。

今夜三更，两个贼人携带工具再次潜入盗洞，以土炮破了墓墙，见冥殿中命灯仍亮着，料定殿中并无瘴疠之气，当即拢烛而入。其中一贼身披蓑草长衣，进了石殿。他见盗洞口躺着个皮包骨头的少年，灰头土脸面目难辨，且一动不动是个死人，那贼禁不住奇道："咦……这贵妃娘娘的金棺墓里，却也有个殉葬的接引童子，不过这童儿怎么这般大了？人殉的童儿不都是十龄以下为佳？"

他身后那贼却催道："是殉死的小太监亦未可知。贤弟也休要多问，这冥殿中最忌好奇二字，快取了明器回去，时辰若早时，还能连夜到城里观花楼找个小相好亲热亲热。"

两个盗墓贼发财心切，自是没心思仔细打量装死的张小辫儿，先绕殿一周，见后壁有个被地震震开的裂缝，成年人钻不进来，并未在意，随后径直来到棺床前，见并无棺椁，一具年轻女子的尸体素衣无饰直挺挺躺在其上。二贼见此情形都惊诧莫名，惊的是这女尸保存如此完好，竟似活人入睡，稍不留意就能惊醒了她。人死不腐不枯，一是怨念难消，二是已成僵人，三是死得不明不白，沉冤待雪，不知这贵妃却是有何古怪？诧的是一无棺椁，二无明器。相传当年有纸棺纸衣的薄葬之人，也许年久纸棺纸椁都已消解尽了，但没有殉葬的明器着实令人恼怒，费了这么大劲儿，难不成空手而回？

张小辫儿躺在地上听到那两个贼人破口大骂，心想："二贼有所不知，那一包金银首饰都被你家三爷卷包收了，正压在身下，你们既然扑了个空，就别赖在此地不走，快走快走快走……"他之所以如此盼着那两个贼人速速离开，实是装死装得太久，在碎石尘土里全身生疼，想大口喘气也不敢，再难坚持下去了。

可有道是贼不走空，那二贼怎肯甘休，两人一瞧贵妃身上还有几件衣服，当下协力用绳索套了凤尸，将衣衫一件件尽数除了。可怜那贵妃含恨而死，埋香地下尚未化去形骸，到头来又被两个贼人剥得精赤条条，身上连一丝线头也没剩下。

二贼裹了贵妃的衣服，又自尸身上抠取了适才张小辫儿没拿的屁塞和口含，正待离去，但见到脱了个溜光的凤尸，真是好端端一床美色，怎么看也不像是个死人，不由地全身燥热，淫心大盛，生起了奸尸的邪恶念头。二人往常盗掘古冢，从没发过什么大财，见到棺材中的那些死人，无不又臭又烂，或是朽得仅剩几块骨头，但这贵妃是什么人？那是皇上才能睡的女人，今夜天赐良机，何不尝尝当皇帝老儿究竟是什么滋味？

越想越觉得全身发热，口干舌燥，两人随手掬了几捧玉池中的清水，想让清凉之意压一压心头欲火。毕竟奸尸这事从没干过，不过酒气财色四面墙，不是神仙跳不出，艳尸摆在眼前，喝了凉水也不济事，反倒把淫心撩拨得旺了。万事都有个开头，天知地知，你知我知，还犹豫什么。

秀才见面讲书，屠户见面说猪，俩盗墓的贼人在一起能商量什么好事？俩贼人互相壮了壮胆，为了防止凤尸诈了，用麻绳先把它脖子吊住，双手扎了，随后二贼奸笑着爬上棺床，要图一番皇帝老儿般的风流快活……

张小辫儿躺在殿角正撑得难耐，听那俩盗墓贼嘻嘻笑着去奸那凤尸，心中也是有些好奇，但不敢轻举妄动，唯恐惊动了那俩贼。但听得片刻，这墓室中竟然没了动静，那对盗墓贼就好像突然消失了，他不禁又惊又疑，又苦等了好一阵子，石殿里仍没动静，这才悄悄侧过头偷眼观瞧。只见两个贼人趴在贵妃赤裸的凤尸旁，各自提了一把尖刀，互相刺入对方胸膛，脸上还都保持着僵硬的淫笑，血流满地，竟已死去多时。

书中暗表，冥殿里的“金池玉液”，正是一个索命的机关，寻常之辈，怎知它的厉害之处？如饮此水，必癫狂至死，被怨魂缠身。

张小辫儿哪知其中缘故，但坐起来一看地上却无烤煳的老猫，也猜到了一两分，那鬼水不能轻易就饮，饮后有恶鬼缠身。他大吃一惊，一激灵从地上跳起身来，想要抄起那包明器夺路而逃，不料伸手一探，没有摸到明器，却摸到了毛茸茸一堆活物，殿中命灯恍惚欲灭，一声阴森的猫叫从他身后传来。

这正是："不进阴曹地府门，哪知活人多舒服。"毕竟不知金棺坟又出何等变故，且留下次分说。

第四章　百猫迷魂图

张小辫儿摸得毛茸茸的一只老猫，只听那猫叫声凄惨悲厉犹如鬼判催命，不禁暗骂一声："石头发芽，公鸡下蛋，许是前世不修？怎地天底下的怪事都叫三爷撞上了。我日你死猫的先人，休要冤魂不散再来缠我……"心中虽是骂个不休，实则惊惧已极，三魂悠悠着地滚，七魄渺渺满天飞，恨不得脚下生风赶紧开溜，但是连惊带吓，加上腹中五脏庙久未享受供奉，虽是想逃，却只有心无力。

心神恍惚之际，张三爷就感觉一只大花猫爬上了自己的头顶，他以为这猫是鬼变的，又哪里敢去动它分毫，任凭那花猫在自己头顶肩膀之间，蹿上跳下地遛了几个来回。

张小辫儿暗骂死猫欺人太甚，偏又发作不得，就在这时候，墓室角落中蓦地站起一个人来。这屈死贵妃的金棺墓中，四个角落阴晦积郁，暗不见物，张小辫儿何曾想到那里会藏得有人，而且此人定是在自己和两个盗墓贼之前进来的，天知道来者是人是鬼，惊奇骇异，全然不知该做何理会，只好呆坐在原地看那人意欲何为。他陷入眼下这般境地，接下来不管是死是活，也只有听天由命了。

只见那人身材瘦小，佝偻着身子，看样子像是个上了年纪的老者，身穿一袭破旧不堪的灰色布袍，脸上遮了块黑布，也瞧不出他有多大岁数，只露出两只精光闪闪的眼睛，怎么看都不像是活人。

张小辫儿看了这人长相，心道不好，怪不得贵妃小娘子没有棺材，尸体直挺挺地撂在床上，原来那棺材板修炼成精了，变做个干瘦老头。来者不善，善者不来，赶这当口出来，怕是要收了三爷的命了。

可从墙角走出来的那个精瘦老头，并没有理会张小辫儿，他径直走到墓床前对着凤尸行了一礼，随后给墙上那盏命灯添了些灯油，把墓室中的情形照得更加明亮，随后又去那两个倒霉的盗墓贼尸体怀中摸索了一番，搜到一包干粮。

老头捧了干粮，这才颤颤悠悠地走到张小辫儿面前，把干粮面饼扔在他面前，然后一言不发地瞪着张小辫儿仔细打量。他那对精光闪现的眸子，好像能看透人的骨髓血脉，瞧得张小辫儿肌肤起栗，全身都不自在。

张小辫儿头上顶着只猫，看了看对面的老头，又瞧了瞧扔在地上的干粮，不禁饥火中烧。他人穷志短，这老棺材精把干粮放在这里，八成就是让张三爷吃的，人在矮檐下又怎好不低头，他赶紧伸手抓过面饼，胡乱往嘴里塞着，那饼子干得都打裂了，但张小辫儿知道古墓里的泉水活人不能随便喝，于是翻着白眼硬往肚里咽。

他一面狼吞虎咽，一面以“人莫与命争”来开解自己。看来三爷眼下还要再艰难困顿些个时日，俗话说“莫欺少年穷”，这人若年少，便是来日方长，三十年河东，三十年河西，指不定哪天就轮到张三爷时来运转，到时候天天大块吃肉……

张小辫儿也不顾那老头盯着他看，只顾填饱肚子，可忽然想到：“糟糕，老棺材成精那是要吃人喝血的，难不成它瞧我身子单薄瘦弱，便要先喂得我肥胖了再吃？”想到此节，他神色愕然，看着面前那蒙着脸的老者，嘴里含着几大块干面饼，硬是不敢再继续咀嚼了。

那老头忽然对张小辫儿说：“后生且休要惊慌，你可知老夫我是何许人也？”他说话的声音犹如锯木头一般，说不出地诡异古怪。

张小辫儿一看棺材精开口说话，心想若能套上交情，此事八成还有转机。他常年流落四方，目睹世上现状，多少知道些世态炎凉的道理，阿谀奉承那套也都明白，见人就说人话，遇鬼需说鬼话，加上他言语便给，嘴皮子好使，此时听那老头一问，赶紧使劲儿咽下口中食物，答道：“小人张三，虽不知老前辈是何许人也，不过义气之情见于眉宇，想来定是当今世上的一方豪杰……”

那老头闻言，已然明了张小辫儿不知他的来历，当即点了点头，引着张小辫儿来到一面墓墙边，用衣袖抹去墙上灰尘，露出大片古彩斑斑的壁画。画上是数不清的猫，花猫、白猫、黑猫……或酣睡，或嬉戏，或捕捉鸟雀，猫的种类姿态五花八门，虽是神态各异，却无不栩栩如生，原来是一幅惟妙惟肖的百猫图。

张小辫儿暗自吐了吐舌头，敢情贵妃小娘子在宫里养过许多猫，死后也要将它们画在墓中相伴？但不知这老头到底是何居心，让三爷观看这群猫图想做什么？

心下正自狐疑，就听那老者在他身后低声说道：“想办法数清画中究竟有多少只猫，若数错一只，你这辈子就要跟我一样留在金棺墓里，永远都别想重见天日了。”

张小辫儿闻听此言大惊失色，他向来知道幽冥之事绝非虚妄之说，何况刚刚这墓中闹鬼他是亲身经历，事到如今也不由得不信了。难道这老者同样被墓内怨魂困住脱身不得？

那老头木雕泥塑般丝毫不动声色，蒙住的脸上仅露出两只无神的眼睛，见张小辫儿惊得薷呆呆不知所措，只好对他说出一番话来，让他得知其中根苗。

原来金棺坟中的贵妃，生前嗜好养猫，爱猫成癖，常养佳猫过百，并给它们精制小床榻及锦绣帷帐等诸多玩物。仗着皇帝对她的宠爱，她俨然将戒备森严的宫中大内，当作了猫园、猫圃。然而她养的这些猫皆是珍品，屡显灵异，结果惊了太后，她也被逼银铃吊挂而死。

贵妃含恨而死，被葬在金棺坟中，太后狠毒，又将她养的百余只猫，无论良贱尽数绞死埋在墓室金井之下；金井中一股清泉，皆为死猫怨气所化，有误饮此泉之辈，则必见厉鬼。刚才算是张小辫儿命大，被盗墓贼的土炮震昏了片刻，否则此时早已到森罗殿上标名挂号去了。

张小辫儿听到此处险些落下泪来，哽咽着对那老头说道："想小人张三怎么如此命蹇？被恶狗所逐误入此地，又不曾伤损了贵妃娘娘的凤尸分毫，竟会鬼催般喝了几口泉水，惹来祸事上身……想来这位老前辈也是同样遭遇。前辈都未曾数清墙上绘了多少只猫，小人年轻识浅，恐怕更没指望了……敢问前辈高姓大名，仙乡何处？又怎会对金棺坟中的掌故，所知如此周详？"他盼着跟那老头同病相怜，万一自己出不去了要在古墓中过活，还指望那老头能给些照应，于是连忙套近乎。但他心中尚有三分疑虑，说到最后不免要探探对方的口风。

那老头似乎已有些不耐烦了，冷哼了一声，说道："老夫云游四海，到处为家，连活得年头多长，自己的名字也记不得了。如今世上识得老夫的，都以'林中老鬼'相称。我在这金棺坟里苦候了多年，没日没夜不分黑白地为贵妃娘娘守陵，只为等来一个能数清《百猫迷魂图》的福大、命大之人……"说到这，老者锯木头般地干笑两声，似不怀好意地盯住张小辫儿，"嘿嘿……就不知这人会不会是你张三。"

张小辫儿大吃一惊，眼见墓室中命灯昏黄、鬼气弥漫，越发觉得这蒙着脸的老头不是活人，何况连他自己都自称是什么"林中老鬼"，只怕唤做“墓中老鬼”才更恰当。这老鬼既非盗墓贼，也不是像自己这般“一身撞开是非门”误入此地，听他言下之意，已在墓中等了不知有多少年月，鬼知道究竟有何图谋。往深处想想，不免令人觉得头发根发怵。

想到此处，张小辫儿有心想逃，口中应付道：“原来老先生是在等人，小的我尚有要事在身，家中还有八十岁的老娘等着抓药，可就恕不奉陪了……”说着话脚下生风转身便逃，忽觉背上衣襟一紧，已被那自称林中老鬼的老头一把揪住，拎小鸡似的将他掼到墓墙前：“天亮前若是数不清楚，可休怪老夫无情。”

张小辫儿被捏得痛入骨髓，这时是叫天天不应，唤地地不灵，只有任人摆布，被逼着去数《百猫迷魂图》。初时只是走马观花地粗略一看，此时定了定神再细加分辨，只见墓墙上的群猫分布有致，其中似是大有名堂。

往日里，张小辫儿所见之猫，大多长得不怎么招人待见。当时养猫为嬉都是京中王公贵族们茶余饭后的消遣，一只没有杂毛的纯白狮猫或波斯大猫等佳品，往往在京城中要价极昂；而在寻常州府的乡间坊里，则多是些脏兮兮的贼猫、野猫，即便偶有家猫也是毛色灰暗，品相不佳。

反观金棺坟里的百猫图，上半部分尽是猫中佳品，面圆齿锐，体丰神定，黑者如乌云盖雪，白者如银钩玉瓶，虎纹斑斓者如同团滚绣球。而中部所绘之猫略次，越是接近墙根，壁画上的猫越是低劣。

最底部是四只一模一样的精瘦小猫，唯独目光炯炯，不失神采。这四只小猫像是一胎所产，张小辫儿记得在金棺村里曾见到有只野猫一胎同产四猫，村中有懂猫的老人看过后说，猫以每胎少生为贵，一贵、二笨、三贱，一胎所产四猫，唤做“抬轿子”，分文不值，而且也活不长久，必定早夭。

张小辫儿看到此处，心下寻思：“想必是皇帝老子伤心他这美貌妃子惨遭横死，寻了巧手匠人将她养的猫都绘在金棺坟中相伴。从图中所观，那贵妃小娘子生前倒是不分贵贱，什么猫都养，可眼下三爷的小命，却还不如四只抬轿的小猫，稍有大意就要被那老鬼收去了。你们这些猫祖猫仙若是在天有灵，务必要保佑三爷别出差错，今后若还有命在，必使钱请和尚法师来做场法事超度你们早日升天。”

他一边暗地里祈祷，一边细数壁画上所绘群猫，反反复复数了六七遍，越数越是头晕眼花，好像百猫图中的猫都是活的，看似一动不动，实则东躲西藏，一眼盯不住，画中就起了变化，每数一遭，数目都是不同，数来数去只知画中之猫约略有百十来只，但到底有多少只，却根本数不出来。

张小辫儿越发心慌，六神无主地还想再数，却听身后墓室里响声有异，急忙回头一望，只见那死而不化的贵妃尸身虽然未动，但它双手指甲突然暴长，僵硬的指节正嘎嘎作响……

始终站在张小辫儿身后盯着他的老头，也听见响动，冷冰冰地看了一眼凤尸，自言自语道：“那两个蠢贼既有挖坟掘墓的手段，就不知僵尸的压口之物拿不得吗？掏去了口含还想奸尸，真是找死……”随后抬手揪住张小辫儿的肩膀，逼问道：“今夜时辰不善，切莫惊动了正主儿，快说墓墙上有多少只猫？”

有道是：“片言能惹塌天祸，语不三思莫出口。”生死一线，谁又敢信口雌黄。欲知后事如何，且听下回分解。

第五章　猫狗道

且说一老一少两个，在古墓中反身看那贵妃的凤尸，早被那对意图奸尸的盗墓贼缚住了，尸体骨节作响，却十分令人心慌。那老头翻出压口的玉含重新纳入贵妃口中，再次催着张小辫儿快些数猫，时辰等不得人。

张小辫儿在那老者催逼之下，生出一股急智，眼见图中群猫看似杂乱无章，实则环合排比，暗呈九宫之势，哪里是什么百猫图，分明是道镇墓压胜的符箓。他曾跟随一位云游扯卦的老道为徒，识得些画符念咒骗取钱财的术士伎俩，九宫八卦早看得熟了，认出壁画中暗藏符门，心中先有了些计较，定睛再看时，才瞧出此图厉害，恐怕图中藏符是用以镇压墓中邪祟，一旦道破玄机，解开此符，却不知会惹出什么弥天大祸？

但张小辫儿此刻被逼不过，只求保住小命要紧，指着墓墙上的百猫图道："这百猫图实际上是镇墓的古咒，十阳之下乃余孤，七相八壮九为玄，按九宫图中五雷总摄之势排列，小人斗胆以此度测，图中之猫共计一百二十有四……"说完赶紧去看那老者的反应，暗中担心蒙错了数目，立刻就要命丧当场。

只见那自称林中老鬼的蒙面老者，露出的两眼中枯无神采，丝毫没有喜怒之色，若不是还能开口说话，张小辫儿准会以为那是具刚从泥土中刨出来的干尸。等了半晌，那老者才缓缓点了点头，将掐住张小辫儿脖子的手放开，对他说出一番话来。

林中老鬼自称能推会算，推算出在误闯金棺坟的人中，会有一个能数清百猫图的奇人。此人不仅命大，而且造化极大，命中注定要有巨万之富，所以在古墓中苦等多年想要成全他一场，如今终于把张小辫儿等来了，这正是：万事天注定，浮生空白忙。

张小辫儿闻听此言，心想："这都让三爷蒙上了？看来该着是我时来运转，竟然命中注定有此际遇。"不过他这些年极贫极苦，步步不着，处处难依，虽常以人生功名富贵都有天数来劝慰自己，但也不免怀疑这辈子能否还有飞黄腾达的时日，向上的心早已有些冷了。何况在古墓中遇到的这个老头，处处透着古怪诡异，他说的话让人如何能信？

林中老鬼见张小辫儿目瞪口呆，便又道："试看古往今来，有多少人争名逐利？其中又有多少人有命无福，该他富的不富、该他贵的不贵，你张三虽是一身黄金骨，但无高人指点迷津也是枉然。若能信得过老夫，愿意周全你一世大富大贵。老夫别无所求，只是与你有缘，不忍看你抱着黄金碗做叫花子，故此点拨你一场，也好种些善因。”

张小辫儿想做财主的心思早有多时，听到此处，先是信了七分，纳头拜倒，连称：“多谢老前辈成全。若真能让小人有住黄金屋、娶颜如玉的福分，生生世世也不敢忘此大恩大德，定给您老人家建座生祠，月月烧香、年年上供。”

林中老鬼干笑几声：“张三啊张三，老夫可不贪图你小子造的生祠，你想要黄金屋、颜如玉，嘿嘿……这又有何难，你且休要性急，人生在世须有一技傍身，才能立身处世，否则即便是家中财过北斗，也早晚会有坐吃山空的日子。今夜老夫先授你一套秘术，你一生无穷无尽的财爻[1]都在其中了。”

张小辫儿欣喜欲狂，赶紧又给那老头磕了几个响头。林中老鬼当下就在古墓中授了一套奇术予他，这是套什么奇术？尽是些“分猫辨狗、识鱼认鸟”的秘要诀窍。乾坤中的星土云物变化无穷，万人有万张脸面，千人有千般性格，所以自古有算命看相的；天地间分布着山川河流，动静之理、风水之道，所以也有那相地相水看阴阳宅的；日月轮转星辰变幻，天象能昭示吉凶，所以也有星官相识天星推断福祸，可从未听说有将相猫相狗之术聚于一道的方技。

列位看官有所不知，世上万种生灵，世人往往管中窥豹，只识得其一斑。虽也知道“雀衔书、犬识字、鹦鹉能言、猩猩善醉”，那些都是善通人性的灵物，却不懂纵然普通如鸡犬猫鼠之辈中，也时常会藏有凤麟异属的神俊之物。

---

[1] 财爻：财运。

比如马匹之中向来有优劣之别，至者乃千里良驹，可怎样才能从中辨出玉花骝、云烟豹？老鼠中有丧门灰、棺材嘴；猫鼬中又有碧啸烟、焦足虎……林中老鬼就传授了张小辫儿这么一套分辨猫狗虫鱼的《云物通载》异术，先是细细分说一遍，然后连图册带口诀一并都给了他。

张小辫儿满以为会学一套点石成金、化铅为银的发财秘术，谁知竟只是些猫狗之道，既不当吃，又不顶穿，不由得好生恼怒，八成是让这老棺材精给骗了，凭空欢喜了一场，可也不敢在嘴上明说，只得唯唯诺诺地暂且学了。

随后那形如枯木的林中老鬼，又让张小辫儿将贵妃娘娘身上的金玉首饰，从包裹中一一取出来，给凤尸重新穿戴齐整。他告诉张小辫儿："非是不肯给你这些金玉之物，只是你这副破衣烂衫的模样，拿了大内皇宫之物，进到省城也无处销赃，没准儿被城中做公的捕快拿了，问你个盗发古冢的罪责。"说罢只将两个盗墓贼子身上的干粮和散碎银钱，裹起来给张小辫儿随身带上。

张小辫儿眼见丢个西瓜捡了芝麻，心中一百个不情愿，磨磨蹭蹭地将首饰珠宝物归原主。

书中代言，这世上之事，都有个机缘因果，绝没有无因无由的起处，任你翻来覆去、倒横竖直，都脱不开前因后果。那林中老鬼与张小辫儿一不沾亲、二不带故，又不曾亏欠他，为何愿以秘术相授？原来确是有他不可告人的非分妄意图谋，非是要种善因，实乃深埋祸机，十句话中倒有八句是虚，只把贪图富贵的张小辫儿蒙在鼓里，不过此乃后话，暂且不表。

等安置妥了凤尸身上诸般殓服首饰，林中老鬼便将张小辫儿带到墓道前，用枯柴般的声音说道："老夫也知你眼下生计无着，不过只需依我指点，再忍上几天，把那星土云物之道仔细揣摩，眼看着就能时来运转。离金棺村不远有座荒山，名为瓮冢山，一两天之内此地必有大雷雨，雨住后村里人都要上山，届时你要如此这般、这般如此……切记、切记！现在时辰不早，坟茔地中不宜久留，你我就此作别，今后你有马高镫短的时日，老夫一定再来相助，保你荣华富贵，平步青云。”

张小辫儿欲待再问，却被那老头从背后一推，踉跄着出了盗墓贼挖掘的盗洞，到得外边回视身后，正在乱葬岗内一株歪脖子老树底下。这时遥听金棺村中鸡鸣四起，东方白矣。

张小辫儿失魂落魄地摸回村中古寺，想起自己在那渺渺茫茫连做梦也梦不到的古墓里，撞上一番没头没脑的遭遇，可见福祸无门，并不由人计较。他连夜未睡，困得紧了，又吃了一场惊吓，神困体虚，倒在佛龛里睡了个天昏地暗。

不知过了多久，忽地雷声大作，老天爷好一番行云布雨，大雨震雷，直下了一昼夜方止：方圆几十里内山洪陡涨，但金棺村里的百姓却是人人面有喜色。原来农作物历来有个春种秋收的时令，在当地有句民谚：神仙难过二八月。这时节正是地里青黄不接的日子，加上战祸连年，田亩禾垄早就荒了大半，就算往日里的富足之家，如今也大多没有隔夜之粮，普通的百姓更是吃了上顿愁下顿，断炊实属寻常。但离村不远的瓮冢山里，有几道淤泥河，每当暴雨之后，山上便有许多大虾蟆为了躲避洪水，都从淤泥河里逃上山坡。

当地人说的“虾蟆”，就是咱们所说的蛤蟆。淤泥河中的虾蟆，借着水草丰厚，都生得又肥又大。雨后大群虾蟆蹿上山坡，正是村民们解决粮食的大好时机。一个人拎几个麻袋上山，随手去抓虾蟆，一天下来，能装满几大口袋，家中吃不了这许多，便趁着虾蟆兀自鲜活，尚未憋闷而死的时候，运到城里换些油盐茶叶，城中酒楼饭馆里有讲究的做法，放在砂锅里用花雕煨了，文火慢炖，加入冬菇、火腿、笋片等物相佐，整治得香熏可口、五味调和，专给那些使得起钱的达官贵人享用，也算是道上册在谱的名菜。

这日大雨过后，天刚放晴，村中各家各户就纷纷遣出人丁，结伴进山抓虾蟆，就连王寡妇也顾不上追查偷鸡的贼人了，赶忙给她女儿小凤准备麻袋、干粮，让她到瓮冢山上多捉虾蟆。同去的一干人等，无非是村里相熟的刘二、李四、孙大麻子，张小辫儿自然也混在其中。

一路赶去，到了瓮冢山，好座大荒山，只因山体臃肿，形如葬人的瓮棺，是以得名。村民里年岁大的，便赶着驴车在山口等候，其余手脚灵便的，都各携麻袋、木棍，寻着能落脚的野径攀上荒山。

张小辫儿并无心思跟着村民们捉虾蟆，他只是寻思着古墓中那老头嘱咐的事情，如今下雨上山的事情无不一一应验，看来此番离发财暴富已不远了，心中窃喜，攀藤附葛走上山来。

瓮冢山是片荒山野岭，山势十分平缓，但山下荒草蔓延，没有路径可走。张小辫儿仗着腿脚利落，在乱草中走得极快，正行得起劲儿，忽然耳朵被人扯住，剧疼之下，咧着嘴停下脚步，转身一看，却是王寡妇家的小凤。

小凤倒竖柳眉，揪住张小辫儿的耳朵，叫道："张小辫儿，是你这小贼常在我家偷鸡吧，害得我娘险些被你气得中了风。要帮我捉五麻袋虾蟆，才肯饶你。"

张小辫儿大怒，小凤这丫头片子，怎地同你那寡妇老娘一般泼辣蛮横，张三爷到你家偷鸡又不曾失手被你们母女当场拿住，现在却来凭空栽赃，真是岂有此理。可他刚要发作，小凤手上忽然加劲儿，狠狠扭他耳朵，把张小辫儿疼得哇哇大叫，想要挣扎，又怕被小凤把耳朵撕破，毁了他大富大贵的福相。他好汉不吃眼前亏，只好连声答应："怜你家中只有母女两个，又没半个男丁，今天帮你捉五大麻袋虾蟆便是……"

小凤知道这张三只是嘴皮子上伶俐，掉过头去就不认账，便招呼村中同来的其余伙伴，让张小辫儿在众人面前答应了，这才放手。张小辫儿还打算暂时在金棺村里混些时日，自然不肯被人看作言而无信、出尔反尔之徒，只好自认倒霉，没来由地给小凤家当了短工，不免在心中暗自发狠，将来发了大财之后，就使钱把小凤买走，卖到青楼里接客，那时才让你知道三爷的厉害。

他胡思乱想之下，早已被小凤捉着，同数十个村民一同上到山坡。这里荒草渐稀，大伙儿用手中棍子在地上乱拨，将那些伏着的虾蟆都惊动起来，霎时间，成千上万的大虾蟆逃窜开来，颇为壮观，看得人眼也花了。众人见竟有如此多的虾蟆，往年绝无这等景象，当下无不喜出望外，口中呼喝叫嚷着分头去捉。

虾蟆都是蠢物，漫山遍野地乱蹦乱窜，被众人像捡石头似的一只只轻易拿住了，扔进麻袋里面，装满了便一袋袋拖下山去，交给看管驴车的人装载捆缚起来。赶到后来，山上的虾蟆都被赶入了山坳，村民们捉虾蟆捉得兴起，但一到山坳处，却都停下脚步，虽是心有不甘，却都不敢再往里面走了。

村民中为首的孙大麻子，指着山坳对大伙儿说："眼前那片去处，便是瓮冢山里的美人坑，地势险要，向来人迹难至，故老相传，说里面藏了个妖怪，常常要吃活人脑髓，我等切莫再往前走半步了。"

张小辫儿心中却早有计较，正要去美人坑里走上一道，听孙大麻子说要回转去，那如何使得？急忙撺掇众人："山坳里淤泥河是积水积泥之地，正是虾蟆最多处。大麻脸兀是不知，就休要胡说涣散人心，美人坑里……自然是有美人，光天化日，乾坤朗朗，我等有几十号人，又何惧之有？"

小凤奇道："张三你怎知那里有什么美貌的娘子，我听我娘说过，那坑里只有个吃人心肝的僵尸美人……"

张小辫儿唯恐被小凤坏了大事，不等她把话说完，便急忙按住她的嘴，招呼众人道："只捉了百十麻袋，如何够分？想多捉虾蟆的好汉子，都跟我进去。"说罢背起绳索口袋，拽着小凤，抬足便向着荒山深处行去。

正是："只缘山中有猛虎，故此扮作采樵人。"欲知张小辫儿等人在山中有哪般奇遇，且留下次分说。

第六章 美人坑

张小辫儿撺掇众人一同进深山里捉虾蟆。金棺村里的人们见了山中虾蟆极多，眼下正在闹粮荒，好多家都已揭不开锅了，众人贪心起来，便是十万金刚也降压不住，早把那美人坑里闹僵尸的传说，丢到爪哇国里去了，纷纷收拾家伙，要跟随张小辫儿进山坳里寻找淤泥河的源头。

张小辫儿是村里人尽皆知的"张大胆儿"。他平素里一个人住在破庙里，根本不忌鬼神，加上言语便给，凡是游侠作耍的事端，向来少不得他，在村里同辈人中，人缘颇为不错。一并来捉虾蟆的村民，大多都是村里同年生、并时长的年纪相仿之辈，其中的孙大麻子，生得最是高大魁梧，会些个枪棒拳脚，为人忠厚憨直，所以众人向来以他为首，想不到他此番被张小辫儿抢了风头，心中愤愤不平，当下便虎了大麻脸，拎着条杆棒，拦住众人去路。

张小辫儿惯会见风使舵，自知若来硬的，绝不是孙大麻子这等糙人的对手，急忙转头对众人说道："咱们村里的大麻脸兄长，身手是如此英雄，举止是恁般贤明，有他这样擎天的好汉跟咱们同去捉虾蟆，真乃如虎添翼，天塌下来也不怕了。"

孙大麻子听张小辫儿说自己是"英雄身手，贤明举止"，心中好生受用，也真就拿自己当根葱了，顿时咧开大嘴傻笑起来，说道："三弟言之有理，深山里面纵有凶险，只要俺有这条棒子在手，料也无妨。不过现在日已过午，我等忙了半日，还未曾祭过五脏庙，不如下山埋锅造饭，等吃饱喝足了，再到美人坑里去捉虾蟆，赶在天黑前回转了去。”

众人忙碌许久，也都饿了，闻言齐声称是，匆匆回到山脚，看守驴车的村民们，早将带来的锅灶埋下，又把各家带来的一些萝卜、土豆切成大块，连同清水倾入锅中，胡乱兑些调味的野草香料，缓缓烧得半沸。

等到捉虾蟆的人都下山来了，才添加柴火，煮得锅中水滚沸起来，将那些活生生的肥大虾蟆，并不宰杀洗剥，趁着活蹦乱跳猛性不消，直接抛进滚烫的水里，不等它们跳出锅来，就用锅盖压住。这时就听虾蟆们在锅中挣扎扑腾不休，须臾之间，热水滚开起来，锅里异香扑鼻，揭盖看时，被活活煮熟的虾蟆，每只都是张口瞪目，紧紧抱住一块土豆或萝卜。因虾蟆在锅里被水火煎熬，死前痛不可忍，有万般苦楚，只好拼命抱住了土豆、萝卜，至死不放。

乡间吃煮虾蟆，通常都是这般残忍的法子。将热腾腾的熟虾蟆拎出锅来，连同它怀中的土豆、萝卜一起啃吃，味道鲜美胜似肥鸡。近年来一直没有大雨水，又逢地里青黄不接，平常一天两顿饭，连土豆、萝卜都不能管饱。村民们久未开荤，闻得肉香，都不禁食指大动，当即狼吞虎咽吃了个风卷残云，一扫而空。

村民们将暴雨后到山上捉虾蟆的举动，视为丰收节庆的日子一般，却不知天道循环，报应不爽，先不说冥冥中有没有“今生你吃虾蟆，来世虾蟆吃你”的往复因果，眼下就有一场塌天大祸已是迫在眉睫，众村民现在只顾大快朵颐，兀不知自身早就在劫难逃。

张小辫儿和孙大麻子等人饱餐一顿，个个吃得肚圆，回味良久，都觉人生在世，如果能常常吃上一锅煮虾蟆，也真不枉活这一遭了，看看天色正好，摩拳擦掌再次上山，要将躲进山坳里的虾蟆捉尽。

瓮冢山的后山更是荒凉，山洪过后，大水从山上流下来汇入淤泥河主道，其余的几条山沟就没水了，如今山坳里满是淤泥，混合着齐膝高的烂草，一步一滑，几无落脚之地。众人艰难跋涉，转过山坳，眼前豁然有个大泥坑，这就是传说中的“美人坑”了。据说烂泥里有具成精的僵尸，虽是红日当头的时辰，但人们站到了荒山深坑之侧，仍是觉得阴气森森，腥臭扑鼻。

只见坑中有许多被山洪冲击后留下的烂泥，数不清的大小虾蟆，层层叠叠堆在里面，怕不下数万之众，日头光照之下，密密麻麻地充在眼里，使人看得头皮子好一阵发麻。孙大麻子等人无不大喜，这回可真来着了，他们是人心不足蛇吞象，只担心麻袋数量不够，擒了后装不得这许多虾蟆。

众人当即一声招呼，就在泥坑边散开，各自用长竿和棍子驱赶虾蟆，坑中顿时一阵大乱，虾蟆们不知畏人，受到惊动后夺路逃窜出来，便被人捉了扔进麻袋。几十人同时动手，顷刻间就已捉了上千只虾蟆。

无数虾蟆散去之后，众人就陆续将麻袋搬出山去，由于捉的虾蟆太多，一两次怕是搬运不完，孙大麻子只好带了几个人留下守候，张小辫儿趁机跟着留下，在四周找了几圈，终于发现泥坑边缘露出一片石壁。

壁上有古砖甚巨，工整平滑，看样子像是城墙隧道之类。张小辫儿见了心中暗喜，急忙招呼孙大麻子和小凤等人，一并过去看个究竟。石壁中间是座倒塌的石门，足有丈许宽，石门后的洞口，正在阳光照不到的背阴处，里面潮湿湿、冷森森得黑暗难辨，奈何都不曾带着寸磷火石，没办法取亮照明。

小凤心中害怕，不想多惹事端，猜测道：“这洞里许不会是僵尸老妖的藏身之地？快用石头堵上才妥当。”

张小辫儿胡言捏造道：“你们也该知道，我张家祖上是京里的锦衣卫军官，了解不少前朝秘闻的底细，今日便给你们泄个实底。这个所在非同小可，明末巨寇张献忠曾在此藏宝，里面的宝货价值巨万，后来被乾隆年间的白莲教蘸挖去起事，闹得天下震动。如今只留下这个石洞，要是没有暴雨引得山洪冲动，原也不易得见，不知那里面是不是还剩下些没被盗去的行货，若让咱们有幸拾得几件，恰好是一桩天上掉下来的财爻。”

孙大麻子等人一辈子没离开过金棺村，哪里听得出张小辫儿这厮是信口开河，当即信以为真。孙大麻子对众人道：“前些时日，村中来了个瞽目的卦师，俺用一个大钱向他扯了一卦，问问财气兴衰。那卦师说俺孙大麻子最近财爻大动，正是要交一路时运，想不到应在此处了！”

众人好奇心起，又闻财起意，便由孙大麻子带头，将手中长竿探进石洞戳了几下，想要探探深浅，不料棍子前边触到了软绵绵的一团事物，似是戳在了什么人的身上。忽然从洞里发出怪异的声响，好像有人在里面咳嗽，孙大麻子吓得手中一软，险些将长竿掉落，却听洞内的咳声竟是愈来愈烈。

张小辫儿听到洞中有咳声甚剧，也是吃了一惊。怎地到了此处，却与林中老鬼所言不符？他可没说洞里会有活物，难道那老棺材板心怀不轨，想要诈张三爷来此送死？心下疑窦丛生，一时也吃不准了。

众人在旁都道：“定是有僵尸在洞中藏了，快扔下装虾蟆的袋子一起逃命去吧。”可那孙大麻子此时却偏偏不怕了，挠了挠头，说道：“僵尸岂会作咳？俺常闻老刺猬惯会在黑处学人咳嗽，定是有只老刺猬躲在里面。”

他自恃力勇，又有心要在众人面前卖弄些“英雄的身手、贤明的举动”，瞪了豹子眼，绷起麻虎脸，便再去探看洞中情形，以便穷尽其异，可刚到洞口，蓦地一声闷响如雷，从漆黑潮湿的洞内接连跃出百十只大虾蟆，从众人身边连蹦带跳地蹿了过去。

张小辫儿等人都被吓了一跳，见只是虾蟆，就抡起棍棒，没头没脑地一通乱打，顿时在棍下砸扁了几只，将其余那些虾蟆驱散开来。混乱中忽听小凤惊叫一声，连着退了数步，一跤坐倒在泥中，被吓得战栗不住：

原来洞中竟探出个斗大的蛙头来，朝着小凤怒目瞪视而鸣。

最后出现的这只大虾蟆，体大有如磨盘，背上颜色已由碧绿转为深黄，生着许多黑色的圆斑，乍一看去，还以为是千百只眼睛。巨蛙挺着雪白的肚腹，虎视眈眈地蹲伏在石门前，口中“咕咕咯咯”作响，如同皮鼓轰鸣。

张小辫儿和孙大麻子这伙人，只怕吃人心肝的僵尸，平时经常捉蛙捕蛤，怎会惧怕虾蟆这些东西？但见这虾蟆大得有异，知道此非常蛙，恐怕杀之招祸，就打算用竿子将它赶开，不料长竿击处，都被巨蛙用前肢打开。它后足蹬在洞口石壁上撑据，任凭竿子不断攒刺，兀自不肯退让半步。

这一来众人更觉有异，好像巨蛙守着石门不让众人进去，洞中八成真有什么巨寇埋藏的金珠宝货，于是争相击之。巨蛙渐渐抵挡不住，怒瞪双目，忽地张口伸出血红的长舌，去如流星般快，把坐在地上的小凤纤腰卷个正着，猛地向后一拖。几十斤重的大姑娘落在它口中，恰似卷食飞蝗、蚊虫般轻易，倏然间缩身入洞，躲进了黑处。

众人骇然失色，虽然村中的王寡妇刻薄无比，又兼蛮恶成性名声不好，可她家毕竟只有小凤一个女儿，与张小辫儿等人又是自幼在一起玩耍的同伴，怎能眼睁睁看着她被巨蛙拖进洞里吃了。张小辫儿和孙大麻子二人见势不妙，急忙掣起身形，在洞口处做一声喊，一起打将进去夺人。

张小辫儿头脑一热，撞进了腥臭潮湿的山洞里，黑暗中目不能视，只好和孙大麻子两人不管不顾地随手乱抓，岂知刚抬起手来，就摸到一头女子的秀发，摸到脸上时冷冰冰的不知生死。张小辫儿赶紧使出力气，揪着那头发，舍命往洞外拽去，洞外还有其余的同伴相帮，看他钻出半个身子，就一齐动手协助，把张小辫儿从石门中扯了出来。

张小辫儿一见光亮，赶紧坐起来看去，这才发现手里揪住的女人，哪里是小凤，却是从洞里倒拖出一具身着前朝衣装的女子僵尸。那明代女尸周身上下如木雕泥塑一般僵硬，虽是全身裹着绿苔泥水，但死不瞑目的容颜尚能辨认，看起来颇为秀丽端正。头上挽着快被扯散了的双鬟，只是下巴不翼而飞，上嘴唇下边是黑漆漆一个大窟窿，豁然将脸孔拉得长了许多，说不出地狰狞可怖。身上服饰已都被潮气浸得朽烂，荒芜的野草丛间有阵阵山风吹过，衣衫瞬间就化为布条碎片，在风中飘散消失。

其余的人皆是惊骇欲死，叫苦不迭，要是王寡妇家的小凤被巨蛙吃在洞里，想来命该如此，也没奈何了。可张小辫儿逞能进去救人，却拖出来一具形貌如此恐怖的古尸，看来瓮冢山里有僵尸的传说确实不虚，此番谁也别想活了。

张小辫儿更是张大了嘴，好半天都没合拢来，浑忘了孙大麻子和小凤还在洞里生死未卜，只是直勾勾盯着那没下巴的僵尸，脑中只剩一个念头："那林中老鬼料事如神，僵尸美人果真藏在瓮冢山里。张三爷一生一世吃穿不尽的荣华富贵，都着落在这美人身上了。"

正所谓："命衰时黄金褪色，运旺处于尸生辉。"欲知张小辫儿、孙大麻子等人福祸如何，留待下次再说。

第七章　虾蟆劫

张小辫儿从洞中拖出一具没有下巴的女尸，周围同来捉虾蟆的人们见了，尽皆惊得魂不附体，全身上下颤个不住。在乡下最是盛行那些"鬼狐尸怪"的野谈，愚民愚众见此情形如何能不害怕？这伙人当即连滚带爬，飞也似的逃了个精光。

深山里就只剩下张小辫儿抱着僵尸发愣，在他眼中，这古尸正是一场熏天赫地的富贵。想不到张三爷这百年穷神，竟也能“脱穷胎、换贵骨”，眼下终于要有番大请大受的光景了。

此时忽听虾蟆坑的洞中一阵混乱，孙大麻子正拽着小凤从里边爬将出来，洞内那只巨蛙咬住了他手中杆棒牢牢不放。两下里各自较住力气，都不肯有半分放松。

那孙大麻子确是有膀子没处豁的傻力气，只见他一手夹了小凤，一手倒拖了棒子，使个猛虎硬爬山的弓字步，出死力向洞外挪动，额头上青筋都突了起来，却不知撒手扔掉棒子甩落巨蛙，看张小辫儿正在洞外泥地上坐着发呆，便赶紧招呼他过来相助。

张小辫儿被他一喊，随即回过神来。他脑筋热了，便上前同孙大麻子一齐用力，竟将那蛙从洞里拽了出来，二人见巨蛙咬住木棒死不松口，两腮更是接连鼓动鸣响，瞪目视人，显得神情极是愤怒。看其形状绝非常蛙，张小辫儿和孙大麻子胆子虽壮，却也不敢轻易动手加害。

两人见旁边就是淤泥沟，干脆来个一不做、二不休，当下横着胆子，顺势将那巨蛙拖到泥沟旁，在后边连推带踹，把遍体黄绿斑斑的老蛙推落沟内。淤泥沟中两侧都是烂泥，中间还有山洪过后留下的积水河道，只见那蛙被推进烂泥中，忽地放开木棍，鼓着腮呱呱大叫几声，一蹿就是数丈开外，扑通一声跳进了河道里。等飞溅的水花落下来，早已在水里不见了那蛙的踪影。

张小辫儿和孙大麻子累得呼呼直喘，心说总算打发走了这位虾蟆祖宗，再看看四周，同来的村民们已逃得一个不剩了。小凤虽没大碍，却也惊得“顶门上失去三魂，脚底下丢掉七魄”，坐在洞边牙齿捉对儿厮打，口中是一个字也说不出了。荒山野岭里残阳西下，就只剩得这三个人了。

孙大麻子抱怨先逃的那伙人不讲义气，真是“世情看冷暖，人面逐高低”。平日在村中都是称兄道弟地厮混在一处，可当真有人遇着些个危难困厄，需要有兄弟们来帮衬时，却无一个小子肯出来同担风险，惹得孙大麻子好一肚皮鸟气，扬言等回了金棺村再收拾他们。他又对张小辫儿说："还是俺三弟最有义气，说话做事俱是一身正直胆略，从不去学那小家小户的腔派，只有这样的好汉子，才能见得些真实阵势。"

张小辫儿脸皮厚得锥子都锥不透，对此毫不谦逊，正要自吹自擂，同时对孙大麻子吹嘘一番豪杰的见解，却见山里的天空突然暗了下来。一阵风过处，天昏地暗，半空里几道闪电矫似惊龙，雷声隆隆响起，震荡了四野，雨水瓢泼落下。这瓮冢山北高南低，一落暴雨就会引发山洪，山坳河道里顷刻注满了雨水，浊流顺着山势滚滚涌动，山洪奔腾，咆哮之声如雷。

张小辫儿和孙大麻子见大雨山洪来得好快，不由得脸上变色。急忙拖了小凤退入蛙洞里躲雨。这时小凤也终于还了阳，想起适才的经过，仍是心有余悸。

再看洞外暴雨如注，山洪陡涨，把出山的道路都淹没了，三人叫苦不迭。山里常有蛙神司掌雨水的传说，刚刚怕是惊动了雨蛙，惹出这场洪水。瓮冢山地域近年干旱，裂地百里，以前却常有山洪发生，洪水出了山就分入各条河道，幸好从来威胁不到田亩民居。

唯独苦了张小辫儿三人，都被暴雨困在山上，不等洪水过净了，是没办法出山的。看这场雨水恰似天河倾覆，不下上一整夜怕是不会止歇，只得拣处高燥的所在，夜宿在山洞之中，等明天雨停了再离山回村。

张小辫儿猛然想起那具女尸还在洞外，连忙冒雨出去，连拖带拽地把女尸搬入洞内。孙大麻子和小凤都看不懂他的举动，这女尸下巴也没了，奇形怪状的好生狰狞，将它放在洞里这一夜难免提心吊胆，便问张小辫儿："你留这死人做什么？不如也推到河里去来得妥当，否则半夜里电闪雷鸣，惹得它诈尸起来扑人，可不得了……"

张小辫儿自然难以答应，不过倘若以实情相告，想想换作自己也未必能够信服，好在他扯惯了大谎，便又顺口胡编："麻子哥，小凤姐，你们别看我张三孤苦伶仃，眼下连几块容身的破砖烂瓦都没有，可张三自小也读过几行书，好赖还知道些礼义廉耻的道理。想这女尸一直藏在山洞里，并不曾招惹过旁人，若不是咱们到此捉虾蟆，它就不会暴尸荒野。于情于理都是咱们惊扰了这位先人，如何能再为了一己之私，将这尸体抛进河里被洪水冲走？再说南无灵感观世音菩萨在上，你们真以为满天神佛都是没有眼睛的吗？这等欺心之事是万万做不得的，要做你两个自己去做，可别算我的份儿。”

那孙大麻子是个实心眼儿的粗人，而小凤更是乡下丫头，长这么大不曾见过什么世面，哪经得住张小辫儿连蒙带唬，顿时他俩都信以为真，幸得有张小辫儿这等明事理的人在旁，否则定要铸下大错。他二人不住口地念了几遍“南无灵感观世音菩萨，大慈大悲救苦救难”，恭恭敬敬地把女尸摆到洞中。但尸身上的衣衫早已朽烂，又被大雨淋了一阵，看上去颇为不雅，最要命的是女尸没下巴的那张脸，虽然洞中昏黑，可只要一想那副脸孔无遮无拦地就在近前，还是忍不住心中发毛。无奈之下，孙大麻子只好把装虾蟆的麻袋子给尸体套上两条，这才觉得心中略微安稳了些。

张小辫儿暗中好笑，装模作样地帮孙大麻子给女尸套上麻袋，顺手在洞里乱摸，想找找看有没有什么值钱的宝货，口里还叨咕着：“钱是阳间的钱，物是人间的物，先借些来用用，大不了将来等小凤到了下边之后，再让她连本带利地还给你……”

可张小辫儿找了半天，满洞都是虾蟆留下的黏液，腥臭污秽，哪有什么多余的东西，只得罢了这念头，扯了几条麻袋片铺在地下，躺在上面听着洞外风急雨骤，脑子里反反复复回想着林中老鬼指点的各处细节。在深山里奔忙了一天，他也当真累得很了，不多时便沉沉入睡。

孙大麻子和小凤不像张小辫儿，他二人从没住过破庙荒山一类的地方，在这又臭又湿的山洞里难以成眠，而且只要一闭眼，不是梦到那没嘴的女僵尸，就是梦见村中的亲人、邻居一个个全身是血站在自己面前。二人一次次从梦中惊醒，身上都被冷汗浸透了。心惊肉跳之下，他们自己也知多半是什么不祥之兆，苦苦挨到天明云开雨住，收拾起那份抓心挠肝的焦躁情绪，待到山洪稍退，就要匆匆忙忙觅路下山。

张小辫儿趁机说既然赶着回去，也不可将这女尸抛下，理应抬回金棺坟的乱葬岗中埋了，哪怕是给它卷条草席，这也是积阴德的善举，积善之家必有余庆。

孙大麻子和小凤发了一夜噩梦，正是心中虚得没底，见有积阴德的善事，当然更无二话，便和张小辫儿抬了女尸，深一脚浅一脚地蹚泥涉水，径直从山上下来。一路回转，等走到村口就觉不对，到处都是死人，血腥之气冲天扑面，只见整座村庄都被乱兵毁了，横尸遍地，满目疮痍。

原来数股粤寇潜至，围攻灵州城甚急，但灵州重地守御森严，一时环城急攻不下，四处援军蜂起赶来会战。有各地增援灵州城防的官兵团勇，也有前去并力拔城的粤寇，好几路兵马在夜间疾进，不期撞到了一处，激战殃及了金棺村。血战过后，已将这村子夷为了平地。当时大多数村民们正在夜中熟睡，还有些人商议着进山去寻失踪的孙大麻子和小凤等人，忽听刀兵铳炮之声大作，开门想逃时，却早被四面八方拥来的乱军裹住，满村男女老幼，不曾走脱了一个。

张小辫儿三人因遇山洪被阻隔在山上，是以免于此难。他们若同进山捉虾蟆的村民一同归来，也已横遭兵祸多时了。眼见亲朋乡邻死了个尽绝，房屋田地一发毁了，孙大麻子和小凤当场眼前发黑晕倒在地。

张小辫儿也愣了半天，心想我佛慈悲，要不是得那墓中的老神仙指点三爷一场，便有十条性命怕也躲不过此劫。只见满村的死尸多半正被乌鸦、野狗争食，这情形惨不忍睹，看了几眼便觉得后脊梁直冒寒气，转头一看孙大麻子和小凤昏倒在地，赶紧过去摇醒了他们。他们两个醒过来后抢天喊地地大放悲声，直哭得“满天星宿都落泪，乾坤日月也叹息”。

等到哭得筋疲力尽了，这才想起来要收殓亲属遗骸，拿着砖头、木棍驱赶野狗乌鸦。但死人太多，最后也只找到王寡妇和孙大麻子的一个妹妹，在附近刨个坑将尸首埋了，其余的人实在是埋不过来，只能任凭被野狗啃成白骨。两人又在坟前大哭了一场。

张小辫儿抬头看了看日影，见日头已经偏了，留在这化作一片废墟的金棺村里，终究不是道理。大战过后，附近的贼盗响马多半会趁乱在晚上出没洗劫，纵然是家园故土，也非是久恋之所了，就问孙大麻子和小凤今后有何打算。

孙大麻子说："虽在外省有几门远亲，但早都没了来往，眼下真的是无家无业了。好在身上气力过人，又会些枪棒拳脚，有从军杀贼之志，说不定能在刀枪丛里挣些个功名利禄出来，恢复俺老孙家的门户。"他又劝张小辫儿也同去投军。如今正逢天下大乱，灵州城里每日都在募集团勇，即便做不成军官，至少也能混口饭吃，总好过流落四乡乞讨为生。

张小辫儿心想："好男不当兵，好铁不打钉。最近粤寇锐气正盛，扑灭了一股，又冒出两股。朝廷调来的大队官军都难以遏制，一场场恶战下来，无论谁胜谁败，双方都是死伤累累，难不成张三爷傻到去给他们冲头阵、垫刀头吗？"便即摇了摇头，不肯答应。

孙大麻子劝张小辫儿同去投军不果，又见那边小凤还在呜呜哭个不住，就对她道："小凤妹子，不知你打算投奔何处？想这兵荒马乱的，你一个姑娘家如何在路上行走？咱们乡里乡亲的同村住着，俺和张三愿意先送你过去。"

张小辫儿不等小凤说话，就插口道："她能有什么去处？还不就是去投灵州城里，王寡妇生前曾有些老相好的，要是他们念些旧日情分，说不定就肯收留了她女儿。"

小凤闻言哭得又险些背过气去，大骂张三这短命小贼是缺德带冒烟儿了。她外边再无亲人，要是去城里投奔那些趋利附势之徒，肯定会被卖进青楼为娼，赶上在这种乱世投胎做人，实在没什么滋味，还不如自己了断了，跟娘一起埋在坟里，也胜似孤零零一个人活在世上苦熬。

张小辫儿虽听小凤骂他，却并未像往常一般动怒，心中有些恻然。他深知无依无靠四处流浪的苦楚，眼见孙大麻子和小凤二人，在一夜之间竟也成了无家可归之人，不禁很是同情他们，心想："当今的世道出去做乞丐讨饭都不容易，这两个又不会偷鸡摸狗的手段，任由他们自寻生路，必定是一个死在乱军之中，另一个不是饿死就是被拐进娼馆。张三爷眼看着就要置办下雁飞不过的田宅、贼搬不空的家产，何不接济他们些许？想那孙大麻子膀大腰圆，正好可以给三爷做个看宅护院的保镖，小凤嘛……生火、烧饭、扫地、洗衣、砍柴、喂狗，此等粗活自然都要交给她做，做不完就不给她饭吃。他奶奶个爪爬子的，不将她卖到窑子里去，三爷就已经是大人有大量的菩萨心肠了。"

想到此处，张小辫儿便把他在金棺坟里如何撞见贼人盗墓，又是如何遇到林中老鬼，被他逼着数猫的情由通说了一遍："那林中老鬼神机妙算，若没他老人家的点拨，我等必然躲不过昨夜的刀兵之劫。他还说张三爷命里注定，要有场财过北斗的通天荣华，故此特意指点出一条大富大贵的路途。我三爷平生最是心善，专肯扶持好人，念咱们同乡一场，你二人要是愿意出力帮我得了这场富贵，当可共享其成。"

孙大麻子初时想去充做团勇，实属无奈之举，谁不知道兵凶战危的艰险。此时闻听张小辫儿所言，前后加以印证，自己这条性命果然是捡回来的，况且前不久算卦的时候，卦师也曾算出他孙大麻子财爻正旺，至此更是深信不疑，抱拳道："全仗贤弟提携则个，但不知究竟是哪条大富大贵的通天路途？"

张小辫儿指着那装在麻袋里的女尸，故弄玄虚地说道："富贵都在其中了，不过天机不可泄露，你们也不要多问，只管放仔细些，随我前去见机行事便了。"

有分教："路上青龙白虎同行，此去吉凶全然难料。"欲知三人命运怎样，且听下回分说。

第八章　猫儿巷

且说金棺村在一夜之间毁于兵祸，孙大麻子和小凤虽得幸免，却都是家破人亡、飘零无依，心中方寸早已乱了，值此水深火热之乱世，哪里才有生计可寻？

忽听张小辫儿愿意带着他们去寻一场大富大贵，简直犹如死囚临刑时接着一纸九重恩赦，好不庆幸，当下对张小辫儿之言从骨子里信从了。孙大麻子更是感激涕零："常听俺爹说，世上的人最愿意锦上添花，绝少人肯去雪中送炭。俺这辈子能结识到如此义气的兄弟，也真不枉人生一世了。"

张小辫儿心知此时此地不便多说，便对他二人道："要求那场富贵，尚有几件大事要做，眼看日头往西坠了，咱们切莫延误，早早动身上路才是。"说罢让孙大麻子和小凤抹去泪水，三人强打着精神在死人堆里翻找了一些吃食财物，裹将起来带在身上，以充路资之用。

张小辫儿又说接下来首要之事，就是把僵尸美人偷偷运进灵州城里。孙大麻子心想，既然此乃得道仙人专为周济贫苦才泄露的天机，我辈世俗中人拙知愚见，谁又参悟得透其中道理？干脆不去多想，只管照做就好，反正张小辫儿得了真传指点，他怎么说就怎么是了。

于是一同动起手来，把那具没有下巴的僵尸美人套在麻袋里藏了，寻得一辆没套牲口的空驴车装载，由孙大麻子在前倒拖了木车，张小辫儿和小凤在后帮忙推着，沿着道路走上村后山坡，至此不由地同时停下脚步，又回首看了看残垣断壁的昔日故里，方才强忍着悲伤洒泪离去。

离村不久，就听得前面人喊马嘶，轰隆隆的军旅之声逐渐逼近，似有大军经过。三人大吃一惊，急忙伏在山梁后偷眼观瞧。

血染般的残阳之下，只见一队队头裹红巾的太平军，正在从灵州城方向败退。鏖战之后的军卒，个个血染征衣，刀矛之上还有血迹未干，旗帜袍服上满是烟火熏灼之痕。逶迤而行的队伍见头不见尾，长枪如林，弯刀似草，密密麻麻遮蔽了山野，大军过处，踏得地动山摇，天地间都化作了一片浓重猩红的血色。

直到天色黑透了，山下的人马才陆续过尽，远处都是无数支火把组成的条条火龙，还在不断向西移动。张小辫儿等人遥遥望见粤寇终于去得远了，不禁暗暗咂舌，他们长这么大都不曾见过如此大队的人马。

三人看那贼势极盛，虽败不乱，不久定会卷土重来，不知灵州城还能守到几时，又恐撞上乱军山贼，哪里还敢去走大路，专拣些荒山野径而行，各村各寨早已是十处空了九处，沿路走去，更无半点儿人烟灯火。

摸着黑推车走到天色微明，慌乱中不辨东西南北，正不知走到了何处，忽见前面林中横七竖八倒着许多死尸，足有数百具之多。看服色都是附近村庄的百姓，恐怕也是逃难时撞见乱军惨遭屠戮。张小辫儿三人已是惊弓之鸟，在荒山里见到大批身首异处、肚破肠流的尸体，不免相顾骇然，只想尽快绕路离开。

不料只远远地看了几眼，竟觉得那些死尸有异，原来每具尸体不论男女老少，皆被褪去了裤子，下身裸露朝天，两腿间血肉模糊，显然是被人用刀割过。其状惨不可言，小凤赶紧捂住了眼睛不敢再看。

孙大麻子也看得心中跳成了一团，低声问张小辫儿道："我说三弟，难不成粤寇杀了人后……还要割去命根子不成？为何连女子阴户也给割去了？手段竟如此残忍，这天底下幽有神诛、明有王法，如此作为就不怕遭天谴吗……”

张小辫儿在外闯荡过几年，见识远比孙大麻子广博，壮着胆子向林子里望了几眼，已猜出个大概，故作老成地吁道：“此等作为，不像是寻常贼寇的手段，听我那驾鹤西游的老道师傅说过，世间曾有一门修炼金刚禅的邪教，这个教门诡秘无比，却是男女都有习它的。这伙人是专割死人那块儿的，男尸去势、女尸去幽，男女配成一副，再加上汞砂异草，就是一味丹药了，服之能成大道。官府拿到炼此邪术之徒都要在市曹千刀活剐，却始终屡禁不止。看此情形，可能又有奸人趁此战乱偷做那种无德的勾当了。这些死尸身上刀痕宛然如新，只怕那伙强人并未去远，若被他们撞见，免不了要遭其毒手，咱们三十六策，还是赶快走为上策。”

孙大麻子闻言面如土色，吐了吐舌头：“俺的娘，死人身上的败肉也吃得？”连忙同张小辫儿拉了驴车，拽着小凤往密林深处逃去。

又走了半晌，抬眼看时，林外是座大山，竟是转回了先前捉虾蟆的瓮冢山。头天夜里一场暴雨山洪，又赶出了许多虾蟆，漫山遍野地乱蹦乱跳。

张小辫儿正发愁怎么把僵尸运到灵州城里，见了山上无数虾蟆，双眼一转，顿时计上心来，哈哈一笑，叫道：“不怕没来运，就怕运才来！”立刻让小凤看住驴车，他和孙大麻子两人挽起裤管衣袖，趟泥涉浆地爬到山上，捉了满满一麻袋活蹦乱跳的大虾蟆回来，这才找准了路径直奔灵州而行。

一行三人栖栖惶惶，饥啃干粮，渴饮山泉，躲躲藏藏好不容易挨到灵州城外，找了一处僻静的土地庙歇了脚。先由张小辫儿到城门处探上一探，看看能否入城。这座灵州城规模浩大，兵多粮广，地处水陆要塞，士农工商五行八作极众，城内颇多繁华所在，乃是鱼龙变化之乡，更是自古兵家必争之地。城防坚固无比，内外两道城墙，四门各设炮台，筑有坚固的敌楼箭塔，此时城头上剑拔弩张，戒备格外森严。

自粤寇来犯，就是起心要打这座城池，早在灵州附近形成合围之势，水路交通都已隔绝，有许多行商和难民都避在城内，远遁不得。前两天守军击溃了攻城的粤寇，料定贼兵新败，其主力又缺少粮草接济，短时之内必然不会再来，便趁着白昼开了半道城门，使百姓往来通行，只是各门都有把总亲自督率兵勇，严格盘查出入之人。但不知是何缘故，进去的还好说，出城之人，却无不被门军从头到脚搜个仔细。

张小辫儿躲在城外偷偷看了个遍，心中有了底，估摸着能混进城去，便匆匆回去找到孙大麻子和小凤，把僵尸美人身上涂满了烂泥，然后和上百只大虾蟆塞进同一个麻袋里，推在空驴车上。三人探头探脑地混在入城的贩夫之间，慢慢走向城门。

孙大麻子和张小辫儿都是胆大妄为之辈，此事既然横下心来要做，只要把脑袋当作白捡来的一般也就罢了。可小凤却是提心吊胆，越接近城门越是觉得脚软，心想：这毕竟是藏着具前朝古尸入城，万一把门的兵勇有眼明手快的，难免被其识破当场拿住，我一个姑娘家，又没什么见识，如何经得起公门中三推六问的千般锻炼？

又想：更何况就算被带到衙门里遭了大刑，也不知如何招供，这些勾当都是张三那厮的鬼主意，天知道他千方百计地要把僵尸运到城里想做什么……她心中虚到了极点，身形脚步也都不稳了。

是福不是祸，是祸躲不过，此时即便想回转了去，也都已来不及了。驴车上鼓鼓囊囊的麻袋和这三人虚头巴脑的模样，早已引起了守城兵勇的注意。领队的军官凶神恶煞般握住腰刀点手喝问：“你三个都给老子站下了，进城想做什么？麻袋里又装了些什么？”

张小辫儿见状暗暗叫苦：“此番真被王寡妇的贱女儿害死了。”亏他好生急智，又有一副泼胆，急忙伸手架住小凤胳膊，堆着满脸无辜对那走过来的几名团勇拜道：“军爷辛苦，小的们给军爷请安了。我等都是瓮冢山附近的百姓，昨天趁着雨水大，便到山中捉了许多虾蟆，恰逢小人的姐姐染了风寒病，眼见是病入膏肓不能活了，就想进城将这些鲜活虾蟆换些诊金，带我家姐姐去郎中处把个脉，讨几帖药来治病，还望军爷通融则个。”

说着话，张小辫儿手中悄悄使劲儿，用力去捏小凤的手臂，小凤正自魂不附体，脸色苍白，全身发抖，额上都是冷汗，又兼臂上吃痛，忍不住咬着嘴唇蹙起眉头，果然是一副病体憔悴的模样。

那些把守城门的兵勇，上上下下打量了张小辫儿三人一番，看他们都只十六七岁的年纪，破衣烂衫，真如乞儿一般，并不像是粤寇派来的探子，又伸手在麻袋上按了几按，提刀拨开麻袋口来看了一看，里面腥气扑鼻，确是活生生的虾蟆。

张小辫儿担心再被翻下去露了马脚，就偷着对孙大麻子连使眼色，那孙大麻子虽是心直，终究不是傻子，也知此事作不来耍的，连忙从麻袋里抓出一只肥大的虾蟆，臭烘烘的半死不活，举在手里要递与其中的军官：“官长老爷杀贼杀得辛苦，吃了虾蟆补身，滋阴壮阳，上下通气……”

那带队的旗人军官立刻捂着鼻子挥了挥手：“好腌臜的奴才，当真不懂好歹，谁他妈要你的臭虾蟆，弄脏了爷的官服，就拿你的人头来赔。别堵着城门啰唆了，快滚快滚……”说着在孙大麻子屁股上踢了一脚，骂声：“聒噪！”便把三人放入了城中不再理会，自行带着手下挨个去搜查盘问出城的百姓。

张小辫儿这三人，恰似漏网之鱼，慌里慌张地混入城中。大战刚过，民居城墙上皆是弹痕，由此可见日前战况之激烈程度，但老百姓还是要维持生计互通有无，买卖铺户多半照常开着，街上熙熙攘攘的人流有来有往。

张小辫儿担心城中人多眼杂坏了大事，不敢在人多处行走，只找没人的小巷子走。七转八绕行过几条穷街陋巷，前路却被高墙封死，是条死路，两边都无门户，路径狭窄，驴车掉转不得，三人又惊又累，只得暂且坐在巷子里歇歇腿脚。

孙大麻子正想问张小辫儿冒死将古尸运进城里究竟是要做什么勾当，还没等开口动问，就见两边墙头上有黑影晃动，他还以为是有贼偷逾墙而走，忙捏着拳头跳起身来，定睛看时，立时出了一身冷汗：“进了猫巷不成？哪里来的这许多猫？”

原来墙头巷角处，不知几时钻出几百只野猫来，一只只脏兮兮的瘦骨嶙峋，眯着猫眼围着张小辫儿他们打转，不知怀着什么鬼胎，神色极是不善。

书中暗表：这座灵州城是处古城，已历千年，自唐代以来，多产花猫，故又有“猫儿城”的别名。城中流浪无主的野猫极多，盘街踞巷，数以万计，城中至今还有旧时猫祠古迹，颇多灵验，所以虽然常有野猫偷鱼窃肉，当地的居民却无人敢去开罪那些猫爷猫奶。

张小辫儿见状也知不妙，忙低声招呼孙大麻子和小凤：“快把麻袋里的女尸拖出来喂猫啊！”那两个听得此言都怔在当场，没口地叫冤：“千辛万苦把那僵尸美人偷运入灵州城来，一路上担了多少风险，受了多少惊吓，竟是要喂这群贼猫？”

有道是：“量大福也大，机深祸也深。”毕竟不知林中老鬼吩咐张小辫儿进城意欲何为，且听下回分说。

「第二卷」

第一章　松鹤堂

话说张小辫儿这三人，不知天有多高，地有多厚，带着僵尸美人混入了灵州城，结果刚一进城，就在纵横交错的巷子里迷了路。谁承想这条荒僻幽暗的老街旧巷，竟有一大群野猫盘踞，三人顿时被群猫团团围住，别看一两只猫不吓人，可一旦成群结队地蜂拥而来，那情形也着实令人心惊。

灵州这座猫儿城里，最是盛产花猫。所谓花猫，身上皮毛并非五颜六色，那些黑白相间，又或是黄白相间的杂色之猫，皆属花皮，倘若有遍体一色之猫，则必定是从城外来的，城内之猫，绝无纯粹一色的皮毛。

此事在当地无人不知，张小辫儿多次进过灵州城，故此知道一二。他晓得这条全是野猫的巷子在这城里叫作猫儿巷，挡住去路的那堵高墙，想必就是传说中极具灵异的猫仙祠后墙了。附近百姓不供狐仙、白仙，却专喜欢去求猫仙爷保佑自家添福、添寿、添人丁，遇到大事小情，必到祠中祈求许愿。这也是本处风俗使然，常常都有人把鱼肉馒头扔到祠后巷中喂猫，以求善果，灵州城里的和尚、道士都不如野猫们受人待见。

久而久之，那些无家无主满城流浪的馋猫、懒猫，就逐渐聚集在猫仙祠周围，平时睡懒觉、晒太阳，醒了就去吃那些善男信女供神用的鱼肉果子。这些猫大都被愚夫愚妇们给惯坏了，结果满城当中，再无一只花猫肯在夜里去捉老鼠，所以灵州城里除了猫多，老鼠更多，鼠患已然有成灾之势。

可常言道“世事有一兴，则必有一衰”，近年来天灾连着兵祸，人心丧乱，世风不古，大多数老百姓衣不遮体，食不充口，吃了早起的，就愁那晚上的，有几个还顾得上孝敬它们这些猫爷猫奶？祠庙道观里的香火，都已惨淡得今非昔比了。

这可苦了古祠堂里这群好吃懒做的大小馋猫，一个个饿得眼珠子发蓝，伏墙卧檐喵喵惨叫，好不容易见有三个人推了辆驴车进来，便以为又有善人前来烧香许愿。按惯例，稍后免不了要发上一番利市，让它们这伙猫仙爷的重子重孙们饱餐一顿。

奈何那三个家伙太不懂事，进来了半天，干坐着不动，也不见取出什么糕饼肉脯来，群猫不由地好生着恼，心头起火、口中流涎，攒着脚步朝驴车越逼越近。

张小辫儿心中八百多个转轴，油滑灵光，见机何等之快，眼瞅着大群野猫来者不善，又想起平时在城里听到的传说，就知道十有八九这伙馋猫都是来索要吃喝的。此时若不把它们打发了，一旦闹出什么动静，必被城中巡逻的团勇发现，他这三人藏带着一具古尸入城，即便不被官府当作粤寇的细作，也得被看成挖坟穴陵的盗贼。到时候被揪到衙门里过回热堂，就算张三爷满身是嘴，怕也辩白不清了。心念一动，立刻想到麻袋中那些大虾蟆，忙不迭地招呼孙大麻子和小凤。他本想说：快把驴车上的虾蟆拿出来喂猫！但脑子里只惦着能换下半世大富大贵的僵尸美人，情急之下竟说成了：快把驴车上的女尸拖出来喂猫啊！

孙大麻子和小凤还以为要用僵尸喂猫。僵尸的肉叫“闷香”，据说世上还真有人吃过，却没听说猫儿也吃僵尸，何况担着天大干系把僵尸美人运到城里，都是听了张小辫儿的花言巧语，实不知他这葫芦里卖的是什么药，心慌意乱之下，都呆呆地愣在当场，不知该当如何理会才好。

张小辫儿见这两个笨货不济事了，急得跳起脚来。还得三爷亲自动手，他蹿上驴车扯开麻袋，将那些闷得半死不活的肥大虾蟆抖在巷中。群猫闻得有腥味，顿时眼中放光，龇起猫牙呼啦啦向上一拥，按住了虾蟆乱啃乱咬。

趁着群猫大吃虾蟆，张小辫儿把那僵尸重新套上麻袋，让孙大麻子扛在肩头，拽了小凤就往巷外溜去，驴车也不要了。他们唯恐踩到那些闷头吃虾蟆的野猫，只得捉起脚步，贴着墙边而行，刚走了几步，就见猫群里走出一只黄白斑斓的猫来，蹲坐在地上一动不动地注视着他们三人。

张小辫儿等人心知古怪，忍不住多看了那只花猫两眼，只见那花猫不比寻常野猫，年齿也不算大，皮毛光滑，双眼炯炯，极有神采，举止气度都显得雍容不凡，看起来竟是这群野猫的首领。

张小辫儿猛然想起那套观猫辨狗的法子，仔细一看，此猫双耳浑圆，异于常猫，应是古籍有载的“金玉奴”，黄斑如真金，白斑似美玉，自汉代有猫以来，便是世间稀罕的品种。他人穷志短，不由自主动了邪念，心想：“倘若把这金玉奴贩到京城，那些嗜玩的贝勒、王爷们少不了有识货之人，说不定能……”

张小辫儿脑袋里正在打歪主意，却见猫群中的那只金玉奴，忽然抬起头来，眯着猫眼嘴角上翘，竟是冲他三人微微一笑。这一笑险些吓得张小辫儿等人魂飞魄散，只因从古到今，普天下之猫绝无笑颜，谁要是看过猫会笑，那可真教撞见妖物了。

张小辫儿看见那猫笑得诡异，顿时想起先前在金棺坟里数猫的遭遇，心中打了个突，再也不敢朝那金玉奴瞧上一眼，脚底下生风，一溜烟似的逃出了窄巷。

孙大麻子和小凤也都吃了一惊，跟在张小辫儿后面逃了出来。三人转过一条巷，到了一处有人行走的街角，方才停住脚步，呼哧哧喘作了一团，心中多是惊慌，半晌作不得声。

孙大麻子把扛在肩头的僵尸美人放到地上，喘了片刻，问张小辫儿道：“邪门了，俺长这么大，平日里家猫野猫见过无数，可从没见过有猫能笑。

听说猫不会笑，是因它们脸上没有喜筋，刚才所见，定是古祠中的妖怪无疑了，须请个法师收服它才是，免得日久为祸，害了无辜性命。”

小凤却说：“想必是猫祠中久无香火供奉，咱们喂了野猫许多虾蟆，让它们不致挨饿，猫仙爷心中高兴，这才显出灵异。小三你说是不是这样？”

张小辫儿道：“你们没见过世面，又懂得什么了？这世上的猫虽是到处皆有，愚俗之人自以为熟识了，却并不真正知道它们的底细。三爷我可不是吓唬你二人，别说猫会笑了，它们还能背地里偷说人语。无论是黑猫、白猫还是花猫，皆可口出人言，只不过这些举动犯忌，故不肯说，唯有在避人耳目之处才说。”

小凤和孙大麻子皆是摇头不信：“你说的是鹦鹉，却不是猫，谁个见过猫儿能口吐人言？”

张小辫儿故弄玄虚地低声说道：“有一古法，可逼迫猫儿当着人面说话，你得先抓来一只牡猫，于满月之时把它锁在镜前……”

孙大麻子是个直心眼儿，没见过的便以为多是妄言，不等张小辫儿说完，已是老大不耐烦了，只顾着问他偷运古尸进城，究竟所为何来，为此吃了不少惊吓，若再不坦言相告，可有些不仗义了。

张小辫儿被问得紧了，又思量暂且不可将实情全盘托出，只好晓之以理，动之以情。他念过两年私塾，说起话来半文半俗，再加上嘴皮子好使，一番话倒真说得合情合理，直听得孙大麻子和小凤连连点头。

只听张小辫儿随口胡诌道：“天不生无禄之人，地不长无根之草，你们看这城内南来北往的，有多少穿着绫罗绸缎之辈，与咱们一般都是安眉带眼。我等也不比旁人少了些什么，为何他们吃得饱着得暖，而咱们却要家破人亡，穷得身无分文衣不遮身？你二人祖上怎样我是不知，但想我张家祖上，三代无犯法之男，六代无再嫁之女，最是积德行善的好心人家。难不成传到张三爷这代便要整日忍饥挨饿，到处受别人三般两样的冷落，如此岂不是老天爷无眼？却不然，有道是‘人善人欺天不欺’，原来就真有一心广济穷苦的神仙，要救我等出苦海得荣华，这才在古墓中指点了三爷一条金银成山的路途，可你们有没有听说过这么一句话——命是天注定，事在人作为。那一生一世吃不穷、花不尽的大富贵，又怎会得来全不费工夫？其中必定要担些风险，遇些波折，否则人人可为，世上便再也没有穷汉了。”

张小辫儿又把林中老鬼嘱咐之事，掐头去尾地吐露了一些，说是偷运女尸入城，是要寻得一间“松鹤堂”的老字号铺户。倘若真找到这处所在，那金山银山也差不多就在眼前了，至于松鹤堂是做什么生意的，又是在城中什么地方？张小辫儿就不得而知了。

孙大麻子和小凤恍然大悟，三人找僻静地方一商量，猜测那僵尸美人是件瓮冢山里的古物，松鹤堂则是个收售古董玩器的铺子，单听这字号也是古香古色的，想来多半该是如此了，却苦于不知这店铺开在哪条大街。

好在鼻子底下有嘴，便分头出去打听，谁知找到城里人一问古玩铺松鹤堂，个个都是摇头，“盛世古董，乱世黄金”，如今天下盗贼蜂起，除了北京城，哪里还有贩古的？以前的古玩铺子多是关门大吉了，最后只有一个在城中寺庙挂单的和尚告诉张小辫儿等人：“灵州城绝无松鹤堂古玩铺，不过却有家松鹤堂药铺老字号，就在城北青石街，街上全是青石板铺就，最大的一家店铺就是，离着几百步远就能看见他家招牌，极是显眼。”

张小辫儿三人面面相觑，先前想错了，八成就是那家名为松鹤堂的药铺了，难不成药铺里收购古尸合药饵？如此可是犯禁的勾当，心中不禁忐忑起来，但又一想既来之，则安之，且去了再说，大不了撒腿就逃。

当下横了心，绕小巷子躲过城中巡逻的团勇，到得青石街，果然有偌大一个药铺，离得老远就闻得药草香气扑鼻。但见那老铺门前，高挂金字招牌，招牌上有“松鹤堂”三个大字龙飞凤舞，内衬“悬壶济世”的古匾，三层两楹的楼阁好不气派。

药铺店门大开，堂内堂外打扫得一尘不染，进进出出的人流络绎不绝。一层是抓药的地方，排着一架架高耸如墙的明漆药柜，柜上除了正副扎柜，还有许多伙计学徒忙前忙后，边厢的大屏风前，另有一套桌椅，一个专门坐堂诊脉、写方子的白胡子郎中，坐在那儿正给病人把脉。

张小辫儿见药铺里的人多，哪敢轻易进去，在街角隐蔽处躲到将至掌灯时分，眼看松鹤堂里开始上板关门了，又瞅见左近没有团勇官兵经过，这才让小凤独个等在外边，他和孙大麻子抬了僵尸美人，快步溜到门前。

松鹤堂内的伙计正在忙碌，看有两个衣衫褴褛的家伙突然跑了过来，还以为是讨饭的乞儿，就横眉瞪眼地倒攥了鸡毛掸子打将出来，要将他们赶开。

张小辫儿忙抱拳扯谎道：“我们是贩珍异药材的，有件行货要拿与你家掌柜瞧瞧。”

谁知那伙计是做惯了势力腔眼的学徒，眼孔最小，怎会把张小辫儿和孙大麻子这等破落之人放在眼里，举着鸡毛掸子骂道：“你们两个没眼的龟孙子是从哪儿来的？竟敢在松鹤堂门前聒噪。爷爷手中的这件行货，先拿来与你瞧瞧！”说着话，就把手中鸡毛掸子没头没脑地狠狠抽打过去。

孙大麻子平日专好弄拳使棍，多少有两下子把式，又兼血气方刚，怎肯吃他乱打，抬手抄住那伙计手腕，绷着脸怒道：“俺是来贩药材的，又不是偷城劫寨的响马贼，怎好不问青红皂白地让你打？须教你这厮知道俺拳头的厉害……”

那伙计被孙大麻子捏得腕子疼痛，杀猪般叫了起来，惊动了店内诸人，立即有几人拎着门闩、扫帚、条凳冲将出来相助，张小辫儿叫声：“苦也，阎王好求，小鬼难缠，还没等见着掌柜的，就要先被擒住了，此番定要被扭送到公堂上乱棍打死，也不知小凤那丫头有没有良心来为我二人收尸。”

孙大麻子也是火往上撞，拉开架势就要上前厮打，不料此时却惊动了松鹤堂里的铁掌柜。书中代言，这铁掌柜，是灵州当地出了名的吝啬奸商，一文不使，两文不用，钱物大秤进小秤出，多要他一文大钱，直如挑他一根大筋，又生得一双斗鸡眼，故此得了个诨号“铁公鸡”。

铁公鸡跟官面上素有勾结。他是唯利是图的贪婪小人，千方百计把城中同行挤对得关门大吉，如今满城经营药材的大小商号都姓铁，又趁着天灾人祸疫病横生的机会，大发横财。平民百姓正受倒悬之苦，有小病都自行忍了撑着，到这儿来讨方子买药的，都是急等着救命之人，任凭他铁公鸡漫天要价，也只好认了。在他这几帖中药上倾家荡产、卖儿卖女的穷人，已不可计数了。

越是如此刻薄奸猾的商人，越是逐利的先锋，听到门外吵闹，出来一问，才知道是有两个人声称有珍异药材想要出售，而店中伙计看他们衣衫破烂，便看成了是两个没三没四到此耍闲的。铁公鸡本拿着架子，一脸冷淡的神态，听到“珍异药材”四字，顿时眼珠子一转，那对斗鸡眼刚好落在了张小辫儿带来的麻袋上，立即露出一丝奸笑。

虽然那麻袋脏兮兮的几乎都和地皮一色了，但里面鼓鼓囊囊，好似装着什么东西。铁公鸡白手起家，最初发财，就是凭借无意间得了几株成形的老参。他知道那些山民虽然贫困，可常在深山老林里谋生，掘得奇花异草的机会还是有的，只此一节绝不可以貌取人。管这两个小厮贩的是真药假药，拿出来看看也不亏本，倘若是两个骗子，再命人棍棒相加不迟。

这念头一动，铁公鸡就喝退了手下的一众伙计，阴阳怪气地嘿嘿一笑，命人把张小辫儿和孙大麻子请到内堂叙话。

铁公鸡带着心腹账房先生，引着张小辫儿二人到堂中，命其余的人都在门外候着，进去关上门来自行坐下，连杯热茶都不招呼，便斜着眼盯着那大麻袋，对张小辫儿道：“还愣着干什么呀？这里边装的是什么货色？赶紧打开来看看吧。”

张小辫儿和孙大麻子虽是心中打鼓，但此时是有进无退了，硬着头皮扯开麻袋，露出里面赤身裸体没有下巴的一具女尸来，说道：“您老请过目……”

那账房先生站得离麻袋最近，他是个老花眼，初时还没瞧清楚，奇道“好大一株人参”，忙举起单片花镜来凑近了细观，一看之下惊得把镜片都扔到了半空：“娘的，娘我的姥姥哦，是……是僵尸！”随即叫道：“定是从古坟里刨出来的，好晦气！我这就吩咐伙计们拿绳子，把这两个挖坟穴陵的贼子捆绑了送到衙门发落！”

张小辫儿和孙大麻子见大事不好，正要转身破门而逃，却见那铁公鸡并未如那账房先生一般大惊小怪，反而脸上神色变幻不定，忽地站起身来扒开麻袋，上上下下看了看那古尸的体态面容。他虽是昧心的奸狡小人，但医药之道却是通晓精熟，多记得古方，是个识货的行家，看罢点头道：“这是前朝的美人盂呀，你两个如实说，究竟是从何处得来此物？”

张小辫儿，哪懂什么是美人盂，只好一口咬定，是从自家后院里掘出来的，并不知晓来历。村里有博物之人说这是名贵药材，所以才大老远地抬到城里，久闻松鹤堂字号响亮，仁心仁术，童叟无欺……

不等张小辫儿说完，铁公鸡便“哼”地冷笑一声，笑骂：“一派胡言，瓮冢山附近都是穷乡僻壤，鸟不拉屎的荒凉地界，除了坟头就是坟头，哪会有什么珍贵药材？这分明就是一具前朝古尸。不过此虽是一件传古的奇物，但值不得什么银钱，灵州地面上除我之外，再没第二个人能识得它。你们能找上门来，也是机巧不过的缘分，所以我就不加隐瞒了，旁的都不提了，不妨就此还你们一个公道价钱，谈得拢了，好教你二人得知此物来历……”

孙大麻子还以为铁公鸡肯出大笔银子，心中大喜，也顾不得听他开价，当即就要应允。此时张小辫儿脑中一闪，想起林中老鬼所说之言：把古尸运到松鹤堂中，不管他开出多少价钱，都绝不可要，切莫为蝇头小利动心，只讨了他松鹤堂后院的那只黑猫回去便可。埋在灵州城里的金山银山，没有此猫便取不得分毫，松鹤堂里养的黑猫，就是开启灵州秘宝的一把钥匙。

这正是：“生死有命，富贵在天，只言片语，暗藏玄机，信与不信，命从此分。”欲知后事如何，且听下回分解。

第二章　金丝虎

且说孙大麻子正要就地要价，把那具僵尸卖与松鹤堂药铺掌柜铁公鸡，却被张小辫儿当场拦了下来，没让他开口要钱。

张小辫儿嘻嘻一笑，对铁公鸡说道：“我家这大麻脸兄弟一身顽赖皮肉，掌柜的千万别把他的话当真。小人们每每听说松鹤堂布医施药，以种种善举广济世间的穷人，今日侥幸得了这名贵的美……美……美人盂，正所谓物归其主，理应拱手献上，又怎敢问铁掌柜要钱。”

铁公鸡是十足吝啬之辈，从不肯轻用一厘一毫的银钱，正筹算着要想个法子谋害掉二人性命，空手得了他们这件美人盂，便是一个大钱也不打算给的。此时听张小辫儿说不要银钱，不觉奇怪万分，他以己度人，越想越是不解，思量着天底下怎会有这等不使本钱的生意，既不开价求财，定是另有所图。

张小辫儿道：“铁掌柜果然料事如神，您老公平买卖，童叟无欺，自是不肯平白收货，可小人们脸皮再厚，也不能昧着良心伸手接您的银子，只好斗胆求取贵宅一件物事。”

铁公鸡眉头一蹙，狠狠盯着张小辫儿道：“要钱要物还不都是一回子事？你们用不着跟本掌柜兜圈子，有话在此直说，有屁滚到外边去放，想要什么不妨明说。”

张小辫儿的谎言瞎话张口就来，想也不用去想，当即捏造出一番说辞来，声称在老家瓮冢山一带鼠患成灾，鼠夹、鼠药也灭不尽那许多硕鼠。现如今正值战乱，百姓们大多食不果腹，仅有的一点儿粮食，还要整天提防被老鼠偷啃了，日子过得苦不堪言。

自古以来，猫鼠便是天敌，居家防鼠多是养猫护宅，但此城方圆数百里的猫儿，皆是灵州花猫，它们都借了老祖宗猫仙爷所留的荫福，一贯好吃懒做，从来不肯捕鼠。

张小辫儿说他多曾听闻，在松鹤堂药铺后院，养了一只黑猫，通体滚炭绸缎般乌黑，精神非凡，擅能捕鼠，而且终日不倦，民谚有云“好狗护三邻，佳猫镇三宅”，这黑猫绝不是本地所产花猫之辈可比。他兄妹三人为了清除村中硕鼠之灾，才冒死将美人盂带入城内，想以此物换了那只黑猫回去。

原来铁公鸡自家宅中，在这些年里常被老鼠闹得伤神，确实是养了一只黑猫。本意是想让它逮耗子，谁知此猫只爱吃鸟雀，每日里爬树上房去掏鸟窝，从不理会在厨房廊下招摇横行的老鼠，撞上了耗子也视而不见。

那黑猫的举动，常常气得铁公鸡翻白了他那对斗鸡眼。后来他找到会相猫的术士一看，才知这黑猫从两眼到猫尾巴尖当中藏有一条金线，只有在星月清光之下方可得见，乃是《猫谱》中有名有号的“月影乌瞳金丝虎”。正因有此金线相贯，所以这黑猫并不是纯色一体的黑猫，而是一只正宗的两色灵州花猫。

铁公鸡自打知道此事以后，早就有心打发了这只中看不中用的黑猫。这时见张小辫儿愿意用美人盂换猫，不免正中下怀，只要是不掏自家腰包使钱，他铁掌柜又何乐而不为？唯恐张小辫儿变卦反悔，当即便立了契约，命账房先生到后院去抱了黑猫出来交换。

孙大麻子见状，急得额上青筋突突跳动，把张小辫儿扯在一旁道："老三你怎地如此糊涂了？有道是好男不养猫，好女不养狗。男子养猫不免消减阳刚之气，而女子养犬则添戾气而少柔顺。为何咱们放着现成的真金白银不要，却偏偏讨他药铺里的黑猫？"

可是如今张小辫儿满身的精神命脉，一发倾注在松鹤堂后院的黑猫之上，认定要得大富大贵，须是忍得这一时片刻，岂能像孙大麻子似的受穷等不到天亮？这时候更是心硬如铁，莫说是孙大麻子，纵然观世音菩萨下凡，也劝不得他回头了。

此时账房先生已将后院里的黑猫抱了出来，张小辫儿急忙把眼看去。只见那小黑猫虽是满身疲懒之态，显得不甚机灵，但若以高明的相猫之法细观此猫，自可辨其出众之处。

何以见得此猫出众？有赞为证，真乃"乌龙入眼穿金线，黑云罩体似墨染；爪藏锋锐能翻瓦，尾分七节会掉风"，是灵州花猫中极为罕见的"金丝虎"。

张小辫儿按捺住心中的狂喜之情，从账房先生手中接过了黑猫，使出相猫的手段，揪猫耳朵、拽猫尾巴、捏猫骨、数猫坎。他鬼迷心窍，自认为得了此猫，灵州城中那桩奢遮[1]的富贵，定是非他莫属了，却不敢在铁公鸡面前显山露水，只是交口称谢不已，假意要带这黑猫回村去捉老鼠，说着话便要辞别离去。

铁公鸡拿黑猫换了美人盂，也倒是件不费本钱力气的美事。他有心让张小辫儿和孙大麻子回乡后，再多寻几件此等的行货偷运进城，所以并不急于送客，竟然破例命人斟上一壶"高沫"款待，并对他二人说起

[1] 奢遮：了不得，了不起。

这美人盂的来历。

一说之下，满座皆惊，你道为何吃惊？原来美人盂是前朝所留，并非本朝之物。这前朝便是明代，说起这明朝，自打洪武皇帝开国定基以来，一度国泰民安，四海升平。传至明朝后期，合该是朱家气数将尽，圣听闭塞，不用贤能，有许多奸臣宦官趁机掌权得势。

朝中的宦官阉党无休无止地搜刮民财，由于这些人都是没有子孙的绝户，所以挥霍受用起来变本加厉，格外丧心病狂。为了满足他们畸形病态的精神需求，发明出了许多穷奢极欲的享乐方式，美人盂便是其中之一。

何为美人盂？顾名思义，这是一件用活人做的痰盂。从使钱买来的奴婢中，选那年轻貌美的，令她终日跪在房中伺候，什么时候听主子一咳嗽，美人立刻张开樱桃小口，接住从主子嘴里吐出去的浓痰，强忍着恶心咽进肚里，这就叫美人盂。

当时的豪族富户对此举争相效仿，谁家权势熏天、财大气粗，谁家就要摆个活生生的美人做盂。那美人盂越是光鲜漂亮，越能显得主人身份显赫，这种风气一直延续到阉党失势，才逐渐废除。

铁公鸡虽然人品卑劣，可他识得历代方物，知道瓮冢山里曾经有前朝的墓葬，明末清初之际被贼人盗发过。他一看张小辫儿和孙大麻子背来的女尸，形态非常奇异，跪地仰首还没下巴，料想是临死前用器械把嘴撬开所致，便估计是墓中陪葬的美人盂。

最近几年，铁公鸡正千方百计收集生前含恨屈死的古尸，见了美人盂，正如苍蝇集腥、恶犬见血一般，但他并非想用僵尸肉制药，而是和张小辫儿一样心怀鬼胎，表面开药铺，私底下另有许多不能见人的隐秘勾当，怎肯轻易把自家底细和盘托出？他说到后来便有所隐瞒，只告诉他二人："美人盂其实是具前朝古尸，盗发损毁皆为刑律所禁，咱们寻常百姓要它更是无用。可本掌柜懂得古方，正好要用其肉入药救人，甘愿替你们两个担了这天大的干系。你们切记守口如瓶，回去之后千万不要走漏半点儿风声，否则免不了要吃官司。”

张小辫儿和孙大麻子终于知道了美人盂是件什么东西，心下一阵悚栗，好生作呕，对铁公鸡后边那些话，都听得有几分恍恍惚惚，并未上心。

铁公鸡又唠叨了一阵，无外乎是些兜圈子的车轱辘话，张小辫儿支应了几句。他得了灵州黑猫，不想再在松鹤堂里久留，抱着黑猫又要告辞，临走前向铁公鸡打听了一件事情：“听说灵州城以前有户姓娄的大贵人，娄家的宅子里种了许多槐树，有个别名叫槐园。自打娄家衰败之后，槐园也随着荒废了，想跟您打听打听这座宅子现在还有没有？”

铁公鸡闻言一怔：“娄家后人穷困潦倒，早已将祖宅转卖，槐园如今是我铁家的产业了。你这穷小子打听此地想做什么？”

张小辫儿只记得林中老鬼嘱咐的事情，是先用瓮冢山里的古尸换猫，然后再到槐园中寻宝，却不曾想到娄氏槐园已然换了主家。他灵机一动，借着铁公鸡的话头说：“眼瞅着天色全黑，城门都已关了，城中又要宵禁戒严，小的们在此无亲无故，只想寻个破庙荒宅对付一夜，挨到天明再做理会。想起听人说起过有座槐园荒宅古旧破败，这才动了念头前去，不承想竟然是您铁掌柜的产业。”

槐园是处古宅，亭廊院落精致典雅，内部多有石、泉、花、木组成的园林景观作为点缀，在当地极具盛名。铁公鸡前几年看中了槐园，巧取豪夺占了此宅，谁想那宅中闹鬼，根本容不得活人居住，偌大的宅院荒废至今。

铁公鸡处处都想占人便宜，他翻了翻眼珠子，心想那槐园凶宅空着也是空着，这几年连打更守夜的都不敢从边上过，更别提再转手倒卖给哪个倒霉鬼了。还不如让张小辫儿这伙不知情的外来人进去住一住，要是他们命大没死在里边，凶宅的恶名自然是不攻自破，万一被厉鬼索了命去，也只不过是件无头公案。在这兵荒马乱的年月里，死几个穷小子又算得了什么大事。打定了主意，便大大方方地取出一串钥匙来丢在桌上说：“各道城门早就闭了，掌灯后即便在破庙旧祠周围，也常有兵勇巡逻，如果遇到流民乞丐，多是不分良贱好坏地拿住，先是要当作细作严刑拷问一番，随后轻则丢进深牢大狱，重则当堂毙在杖下。别看灵州城虽大，却哪有容人留宿的去处。唯有我铁家在城南的槐园大宅，是个人去楼空的荒废所在，里面没甚值钱物事，只是常年无人打扫，有些……有些个不太干净，你们要是不嫌弃，倒是可以在里边将就过夜。”

张小辫儿闻言，连忙抓起钥匙道：“不嫌不嫌，我们一向是犯法的不做，犯歹的不吃。倘若在夜里没头没脑地被官军抓住下狱，岂不冤杀了我等安分守己之人，恐怕死后也没处叫这撞天的屈。”他表面上是对铁公鸡一番千恩万谢，心中却偷笑：“别看你铁掌柜奸似鬼，今日却成了张三爷发财登天的垫脚石，现下是一石二鸟，正好带着黑猫进槐园寻宝。”

张小辫儿心里的如意算盘虽然打得好，但他毕竟没有未卜先知的法子。如果身边真有个能掐会算之人，知道他在槐园中会遇到什么事端，此时肯定要把他拦腰抱住，舍命阻拦。只因他不去则可，这一去就要闯出一场塌天的大祸，直教灵州城里血流成河，城郊野外又添无数坟丘。

欲知槐园凶宅详情如何，留待下回分说。

第三章　猫仙爷

话说世间造化变移，兴衰起伏，沧海可以变为桑田，这人活一辈子，他究竟是贫贱还是富贵，从来就没个定数。所以常有许多心怀不足的人，巴盼着撞上一注横财陡然暴富，却不知天底下好人也有穷到底的，倒不如安分守己，随缘度日，图个清静平安。

张小辫儿偏偏就有些短薄见识，专爱做些小便宜勾当。他发财心切，换取了药铺中的黑猫之后，自以为得计，只道好事全被他一个人赶上了，急于想去槐园寻宝，哪还管得了是什么凶宅、鬼宅。他接了钥匙在手，谢过铁公鸡留宿之恩，便推说天色晚了，便和孙大麻子两人匆匆告辞离开。

灵州城入夜后，便严禁百姓们出门走动，大街小巷里，都有一队队官兵团勇往来巡防。当时城中守军不足，各家各户都要抽丁助防。铁家有一个老仆，被调去充做了老军，专司打更报时。此人熟知城中地形，可以避过夜间盘查，受铁掌柜吩咐，就由他引着张小辫儿等人前往槐园。

先不说铁公鸡如何处置那具僵尸，单表张小辫儿和孙大麻子抱上黑猫，到药铺外边接了小凤，三人慌里慌张地跟在巡夜老军身后，在夜色中穿街绕巷而行。张小辫儿嘴皮子油滑，胡乱搭上几句话，就与那老军熟络了，一打听才知道，原来老军随了主家的姓氏，姓铁名忠，从他祖上八代开始数，全是灵州本地人。

铁忠老汉五十来岁，言不惊人，貌不出众，一看就是个忠厚老实的仆役。他穿了一件破旧褴褛的号坎，手里提着灯笼，身上挂着铜锣和梆子，边走边吆喝："平安无事喽……小心火烛哟……"

众人走到一条黑漆漆的巷子中，眼看快到地方了，铁忠老汉却忽然停下脚步，告诉张小辫儿三人："不是我吓唬你们，灵州城里无人不知，无人不晓，槐园中确实有厉鬼出没，不知害掉了多少人的性命，四邻街坊无不惧怕这座凶宅，早都搬了一空。这一带除了野猫和老鼠，再没别的活物出没。到了夜间，就连巡逻的团勇们都不敢从周围经过，老汉我说句不中听的，你们几个后生，万一今夜撞上鬼死在槐园里，想找个给你们收尸的人都难。若是听我良言相劝，就趁早去投别的宿处。"

张小辫儿满不在乎，根本没把他的话听进耳朵里，心想三爷有个诨号唤作"张大胆"，可不是凭空搏来的虚名。这些年破庙荒祠没少住过，怎么会怕城里的一处宅院，就对铁忠老汉说："多谢您老人家好心指点，可是这深更半夜的，城中哪还有别的地方能容我等落脚？小人张三又是个破落户，鬼神不收的贱命一条，所以胆气极壮，随他千妖百怪，我是绝不怕的。"

孙大麻子专爱听这些卖弄豪杰事物的大话，当下也说道："人怕鬼三分，鬼怕人七分，我辈大丈夫，气吞湖海，一向是行得正、坐得端，胸中又有的是胆量，世间即便真有鬼物，按道理也该是它怕我们。"

小凤自打进城以来，始终担惊受怕，但乡下丫头，也没什么见识，遇到生人时开口说话都难。她看眼前这一片街巷宅院，全是悄无人声，而且黑压压的没有灯火，不由得胆寒起来，正想劝众人别去凶宅，这时忽听得身后屋顶上发出"喵呜"一声猫叫，好不悚人毛骨，吓得她险些瘫坐在地，幸亏被铁忠老汉扶住。

张小辫儿左右一打量，黑夜中却难辨野猫踪迹，只见周围街巷院墙颇有些眼熟，猛然想起来，原来此地正在先前到过的猫儿巷附近。

铁忠老汉对小凤说："莫怕，城里野猫多，尤其是在猫仙祠附近。你们胆大包天竟敢夜宿凶宅，绝不是作耍可以了账的事。奈何我一介打更巡夜的，口中讲不出什么真实道理，看来是劝不住你们了，但眼下正好路过此间，总该进仙祠去给猫仙爷磕几个头，让他老人家保佑你们一夜平安。"

灵州有拜猫仙爷的古风，张小辫儿这三人十分信服，也为了壮些胆色，当下齐声称是，顺路进了古祠。见那堂中神龛里有尊泥塑的神像，青袍长髯，慈眉善目，是个饱学儒者的模样。看神位不是别个，正是在当地屡显灵异的猫仙爷。

张小辫儿等人虽然久闻猫仙爷的大名，却不知这些古迹的来历出处，也从没进仙祠里烧过香，还以为大仙是只得道的老猫。此时一见，不免觉得诧异，但不敢怠慢，恭恭敬敬跪地磕头，在神位前许愿道："小人们都是善男信女，求大仙爷务必保佑弟子们逢凶化吉、遇难呈祥。今后如有寸进，能得些小富小贵，肯定不忘买些咸鱼馒头布施庙中野猫；倘若是猫仙爷开恩，能保佑弟子们有场大富贵，那就要给您老重塑金身、造寺建塔，心意至真至诚，还求仙爷灵验感应。”

拜罢了猫仙爷，张小辫儿心中好奇，想问个究竟，就跟铁忠老汉打听起来：“小人们一向只听说猫仙是灵州城里的神明，却不知大仙爷得道的这段事迹，到底是出在什么人家？又是怎地起头，怎地了结？”

铁忠老汉自幼就把猫仙当作菩萨佛祖一般来信，见张小辫儿等人竟不知大仙来历，便责怪道：“你们这些只顾吃闲饭、找闲事的光棍没头鬼，空在祠中拜了一回，怎么连猫仙爷他老人家的事也不清楚？”

铁老汉随即讲起经过来，传说都是几百年前的旧事了，早在那时候灵州城里就以猫多闻名。在城外有鄙雷寺古刹，乃是南北朝时期所建，多次毁于战火，但事后又都被重建修筑，规模是越来越大。寺中历代都有高僧住持，香火极盛。

曾有一位高僧法号昙真。这老和尚活了一百多岁，虽年事已衰，但畅晓佛理禅机，能知过去未来之事，讲经说法时妙语无边，有如口吐莲花。上至达官贵人，下至士农百姓，都将其视为鄙雷寺里的活佛，昙真老和尚不理俗务，每天只在庙堂里焚香诵经。

鄙雷寺庙前有个放生池，当地百姓称其为鄙雷塘，是个千年不枯的古潭。绿水幽深，不论天气如何炎热，鄙雷塘附近也是凉意森森。凡是大一点儿的寺庙里都有放生池，里面养着龟鱼之属，放生池一来有佛法好生之意，二来池中蓄水可以防火，池塘的大小则取决于寺庙规模。常有灵州城里的大猫小猫们来到池前看鱼，猫不会水，它们看着池塘里的游鱼，只能图个水边凉爽，空流馋涎过过干瘾，所以鄙雷寺前多有野猫出没，寺中僧人对此早就习以为常了。

又因庙里的和尚们都吃素，故此附近的野猫只在鄙雷塘前游荡，极少进寺，唯有一只满身生癞起疮的老猫，一连数年，整天整夜地徘徊在这座寺庙里。

扫地的小和尚心善，见到这老猫，就寻些草药给它治疗身上的癞疮。谁知药不对症，猫疮更加溃烂流脓，变得腥臭无比，不用草药倒还好些。那小和尚也就只好不敢再管它了。

这天早上，昙真老和尚在佛堂前讲罢了南无妙法，唤过扫地的小和尚，对他点手指了指伏在对面墙檐上的癞疮老猫，说道："此物不可再留，你行个方便，替它寻个了断之处去吧。"这意思就是让小和尚找个地方，把老猫宰了，而且还吩咐要在明天天亮之前料理干净，死猫尸体可以埋在后山密林。

扫地小和尚一听吓了一跳，心想师父一贯慈悲为本，善念为怀，今天这是怎么了？那老猫虽然肮脏邋遢，却不曾惹出祸事，出家人最戒杀生，如何对它下得去手？想要再问端倪，昙真老和尚却闭上双目入了定。

师命难违，小和尚不敢多言，爬到墙上捉了老猫下来，想用手掐死它或是棍棒打死，可都下不了手。最后想来想去，就将老猫抱到放生池边，打算将它扔进水里溺死，犹豫再三，仍然狠不下心肠。他是胎里素，蝼蚁也不肯踩死一只，在心里打定了主意："佛门静地，岂容杀生害命？"就偷着把猫撵到寺外，见它去得远了，方才回去复命。

等到昙真法师出了定，就在佛堂上召来小和尚，把那老猫之事相问。小和尚谎称已将老猫淹死在鄙雷塘中了。昙真法师斥道："出家人不打诳语，当着佛祖的面怎敢口出虚言？"

小和尚大惊，忙在佛前叩头称罪不已。昙真法师道："你速去捉了那只老猫回来，倘若天亮前还不能将它打发了，你我师徒都要平添一场孽业……"随后念出四句偈语来，说是"世间万物藏因果，大海浮萍有偶然；生死来去君莫怨，电光石火梦中身"。

欲知后事如何，且听下回分解。

第四章　槐园凶灵

且说扫地的小和尚领了法旨，匆匆出了山门，一直找到后半夜，总算寻得了那只癞疮老猫，将它抱至鄙雷塘边，叹道："叵耐[1]你这业畜不晓事，不知怎地得罪了老禅师，却要着落在小僧身上，今夜不得不结果了你的性命，这就念经超度你去往西天极乐世界了……"随即硬起心肠，将老猫投入潭中溺死，又捞出死猫尸体，埋在了后山密林，这才回转寺庙，向昙真长老复命。

常言道"入门休问枯荣事，观看颜色便得知"。昙真长老一看小和尚的神色，就知他已将事办妥。他见此时天光大亮了，就问小和尚是如何将猫了断，当时是否天色未明？

扫地的小和尚破了杀戒，心中多是恍恍惚惚的，隐约记得淹死老猫之时，似乎是东方刚动，城门也还未开，当着昙真长老面前，不敢再有什么隐瞒，一五一十地说了出来。

昙真长老听罢，心想"看来此乃天意，人力不可强求了"。此前只因禅机不可明言，难以对扫地小和尚直说，所以不能如实相告。原来佛家讲个因果循环，那只满身癞疮的老猫虽是坠在畜生道里，但它生来带有道行。每到鄙雷寺中有僧人焚香诵经，敲木鱼的声音一响，老猫必定闻声而至，伏在堂前檐下聆听经文。

---

[1]　叵耐：无奈。

昙真长老慧眼相看，知道此猫是一身道骨，成不了佛，但佛道众生，皆是眷属，它听经多年，早晚会有一段善果，只不过还要投胎在人间有些作为才能得大道。正值头天夜里，灵州城有位产妇临盆，胎儿横生倒长，产妇性命垂危，眼瞅着就要呜呼哀哉一尸两命了。接生婆和乳医束手无策，十分焦急。

外人不明就里，只有昙真长老一人清楚，此猫不死，彼妇不产。这才命小和尚与那老猫行个方便，但是没想到，阴错阳差地误了时辰，如今只能看这老猫自己的造化了。

当天早上果然有谭员外家喜得贵子，取名为“百征”。谭家是灵州城中有名的书香门第，到了谭公子这代，已是人丁不旺，千顷地里只有他一根苗。谁知这小公子自生下来起，就全身生疮，遍求名医也难以治愈。好在此人生来聪颖，读书过目不忘，年轻时有意考取功名，但他学问虽然到了，福气却不到，任凭胸中锦绣，笔走龙蛇，总是没有登科之命，每次皆是名落孙山，好在家产殷厚，不必为生计担忧。

谭公子有一个怪癖，他平生酷爱养猫，各种《猫经》《猫谱》从不离手，还常常花大价钱，从两粤之地请人过来相猫。他在功名场上屡试不中，心意渐渐淡薄了，此后更是将全部精神命脉，都倾注在了养猫这一件事上。他散尽家财，整日与群猫为伍。

灵州自古便有老猫能通人言的传说，谭公子逢猫就问：“汝能言否？”看到屋顶有野猫经过，也要追着问：“瓦上郎君留步，你可能通人语？”可不论家猫、野猫，向来没有一只肯理睬谭公子。他的这些怪异举止，被邻居家人看在眼中，也多以为谭公子是失心疯魔不可救药了。

有一年谭公子在城郊野外闲走，遇到一只形态罕见的四耳花猫，正伏在树杈上呼呼大睡。此猫全身酒气冲天，似乎是刚从什么地方偷酒喝过，醉卧在此。谭公子擅能相猫，一眼就瞧出此猫绝然非凡，似乎是只脱化来的四耳仙猫，不知何以如此。他看得好奇，就坐在树下想要看个究竟，直等到夕阳西下，那只四耳猫方才醒了酒，对树下的谭公子看也不看，打个哈欠溜下树来，摇摇摆摆地径自去了。

谭公子跟在四耳猫身后进了深山，这一去就是十几年，外人都道此人早已死了。谁知谭公子在山里却有一场奇遇，至于他究竟遇到了什么，却极少有人知道。只知他从山里出来之后，身边就带着一只四耳花猫，时常呼朋引类，聚集大群野猫招摇过市，沿街叫卖“猫儿药”，号称能治百病。

世人多将他看作疯子，谁肯吃他的野药？但也有些行讨的乞丐，病入膏肓却无钱看病，只好拿他的“猫儿药”来吃，总强过活活等死做了“路倒”。谁知竟然是药到病除，被他治好了许多疑难杂症，活人无算，一时间声名大著，远近相闻。

那一年灵州城发生了百年不遇的大旱，土焦田裂，河港枯竭，不仅河里没水，水井也多是枯的。百姓们为了取水，把井打到十几丈深，都见不到一丝潮气，天空上一轮红日炎炎相照，毒火相逼，不知渴死了多少穷苦人，酷暑更使尸瘟蔓延。原本的富贵盛地、繁华之乡，在旱灾中几乎变为了一座死城。

满城的官吏百姓，都聚集在龙王庙前祈雨，那庙里虽然供养着五湖四海的行雨龙王，却没一个显灵落雨。这时谭公子带着群猫来到龙王庙前，告诉众人，龙王庙大殿梁柱中生有“火蚕”，吸干了地脉中的水气，若不拆毁庙堂，旱情便不会缓解。

灵州军民虽是求雨若渴，却哪敢做此亵渎神明之举，谭公子之言触了众怒，被逐出城去。当夜，城中龙王庙发生大火，被烧了个片瓦无存。有人见到是几只野猫推翻了庙中的灯台，引起火头，料来也是出于谭公子的指使，正要将他绑到衙门里问罪，谁知蓦地里一声惊雷，四野阴云聚合，从空中降下一场甘霖。

众人这才知道旱祸果真起自龙王庙，先前是错怪好人了，此后更是将谭公子视作活神仙一般。灵州城内不分男女老少、贫富贵贱，人人争服谭家“猫儿药”，以求延年益寿、家门平安。除却行医施药之外，还有人问他休咎祸福，所问之事，无不奇中。又过了数年，谭公子带着四耳猫离开灵州城出外云游，最后不知所终。

灵州百姓都说他得道成仙去了，就在城里建造仙祠供养灵州花猫。自打猫仙祠建成后，香火旺盛，数百年不衰，常常都显出许多灵异，当地拜猫之风从此兴起，因此留下这段逸事至今。猫仙古迹，真真假假，奇奇怪怪，当世罕闻，各地少见，虽是说来好听，却未必都是属实，传说中涉及了“释、道、儒”三教六众，也是本地民风使然。

老军铁忠对此深信不疑，他指着巷子深处说：“槐园老宅就是在龙王庙旧址上所建，向来是处凶宅鬼府。你们前去过夜，务必多加小心，但盼着猫仙爷显灵，保佑你等平安无事。我是年老胆薄，不敢再往前边相送了，咱们就此别过。”说罢，他借了一只灯笼给张小辫儿三人，就佝偻着身子转身离去了。

张小辫儿和孙大麻子都是有些泼皮胆量、泼皮手段的人，满脑子想着到槐园中发笔横财，根本不肯将铁忠的话放在心上，带上小凤和黑猫，提着灯笼放开脚步，径直来到槐园门前，取出钥匙开了大锁。只见里面好大一座园子，门第森严，屋宇连绵，虽非天上神仙府，也是人间富贵家。

天黑后的槐园静夜沉沉，四周皆是悄然无声，唯见头顶明月高悬，脚下银光泻地，园中的庭廊水榭、楼台花木，在月影之中看起来显得分外清冷凄凉。张小辫儿到得此处，心中也自打鼓，林中老鬼只说带黑猫进这凶宅，就能挖出金山银山，其余细节却未作交代。不知究竟要如何作为才能取了那桩富贵。此行是凶是吉，还要全看张三爷自己的造化。

眼见这座槐园楼阁院落众多，不知该从何处着手，只得先打开正堂屋门落脚。但见楼中蛛网闭户，灰尘满布，是个久无人登的所在。房里的家具摆设，早被搬了一空，三人找个角落，胡乱收拾扫抹了一番，就在屋中分吃剩下的几块干粮，想要先填了肚子，再到园中各处巡视。

白天奔波多时，三人都已饿得很了，此时狼吞虎咽，谁也顾不上说话，正吃着半截，就听后宅里传来一阵孩童啼哭之声。哭声凄惨飘忽，时远时近，那黑猫极是警觉，它原本蜷伏在地，此刻听到响声，猫耳朵一动，噌地蹿了起来，猫眼充血。它如临大敌，显得十分惧怕。

张小辫儿听得真切，又是出乎意料，不免又惊又奇，险些被嘴里的干粮一口噎死。他翻着白眼好不容易才强咽下去，暗骂一声作怪了，在这荒园废宅里，怎会有小孩儿哭泣？

小凤被那阵揪人心肺的哭声所吓，惊道："莫非是凶宅里有小鬼作祟？"张小辫儿抱起黑猫来，对小凤说道："怕什么？黑猫、白狗专能辟邪。纵然是厉鬼，也要惧怕它们几分。听这哭声有异，也说不定是园中埋藏的银子成精了。"

孙大麻子说："世上之所以会有鬼魅妖邪之物，多是因为人心不平。所谓一正压百邪，倘若问心无愧，就算真是闹鬼又有什么可怕？"说话声中，他便抄起杆棒在手，壮起一身虎胆，当先循着哭声找向后院。

后院是片荒废园林，种有数百株刺槐，如今这些槐树多半都已枯死了。枯树在月光下枝杈戟张，犹如一片片狰狞的鬼影。满院子全是没膝深的荒草，草窠墙缝中没有任何蛙鸣蚓叫之声。一派死寂中，只有那断断续续的小孩儿啼哭声，不时从草木深处传来。

早年间曾有许多埋银化物的传说，说是大户人家深宅大院，地下常会藏有隐秘的银窖，埋下许多金银财宝，以防后世子孙坐吃山空。但是把银子埋得年头太久了，物老生变，就会变化成人形作祟，民间称之为"银魄"。张小辫儿财迷心窍，认准了凶宅藏银、荒园埋宝，思量着那哭声定是积银之兆，挑起灯笼，放开脚步拨草折枝，径向槐树丛中走去。

孙大麻子也是个不知天高地厚的糙人，仗着会些拳脚，抡着杆棒同张小辫儿并肩上前，正待打它个"棒开方舒五内愤，棍发助得一身威"。谁知拨开面前一片枯枝败叶，却见到古槐丛中竟有一座两层的木楼，碧瓦朱漆，楼阁玲珑，门窗却都不全，显得破败颓废。小儿啼哭之声正是从此楼中传出。

三人在楼前站定了脚步，耳听哭声甚近，触人心神，皆是又惊又疑，正拿不定主意是否要闯进去看个究竟，就见楼中黑暗处，有团白花花的影子在缓缓蠕动，恰好是月光照不到的所在，看不清是个什么事物。

有道是财迷人眼色乱心，张三爷是穷神转世，眼里只认得一个财字，哪里晓得此间厉害，问声："谁家孩儿死得苦恼，在此哭闹不休？"举着灯笼往前一照，三人都借着灯光看得真真切切，不看万事皆休，一眼看见了，顿时惊得心酥脚麻，不知自家身子是横是竖了。

原来黑洞洞的楼阁中，哪里有什么银精银魄，只趴着一个白白胖胖的童子，仅有八九个月大，全身上下一丝不挂，在脖子上吊了个长命银锁。那童子正自号啕大哭，嗓子都哭哑了。它见灯笼晃动，立即转悲为喜，竟然"咯咯咯"地怪笑起来，一阵风似的朝着楼口爬将过来，须臾之间便已到了张小辫儿三人面前。

有道是："娄氏槐园藏凶灵，三更半夜索命急。"欲知张小辫儿等人在槐园中有哪些险恶遭遇，且留待下回分说。

第五章　金精银魄

有道是"从来人死魂不散，何况死得有冤屈"。且说正值深更半夜，却从槐园孤楼中爬出一个头扎红绳、颈挂银锁的童子，张小辫儿三人好生吃惊，目瞪口呆地怔在当场，魂魄都从躯壳中蹿蹦出来，不知飞往哪里去了。

这时那黑猫似乎也有感应，突然"喵呜呜"叫了几声，黑夜里一对猫眼精光暴增，闪烁如炬。张小辫儿和孙大麻子正不知所措，听到旁边猫叫，直如雪水兜头泼身，当即回过神来，心道娄氏槐园果然是个极凶险的所在，若被屈死的小鬼缠上，恐怕这辈子再无翻身出头之日。

灵州当地是十里不同风、五里不同俗，但黑猫辟邪驱鬼的风俗却是自古已有，无人不知。张小辫儿念及此节，正想把黑猫扔出去抵挡，一不做、二不休，这叫作先打后商量。可是却见眼前一花，那全身光溜溜的孩子从面前一闪而过，转瞬间踪迹全无。楼堂深处黑漆漆的暗不见物，竟不知躲去了什么地方。

张小辫儿和孙大麻子又惊又奇，不知是什么直娘狗日的邪祟事物如此作怪，凶宅里还真有鬼魅不成？但他们心中认定在槐园中埋着金银财宝，正在兴头上，人住马不住，如何肯善罢甘休？当下挑起灯笼，要壮着胆子去楼中一探究竟。

小凤可没他俩这等泼皮的胆识，见楼中闹起鬼来，先自慌了手脚，加上终日里担惊受怕，又不曾吃过什么正经东西，身子极是虚弱，顿时一头栽倒，人事不省了。

孙大麻子是个仗义的人，见小凤倒地不醒，赶紧回身把她架住，招呼张小辫儿道：“三弟，小凤这妮子吃不起惊吓，再不管她可就要出人命了。”

张小辫儿跺足骂道：“这寡妇偷汉养出的贼妮子，专坏三爷的好事！”但他见槐园中凄风凛冽，怨气弥天，心中不禁发毛，独自一人万万不敢涉险进楼，只好和孙大麻子抬了小凤，一道烟似的往门外便跑。

谁想这一跑就成了热地上的蝼蚁——半刻也立脚不住。但见天上已是黑云遮月，四下里阴风飒然，那荒废寂静的槐园之中，枯枝乱杈摇晃作响，深夜听来，好似有无数小孩子躲在各处角落里不住啼哭。偌大的一座娄氏废园，竟没半个安稳去处，只得夺路出了大门，直逃至街首的猫仙祠才停下脚步。

夜深后，这古祠中常有大群野猫聚集。野猫们伏在梁檐屋瓦上，好奇地打量着三个不速之客。张小辫儿和孙大麻子搭着手，把小凤抬到积满灰尘的供桌上，又是掐捏人中，又是顺气活血，好一番忙活，才算把她救得醒转过来。

小凤仍是面无人色，刚醒来就哭道："你们两个都被鬼迷了心窍了？那座大宅子里也不知出过什么血案，使得阴魂缠绕不散，竟至显出如此凶相来。如今留下性命逃出来便好，千万别再回去找什么金银财宝了。"

孙大麻子说道："看来阴魂厉鬼果真是有的，而且那小孩子死得煞是不平，恐怕也没个亲人得知，使它至今不得超度，说不定有什么滔天大变、千古奇冤在内。既然令我等撞见了，自然要还它一个清平公道，岂能袖手旁观？小凤妹子你是个女子，不必担这样的风险，只需留在此地等候，待俺同张三弟再去探个究竟。"

张小辫儿虽比那二人小了一两岁，但论起看景生情、随机应变的见识和急智，却远远胜过同辈许多，常有些自作聪明的念头。他此时细细回想，除了在孤楼中见到一个童子，槐园中好似还有许多小鬼夜哭，动静极不寻常。若说凶宅中闹鬼，那也是在情理之内，但槐树丛中死了这么多小孩儿，可就显得大有古怪了。

按道门里的讲头，童子闹宅乃是家破人亡的兆头，不过槐园之事大有蹊跷。张小辫儿幼年时曾随一位老道云游卖卜，自小耳闻目染，知道许多方外之言，又对金棺墓中遇仙之事深信不疑，连做梦都想在槐园中得上一注横财。

灵州是有千年历史的繁华古城，自古便有许多奢遮的富商大户，因为在旧社会，许多财主都有埋金藏银的习惯，所以老宅埋钱的传说数不胜数。金银埋在地下年头多了，就会结成精怪，所谓物有其主，也只有遇到真正有命收这笔钱财的人，才会显出灵异。

据传在前朝永乐年间，灵州城里也有一座闹鬼的荒宅。有个外省来的落第秀才，身家贫寒落魄，又无从投奔，整天只能依靠替人写信为生。

一天天降暴雨，穷秀才无意中躲进鬼宅。他初到此地，自然不知厉害，见房舍齐整，就夜宿于此。

谁知到了晚上屋里就开始闹鬼，床头的蜡烛无缘无故就亮了起来，从门缝里钻进一群满身素服的小人儿，身高尚且不足一寸，男男女女皆有，前呼后拥地抬了一口小棺材，敲锣打鼓地边哭边行，正从秀才床头经过。

那秀才见状惊得呆了，不知是什么怪物，只得侧卧在床上不敢稍动。却见一众出殡发丧的小人儿走到床头，忽然停下脚步止住悲声，一个个挤眉弄眼，凑到一处嘀咕起来。秀才听在耳中，好像是他们在问："今天这屋里怎么有生人气？"

秀才正自惊骇莫名，忽见人丛中走出一个披麻戴孝的小妇人，虽只盈盈寸许，但浓妆艳抹，身态婀娜，打扮得花枝招展。谁知她爬到床上，也不问青红皂白，当即指着秀才鼻子破口大骂，污言秽语句句歹毒。

秀才向来文弱，虽然莫名其妙地被骂了个狗血淋头，却根本不敢还口，只顾求饶讨命。一众小人都上前来，七嘴八舌地放出狠话，声称这仙宅岂是凡夫俗子能随便进出的所在，非要把秀才生吞活剥了才算解气。

在秀才苦苦哀求之下，才有人说："想活着回去原也不难，只是我家主子日前驾鹤西游了，现在发送的灵柩在此，你这穷酸到棺前磕几个响头，再喊两声好听顺耳的称呼，逗得咱家主母一笑，就先饶了你的性命，只痛打一回了账，权且寄存你这颗驴头在颈上。"

秀才见有活路，哪敢不遵，当即起身对着小棺材恭恭敬敬地磕头，口称："大仙爷爷。"

一众戴孝的小人儿似乎有意刁难，连连摇头道："咱家本就是神仙，大仙的称呼虽然尊贵，却一向听得腻了，没什么新鲜。"

秀才唯恐他们反悔了要生吞活剥自己，赶紧又改口拜道："贤大王灵柩在上，受小人一拜。"

发丧的小人儿们顿时大怒："称大王绝然不妥，大王之尊尚不如大仙，你这穷酸敢欺吾辈无知？”

正所谓“运倒奴欺主，时衰鬼弄人”。那秀才一向是窝窝囊囊逆来顺受，被别人欺辱时从不敢说半个不字，只好再次告饶道：“列位仙家恕罪则个，小可实在想不出别的称呼了，难道……难道竟要称万岁爷才合心意？”

那些穷凶极恶的小人儿们仍然不依不饶，纷纷说：“万岁爷是皇上的称呼，吾等位列仙班，怎会喜欢俗世君王的名号。看你这厮倒不像是个不可救药的啃书虫，如今教你一个乖，不妨尊我家主子一声至圣至贤老夫子。”

这回轮到秀才生气了，原来他读书读得迂腐了，不懂世故高低，只知尊师重道，把圣贤书看得比自家性命要重万倍，先前苟且求饶也就罢了，一群妖物怎敢妄充儒道圣贤？他闻听此言，当时就火撞顶梁门，心中动了无名之怒，一跳蹦起多高，脱下鞋子擎在手里，骂道：“我日你们先人，真是有辱斯文！”喝骂声中抬手抡起破鞋来，往着人堆儿里便砸，把棺材灵幡多打散了，那位为首的主母，当场被烂鞋底子拍作了一团肉饼。

那些抬棺哭丧的小人儿大惊失色，同时奔向门缝往外逃窜。秀才恼得很了，莫道老实人好欺负，把老实人逼急了更可怕。只见这秀才真似困水蛟龙遇云雨，狰狞虎豹露爪牙，发疯一般追在后面只顾打，直赶到厨房灶间，就见那些小人儿，都钻进一口水缸的裂缝里不见了踪影。

秀才打得顺了手，就势砸破水缸，却见缸底早已漏了，缸内空然无物，只见着下边藏的一个地窖，里面装满了金元宝。再回刚才睡觉的房间去看，也多是黄白之物，这才晓得是金银之魄物老成精作怪。他记得孔子曾曰“物老为怪”，自己每每难解其意，原来真有此理。看来古人诚不欺我，真该他命中容得下横财，也算物遇其主，最后竟借此得以暴富。

这件事在灵州城里广为流传。张小辫儿此时说将出来，只道那槐园中出现的异状，多半同属此类，也是埋了什么财帛，却不知是何等珍异宝货，竟能化为童子模样在夜间出没，再不赶去将它掘出来，怕是早晚便要成仙成魔，可就再也无迹可寻了。

孙大麻子性急，恨不得立刻探明真相，张小辫儿更是受穷等不到天亮的脾气，二人都觉得小凤是天生贫贱之命，命薄之人纳不得大财，就将她独自一个留在庙中等候，然后收拾灯火，把正同野猫们厮耍的月影金丝虎捉在身边，两人一猫再次回去槐园寻藏掘宝。

张小辫儿和孙大麻子狠下心肠甩脱了包袱。估摸着快到四更天了，天亮后铁掌柜必然要来收钥匙，容不得再多耽搁，真是“心急忙似箭，足底快如风”，二人当下一溜小跑着回到槐园旧宅门前，按原路找到后宅树丛中的孤楼。那楼中此时是鸦雀无声，也不见半个人影。

二人一前一后提灯摸进楼中，就觉落足处不太对劲儿，像是有什么东西硌脚，按下灯笼来一看，就见房中地上散落着许多筷子。这些筷子杂乱无章，不仅有新有旧，更是根根不同，连双成对的都找不出来。有平民百姓家粗糙简朴的，也有那富绅大户家精制考究的，只粗略一看，就有犀角的、乌木的、竹子的、象牙的、包银的种种材质。

张小辫儿心下惊疑起来，槐园中怎有这许多乱箭般的百家筷子？一时不得要领，只是隐约觉得不妙，便举灯笼在周围照看。这时忽听得身后有一阵小孩子的哭泣之声，张小辫儿和孙大麻子全没料到，不禁有些吃惊，急忙循声去看身后，一看更是惊奇。原来门后角落里有个地洞，洞口宽可容人，里面深不见底，把手往近前一探，冷飕飕的阴风袭人，哭声就从洞中断断续续地传将上来。

张小辫儿紧紧抱住黑猫凑到洞口向底下张望，这孤楼中格外黑暗，若不走到近处，就不会轻易发现门后地上有个大窟窿。黑猫到了洞前越发显得不安，猫尾巴上的绒毛都竖了起来，“呜呜”低叫着想挣脱下来远远逃开。张、孙二人却未留心于此，反倒在想：“先前那光屁股的小孩儿，可能就钻到地洞里去了，此间究竟是个什么所在？”又寻思：男儿若无富贵志，空负堂堂七尺身，如今说不得了，这里边就是森罗阎魔的鬼殿，也要先进去探它一遭再做道理。

他们这等穷怕了的人，以为有桩富贵近在眼前，那就如同是苍蝇逐臭，心里动了大火，还有什么事是不敢做的？“生死”二字早已置之度外了，立即循着哭声，提灯钻进洞中，却不知这一去，竟是“自找吊客凶神难，身陷丧门白虎灾”。

欲知后事如何，且听下回分解。

第六章　筷子城

书接上文，话续前言，说的是张小辫儿和孙大麻子这俩家伙，都是胆大顽赖的游侠之徒，向来不知天高地厚。他们见楼内地面上有个黑洞洞的大窟窿，便以为是找到了槐园中埋藏金银珠宝的密室暗道，忍不住心中窃喜，哪还管他什么七长八短三七二十一，当下一个在前，一个在后，挑着灯笼摸进了地洞。

地洞下果然是处宽阔曲折的暗道，遍地都是碎土烂泥，还有许多到处散落的筷子，周围又有无数大小各异的洞穴交错相连，洞壁上凹凸不平，走势高低起伏，忽宽忽窄，挖掘得甚是粗糙简陋，毫无章法可言。

张小辫儿见槐园下边有如此一处迷宫般的所在，不禁暗暗咂舌，低声对孙大麻子说：“多半是娄家老宅底下埋藏的珍宝年头太久，才使得它成精成怪，变成了光屁股童子在楼根里乱刨乱钻。听我以前的老道师傅说过，那一千载的枸杞根须能变作小狗，长了一万年的人参可化为女子，却不知槐园里究竟藏了何等奢遮的宝物，竟能有这般灵异？要是能教咱们兄弟找出来，你我二人可就是当今灵州城里的邓通和沈万三了。”

孙大麻子喜道：“邓通和沈万三可不得了，俺也曾听说过他们两家财过北斗，乃是富甲天下、闻名四方的古人。咱只要能及得上沈老爷家底的一半，每天都有烧鸡和猪蹄子啃，就该心满意足了。”

张小辫儿笑道：“麻子你这真是寒酸的见识，只晓得啃烧鸡、啃猪脚。咱们要是能有沈万三的一半家业，便是让你整日龙肝凤胆的大吃，也花销不尽那许多钱财。”

别看孙大麻子大字不识几个，但他和张小辫儿平时喜欢跟着草台班子听书看戏，没事自己还喜欢哼哼两句，一肚子民间小唱本。当时的地方戏戏文里，有一出戏叫《招财进宝》，演起来很是热闹，表的是各朝各代的降世财神。凡是逢年过节或是喜庆摆设，需要找彩头的场合，都会请戏班子来演这出戏文。

那邓通是汉代的人物，曾被皇帝封赏铜山，可以自行采铜铸钱，有道是“多少金钱满天下，不知更有邓通城”，说的就是此人铸钱之地。沈万三则是元末明初时期的江南巨富，传说明太祖朱元璋开国建都，都要向沈老爷借钱造城，真正是一位富可敌国的大财主。

这两位古人，历来被老百姓看作财神爷投胎转世下凡尘，要是拿现代的话来说，就是被视为发财致富的偶像了。所以即便是孙大麻子和张小辫儿这等无家可归到处乱撞的穷小子，也对邓、沈二公在戏文评谈中的演义事迹耳熟能详。他们连做梦都想当一回同样的豪富人家，却不知那邓通、沈万三两人，到最后都是没得着好结果的。

张小辫儿和孙大麻子各念了几遍“猫仙爷和各路财神老爷们保佑弟子大富大贵……”当下抖擞精神就要寻宝，奈何楼根暗道里的洞口极多，看得人眼花缭乱，一时竟不知该向哪里寻找，正没举措之际，隐隐听到深处有孩儿啼哭之声。二人听到动静，赶紧矮身钻洞，循着哭声向前找去。

张小辫儿虽然财迷心窍，但他毕竟是偷鸡摸狗的老手，有些个贼智和贼见识，晓得要给自己留下后路以备脱身溜撤。他见槐园下边的暗道错综复杂，就先将那只黑猫揣在自己怀里，让孙大麻子用短棒挑了灯笼在前开路，他则跟在后头，手掌和膝盖撑着地，边爬边把地上散落的筷子收拢起来，顺手铺排成一字长蛇之形当作路标，以防回来时找不到路困死在地底。

那只黑猫的胆子不大，不知被什么东西吓得瑟瑟发抖，似乎预感到大祸临头，此时蜷缩在张小辫儿怀中一声不出，仅露出两个精光闪烁的猫眼，惊恐地盯着四周。

张小辫儿暗自抱怨从药铺中换来的这黑猫没用。《云物通载》遍述世间万种生灵，正所谓猫有猫谱、犬有犬经，其中的《猫谱》一篇里写得十分清楚，古时灵州产黑猫极佳，名为“月影乌瞳金丝猫”。这种黑猫金丝穿眼，全身柔若无骨、轻如御风，能够翻瓦越墙，是爬壁上树、捕蝶捉雀的能手，更可以入户进宅偷金窃玉。此猫行动之际，敏捷轻盈如风，即便是光天化日里在众人面前来来去去，人们也仅见其影，不见其形。

但灵州城有拜猫仙的风俗已久，所以当地的猫儿，不论家猫、野猫，尽是又馋又懒。张小辫儿千辛万苦找来的这只黑猫，就是一只名副其实的懒猫。虽然身为罕见的纯种月影乌瞳金丝猫，但它祖宗早在几百年前著称于世的那套本领，到它这早已全部失传了，只留下些爬树捉雀儿的微末能耐。

张小辫儿还记得前些天在金棺坟贵妃墓里，林中老鬼曾嘱咐他道：“你想到槐园凶宅里取桩大富贵，必须先到松鹤堂里，用僵尸美人换来他家养的那只‘月影乌瞳金丝猫’。没有此猫相助，槐园中所藏的金山银山就拿不到一厘一毫，切记，切记。”这些话早被张小辫儿当作圣旨箴言一般，牢牢印在脑中了，在睡梦中尚且不忘反复念叨。如今黑猫和槐园里的暗道都找着了，但林中老鬼当初却没明说究竟如何用黑猫取宝。

张小辫儿心想，所谓天机不可明言，即便是遇到仙人指路，他们给凡人指出来的道路，也多是在云里雾里，还要靠自己参悟破解才能领会。他胸中见识毕竟有限，连日里搜肠刮肚，也只推想出八成是要用黑猫的“猫儿眼”辟妖克邪。此猫虽然懒散，取宝时却未必没有它的用武之地，眼下尚未探明槐园地下究竟藏了什么事物，自然不肯轻易放黑猫逃回去。

他心中胡思乱想，在狭窄的暗道里钻出数丈，忽听前边水流轻响。孙大麻子也停了下来，原来洞穴走势虽然逐渐宽阔起来，延伸到一处大空洞里，但前边有条深不可测的阴河拦住了去路。槐园中造有大片景致巧妙的亭廊水榭、楼台殿阁，如今园内的几座水池泉眼虽已干涸了，但地下水脉尚存，而那孩儿的呜呜啼哭之声，就从阴河对面的黑暗处传来。

地底洞窟的暗河两侧阴风凛然，小孩儿的哭声断断续续，好像离得并不太远。张小辫儿长这么大，从没听过如此凄惨的哭声，听起来喉咙多半都哭破流血了，心下不禁发虚，为了给自己壮壮胆子，就朝着对面的黑暗处骂道："你们祖宗十八代，可听过你家张三爷张大胆的名头？想是你们这些金精银魄有了几分道行，竟然知道今晚要被三爷挖回去，就躲在黑处鬼哭神号地吓人，却不知你家张三爷是铁石心肠的狠角色，岂能怕了你们这点儿小动静。"说罢他就伸手去揪怀中黑猫的尾巴，想让黑猫在此处叫唤几声，把那些金银财宝变异出的妖物吓回原形。

孙大麻子心中正直，见不得天下有不平之事，听到哭声泣血，显得好生可怜，不像是有意吓人的动静，便拦住张小辫儿说："不对啊，三弟你仔细听听，这分明是小孩子在哭，莫非真有鬼魂诉冤？要托咱们替他洗刷生前冤屈……"

张小辫儿道："一两岁大的小孩儿能有什么冤情？肯定是有什么珍宝聚住了天地间的五行灵气，又躲在地下千年百年，才炼成了孩童之形。这会儿趁他道行不深，还只会啼哭爬行，正可抓住他换桩富贵回来，否则再等些年，让他得了大道，咱们哪里还寻得到他的踪迹？"

孙大麻子摇头不信："这小孩儿也许是被人抛弃饿死在地洞里的……"他一琢磨推测得不对，又说，"可是颈中挂着银锁，也不像是穷人家的孩子。那多半是被谋夺他家产的奸人偷拐到这里害死的，自然是有满腔怨恨。想不到天底下竟有如此不平的事，真叫人气炸了胸膛，总之你我兄弟二人绝不能袖手旁观。”他本就是个不信邪的莽撞人，自道“身正不怕影子歪，脚正不怕鞋歪”，而且深信“为人不做亏心事，夜半不怕鬼叫门”之理，所以向来不惧鬼怪，这时犯了牛脾气，把麻虎脸一绷，硬说那小孩儿的哭声是鬼魂申诉冤屈。

张小辫儿嘴皮子虽然滑溜儿，却也说不过他，心想：“不管他是鬼是怪，还是什么宝物成精，反正都得等到近前才能看个清楚，此刻同孙大傻子在这儿掰扯不清又有何用？”当下也不再多说了，见阴河水深难涉，二人只好想办法绕路过去。

张小辫儿和孙大麻子打算找个水流狭窄的地方，然后纵身跳过去，当下沿着河水又走出数丈，就觉脚下筷子越来越多，借灯笼的光亮往四周一照，凹凸起伏的地面上，同样散落着许多杂乱无章的筷子。

木筷、竹筷都是居家过日子里最寻常不过的事物，寻常到什么地步呢？就好比有飞贼走千家过百户，行偷窃的勾当，一天误入了一户穷人家，发现四壁陡然、缸中无米，根本没有东西可偷，但贼不走空的规矩不能坏了，只好抽几根炕席里的烂稻草偷走。即便如此，梁上“君子们”都绝不会去拿人家碗柜里的筷子，因为干稻草能保暖，凑多了还可换钱换物，却从没听说有人肯出钱，来买穷人家用过多年的几根破烂筷子。

洞窟里的筷子各式各样，显然不是一家之物，乱箭般的也不知有几千几万支，谁会吃饱了撑的把这些筷子拿到地洞里？张小辫儿想破了脑袋也猜不出其中名堂，只好见怪不怪。他又向前探了几步，却见地洞深处的水面上，横跨着一座桥梁。

那桥通体都用筷子搭成，虽然筷子有长有短，材料新旧各不相同，但黏合得甚是坚固平整，桥面微成拱行，宽不足两尺。挑起灯笼来照向筷子桥对面，原来黑暗处还藏有一座城门楼子，也是全部用筷子拼造而成，显得极不工整，可是形神兼备，也有城门、城楼，那楼上竟然还留有数十处观敌的箭窗，两侧都是由无数筷子搭建的城墙。

这座筷子城和城前的筷子桥，远比真正的城楼、桥梁微小得多。张小辫儿和孙大麻子提住一口气踩着筷子桥，能够勉强过河通行，但到了城楼下，才发现那城门根本就不是给人走的，城门洞比起狗洞来也大不了多少。

筷子城城门大开，只闻一股股刺鼻的腥风从中飘出，异臭扑面触脑。张小辫儿和孙大麻子赶紧扯块衣襟，裹住口鼻，遮掩了呼吸，再看那无数筷子搭建的城楼子底下，残骨狼藉，都被啃得稀碎干净，白花花的没剩半丝皮肉，分不清是人骨还是兽骨。二人心下大惊：娄氏槐园底下究竟是个什么所在？怎会有如此奇怪的一座城子？筷子城里住的又是哪个？

此事完全出乎意料，张小辫儿和孙大麻子虽然胆大，也不敢立刻轻举妄动，屏住呼吸趴在城门洞前，偷眼向里边张望。只见那筷子城中灯火通明，一排排屋宇连绵不绝，全是用五花八门的筷子搭成的房屋建筑，阴森的街道又宽又深，可城中的楼阁房舍都是小门小户，虽和人间无异，却也只有猫儿能住，那小孩儿的哇哇大哭之声就从中不断发出。不祥的哭泣声诡异莫名，听得这二人一猫的全身皮肤上都立刻结出一片片毛栗子来。筷子城中的情形非同小可。

这正是："听来惊破英雄胆，看去吓残壮士心。"欲知后事如何，且听下回分解。

第七章　群鼠窃子

上一回正说到张小辫儿和孙大麻子两人，夜探槐园的地下暗道，在洞窟深处发现了一座全部用筷子搭造的城门楼子，他们心中惊疑不定，于是哈着个腰，蹲在筷子城的城门洞前，偷眼窥探那城中的动静。

张小辫儿裹在怀中的那只黑猫，虽然胆小，却也好奇地探出脑袋来，一对猫眼滴溜溜乱转，同它的两个主子一起，打量着筷子城里的情形。

只见那城中街巷房舍的格局，都与灵州城没什么区别，只是尺寸极其微小，活像小孩子玩过家家的摆设。也不知使用了人间的多少筷子，才搭造出了这座筷子城。

再看城中街市上，更是一派灯火阑珊的景象，在街头巷尾点了许多蜡烛，灯光朦胧恍惚，照得层层叠叠的筷子楼阁分外阴森，烛光中就见有无数大大小小的老鼠，在高低错落的房舍门窗之间爬进爬出。

因为本地花猫从不捕鼠，使得灵州地区的鼠患已经延续了近百年，始终难以根治。虽然群鼠常常在灵州城中招摇过市，但是出于天性，它们仍是有几分怕人怕猫，可这座筷子城里的大群老鼠，却一个个目露凶光，根本不把城门处的二人一猫放在眼里。有许多明目张胆的硕鼠，就在张小辫儿和孙大麻子眼前来来回回地爬动。

张小辫儿看得直吐舌头，抡起手来赶开了身前的几只大老鼠，暗道：哪来的这许多大耗子，莫非是进了灵州耗子的老窝？

常言道“天上没云不下雨，世间无理不成事”，在乡下多有老鼠嫁女、老鼠出殡的民间传说，但谁又曾亲眼见过？耗子们怎么可能做出人的举动来？一想到群鼠竟然偷窃了千家万户的筷子，在地洞中筑造城池，并且在里面学着人的模样起居过活，张小辫儿和孙大麻子两人皆是不寒而栗，脑中只有一个念头，那就是——岂有此理。

张小辫儿心说这世道可真是要天下大乱了，难不成老鼠们也要学着粤寇的样子起兵造反——在地洞中自立一个朝廷？可老鼠只是搬仓窃粮之物，哪会有筑造城池的心智？看情形多半是天地间反常之兆，不知又要有什么大灾难降临了，乱世之中保身为上，等三爷得上一注横财，就赶紧卷了金银远远躲开才是。

这时孙大麻子忍不住惊呼一声，指着城中对张小辫儿叫道：“三弟你快往里边瞧，耗子们可不是只偷筷子，你瞧你瞧……他们竟然还偷小孩子。这群大耗子成精了！”

张小辫儿往前一看，果然在正对着城门的一条街巷当中，有那么数百只大老鼠，乌泱乌泱地聚作一团，正托着一个全身光溜溜的小孩儿往深处挪动。那小孩儿哇哇大哭，手脚乱蹬着不停挣扎。

那群偷小孩儿的老鼠当中，为首有一只老耗子，全身皮毛斑秃泛白，眯着一双狡黠异常的小眼睛，不时爬到小孩儿身上，用它的老鼠尾巴尖挠那小孩儿的痒。光屁股小孩儿大概只有一岁左右，时而大哭大闹，时而又被鼠尾搔得咿呀而笑，想必群鼠正是用这种手段止住哭闹声，把小孩子从别人家中偷运至此。

张小辫儿看得明白，不胜惊奇，低声骂道：“这群死不绝的鼠辈，怎把你家三爷偷鸡的手艺都学去了！”

孙大麻子对张小辫儿道：“听说灵州城总丢小孩儿，常常闹得满城风雨，都道拍花子的手段厉害。俺还以为是街中的谣传，原来祸根却在这槐园底下的‘筷子城’里。那个不知是谁家的孩儿，被群鼠们偷进了城中哪里还能活命，咱俩得赶紧把他救出来才是。”

张小辫儿虽不知群鼠偷来小孩儿想做什么，但料来不是好事，以他的性子，头一件是好利，其次就是好事，平时见着个风吹草动，就立刻削尖脑袋钻了进去凑些热闹，又常自夸胆识过人，性喜任侠，凡是路见不平，锄强扶弱的勾当，就没有他张小辫儿不想掺和的。此时他激于一时意气用事，要充英雄好汉，便把到槐园里寻求大富贵的事端撂在了脑后，打算钻进城门洞里，去救那被老鼠偷拐来的小孩儿。

谁知筷子城的城门洞太过狭窄，张小辫身子骨虽然瘦小，却也钻不得，眼睁睁看着群鼠将小孩儿越带越远，很快消失在了城内，不多时连哭闹之声也全都没有了。

张小辫儿和孙大麻子二人见失了先机，便想用蛮力拆掉城门楼子破墙而入。谁知那些筷子间都用鳔胶粘得牢了，虽不比砖石坚固，可只凭他们两个，手中又没有锹镐之类的利器，要拆毁推倒却也十分费力。

张小辫儿心中焦躁，猛然一拍自己脑门儿，心道：可真是急得糊涂了，何不翻城进去？想到这里，他急忙挑灯去照城头，只见整座筷子城都藏在地洞里，城墙与上边的岩层间果然留有一大块缝隙。

张小辫儿拽起孙大麻子，向上打个手势，当下里二人手脚并用，攀着半人多高的筷子墙翻入城中。落脚处“吱吱”几声惨叫，两人提起灯笼低头看看脚底下，原来一窝刚离娘胎的小耗子都被他们两人的鞋底子踏作了肉饼，血肉模糊烂成一团。张小辫儿赶紧抬脚把鞋子在旁边的筷子墙上蹭了几蹭，口中叫道：“莫怪莫怪，要怪也只能怪母耗子没把你们生对地方。”

孙大麻子也抡棒子在地上乱敲，把四周的老鼠都驱散赶开，二人在城中放眼打量。群鼠盘踞的筷子城里，每幢房屋楼阁中都躲着几只老鼠，满坑满谷的难以计数，低矮的房舍似是绵延无际，星星点点燃着不知多少灯台和残蜡，可深远处烛光微弱，看不清筷子城究竟有多大规模。

两人一时不知该向哪里去找那个被群鼠偷去的小孩儿，只好往城池深处屋宇密集的地方而行。张小辫儿发现躲在怀中的黑猫吓得全身颤抖，不免心觉古怪。群鼠偷筷子筑城已是物性反常的天下奇闻，想不到连灵州的猫儿都惧怕老鼠，这老鼠城里莫非还有什么凶险尚未显露不成？如此境界，不得不仔细提防些个，可别让三爷“吃不成羊肉惹身膻”，到头来不但没能发财暴富，反倒折了老本，把自己的小命都搭进去，想到此处，不由得放慢了脚步。

二人在两侧筷子房舍林立的狭窄街市中朝前走了几步，忽然迎面一阵阴风吹至，随风飘来一股异香，味道浓浓厚厚，与地洞里阴冷腥秽的气息截然不同。张小辫儿和孙大麻子虽用衣服遮了口鼻，仍是挡不住香气冲入脑中，两人同时把蒙面的衣襟放下，猛用鼻子嗅了两嗅，说道：“似乎是炖肉的香气啊，可炖的什么肉这么香？牛肉还是狗肉？”

他们俩许久未曾动过正荤，连那炖牛肉究竟是什么味道都快忘掉了，腹中正是匮乏时节，闻到城中肉香扑鼻，不禁被勾得食指大动，连忙吞了吞口水，用破袖子抹去嘴角流下来的馋涎，不知不觉就举步朝着前边肉香最浓处走去。

转了两个弯子，就来到一座高大异常的筷子楼前。这座楼阁高约一丈开外，搭建在十字街心，周围的房屋都比它矮许多，楼中灯火全无。用筷子拼凑成的门窗紧紧闭着，楼门前边的街上摆着好大一口蒸锅，锅底下是个下陷的灶坑，也不知那锅里装的什么，从虚掩的锅盖缝隙里，呼呼地往外冒着热气。

张小辫儿和孙大麻子只用鼻子一闻，便已知道满城飘散的肉香正是来自这口锅中，心想：这是谁在炖肉？难道筷子城里除了大群老鼠，竟然还有别的人居住？锅中肉香难以抵挡，二人也顾不上多想，看四周除了老鼠就是老鼠，再没别的异状，就紧走几步来到蒸锅近前。

张小辫儿把鼻子凑在锅前，深深嗅了一嗅，眉飞色舞地赞道："好香好香！众所周知，在灵州城里，最有名的馆子是八仙楼，可八仙楼的厨子虽然惯做南北大菜，却也未必整治得出如此一锅好肉。"说着话忍不住就伸手去揭锅盖。管它是谁家的肉，先吃个痛快再说。

孙大麻子拦住他说："咱们都是清白汉子，岂能吃这没来路的东西？"

张小辫儿道："咱们兄弟自然是明人不做暗事，虽然不知究竟是谁在筷子城里居住，可也不能白吃人家的……"他边说边在身上一通乱摸。在金棺村被兵火毁掉之后，他们曾在废墟和死人堆里，找了些干粮和盘缠，此时还剩下两枚老钱，就顺手掏出一枚来摆在灶旁，对孙大麻子道："现下给过钱了，又如何说？"

孙大麻子嘴上虽然用强，但肚子里咕咕作响，口水早已流下半尺多长，也不问一个老钱能值什么，咧着大嘴叫道："既然如此，自是再没什么好说……"话音未落，就迫不及待地用棍子挑开锅盖，想同张小辫儿二人大快朵颐。

任凭是铁打的汉子也难忍腹中饥饿，张小辫儿和孙大麻子被锅中肉香吸引，把别的事情统统扔在了脑后，等把锅盖揭开来，拨散热腾腾的白气看去，只往锅里瞧了这一眼，二人就险些把肚子里隔年的饭食都呕出来。原来那锅里蒸熟了光溜溜的四个肥嫩小孩儿，看样子都只一两岁大，全是童男童女。

正所谓“难躲的是债，怕见的是怪”，孙大麻子长这么大，仗着胆壮心直，又有一身武艺，从没真正怕过什么，这回可是真从心底里怕了，寒意透骨，从顶阳骨直凉到了脚底板，吓得他赶紧一缩手把锅盖子扔回去：“俺的娘啊，这是清蒸活人！谁敢吃？”

张小辫儿心道：“别看锅里的东西又能当菜又能当饭，可绝不是给活人吃的，多半是槐园凶宅里藏着些不得了的东西，多年来修炼成精，竟能役使群鼠到城里去偷小孩子。咱爷儿们身上纵有些奢遮的手段，恐怕也不是它的对手，趁着正主儿还没现身，再不逃命，更待何时？”对孙大麻子使个眼色，两人当下就想脚底抹油开溜，但此时再想逃出筷子城，却已经来不及了。

这正是：“飞蛾扑火谁相救，釜底穷鱼怎逃生？”欲知后事如何，且留下回分说。

第八章　活烹人

张小辫儿和孙大麻子误入筷子城，发现这城中古怪颇多，在一座筷子楼前的大锅里，竟然蒸熟了四个白花花的肥嫩小孩儿，小衣服、小鞋扔了一地，吓得二人魂魄飞扬，这才觉得锅中热腾腾的肉香格外恶心，险些将苦胆都呕了出来。

两人正要逃出城去，却听筷子楼后哐啷啷一阵锁链声响，似是有什么庞然大物蠢蠢蠕动，自远而近，来得好快。锅灶四周聚集的大群老鼠，也纷纷躲入街道两侧的房舍之中。

张小辫儿常做偷鸡摸狗的勾当，贼智向来机敏，见状不妙，立刻吹熄了手中提的灯笼，同孙大麻子两人俯身藏在一排低矮的楼阁后面。那些用各种筷子搭造的房屋高低错落，恰好遮住了他们的身形，又可以从间隙中偷眼窥视前街上的动静。

张小辫儿和孙大麻子知道眼下生死攸关，容不得作耍了，虽然屏住呼吸潜伏不动，但仍止不住心脏怦怦地狂跳，同时更有几分好奇，想看看是谁躲在筷子城里吃孩子肉。

此时那城中的老鼠们，也都在探头缩脑地向外张望着。四下里一时寂然无声，随着铁链拖地的声音越来越近，就从那座筷子楼后爬出黑乎乎一团事物，附近烛光昏暗，也看不十分真切，好半天都没瞧出来究竟是个什么东西。

张小辫儿揉了揉眼睛再仔细去看，原来在那零零星星的残烛灯影笼罩下，出现了一个身裹鼠皮的怪人，身前身后如众星捧月似的簇拥着许多大老鼠。那人秃着个头，额头上边有戒疤的痕迹，看来像是个僧人。

这僧人生得好似肉磙子一般，胖得连脖子都没了，一颗倒三角形的大秃脑袋上，只有头顶有一绺头发，扎成了一个童子般的发鬏儿，胡乱缠着几圈红线绳，从后脑勺儿看整个儿就像颗大鸭梨，却又像个道童，一张肥肥白白的大脸上小鼻子小眼，五官全都挤作了一堆儿，要不是在灯底下看去还有几分人模样，活脱就是一只成了精的大白耗子。

那和尚身裹一件倒打毛的火鼠皮袄，破破烂烂不知在地洞里钻了多少年月，皮毛都已磨得又秃又平了，里面则只挂了条极肥极宽的大红肚兜，上面绣着鲜艳活泼的鸳鸯戏水。也不知这人是怎么保养的，全身肌肤光润洁白，吹弹可破，好似能滴下水来。

张小辫儿和孙大麻子见是个胖大的僧人，提着的心先放下了一半，但看那僧人装束举止都格外诡异，僧不像僧，道不像道，又想到锅中的几个小孩儿，不免惧意又增，寻思这和尚多半是哪方妖物所化，莫非专吃人肉？灵州地面上多有"老鼠和尚吃人"的传说，未知真假，难道正是应在此间？

正诧异之际，就见那穿火鼠皮的僧人已爬到了筷子楼前，停下来趴在地上气喘吁吁。他似乎常年不见天日，身上裸露出的皮肉，白得没有半点儿血色。他身后像老鼠尾巴似的拖挂着几百条小孩子戴的长命锁，有铜的也有银的，稍微一动就哐啷哐啷地跟着乱响。

那人歇了好一阵子，缓缓起身，嘴里叽叽咕咕地念念有词，像是在学鼠叫般自言自语，同时用又短又粗的手指打开筷子楼的楼门。张小辫儿和孙大麻子藏在暗处偷眼张望，一看筷子楼中的事物，竟是一团珠光宝气，晃得人眼前发花，什么金锭银锭、玉石玛瑙，在那座楼中塞得满满当当。

这时恰有一群老鼠搬运银子过来。张小辫儿曾亲眼见过老鼠偷鸡蛋的情形：一只老鼠仰面倒地，用四个爪子把鸡蛋抱在怀中，别的老鼠衔住它的尾巴拖拽，如此一来，便可把鸡蛋运回鼠穴。此刻看在眼里，原来筷子城里的大群老鼠，正是用这法子偷运金银，将一锭锭大银送至楼下，都由那僧人拾起来纳入筷子楼里。

张小辫儿见财起意，便觉口干舌燥，看得心里动火，眼珠子发蓝，心想那林中老鬼果然没骗三爷，槐园里真有好一桩奢遮的富贵，只是如何才能取到手中？眼见现下时机未到，只得先行忍耐，继续躲在房舍后面静观其变。

那地洞里的僧人似乎能驱役老鼠，筷子城中的大小老鼠，无不听他指挥，一趟趟地往返奔走，不断运来银子和竹筷。那人每捡起一块银子，便在脸上反复摩擦，叽叽地偷笑一阵，然后才恋恋不舍地放进筷子楼里。那张怪脸上的神态极是贪婪可憎。

不久搬完了银子，重新关上楼门，又全神贯注地拿筷子堆砌楼阁。那人大概不会行走，只能和不会走路的孩子一样手足着地。过了好一阵子，他用手揉了揉肚子，似乎觉得有些饿了，便爬到蒸锅前，用鼻子猛嗅肉香，脸上喜动颜色，嘴边垂下一串馋涎。

那人揭开锅盖，从中拽出一个蒸熟的小孩儿，倒拎在手里看了看，随即扯胳膊拽大腿，把骨肉都扔在地上。四周的老鼠们纷纷从房舍中钻出来，扑过去争相夺食，那人咯咯怪笑了两声，把手中剩下的小孩儿脑壳捧住吸吮汁水。

张小辫儿和孙大麻子看得又是惊恐又是恶心，只好闭了眼不再去窥探，可那吸溜的嘬脑浆子声，以及群鼠嘁嘁喳喳啃咬人肉的响动，仍是不住地钻进二人耳朵里来。

张小辫儿只好用手去堵自己的耳朵，不料他躲得时间太久，又是连大气也不敢出一口，腿脚血脉不畅，四肢多已麻木了，一抬手便使身体失去了重心，竟向前扑倒在地。他怀中藏的那只黑猫，本是吓得蜷成一团，这时正好被他压了一下，吃不住疼，立刻发出“喵呜”一声惨叫。

正在分吃死孩子的群鼠忽然听到猫叫，都是一怔，无数双鼠目齐刷刷盯了过来。那身裹火鼠皮袄不僧不道的怪人儿，也缓缓抬起头来，脸上神色木然，嘴角边挂着肉汁，两只小眼睛不住向四周打量。

张小辫儿暗暗叫苦：“乖乖不得了，这回泄露了踪迹，多半也得被抓到锅里活活清蒸了。老天爷不开眼，怎地偏让张三爷如此命蹇？”

孙大麻子见被破了行藏，仗着血勇之气，还欲做困兽之斗，握起手中棍棒想要上前放对，谁知那身穿火鼠袄的僧人，在喉头里发出咕咕咯咯一阵轻响，筷子城里的无数巨鼠倾巢而出，同时涌向张小辫儿和孙大麻子的藏身之处，围了个水泄不通。

常言道得好，“好汉难敌四手，好虎架不住群狼，耗子多了啃死猫”，那密密麻麻成群结队的大量老鼠环攻过来，岂是孙大麻子能招架得住的？

那妖僧见有生人进了筷子城，显得怒不可遏，不待群鼠围拢，便噌地一下当先蹿到近前。他那一身的肥肉足有两百多斤，压得房倒屋塌。张小辫儿和孙大麻子就觉腥风扑面，气为之窒，还来不及挣扎反抗，便已被掼倒在地。

张小辫儿自知命在顷刻，便将怀中的黑猫揪住，想投出去来个声东击西，以便趁机脱身。可那黑猫早吓坏了，缩在他怀里不肯出来。

张小辫儿没抓到猫尾巴，情急之下，两手各揪住一只猫耳朵，硬生生将黑猫拽起挡在身前。揪猫耳朵本是古代相猫术的一种手法，据说判断一只猫的筋骨如何，可以揪住两只猫耳把其拎在半空，如是善能捕鼠的佳猫，它耳朵吃疼，就会缩起四个猫爪，猫尾巴卷上头顶，全身团成一个毛球，以此来减轻耳部的疼痛；反之如是懒猫，一旦被人揪住耳朵提起，则只能四爪乱蹬，龇牙咧嘴地惨叫，像这种猫就追不上老鼠。

讲到这插一句，有道是“说三国离不开诸葛亮，讲赵云离不开长坂坡”，咱们这回话本的名目是《金棺陵兽》，《金棺陵兽》必然离不开自古便有的相纵“灵兽”之术。此乃咱们这部书的“书胆”，可这都是后话，暂且按下不表。

先说张小辫儿慌乱之中揪住黑猫的两只耳朵，将它拎到半空。那黑猫是家养之猫，比猫儿巷里的野猫更为懒散，借着猫仙爷的荫福，一直在灵州城里活得无忧无虑。虽有一身月影乌瞳金丝猫的上佳筋骨，却从未捉过老鼠偷过金银，平日只是上树登檐，以追捕鸟雀为戏，饿了就溜进厨房偷鱼偷馒头，此时一双耳朵受疼，便想学它老祖宗那套缩爪卷尾的法子，却奈何争气不来，猫尾巴刚卷到一半已到极限，四只猫爪更是只能在身前乱蹬乱挠。

恰好那僧人爬到张小辫儿跟前，冷不防凭空冒出一只黑猫来，正与他脸贴着脸，人眼、猫眼四目相对，猫爪子全都挠在他的脸上，立刻抓得鲜血淋漓。那僧人本就容貌丑陋，满脸是血更是显得狰狞无比。他是吃惊不小，那黑猫更是害怕。灵州所产之猫，平时好端端的也就罢了，可它们一旦心觉恐怖，惧怕到了极点，双眼便会迅速充血变红，在月影乌瞳金丝猫那“喵呜”的惨叫声中，一双猫眼儿顿时变得血红血红，直如暗夜中的两盏红灯一般。

不到生死存亡地，哪得猫眼显奇踪？只因那怪僧被黑猫这双血眼一看，才使得“马上摔死英雄汉，河里淹死会水人”。欲知后事如何，且听下回分解。

第九章　银锭祸

且说那只名贵异常的月影乌瞳金丝猫惊骇至极，被张小辫儿揪着猫耳朵拎在半空，恰好与那怪僧脸贴着脸，四目相对之际，两只猫眼儿充起血来，周身毛发森森俱竖，犹如被厉鬼所凭，与平日里判若两猫。

那能够驱役群鼠的怪僧，突然被一对充血的猫眼逼视，也自受惊不小，他猝不及防之下，猛然尖叫一声，仰面向后就倒。

也该是猫鼠物性相克，加上此人天生惧怕黑猫，只见那怪僧倒在地上口吐白沫，短小粗壮的四肢不住抽搐，竟似发了羊癫一般，胸肺间的一口气息再也转不回来。

孙大麻子趁机从地上翻身跃起，抡起手中棍棒迎头砸落。他是虎力熊心之辈，一条棒子使得发了，卷得劲风呼啸，照着怪僧头顶砸个正着，直打得血肉横飞，将其当场毙在了棍下。

筷子城中的大群老鼠失了主子，顿时犹如大梦初醒，不待张小辫儿和孙大麻子动手，便已争先恐后地逃出城去，四下里鼠洞甚多，眨眼间就已逃了个干干净净。

张小辫儿惊魂初定，忙把黑猫抱在怀里，对孙大麻子说道：“此番真是造化了，全仗猫仙爷爷显灵保佑；也幸亏三爷急中生智，拿黑猫破了妖僧的邪术；又有麻子兄一身英雄的手段、豪杰的见识相助，才得以将这老鼠和尚了账。”

孙大麻子抹了抹脸上迸溅的血水，对张小辫儿说：“善有善报，恶有恶报，上头有满天神佛，当中有官道王法，底下还有阎罗鬼判，怎能全都是睁眼瞎？这老鼠和尚偷拐人家小孩儿来吃，实是天理难容，却原来不经打，俺只一棍子便结果了这厮的狗命，实在是太过便宜此贼了，就应该活捉了解送到衙门里发落，一场碎剐是免不了他的。”

张小辫儿道：“这厮死在此地，总算是报应不爽了。咱们兄弟则是大难不死，必有后福，如今筷子城中所藏的金银财宝，多已是咱们的囊中之物了。三爷从金棺坟遇鬼时起，千难万难，受了多少挫折，吃了多少惊吓，最后总算是得了正果，从今往后的日子苦尽甘来，就只剩吃香喝辣、穿金戴银的受用了……”说到得意处，不禁忘乎所以，却不知世间之事，向来反复无常，命里得来非分内，终有一日要偿还。

二人想起这怪僧刚才吃清蒸活人的恶心情状，兀自有些恨意难消，又在那老鼠和尚的尸身上踢了几脚，随后摩拳擦掌来到筷子楼前。那楼中银积如山，端的是动人眼目。两个人四只手，如何搬得过来这许多银子，稍一商量，张小辫儿脑瓜一转，便想了个歪点子出来：估计这会儿天快亮了，不如暂且回去，向铁掌柜交还了槐园的钥匙，同他扯个谎，说这凶宅里实是闹鬼闹得厉害，根本没敢进去过夜，然后等到晚上，推了驴车到后园门口，翻墙进来搬运银子。这条街根本没人居住，如此行事方是神不知鬼不觉的稳妥之策。

两人一拍即合，当即先裹了沉甸甸的一包银子带在身上，钻地洞从原路返回，又把槐园里的暗道口遮盖了。等都忙活完了，天上已经露出了鱼肚白，到了猫仙祠找到小凤，三人给猫仙爷重新叩了几个响头，就在巷口等候打更寻夜的老军铁忠。

小凤独自在破庙里提心吊胆地躲了半夜，又听二人添油加醋地说起槐园中老鼠筑城，偷小孩儿煮来分食的种种诡异之事，不免更是心惊肉跳。三人都猜测不出那个能驱使群鼠偷银的怪僧究竟是什么来历。

按张小辫儿以前的性子，肯定会心存好奇，忍不住要搅些事端出来，但此一时彼一时，只道是多一事不如少一事，因为现在张三爷的身价不同了，有钱人的命最是金贵，岂能再去涉险闯祸？如今那桩一等一的大富贵已然到手，此时该做的，只是想办法把大批银子带出城去远走高飞才是正理，再不肯旁生枝节。

三人在巷口嘀咕了许久，先商量今夜如何来运银子，又商量钱到手了如何花用，直商量到张小辫儿愿和孙大麻子要将这桩财富二八分账。因为张小辫儿在金棺坟幸遇林中老鬼，得了仙家的指点，才知灵州城槐园里埋着银钱。按理说这桩富贵都是张小辫一人的命中横财，可张小辫自称仗义，也承孙大麻子出力不小，便分给他两成。

孙大麻子感激不尽，对张小辫儿千恩万谢："生在这天灾人祸不断的乱世中，每天能有口饱饭吃就心满意足了。承蒙贤弟不弃，周全了俺孙大麻子一场，今后愿意给张家牵马坠镫，贤弟但有哪厢使用，俺是全凭差遣，水火不辞。"

张小辫儿就爱听别人讲他义气，但对小凤却始终心有不满，一文钱也不想分给这拖后腿的乡下丫头。不过念在都是乡里乡亲，就让她今后给张三爷当个听使唤的下人，苦活累活都交给小凤来做，一天早晚两顿饭。逢年过节的时候，要是赶上三爷心气顺了，备不住一高兴还打赏她两件小花褂子穿。

小凤被他气得大哭了一场，越想越是委屈，这真是“得意的狐狸强似虎，败翎的凤凰不如鸡”，以前在金棺村里，谁将这偷鸡摸狗的张三小贼看在眼里。他一个没父没母的野孩子，还不是想打就打，想骂就骂，谁知今日此人摇身一变成了财主，连孙大麻子都成了他的狗腿子，自己却是家破人亡无依无靠，将来只得忍气吞声地伺候张三爷了。

张小辫儿此前被王寡妇这对贼母女欺负得很，如今才算出了这口恶气，正要让小凤给自己捶背捏腿，却忽然担心起来：“不好了，看天上日头出得比山高了，为何打更的铁忠还不来拿钥匙？那老儿莫不是当作咱们已经死了？”

张小辫儿三人左等右等，就是不见铁忠老汉来取槐园的钥匙，只好亲自到松鹤堂药铺去还钥匙。谁知到了药铺前，发现店门上着板，都快晌午了也没开业，向店中伙计一打听，才知道早上起来就不见了铁掌柜的人影，铁家的老仆铁忠也一直没回来，松鹤堂药铺里乱作了一团，正忙着四处找人，店里的生意只好停了。

店里的伙计和扎柜们议论纷纷，都说铁掌柜一向习惯在家守财，入夜后足不出户，现下生不见人，死不见尸，好生蹊跷，便有人主张去衙门报官。也有人认为可能铁掌柜夜里去寻哪个小相好的，宿醉未归，用不着大惊小怪，为此事报官不妥，众人人多嘴杂，乱糟糟的不得要领。

张小辫儿心中隐隐觉得不妙，铁公鸡好好在家待着，怎地就突然无影无踪下落不明了？许不是与他收了瓮冢山的僵尸美人有关？但此事隐情极深，张小辫儿根本不清楚铁公鸡要美人盂意欲何为，他便是猜破了脑袋也想不出究竟，只好不去理会，打算入夜后就去槐园搬运银子。

三人计议已定，就到街上沽衣铺里买了几套新衣服，又到熟食铺里称了十几斤酱肉，回到猫仙祠，把身上肮脏不堪的破衣烂衫换了，将面饼卷肉吃了个饱，剩下的酱肉都分给庙里的野猫们吃了，随即躲在神龛后边，倒头便睡。

本想睡到晚上动手，可身上有钱了烧得难受，翻来覆去如睡针毡，只觉这天过得异样漫长，太阳迟迟不肯落山，张小辫儿恨不得学做古时后羿，张弓搭箭，一箭将那天上的太阳射将下来，最后实在耐不住性子了，便对孙大麻子他们说："闲日难熬，反正咱们现在有的是银子，与其在庙里枯坐，不如让三爷带你们去八仙楼吃回大菜，吃饱喝足了，晚上好做活儿。"

孙大麻子和小凤连声称好，他们早就听过灵州八仙楼的名头，方圆几百里之内，谁不知那是城里最大最奢遮的酒楼。灵州是处千古繁华的名城，八仙楼也是几百年的老招牌、老字号了，去那儿吃酒用饭的，多是达官贵人和南来北往的富商巨贾，他们乡下穷人哪里有福消受？连做梦都梦不到八仙楼里有些什么山珍海味。

三个人动了馋虫，也都顺便想去开开眼界，自然说走就走，于是带着黑猫，一路打听着前往八仙楼。那八仙楼位于城南最繁华的一条大街上，这条街的两边酒肆茶舍林立，灵州经商贩货之流最多，尽是些富室大户，虽然城外打着仗，此地依然是笙歌处处、热闹非凡。

张小辫儿耳朵尖，路上听到茶馆里有说书的声音，脚底下就挪不动了，看看天色尚早，去八仙楼吃饭还不是时候，就带着孙大麻子和小凤进了茶馆，点了上好的茶水点心，学着有钱人的模样，坐下喝茶听书。

馆中说书的先生正讲着《水浒传》。张小辫儿和孙大麻子最喜欢听这套书，尤其是喜欢听打虎好汉武二郎的事迹，要是拿现在的话说，这两人都是武松和燕青等好汉的"超级铁杆粉丝"。他们听到张都监陷害武松，英雄落难这一段，就气得咬牙切齿，拍桌子、砸板凳；等听到武松大闹飞云浦、血溅鸳鸯楼，把仇人满门良贱杀得一个不剩，又同时抚掌称快，没口子地大声喝彩。

等听够了书，也快到饭口的时辰了，三人就直奔八仙楼，还没到门口，就已闻到楼中一阵阵酒肉混合的香气直往鼻子里钻。三人谁也没进过这么气派的酒楼，但囊中有钱，胆气就壮，迈步进去，立刻就有跑堂的伙计过来招呼。

那伙计专与客人打交道，看一个大麻脸和一个乡下丫头低着头四处乱看，好像眼睛都不够用了，而另一个小厮则是满脸泼皮无赖相，就知道多半是没见过世面的穷鬼，但又看三人虽是蓬头垢面，身上衣服却也整齐光鲜，不太像是要饭的乞丐，心想这时生意正好客人众多，犯不上连打带骂地将他们赶出去，吃过饭若是没钱结账，剥了他们身上这几件衣服也抵得过了。

于是那伙计招呼张小辫儿等人落了座，他是店大欺客，半没好气地问三位客官想吃些什么，又说咱这八仙楼可不卖阳春面的。

孙大麻子和小凤没进过大饭庄，他们自惭形秽，只顾四处打量，被跑堂的伙计问起，也不知该吃什么。只有张小辫儿是财大气粗，拍案骂道："你奶奶的，敢欺三爷囊中无钱是怎么着？三爷要吃清汤寡水的阳春素面岂能上你这店里来？"说着拍出两锭大银子，大咧咧地说："今天三爷做东，请两个朋友吃饭，你个没带眼的力巴子，还不快给三爷报报你家店里都有什么拿手好菜。"

大凡做惯了迎来送往的店伙，多是见钱眼开的势利之徒。那伙计听张小辫儿开口就骂，正想动怒，却又见了银子，满腔火气顿消，立刻换了一副嘴脸，眯着眉眼赔笑道："是是，您老教训的是，小子确是有眼无珠，还请贵客多多海涵。咱这八仙楼里，请的都是各地名厨，专做诸路南北大菜，号称千古名城第一楼。甭管是天上飞的、地上跑的、山里长的、水里游的，想吃什么有什么，那真是应有尽有，且听小子给三位报上菜名。"

自古道是"开店的不怕大肚子汉"，既然吃饭的有银子，那开店的绝没替他省钱的道理，只见跑堂的伙计忙前忙后、斟茶倒水，然后站在旁边唱起一路路菜牌。

张小辫儿等人多没听过，也不知那些南北大菜都是什么，等把那伙计耍弄够了，最后才告诉他三爷吃饭从不问价钱，只管将八仙楼里拿手的好菜，掂配着上来十几道就是。不多时那跑堂的就将酒菜流水般传送上来，七大碟子八大碗，把桌上摆得满满当当，灵州八仙楼的菜肴名不虚传，果然是色、香、味俱全。

张小辫儿三人撸胳膊挽袖子，举箸运气，正待放开手脚一通大吃海喝，但还没来得及动筷子，就忽听得八仙楼外一声呐喊，暴雷似闯入几十名公差。这伙人行似虎、动如狼，进到酒楼中踢翻了几张桌案，更是不由分说，如鹰拿雀一般，将张小辫儿、孙大麻子、小凤三人按倒在地，抖出绳索来，捆成了四马倒全蹄。

张小辫儿大惊失色，忙叫道："上下牌爷们高抬贵手，小人是进城来贩虾蟆的，并非粤寇的细作，可是拿错人了？"孙大麻子也大叫："天大的冤枉！我等俱是良民！"

其中一个做公的捕快闻言大怒，抡起手来，左右开弓，各抽了张小辫儿和孙大麻子十几个耳光，打得二人天旋地转，眼冒金星，口鼻中都流下血来，牙齿也掉了几枚。

孙大麻子还想叫冤，却见那伙公人中为首的一位牌头点手喝骂道："你们这三个杀剐不尽的贼人还敢多言？趁早闭了嘴，老老实实地跟爷爷们回去见官，还可少受些皮肉之苦。一场天字号的官司，够你们打得过了。"

这正是："人心似铁非是铁，官法如炉真如炉。"欲知后事如何，且听下回分解。

第十章　金刚禅

上回说到张小辫儿三人在八仙楼中要酒要菜，正得意间，却闯进来一群如狼似虎的公差，不由分说，就将他们拿翻在地。一旁的那只黑猫见机不好，嘴里叼住桌上一条糖醋鲤鱼，一阵风也似的逃出门外，遁入了街巷深处。

众公差自不理会那偷鱼的猫，当场搜出白花花一包银子，公差里为首的牌头骂道：“天杀的贼徒，此乃朝廷押在藩库的银锭，如今人赃并获，还有何话说？”当即便命手下人等，将张小辫儿、孙大麻子和小凤三人绳捆索绑，押回去打入牢中，听候官家发落。

张小辫儿本以为林中老鬼指点给自己的一场富贵，乃是桩无主之财，从来没去琢磨筷子城中的大批银两究竟是什么来历。他这辈子，连散碎银子也没经过手，又不识得铸在藩库银锭上的花押，哪料到会惹上这么一场弥天大祸？直到被做公的牌头一语点破，才如大梦初醒，追悔莫及，自道这次实是引火烧身万劫不复了，真好似“分开八片顶阳骨，倾下半桶雪水来”，万念俱灰之余，还不忘在心中骂遍了林中老鬼的祖宗八代。

列位看官听说，原来灵州城地处水陆要冲，又是南北商贾钱货往来集散之地，从清初便设有藩库，江南两省的税银钱粮，全都押在这座库中，到得限数再一并送往京城。灵州藩库所在的街巷，名为银房街，居住的多是银匠。

原来税银收缴上来时，多是以毫、厘、钱、两为计的散银，等取到了藩库中，还要再行熔铸聚合。由于江南富庶，钱多粮广，收取上来的各项税赋，乃是朝廷的命脉所在，故此防卫格外森严，库中墙壁都是内外双层，造得坚厚异常，称作“虎墙”，并且铜门铁户、数重关锁，派有专门的库兵看管把守。

自太平军从粤西桂东两地起事，席卷北上，所到之处势如破竹，灵州城以南的各处重镇，尽数被粤寇陷落。几路兵马对灵州形成了合围包夹之势，藩库里押存的大批税银还没来得及运走，也同当地军民一并被粤寇困在城里。

灵州城是古来兵家必争之地，壕深墙高，固若金汤，而且城中商贾众多，他们不惜血本，出钱出粮帮着朝廷募集团勇；城里又有许多洋枪洋炮，火器不仅数量多，而且非常先进精良，所以太平军接连打了数次，却始终未能得手。但太平军的首领们，也知道灵州城中设有藩库，库中积银无算，虽是前几阵折损了不少人马，仍是欲得之而后快，随时都会再次卷土重来。

灵州藩库里的银子太多，难免动人眼目，不仅是大股的粤寇意欲相夺，更有许多飞贼大盗，也想趁着战乱从中捞上一票，这些人或是三五成群，或是独来独往，踪迹飘忽不定，最是难以防范。官府为了保住库银，派兵日夜巡逻防卫，银房街里的明哨暗岗下了无数。乱世要用重典，一旦抓着了意图盗银的贼人，立刻凌迟枭首，杀一儆百，决不宽容。

可纵然是如此看护，最近这库中银子仍是不断失窃，奇的是虎墙高耸，铁锁俨然，并不知是哪路贼人，又是使的什么手段神通，竟能在重兵把守之下，把白花花的银子偷出藩库，还不留一丝一毫的痕迹线索。

库银失窃非同小可，官府红了眼睛，凡是出城的，一律严加盘查，防止贼人运赃出城，并且下了死限，命捕盗衙门里的一众差役，在限期内缉拿贼人，追缴赃物，否则便用全家老小抵罪。自古从来都说“官匪是一家”，寻捕官与城中的贼偷强盗向来多有勾结，公家擅能养贼，所以耳目最广，凡是地面上有什么风吹草动，就没有他们打探不出来的。而且做公的眼睛最毒，让他们找寻为奸做贼之辈，便如同是仙鹤寻蛇穴，远远地占其风、望其气就能查知。

谁知多方打探下去，这桩天字一号的大案，竟没留下任何蛛丝马迹，只得胡乱抓了些草贼充数，虽是逼着屈打成招了，却仍在不断丢失库银，如何交得了差？

众差人正急得没办法，捕盗衙门中的牌头忽然得着了一些风声，说是在沽衣铺里，有人用大锭银子买衣服，那银块底部正铸有灵州藩库的记印，线火子看得明白，再也不会差的。牌头当即撒出眼线，命手下在街上秘密寻访跟踪，最后在八仙楼里，将全伙贼人一举擒获。

灵州本来是个直隶州，但是因为附近城镇都已被粤寇攻陷，本省几位大员的脑袋多已搬了家，加之战时平乱所需，所以各道各司，乃至提督衙门和巡抚衙门这些全省的中枢机关，也都临时设在城中，现在的灵州城是督抚同城，并由治地内幸存下来的一众官吏们，协助巡抚马天锡，就地筹备钱粮，募集团勇守城。藩库失窃之事早就惊动了朝廷，巡抚马大人闻听拿到了飞贼，不敢稍有怠慢，当即传令连夜升堂，要亲自会同有司审问案情。

就见堂上灯火通明，诸般刑具陈列，衙鼓咚咚作响，差吏肃排两边，真是“胜似生死阎王殿，不输吓魂东岳台”。张小辫儿等三人跪在地上，看了这般阵势，早已惊得面如土色，体如筛糠了，这正是“有翅膀的，你腾空飞上天，有爪子的，你刨地钻进洞。既无飞天遁地术，休惹官司到公堂”。

张小辫儿心知这回的事闹大了，事到如今只好竭力澄清，他惯会见风使舵顺口扯谎，也不等马大人动问，忙呼道：“不劳烦大刑伺候，爷爷青天神鉴，小人们不打自招。”

那马大人城府极深，为人阴狠果断，素来以折狱问案出名，知道凡是重大之狱，都需要三推六问，详细审辨。他见张小辫儿和孙大麻子两人的形貌，便知是市井间游侠惹闲的顽赖泼皮，想那库银被窃，捕盗衙门多日里遍查无果，竟没一丝踪迹，如此手段，必不是等闲小可之贼能为。而堂下所跪的这三个人，看年纪都不过十六七岁，其中还有一个姑娘，只凭他们几个小角色，怎做得下如此遮天大案？但库银又确实是从他们身上搜出，看来其中必有曲折，须是察言观色、明辨秋毫，问他们一个水落石出。当下一拍惊堂木，在灯下详细推问起来。

张小辫儿好不乖觉，问一答十，满脸无辜地把来龙去脉说了一遍，衙门里的规矩他是知道的，要先说姓名出身，可张小辫儿、孙大麻子三人都是乡下的光棍没头鬼，又有什么大号呢？那小凤随她娘王寡妇的姓氏，就唤作王小凤：孙大麻子是家中老大，自小就满脸麻子，所以得了这么个诨号，从来没有大名。

张小辫儿祖籍并非是在金棺村，而是有些来历的世家，祖上曾做过京官，后来败了家流落至此。他是自幼就识得礼法，名字本是有的，只是那时年纪尚小，多已记不得了，现在细细回想，好像是叫作张什么贤，贤是圣贤书的贤，却不是管闲事的闲，中间那个字记不清了。后来流落江南，也不知是从哪儿论的，在金棺村里被排作了“官老三”，叔叔大爷们见了就是“小三”，同辈之间称兄道弟的，无不以“三哥、三弟”来称呼他。

张小辫儿先把自己说得守法重道、知书识礼，并称将来还打算寒窗苦读，考取一场功名，图个光宗耀祖，也好为朝廷出力，为非作歹、偷鸡摸狗之事是从不肯做的。可怎奈刀兵无眼，战火无情，使得金棺村毁于一旦，这才不得不和孙大麻子、小凤二人背井离乡，平时只好在山里捉些虾蟆，进城换些柴米度日。

只因最近鼠患猖獗，恰好前些天在山里挖到了一些稀罕的药材，就拿到灵州松鹤堂换了只擅能捕鼠的黑猫，想带它回去看家镇鼠。但当时天色已晚，城门已经关了，又担心露宿街头被巡城的团勇当成细作，便向铁公鸡铁掌柜借了他家的槐园空宅过夜。

马大人听到这点了点头道：“嗯……槐园曾是娄氏老宅，早已空废多时了，据说宅中闹鬼，是个不干净的去处。”

张小辫儿道：“大人真是体察民情、爱民如子的好官，连这等小事也了如指掌，那座槐园中果然是闹鬼闹得厉害。”随后将他们在槐园中，如何如何遇到老鼠偷运小孩儿，如何如何在地窖里发现筷子城，如何如何看见一个怪僧拿锅子活活煮了小孩儿来吃，他又是如何如何用黑猫吓得那怪僧抽了羊癫，才得以为民除害的经过说了一遍。

最后才说在筷子楼里找到大笔银子，并不知道是官府之物，自己这三人只不过是想得点儿小便宜，就随手拿了几块来花用，至于在金棺坟遇着林中老鬼，以及在瓮冢山里挖出僵尸的事情，则是只字未提。

马大人又分别审问另外两人，孙大麻子和小凤对整件事情并不完全知情，说起来前后多不囫囵，但大体也如张小辫儿所言。

马大人听到此处不禁暗暗吃惊，饶是他胸中渊博，遍通刑狱，也没料到库银一案竟然牵扯出这等异事。灵州城近年来常常有小孩儿丢失，始终没能破案，眼下粤寇大兵围城，官府哪还顾得上去抓拍花的拐子，想不到却与库银失窃有关，连忙派人到槐园之中搜查，并到松鹤堂拘来铁公鸡对证。

松鹤堂药铺的铁掌柜下落不明，至今活不见人，死不见尸，哪里带得到堂上？只把店中的伙计、账房等人拿来盘问，果然都与张小辫儿交代的毫无出入。然而一众做公的差役捕快赶到槐园，从地窖下去找到筷子城，发现失窃的库银果然都在其中，更有许多民间的金饰、珠玉等物，而且那和尚头上中了一棍，却只是昏死过去，并没有断气，当即被拿到堂上。

马大人深知案情重大，不敢怠慢，会同了驻防灵州的旗人官员，继续挑灯夜审。那和尚过了一道热堂，却抵死不认，他也知道自己犯下的罪过非同一般，认下了就得受一场碎剐凌迟的极刑，还不如在堂上熬刑而死，倒还来得痛快些。

马大人先命人打了老鼠和尚二十大板，见其冥顽不化，只称自己是云游化缘的和尚，便逼问道：“好个贼子，果然是不秃不毒，不毒不秃，想来杀人放火的勾当，正是你这等野僧的手段。现今刀兵四起，民不聊生，哪里有余粮斋僧，况且出家人吃斋念佛，以清贫淡薄为本，怎养得出你这一身肥厚的膏脂？必是吃人肉吃出来的，此等奸狞的恶贼，还敢在本官面前花言巧语？如此大罪，以为搪塞得过吗？”那老鼠和尚兀自浑辩道：

"善哉善哉，只因我佛慈悲，贫僧是越饿越肥。"马大人知道此贼是想熬刑，心想："本官倒要看看你是不是铜铸铁打的罗汉。"便喝令左右施以酷刑，却不可坏了老鼠和尚的性命。

官府中的刑吏是干什么吃的，自有对付这等恶贼的手段，也不对他用水火酷刑，只把他周身上下剥个精光，拿块污糟的黑布蒙住双眼，提在柱子上倒吊起来，再用滚热的蜡烛油慢慢滴他脚心，此法有个名目，唤作"步步生莲"。脚心穴道密集，是人体敏锐异常的所在，三五滴蜡油下去，足底尽是一片片紫泡，嘶喊出来的惨叫已全然不是人声，任你是金刚罗汉也熬受不得。

那和尚果然吃不住此刑，不得不招出口供。原来世上有一伙妖邪之徒，专会切割死人器官，合以五行药石，烧成丹头服食，称此法为金刚禅，练到高深处，须食胎男童子一百六，可成大道，这和尚就是此辈中人。

由于这伙人行事诡异，手段神秘，而且总带着各种生灵畜养在身边驱役，大到猪马牛羊，小到蝼蚁昆虫，无所不有。民间的百姓们不知其详，往往越传越邪，都说这是"造畜"，就是指有人会妖术，能用药把人变成牲畜，借此拐卖人口牟取暴利。其实练金刚禅的人，主要是把死人肉烧炼药饵，喂给百兽生灵吞吃，那些个虫兽吃上瘾了，就会受制药者的驱使奴役。

以往的太平之日，守文的时节，找不到太多无主的死尸，所以就偷坟掘墓，挖出新入土的死人割肉剔骨，才能练此邪法。如今有粤寇作乱，各地盗贼纷起，战事过后，到处都是无主尸骸暴于荒野，所以这门都快灭绝了的邪术，竟又得以死灰复燃。

这和尚俗家姓潘，人称"潘和尚"。他生来愚蠢，不识一字，不知为什么，身上竟有种筑楼搭塔的怪癖，出家后杀师烧庙，现今是个无主的野僧，以前就常做些个拐卖小孩儿的勾当，长得形同肥大的白鼠，故此又被呼为老鼠和尚。他常常学那两三岁孩童的举动装疯卖傻，一直就在灵州等地作案，后来习起了金刚禅，学会了控鼠的手段，就躲在槐园这座空宅里闭关修炼。他役使大群老鼠，从藩库里往外偷运银子，官兵们做梦也想不到，银子竟然都从老鼠洞里出去了。

老鼠和尚丝毫不将官府放在眼里，虽被拿到公堂之上受了大刑，仍然神态狂傲。说自己虽然失手被拿，不过是一时大意，着了别人的诡计，大不了就是一死，二十年后又是一条好汉。可城里城外还有许多同伙，捕盗衙门就算有天大的本事，也不可能对付得了那些造畜仙法，藩库里的银子早晚还得被偷走拿去孝敬祖师爷。

马大人勃然大怒，他同旗人图海提督商议道：“普天下最可恶的便是习练邪术的妖人，自古剑侠专诛其人。史书上说早从五代年间便已绝迹了，其实在我朝至今仍有余孽未除，以提督大人之意，该当如何处置这厮？”

图海提督虽是统辖军务的高官，但除了官场上钩心斗角的本事，并没有什么真正的才能，实是个昏庸无能之辈。他连夜听审，困乏已极，正自打着瞌睡，被马大人一问，连忙打了个哈欠，吸了吸鼻烟提神，又欠起半个屁股向北拱手抱拳说道：“咱们大清国隆福齐天，当今的皇上更是英明神武，岂容世上有这等小丑施恶行凶？既然拿住了，还多问什么，趁早按律处决了就是，到时候咱去看他一场大出红差，也好取些乐子。”

巡抚马大人立刻迎合道：“本官也正有此意，这老鼠和尚虽只是一介跳梁小丑，不足以惊动圣听，但作下的案子却着实不小，法理难容。而且其身怀妖术，还有善于造畜的同党未能收捕，倘若打入死牢里时日久了，恐其施展手段，挣开禁锢翻狱逃脱，又或绝食自尽逃避极刑大律，不如来个快刀斩乱麻，就在三日内押赴市曹，当众千剐万碎、挫骨扬灰，以宣我朝法度。”

灵州城槐园奇案暂且告一段落，常言道“不计今朝祸福，哪知他日吉凶”，尚不知张小辫儿等人被官府如何发落；更不知林中老鬼为何指点他们做这一番奇异之事，其中究竟有何惊人的图谋？

有分教：“乱世不肯存公道，天降劫难动灾殃。”欲知后事如何，且听《金棺陵兽》第三卷《灵州城》分说。

「第三卷」

第一章　神偷盗魁

话说那巡抚马大人，为官的心机最深，胸怀韬略，腹有良谋，而且眼光不凡，高瞻远瞩，做起事来当机立断。他唯恐夜长梦多，详加推审之后，便决定尽快处决了老鼠和尚，当即命手下将此贼挑断手筋脚筋，拿铁锁穿了琵琶骨，戴上重枷打在死囚牢里，由牢禁狱卒们好吃好喝地喂养着，并且严密封锁消息，等到三天后押赴市曹碎剐凌迟。

然后马大人又把张小辫儿和孙大麻子带入后堂，先让人给他们松了绑缚，用过压惊的酒饭，再次当面细细盘问。原来这马大人善于识人，深知天底下寸有所长，尺有所短，各有各的用途，即使是在鸡鸣狗盗之徒中，也往往都有可堪大用的奇才。

马大人在得知张小辫儿懂得相猫古术之时，便猛然想起一件事来，灵州自古就有拜猫仙的风俗，但很多人说不出猫仙爷的来历，纵有知道的，所传也多为道听途说，未必全然属实。他家祖辈未发迹时，曾在前朝做过响马，多与天下盗贼相通，所以知道此事的根由。

其实当年的猫仙爷，并非是什么神仙道士，此人只不过是一位能够飞檐走壁的神偷。那神偷是灵州世家出身，常把一只四耳花猫带在身边，专门偷窃为富不仁之辈，把所获之物救济贫苦穷困，其手段高明至极，多不是常人所能想象出的神异妙术，往来绝无踪迹，连捕盗的军官也拿他无可奈何。

这神偷本家姓谭，平时在街上只充做走街串巷卖野药的破衣道士，所以人称谭道人。他自幼懂得相猫之术，到各处偷金窃银，全凭身边的四耳花猫。此猫机灵非凡，擅能攀壁过墙。古时候的大户富室，无不院深墙高，除了看家护院的家丁，还会养着恶犬，一旦听得些许人声动静，就会狂吠扑咬，可这都奈何不得谭道人。

谭道人行窃并非独来独往，他的同伙向来不少，是灵州群贼的首领。群贼多是在夜间出没，穿着夜行衣，鞋底里垫着草灰，走路绝无声响，脸上还蒙了面，嘴里衔枚，免得出声说话。

如此潜行至作案的大宅之外，先自伏在墙根里悄然不动，由谭道人抓住四耳花猫的后颈，对准了墙头用力抛出。那贼猫轻盈矫捷无比，一撞上墙壁，就能伸出猫爪，无声无息地悬挂于壁上，随后借着力，曲身弓背，一跃蹿过高墙。

那四耳花猫进到院子里，就会先将护宅的恶犬骗到一边，诳它吃了迷魂药。药翻了恶狗之后，花猫便会潜到后门，用猫爪子拨去门闩，放外边的群贼进来行窃。谭道人就凭着此法做下了许多大案，无往不利。

但也有失手的时候，有一次谭道人与洞庭湖的盗贼魁首喝酒，两人喝多了打起赌来。那盗魁说谭公神术是人所共知，天下谁不佩服，盗取世上宝物只如探囊一般。可你本事再大，有一样东西却未必偷得到手。据说在宫中大内，有藩国进贡来的一枚夜光宝珠，大如龙眼，精气灿然，夜里灭了灯烛，此珠可以光照百步开外，乃是皇家至爱的宝物，向来由太后亲自收藏，连皇帝都不知道它放在哪里。谭公若能施展手段，取了这颗明珠让我等开开眼界，咱们五湖四海的响马盗贼，都应尊谭公一声“盗中魁星”。

其实这只不过是个酒后说笑的话头，可谭道人最是要强好胜，偏要与洞庭湖盗魁争这口气，跟谁也没打招呼，就独自带了四耳花猫前往皇宫。恰好赶上元宵灯节，皇帝陪着太后出宫来观灯，百姓们挤作了人山人海，争相一睹龙颜。谭道人就藏身在万民当中，与四耳花猫看清了老太后的相貌，但想那大内禁地，守卫何等森严。谭道人的胆子再大，也不敢进去盗宝，只好给他的四耳神仙猫拜倒磕头，求它务必进宫盗出夜明珠，给灵州群贼争些脸面回来。

那四耳花猫心有九窍，是最通灵性的猫子，能懂得主人心意。它猫眼一眨，便已闪身出了落脚的客栈，一连几日在宫中探路，认明了太后起居行止的规律。也不知这猫是怎么想出的鬼点子，它在一个月黑风高的夜晚，先找地方偷了支花炮叼在嘴里，然后趁夜色越墙潜入皇宫，寻到太后的寝宫，窥探那老太后入睡，外边捧灯的宫娥们也打上瞌睡后，它就顺着抱柱悄然溜下，将那花炮放到宫灯旁引燃了，然后躲入暗处潜伏不动。

静夜深宫里，就听爆竹嘣的一声巨响，吓得太后老娘娘和宫女们魂飞天外，连滚带爬地纷纷躲藏，也不知究竟出了什么乱子，还道是有人行刺，又或是天降异象，震雷击宫，慌慌忙忙地呼唤侍卫羽林前来护卫。

老太后百忙之际仍没忘了她那颗夜明珠，忙让宫娥们将她搀到凤榻下，从暗格中取出宝匣，打开来看去，顿时现出满室精光，才晓得夜明珠并没有随着天雷飞化归天，这才长嘘了一口气，稍稍安下心来。

谁知那四耳花猫躲在柱后看得清楚，它动如快箭离弦，从暗处一扑上前，将太后手中的夜明珠抢在口里含住了，随即翻身逃窜，真个是“来去如风雨，出没似闪电”，只在倏忽之间，便已逃得无影无踪，殿中只剩下目瞪口呆的太后和一众宫女。

四耳花猫躲路逃脱，它却不太识得皇宫路径，只顾翻墙越殿地奔着一个方向逃窜。宫中侍卫虽多，却都在忙着保驾搜寻刺客，谁会想到要去捉一只野猫？

这回也是该着出事，四耳花猫误走误撞，竟来到了皇帝的寝殿外边。当时世上盛行方术，在御驾前的侍卫当中，就有一个精通剑术的高手在内。

那人瞅见离身边不远的墙头上，正有一个黑影窜动，奇快如风，而且还裹着一道精光，似是知道大花猫口含夜明珠，知道事有古怪，便放出飞剑击杀。

饶是那四耳神仙猫机敏警觉，察觉到危险袭来，躲避得极快，也不免被宝剑削去了一只猫耳和半片头皮，受伤着实不轻，顿时血流如注，幸得此猫矫捷轻灵，才舍命狂奔得脱。

谭道人并不通猫语，无法听四耳花猫讲述经过，只是事后探听到宫中失窃的情形，推测得知，不免对此事追悔莫及。他和四耳花猫如兄似弟，多年来彼此之间没有形迹可分，自己受浮名所累，为着一时意气用事，非要盗取皇宫重宝，却险些因此坏了四耳花猫的性命，现在想来，要那些虚空的浮名何用之有？

于是谭道人也不去与洞庭湖的盗魁相见，随手把四耳花猫偷来的夜明珠投入江中。他为了躲避官府追拿，收拾起手段再不使用，只靠贩卖能治疑难杂症的猫儿药度日，不久后，更是隐埋了姓名，远走江湖，云游四海，最后再也不知所终。

灵州百姓们感念谭道人劫富济贫的恩德，就造了祠堂供奉，只因官家戒盗，不能明说祠中供的是当年的神偷谭道人，便皆称其为猫仙爷。后来才渐渐形成拜猫仙的风俗，祠中时常显出许多灵验来，各种野闻逸事也随之越来越多，传来传去往往难辨真伪了。

马大人常对谭道人的事迹欣羡不已，感叹古术奇异，竟能控猫为盗。残唐五代时有“红线盗盒”之事，至今被称作神妙无双之技，想来也不过如此神通罢了。只可惜当年官府里无人识得这番异术，就任其流落进盗贼之流中去了，否则收做公家之用，把这一番本事用于为间做谍，偷营劫寨，必定能建立些大功劳出来。

马大人极有野心，想趁着粤寇之乱，显些真实的本领出来，以便得到朝廷的赏识重用。他生性坚忍，向来通晓兵机，这一年多来在灵州主持经营团练乡勇，着实同粤寇恶战了几场，双方互有胜败，渐渐使他深感孤掌难鸣，所以不分高低贵贱，到处网罗能人异士收为己用。

而且在槐园里捕获老鼠和尚之后，才发现灵州附近竟有造畜的奸徒活动，看样子要图谋不轨，想偷窃朝廷的库银。这伙人行踪诡秘，手段更是奇异，绝难以常法追查。所以马大人就想收买张小辫儿和孙大麻子，一是看重他们有相形辨物的本事，二是看这两人满身泼皮气质，怎么瞧也不像官府做公的，又兼言语便给，为人灵活机敏，无论是派其刺探情报还是跟踪盯梢，都容易掩人耳目。所以要保举他们破例先到捕盗衙门做个牌头，再拨一伙眼明手快的公差，随时听候他们两人调用，专门缉捕老鼠和尚的一众同党。

张小辫儿能得活命，已是满口念佛不止了，万没想到这场天大的官司，不仅与自己再没一丝牵涉，更得到官家抬举，可以做个捕盗拿贼的牌头。这在往日里也就罢了，但是现在正是天下大乱，贼寇横行的时节，漫说什么官家的王法了，就连那封疆的大吏，也有被贼人砍去了脑袋的，自己这点儿本事岂能顶用？夹在黑白两道里可不是好受的，稍有闪失就得搭上这条小命。

但张小辫儿看这马大人也是位心狠手辣的人物，哪敢不从他的意思。他暗暗盘算着，不如权且应了差事，瞅个机会溜出城去，这教“天地纷扰争战时，恰似英雄一盘棋”，其中的输赢成败，不知要耗费多少无辜性命，张三爷是穷怕了只图富贵，可从不想参与什么英雄的事业，也绝不想当官府的走狗和棋子。

马大人看出他的意思，知道这两小子皆是市井出身的草莽之辈，只有晓以忠义，或是许以重利，才能够笼络得住，便对二人说：“以往国家任用贤能，最看重科举出身，除此之外，任凭你有什么奢遮的手段，也是一概不用。只此一个门槛之下，就不知埋没了多少奇谋巧智之士。可如今粤寇作乱，朝廷正值用人之际，你们都是有些本领的，何必自甘落入平庸凡俗之中，到头来与草木同朽。世上虽有屠龙的宝剑射雕的弓，可也需有人使用才得施展。你们俩算是命里遇着贵人了，本官慧眼识珠，见你们果是有些胆识，可以提拔起来酌宜使用，故此愿意抬举携带你们一场，只要能将造畜的妖邪之徒一网打尽，绝不吝惜重金犒赏。”

孙大麻子生性耿直，喜的是说强夸胜，自称好汉。他听马大人所言正是触着了豪杰襟怀，当即跪拜下去：“造畜之贼天理难容，既是替天行道为民除害的举动，俺孙大麻子凭爷吩咐，愿出死力擒贼。”

张小辫儿却心想：“也不知你这老大人是慧眼识珠，还是牛眼识草，为何偏偏看中张三爷相猫的本事？但此时就别敬酒不吃吃罚酒了，先想办法谋了官家的重赏，到时候看情形不好，三爷再抽身溜撤不迟。”打定了主意，当下便跟着孙大麻子一同领了差事。

这正是：“要图平贼定寇事，预备擒龙伏虎人。”毕竟不知后事如何，且听下回分说。

第二章　刽子手

且说巡抚大人安排张小辫儿和孙大麻子在灵州城里做了捕盗的牌头，又把小凤收留在府里，表面上是念她孤苦，让她服侍马夫人暂做个使唤、厂头，实则是当作人质，以防张小辫儿二人脚底抹油溜之大吉。

张小辫儿精滑透顶，如何看不出来这个用意？他心中暗骂马大人看似慈眉善目，却实是老谋深算，肯定是想以贼治贼，利用相物之术，来对付造畜的邪法。可小凤又值得什么斤两？只等三爷我寻得几注财帛，趁早找个机会卷了钱远走高飞才是。

孙大麻子却另有一番见识，还以为马大人识得好汉，有意抬举重用他们，就劝张小辫儿道："俺常自思量着，咱们兄弟本是何等样人？打生下来便是粗茶淡饭地过日，即便手边有了金银也不知如何使用，发财后反倒觉得全身都不自在。况那槐园铁子城里藏的银子实在太多，你我骤然得了如此大的富贵，只恐天理不容，到最后果然生出事来，惊动了官府，惹来一场官司上身。不过到头来虽然富贵成空，却幸而因祸得福，受马大人的赏识做了牌头，咱们必当尽心竭力效犬马之劳，不可再生非分之想了。"

张小辫儿并不理会他这番道理，俗话说得好"衙门口朝南开，有理无钱莫进来"，又道是"车船店脚衙，无罪也该杀"，在衙门口里听差的"三班四快"，从来都是拆剥人家的祖师。捕快牌头正是那"三班四快"中的一快，这等差事虽然有些油水可捞，死后却是没有面目去见自家列祖列宗的，哪有什么兴头认真去做？但眼下城外刀兵四起，想逃也难以逃远，只好充做捕盗的牌头，权且混他几日再做道理。

有话即长，无话便短，转眼就到了设法场处决潘和尚的日子。从一早起来，监牢中的狱卒们，就按发送红差的惯例，给潘和尚披红挂绿，全身上下揩抹干净，并在两腮上画了胭脂，于死牢中摆下四大碗鸡、鸭、鱼、肉，并预备了一坛子水酒，劝他吃饱喝足了动身上路。

老鼠和尚下狱时已被挑断了大筋，虽是变成了一个废人，却一直还盘算着如何砸牢翻狱逃将出去，万没料到这么快就上法场，自知今天无论如何都躲不过去极刑之苦，索性把心横了，放开肚皮，吃了最后一顿断头饭。

这时便有官差前来提人，将潘和尚从深牢大狱中起出，打入囚笼木车，由两百多名团勇押解着游街示众。一众兵丁横眉立目，杀气腾腾，个个都是弓上弦、刀出鞘，一阵阵碎锣破鼓开道的喧闹声中，推动着囚车，缓缓来至城中十字街心。

此时灵州城里的许多百姓，都已听闻拿到了盗窃库银的巨贼，而且此贼还偷拐小孩儿，这些年在附近丢失的孩子，多半都被此贼煮来吃了，实该千刀万剐。

满城中人，无不对其切齿痛恨，都恨不得食其肉、寝其皮，眼看今日正午就要处以极刑了，自然是奔走相传，尽来观看。来得人实在太多，城墙也似的砌将起来，搅作了人山人海，连四周楼阁房顶的瓦檐上都站满了人，人人都想看看如何收拾这专吃人肉的恶贼。

临着街心的一处高楼，是座二层的阁子，视野最为开阔，被设为了监斩台，由带兵镇守灵州藩库节制军务的图海提督与那位总领团练的马大人共同监斩。为防有歹人来劫法场，或是有粤寇趁乱偷城，便派兵戒严封锁了各道城门，又调数营精锐团勇，各执犀利火器，暗藏在法场附近随时听令，真个是“伏下快弩射猛虎，沿江撒网捉蛟龙”。

古代处决犯人，行刑的法场向来都选在街口市心，有意让民众围观，为了让大伙儿知晓官家法度森严，不敢轻易犯禁。但事与愿违，处决犯人的活动，往往都被当成了最大的热闹来看，端的是鲜活生动，远比听书看戏要来得刺激。在镇压农民起义的那些年月，官府使用的酷刑重典远远多于往日，一到开设法场的日子，看热闹的人就如同逢年过节赶庙会一般，有好些个泼皮闲汉，不辞起五更爬半夜之苦，就为了抢到个极近的好位置看得真切，又有几个真正将朝廷的王法刑律放在心上？

张小辫儿和孙大麻子做了公差，被派到法场刑台下看押老鼠和尚。一众团勇公差把用刑的木台围得里三层外三层，但四周的百姓太多，任凭抽打喝骂，仍是争相挤到前边来看。一时间人挨人、人挤人，拥得水泄不通，被挤坏的人们哭爹叫娘，整个街心乱作一片。

张小辫儿前天从猫仙祠的野猫当中，把那只偷溜的黑猫找了回来。本想今日借着做公之便看回热闹，谁知和孙大麻子被挤在囚车旁，竟是一动都不能动，那黑猫也被挤得无处容身，只好蹲在了张小辫儿的帽子顶上去看热闹。

张小辫儿见马大人等官员都在楼上端坐，不禁觉得心中煞是不平，心想若不是三爷使出手段，官府如何拿得到老鼠和尚？可如今风光都被旁人占了，满城百姓谁知三爷的功劳？又想，有道是英雄不问出处，这捕快的牌头无品无级，比起芝麻绿豆也还不如，蝼蚁一般的角色，有什么稀罕？倘若张三爷有朝一日发了迹，做个封疆的大吏，才不枉在公门中走这一遭。

他正胡思乱想地做白日梦，就听四周的人群忽然炸开来一般，暴雷也似的喧哗喝彩声。一阵高过一阵，正不知为着什么。他急忙循声看去，原来是灵州城的刽子手刘五爷带着四个手下来了。那刘五爷从祖上六代起，就全是公门里吃红饭的，传下来的手艺非同小可，是刑部亲点的刽子手，以前一直在京城听差，这两年告老还乡，才被调回了灵州原籍。

巨贼以妖术偷盗藩库库银，以及驱鼠吃人子嗣，乃是震动天下的大案，所以今天处决老鼠和尚，官府特意请了已经封刀的刘五爷出山。据说刘五爷得过真传，手艺十分了得，不管是砍头斩首，还是剜胆摘心，在他刀下动起刑来都好似行云流水一般。

只有犯了滔天大罪或是身份不凡的刑徒，刑部才能请出他老人家掌刀执法，即便当年在京城里，也是等闲难得一见，今日竟要在家乡父老面前施展手段，围观之辈自然止不住喧哗起来。那刘五爷在灵州百姓眼中，就像是位成了名的戏子一般，自他迈步登上刑台，每一举手、每一投足，都要引得台下发出一片片喝彩声来。

张小辫儿和孙大麻子也曾听过刘五爷刑部刽子手的赫赫大名，连忙踮起脚，抻着脖子去看。只见那刘五爷六十多岁的年纪，生得体魄魁梧，豹头环眼，阔口裂腮，颌下髯丛如猬，胡须虽已半白了，但精神矍铄饱满，脑门子油亮油亮的，一袭短衣襟小打扮，身上连肩搭背，系着白练也似的一条围裙，目光中凛然有股杀气，不怒自威，恰似那杀生的修罗魔君在世。

刘五爷的围裙也不是一般的东西，乃是先皇御赐之物。寻常行刑的刽子手，向来是光着膀子，或是穿了号坎甲马，再系条屠户般的黑围裙。可刘五爷手艺不凡，不管是断首凌迟，还是剥皮摘心，身上刀上从来不见一个血点，刀是祖传的宝刀，身上是皇上赏赐的白腰，如此装扮，正是为了显出自身艺业过人，使见者皆惊。

再看刘五爷的四个徒弟，活脱是四大金刚投胎下凡，刀砍斧剁般的一般高矮，显得好不齐整，全是膀大腰圆、虎力熊心的彪形大汉，油光光的大辫子打了团结盘在头顶，身上的红边灰底号坎敞开一半，袒胸挺肚，把胸口黑杂杂的一大片护心毛露在外边。

这爷儿五个，满面的杀气，目光所到之处，打量到谁身上，谁就得打个寒战，冷汗淋漓，那真是“直教胆小惊欲死，纵是石人也流汗”。围观的众人都不免暗自庆幸：“幸亏今天上法场受刑的不是我们。”

刘五爷带着四个徒弟，上了半人多高的木台，先对着楼上监斩的官员抱拳行礼，随后对父老乡亲们施了一躬。他也是有心要卖弄些个手段，让徒弟们当着众人的面，取出携带的几个大皮囊，打开整顿起来。里面无非是砍腰的鬼头刀、斩首的剁魂斧、剥皮的搬利刃、掏心的剜肠剑，还有各种带钩、带刺、麻花拧转儿的刑刀法刃，都是寻常百姓叫不出名目的器械，琳琅满目，足足有不下百余件之多，在日光下一阵阵泛着寒光。

这时已有刑吏验明罪犯正身，然后宣读罪状，按律断了潘和尚一个“剐”字。此等妖魔匪类，若不处以千零万碎之极刑，委实难平民愤，故此要请刑部刽子手刘五爷割满一千三百刀。待到午时三刻，听得三声号炮为令，就要动法刀行刑。

围观的百姓顿时满场哗然，众人一来是恨极了潘和尚，二来听说要割一千三百刀，乃是地方上前所未见的大刑，正要看刘五爷行刑如何施展手段。底下的人群中对此议论纷纷，有的人说：“这回可算是来着了，咱就等着开眼吧，一般凌迟碎剐，只不过一百二十刀，要割满一千三百刀才让犯人断气，可不是寻常的手艺能做到的。当今世上，除了刑部刘五爷，谁还有这等本领？”

有的人稍稍有些见识，听了此话便摇头说：“这个却不然了，凌迟碎剐为本朝最酷之刑，平时难得一见，但现在正是平寇定乱之时，一旦捉到了发逆反贼，无不用此极刑处决，所以这几年咱们见碎割活人也见得多了。可你发现没有，越是那精壮结实的汉子越是能经得住多割几刀，饶是如此，两百刀下去也仅剩一具血肉模糊的骨头架子了。而那肥胖之辈，则根本无从下刀，一刀下去不免连皮带膏地扯下一堆，像老鼠和尚这贼厮生得如此肥头大耳，能割够他两三百刀已是大手段了，想剐足一千三百刀却又谈何容易。恐怕刘五爷一世英名，临老却要栽在咱这灵州法场上了。”

张小辫儿被挤在台前，听那几人议论不休，便讥讽他们毫无见识，对众闲汉夸口吹嘘道：“一千三百刀算得什么？在前朝中，割满三四千刀的大刑也是有的。北京城里的刑部刽子手个个身怀绝技，都是世代传授下来的神妙手段，外人绝难得知。三爷当年在京亲眼见过刑部刽子们练刀，原来要先从最大的大牲口身上练起，割牛割马割骡子，最后越练越小，刀数却是不减，直练到鸡、犬、鸭、鹅、老鼠、兔子才能出师。”

众人初次听闻，也不知他说的是真是假，有些短浅之人只顾称赞，想不到这位牌头年纪轻轻，就有如此见识阅历；有些人则认为张小辫儿之言纯属无稽之谈，牲口肉多体粗，岂能和犯人相提并论？再者刑部刽子手的本事再大，又怎么可能在老鼠身上割几千刀？这碎剐凌迟的极刑又不是剁肉馅，要割满一千三百刀，必须每一刀割下一块皮肉，而且在剐至最后一刀之前，犯人是绝不能断气的，否则刽子手与犯人同罪，差了多少刀都要着落在自己身上。

众人乱糟糟地正自议论不休，就听咚隆一声号炮响起，眼见午时三刻将至，这正是“阎王下了勾魂状，无常二鬼索命来”。若问刑部刽子手刘五爷如何碎剐老鼠和尚整整一千三百刀，且听下回分解。

第三章 剔魂剐

自古怨债相偿，杀人的填命，欠债的还钱，多是因果上的事情，说他一年也说不过来那许多，那些个遭受官司刑狱之苦的，也都是由此而生，计较不得。但听得一声号炮响过，眼看午时三刻将至，刘五爷让他的四个徒弟充做副手，先将潘和尚从台下囚车里起出，绑到法场行刑的木台之上，那刑台当中有个“金”字形的木头架子，糙木铁环上边乌黑的血迹斑驳，都是以前用刑时所留。

刽子手们一言不发，动手把潘和尚绑定了，三下五除二，就剥净了他身上的囚服，随后捧着刑具法刀候在一旁听命。这时第二声号炮响过，法场四周围观之人，都知道在转眼之间，便要把这恶贼千零万碎，大多注目观看，嘈杂喧闹的人群顿时安静了许多。

刘五爷请监斩官在名牌上勾了红叉，反身走到潘和尚身边，按惯例抱拳说道：“今天是刘五来送潘爷上路，咱们往日无怨，近日无仇，刽子手掌刑执法，无非是被上差下派，推辞不得，等会儿万一有照顾不周全的地方，还请潘爷多多担待。”

潘和尚落到了这个地步，早已万念俱灰，但在法场上众目睽睽，他还要硬充好汉，嘴角子一阵阵抽动，表情诡异地狞笑道：“久闻刑部刽子手刘五爷大名，不想竟死在您老的刀下，也算是本法师的造化。本法师临刑别无所求，只求您老用刑时手底下利索些，给咱来个痛快了断。我死后走在黄泉路上，也忘不了念着您老的好处……”

刘五爷连眼皮子也不眨，冷冰冰地说道：“古有圣贤立纲常，今有王法大如天，潘爷惹下的是弥天大罪，身上又背着百十条人命，最后怨魂缠腿被官府拿获，才被断了个碎剐凌迟的极刑。今天这一千三百刀，可是一刀也少不了的。咱劝你不妨想开些，在阳世多受些凌碎之苦，到阴曹里却能早得解脱，趁着第三声号炮未响，还有什么话要交代的尽管留下。”

潘和尚想到要被碎割一千三百刀之苦，不由得心寒胆碎，心中怨毒发作起来，沉默半晌才说：“本法师生来慈悲，最喜欢哄耍小孩子为戏，自从修炼金刚禅以来，食过胎男童子一百五十有余，此乃超脱他们前往西天极乐世界的大善举。眼看着便能成就正道，得一个出有入无的法身，谁知竟被一班小贼撞破了法相，使我落到了官府手中，挑筋穿骨吃了好一番折磨，今日又要使出歹毒手段，让本法师受尽零割碎剐之苦……”

潘和尚越说越恨，继续咬牙切齿地说道：“我就算到了阴世，也必化为厉鬼，找你们一个个地索命报仇。刘五爷你是专给官家掌刀的鹰犬，你奶奶的，你与马天锡那狗官坏过多少好汉的性命？你们通通不得好死，爷爷早晚从阴间回来找你们索命！”

刘五爷发过无数红差，以往那些死囚伏法之时，或是对刽子手软言相求或是骂不绝口；又或是默然不语；更有受惊不过，在法场上屎尿齐流之辈。他多是见得惯了，丝毫不以为意，当下任其破口大骂，也不同潘和尚再说什么。

周遭围观的百姓却大为恼火，都说如今真是没有王法了，这老鼠和尚罪大恶极，此等丑类死到临头之时，竟然还敢口出狂言，真是个挨千刀的贼杀才。更有许多家里丢失小孩儿的，一发对其恨得入骨，纷纷捡起烂菜、石子投向法场，有领队的军官赶紧指挥团勇把持局面，以防乱民蜂拥上来搅了刽子手行刑。

此时又有许多苦主，纷纷挤到前边，偷着把钱塞与法场附近的公差，他们要等动刑之后，讨买几片潘和尚的碎肉。这里边也不光是被贼人拐去小孩儿的苦主，还有许多家里有病人的，因为早年间有种说法，凡是法场上出红差，犯人身上的血肉都能做药引治病，监刑的公差们往往可以趁机捞点儿油水，只不过不敢明面交易。

正乱得不可开交之际，就听咚隆隆一声号炮作响，刑部刽子手刘五爷见午时三刻已至，当即动手行刑。先是副手取出一条漆黑的网子，当场抖将开来，缠在潘和尚的左臂之上。这黑网可不是普通的渔网，乃是前朝刽子手所传之物，通体以人发混合蚕丝编就，专在凌迟碎剐的刀数过多时，拿来作量肉之用。只见那黑网的网丝勒入皮肉之中，便会留下一大片铜钱大小的血印。

刘五爷是忙家不会，会家不忙，叫声“看法刀了”，便伸手从皮囊当中，拽出泼风也似的两把快刀。这两口法刀，一长一短，皆有名号，长者过尺，唤作“尺青”；短者过寸，唤作“寸青”，由北宋年间流传至今日。据说当年曾用来碎剐过江南巨寇方腊，真是白刃似水，寒气逼人，果然有吹毛断发之锋。在此大小二青两口利刃之下，剐割过的好汉之多，实是难计其数。任你是含冤负屈的忠臣义士，还是恶贯满盈的乱党贼子，被绑在法场上见了这两口快刀，都不免心中瑟瑟，魂魄俱无。

刘五爷手中拎了长短两柄快刀，口念恶杀咒，咒起刀落，按着勒出的血印子一刀刀割下。那潘和尚吃过许多童子，养得周身肥胖，细皮嫩肉，受割不过，疼得尖叫惨呼。刘五爷更不理会，短刃一割，长刃一挑，便取下柳叶似的一片皮肉，直把二青使得发了。但见他出手如风，一片刀光闪动之际，不消一个时辰，就已将潘和尚肥大壮硕的身躯剐了个遍。

旁边相帮的四个刽子手，一路数着刀数。法场刑台上血肉淋漓，灵州城里的人们，多是初次见识刑部刽子手用刀，谁也没想到天下会有如此快刀，又有如此干净利落的割法，直教人无法思量，尽皆看得犹如木雕泥塑般目瞪口呆。偌大个街心里，只闻刽子手下刀、贼人惨叫，除此之外，十字街上鸦雀无声，围观的百姓中有些胆小的，竟被吓得尿了裤子。

做刽子手就是凭宰杀活人吃饭，这刑部刽子手刘五爷，果然是手艺了得。他自十七岁艺成出师以来，就开始在法场上掌刀执法，四十年来经他手底下发送的人，没有一万也有八千，真正是杀人如麻，行刑的经验尤为丰富。

此次碎剐老鼠和尚不比寻常用刑，必须要割满整整一千三百刀，所以刘五爷深知下刀要既快且准，刀子底下不能拖泥带水，否则就先把犯人活活疼杀了，更要避开人体血脉，而且此贼肥胖长大，不似寻常皮肉精壮之辈，血脉经络格外难寻，不得不打起十二分的精神，使出了浑身解数。

那潘和尚也当真悍恶，身上被割了一个痛快，嘴上是一边惨叫狂号，一边骂不绝口，尽是些言语极为阴毒的诅咒。但声音越来越弱，等剐到一千两百余刀的时候，潘和尚已然是体无完肤，舌头、鼻子、耳朵尽被剐去，全身上下只剩两只大眼珠子能动，兀自贼溜溜地来回乱转，盯着刽子手的刀锋看个不住。

刘五爷是手出山岳动、刀落鬼神惊，前六百刀唤作鱼鳞剐，刀削面似的把周身上下削去了一层；中间四百刀是剜肉剐；最后三百刀也有个名目，称为剔魂剐。堪堪数到一千二百九十九刀，剐得潘和尚只剩一具骨架了，刘五爷的恶杀咒也恰好念完，忽然停下身子，收起刃不沾血的二青，在手中换过一柄带环的牛耳尖刀，请过监刑的官吏上前来验刑。

此时潘和尚的眼皮已被割去，连眼珠子都不能动了，目光如同死灰，不知是不是还没断气。那监刑的官吏捧着一个罐子，从中抓出白花花一把大盐粒子，对着潘和尚撒去，只见潘和尚一对眼珠子疼得猛然一转，显然还未死绝。

刘五爷立刻手起刀落，牛耳尖刀一刀下去，只是一戳一剜，便已挑出一颗血淋淋、颤巍巍的人心，恰是一千三百刀整。法场四周围观之人轰然喝彩，都赞刘五爷好手段，连在楼上监斩的马大人和图海提督，也各自暗挑大拇指称道不已。

刘五爷身上果然不见半个血点，气不长出，面不改色，在如雷般的喝彩声中团团作揖，随后走下台来。众人无不拱手相贺，真如众星捧月一般，周围又不断有富商大户送上酒肉花红，这是要借刑部刽子手身上的杀气，给自家图个驱邪避凶的彩头。

张小辫儿和孙大麻子在旁边看得大为心折，都觉得刘五爷如此威风，凭得是真手艺、真本领，咱们兄弟几时也能在大庭广众之下如此耀武扬威一番？这时就见刘五爷的四个徒弟，七手八脚将潘和尚所剩残骸剔剥了，五脏六腑尽数掏拽出来，摆开来挂在刑台的几根木桩子上，又把骨头残骸全都砸为碎片。

有些外来的围观者初次看刑，不知缘故，就问张小辫儿和孙大麻子："请教二位牌头，怎地剐完了贼寇，还要砸碎骨骸？有没有什么说道？"

张小辫趁机吹嘘说："凌迟乃是最酷的极刑，若非遇着大奸巨恶，也轻易不动如此重典，不仅千刀万剐，按律更是连尸骨都不得入殓，碾砸碎了之后还要引火焚化，挫骨扬灰。实不相瞒，此贼正是张三爷拼着性命亲自擒拿到的，诸位却不知他的厉害，这老鼠和尚有妖术在身，不将其碎尸万段毁形灭骸了，难保他不会弄出个什么邪法，又要还魂了出来害人……"

正说话的时候，蓦地里刮起一阵阴风，四下里飞沙走石，刚刚还是艳阳高照，一瞬间就变得愁云笼罩。灵州城里的百姓们如临大祸，一个个吓得面无人色，哭爹叫娘声中争相奔窜逃命，真个是"天昏地暗无光彩，鬼哭神嚎黑雾迷”。

欲知这阵阴风中是否有恶鬼出没，且留下回再说。

第四章　万尸坟

正说到潘和尚被押到法场吃了一剐，千零万碎割净了皮肉之后，刽子手又将他的五脏六腑掏拽出来，摆弄着一件件挂在木桩之上，正待引火焚化，却凭空刮起一阵阴风，一时间失了日色，灵州城中飞沙走石，天昏地暗。

众人见状无不大乱，南街上的人们纷纷躲入临街铺面，给市中心里闪出一条道路，在其余的三条路口中，看热闹的百姓仍是挤成人墙不肯退场。

张小辫儿以前并非常进灵州城里走动，没见过决囚的场面，还以为碾碎骨骸加以焚烧，就算完解了差事，但看南街上的人们忽然闪开道路，一个个屏气吞声，抻眉瞪眼地张望着什么，显然都知道今天这场凌迟极刑还不算完，后头还有热闹可看。他忍不住好奇起来，就近向旁边的一位老公差打听究竟。

那公差知道张小辫儿是巡抚大人亲点来的，正有心结交，便压低了声音道：“张牌头有所不知，咱们灵州城设法场决囚，到最后并不像外地一般烧化死囚遗骸，只把骨头碾碎，剩下的血肉内脏，历来都要留给城外的饿狗分吃。你瞧这满城愁云惨雾，定是乱葬岭万尸坟里的神獒也进城了，谁个不要命了，还敢高声喧哗？”

张小辫儿和孙大麻子闻言一怔，齐声道：“原来如此，怪不得刽子手们把那些心肝肚肠都挂在木桩子上，竟是要给城外的狗子们发番利市！”

书中代言：自古便是人死之后，入土为安，棺材木料越是厚实坚密，死者在地下就越得安稳，否则虫吃鼠啃，雨水相浸，说不尽有多少苦处，其中最倒霉的，还要属死后下了葬，却当晚就被狗子扒开坟土，一头撞破棺板，趁热拖出来吃了。

但许多穷人家根本买不起棺材，临死能有个草席子卷了就不错，小户人家也只能置办三寸柏木板的“狗碰头”。乱世之中天灾人祸，大部分老百姓都没东西可吃，流窜于乡间野地里的饿狗就更多了，遇到打完仗，这些饿狗就到战场上掏吃死伤的军卒和马匹，一个个养得膘肥体壮，凶悍异常，成群结队地出没于乱葬岗中。那些个薄棺浅埋的穷苦百姓，死后多被躲在坟地里的饿狗们挖出来吃个精光，种种惨状述说不尽。

灵州附近战事不断，激战过后，处处都有身首异处的死人。古代圣贤曾说：“收殓无主尸骸，覆以黄土，乃仁者所为。”可眼下这世道人心不古，哪有人肯去收尸掩骨？况且死的人太多，根本埋不过来。只有官府出面，派下些赏钱，让民夫们在附近收殓尸骸，都运往万尸坟丢弃。在灵州城南门外，距城数里有好大一片荒山野岭。据说春秋战国的时候，此地曾是个铸剑的山谷，但年代太远，古时的地名已经无法考证了，也不见留下什么遗迹古物，只在山中有条深沟。战乱以前，凡是死在牢狱里的囚犯，都会被弃尸其中，久而久之，得了万尸坟这么一个俗称。

最近这几年，死人多得无处掩埋，官府便指定把万尸坟专作填埋无主尸体之处，不论是死于疫病灾害，还是死在刀枪之下，只要是无人收殓的尸骸，不问身份来历，一发扔进万尸坟中填了丘壑。到现在谁也说不清坑中究竟有多少死尸，那一片山壑深处，真是杂草丛生，白骨嶙嶙，狐兔出没，孤魂夜哭，从来无人敢近。

流窜在附近的野犬恶狗，竟把万尸坟当作了粮仓。千百只野狗成群结队，争抢坑中尸骸，为此往往引发内斗，互相间打得你死我活，被咬死的狗子，立刻就被同伙啃成一堆白骨，所以荒山里的野狗数目总在几百头左右，对活人还无大害。

直到有一年，不知从哪儿来了一头巨犬，体大如驴，吠声近似牛鸣，神威凛凛，俨然有王者之态。此犬悍恶绝伦，竟成了万尸坟大群野狗的首领，到处闯村扒坟。棺材中的死人，甚至落单的活人，还有村舍城池中的牲口，没有它们不敢吃的，而且数目越聚越多，渐渐形成了地方上的一桩大害。

但愚民无知，都道此犬神骏异常，不是等闲的世间俗物，多半是灌口二郎真君驾前嗥天犬下凡，故此皆以神獒呼之，谁也没有胆量触犯。也不知上任按察史是怎么琢磨的，自己想了个办法出来，号称“以贼人换良人”，竟然与野狗们达成了一个协议，凡是城中处决人犯，在死囚被正法之后，一律不许其家属收殓，尸骨血肉就地留下，给万尸坟的野狗们发送利市，任其舔血噬骨，换此辈不要再伤害无辜的平民百姓。

从那时开始，只要灵州城里一设法场，那神獒便有灵验感应。它能在荒山穷谷中，远远嗅到数里之外用刑的血腥气息，随即就会带着大群野狗呼啸入城；又据说野狗们吃的人多了，群狗之后总有无数孤魂野鬼相随，带得所到之处阴风阵阵。

所以城里的人们大多知道惯例如此，见到半空里尸气冲天，就知道定是南门已开，把神獒放进来了，急忙闪出街道，躲在一边继续观看。果然过不多时，便从南街上闯来一群饿狗，约有数十头之众，将一条凶猛狰狞的巨犬簇拥在当中。

张小辫儿虽是初次见到神獒，但他略得了些相猫辨狗的诀窍，一看之下已知此犬不凡。在《云物通载·犬经》一篇当中，把世间的狗按照体形大小，粗分为三类：最大者为“獒”，普通中常者为“犬”，体态小的才称作“狗”，这是从古就有的说法。可现今世上常将“犬”与“狗”

混同，却不知两者有别。

那条被民间称为神獒的恶犬，比拉磨的驴子也小不了多少，身上有数片天生的血斑，行动之际如同被一团团火云围绕，只此一节，便可断定，并非是真獒，而属于犬类中体形最近于獒的品种，应该是从漠北草原上来的“鞑子犬”，可以屠狮灭虎追杀群狼，性情最是凶猛无比，不知江南之地为何会有此神异之物。

张小辫儿却没往深处去想，只顾着同众人一起看热闹。只见那伙全身腥臭的群狗，视周围的人群有如无物，大摇大摆地径直来至法场刑台，一众野狗饿犬见了满台血腥狼藉，登时从口中滴落大串馋涎，一个个吐着猩红的舌头喘着粗气，却都在台下摇尾趴伏，谁也不敢抢在首领之前去吞吃老鼠和尚的尸骸。

那神獒躯体虽然巨大，却格外灵动敏捷。它好似肋生双翅，离得几十步开外，竟呼的一声从空中掠过，直蹿到台上，一口咬住摆在木桩上的血肉，三嚼两咽便吞入腹中，随即低头舔血。那死囚潘和尚好生肥胖，被碎剐之后，木板上遍地尽是油膏鲜血。神獒一条大舌头能有两尺多长，一舔过去就是一大片，嘴里“唏哈”有声，神态怡然，把南街的大群野狗们馋得没抓没挠。

待那神獒舔得心满意足了，昂首几声狂嗥，声如牛鸣，震动了乾坤，此时台下的饿狗们听得嗥声，就如接了圣旨一般，一哄而上。有的趴在地上舔血，有的几只扯住块肉互相争夺，饿犬们吃得兴起，个个龇牙低嗥，目露凶光。

四周围观的百姓和兵勇，看得俱是心惊神摇，但并无不忍之情。世风日下的时节，人心丧乱，越是血腥残酷，越是看得津津有味，甚至许多人还有幸灾乐祸之意。只有个别明白道理的，暗中连连嗟叹：“也不知咱国朝造了什么孽，让世人遭受如此酷罚？看来天下大乱难定，早晚还有祸事降临。”

也就是不到一盏茶的工夫，法场上的血肉，连带那些被刽子手碾碎的骨头，便已被野狗们舔吃得一干二净，连半点儿渣滓都没剩下，群犬却仍然围着神獒徘徊不去，虎视眈眈地盯着四周的军民。

张小辫儿和孙大麻子都看得呆了，就听一旁那老公差惊道："不好了，这群饿狗没吃饱，看来是要……"话音未落，就见法场上的神獒猛然蹿起，一下扑倒了站在人群中的刑部刽子手刘五爷。还没等众人看清楚怎么回事，那鞑子犬早已掏出了刘五爷的满腔心肺肚肠。它身后的野狗们四出如箭，狂吠声中扑进人群里乱撕乱咬。

灵州百姓一下子就炸了锅，都想躲避逃命，但人挤人、人挨人，哪有腾挪闪展的余地，但见四下里血肉横飞，顷刻间已有百余人横尸就地，挤撞踩踏当中更不知伤了多少。

马大人和图海提督在楼上看得真切。老图海见了这血肉横飞的惨状，惊得心胆俱战，连忙按住顶戴钻到了桌下。巡抚马大人还算得上是临机镇定，他早就有心废除旧例，却始终未能得便，眼看酿成了大祸，再后悔可为时已晚了，拍案大骂道："反了！反了！左右与我听命，凡是城中野狗，一概格杀勿论！"

那法场上咬死刘五爷的神獒吞了几口活人鲜血，心意更是狰狞欲狂。它似乎也知道街角楼阁上都是当官的，纵身踏住挤作一团的军民，先是伏腰埋首，随即用尽全力，激射而起，腾身飞蹿上了半空。这鞑子犬矫捷绝伦，堪比插翅的熊狮虎豹，连数丈高的围墙也能纵身跃过，二层的楼阁哪里放在它眼中，它瞪起血红的双眼，在空中盯住马大人直扑过去。

马天锡大惊，万没想到恶犬竟想刺杀朝廷命官，极端骇异之下，不禁也是脸上变色，幸得他早有准备，随从的数十名亲兵卫士都藏了火器在身，立刻抬起一排火枪射出。有道是神仙难躲一溜烟，满拟将那神獒毙在当场，谁知此犬敏锐无比，更是识得火器犀利，它身凌半空，竟能使用腰腹之力，凭空拔起身形，倏然蹿出数丈之高，一举跃上了二层楼阁的房顶，踏翻了许多瓦片，再不多做停留，一路飞檐过壁而去，还不等枪声硝烟散尽，便早已逃遁得无影无踪了。

这正是："鳌鱼脱了金钩去，摇头摆尾不再来。"欲知后事如何，且看下回分解。

第五章　黑　蝉

话说荒葬谷万尸坟内的大群野狗，进城来搅乱了灵州法场，咬死咬伤军民无数，最后全部被兵勇们就地格杀。混战之后，十字街心遍地都是死人死狗，可怜这座富贵名城，繁华盛地，今日变作了鬼哭神嚎修罗场。

巡抚马大人在楼上看得分明，不免大发雷霆，调兵关了城门，又派团勇逐街逐巷捕杀神獒。可不久有人来报，已看见那恶犬越城而出逃入荒山了。

马大人连忙聚众商议，他对众官吏说："叵耐这业畜好生凶恶，而且似是有备而来，竟想行刺朝廷命官，定是被造畜邪术所控，若不尽早剿除，他日必成大患。"

按清代的惯例，同级之间是文管武，满管汉，但那图海提督在灵州却并无实权，只是充个虚职，实际上是朝廷派下来的监军，况且此人是个平庸无能之辈。他刚才见了那神獒眨眼间就咬死了刑部刽子手，又暴然蹿上楼阁行凶，在一排火枪轰击之下，竟能毫发无损地腾空跃上楼顶逃脱，真如"天犬"一般，不免吓得心慌意乱，只推托道此事全凭马大人做主了。

马天锡本也没指望他这酒囊饭袋能有什么真知灼见，当下便让众人出谋划策。有幕僚称：“城外的野狗多是结伙游荡，白天并无定所，只在日暮以后，才会聚于荒山穷谷之地。不如派遣一位骁勇善战的军官，带上一哨人马，多携火器，于晚间潜入万尸坑，将其彻底剿灭。”

另一幕僚说道：“野狗虽多，却不足为虑，兵家有言——擒贼先擒王，首先要设法除掉那为首的恶犬才是。但此犬被民间呼为神獒，绝非等闲的野狗恶犬可以相提并论。不仅生得青面獠牙，十分凶恶，而且机警敏锐，蹿跃之际竟能直上城头，若不是《西游记》里的妖怪出现，便是《封神榜》中的天兽下凡，纵然多派勇夫，恐怕也不能与之对敌。”

马大人点头道：“言之有理，依你之见，该当如何是好？眼下若有良策，尽可直言，也好为本官分忧。”

那幕僚常常自称广闻博见，但自投到马大人门下以来，却迟迟未能献出什么良策，今天恰是用得着了，立刻进言道：“小的曾听一些洋人讲过，在那西洋英夷之国，也有许多恶犬横行，故此当地有种风俗盛行，男子中凡称绅士者，出门上街时，手中必执一根棍棒，称为文明棍，专作驱狗之用。街上的野狗一见此棒，便远远逃开不敢近前，只因狗子们生性恶棒，乃造物之先天习性。”

一旁的众人听了此言都说：“英夷果然全是荒生在海上的番邦蛮子，向来不曾被王道开化，别看他们船坚炮利，但那些什么绅士上街还要拿根棍子打狗，却不知在我大清国朝当中，撵狗的文明棍向来是讨饭花子们才肯用的。不过狗子确有厌恶棍棒之性，哪怕是再凶悍的野犬，一见了棍棒，便先自馁了三分，应当给灵州军民多备短棍，以防恶犬再来害人性命。”

众人纷纷献策，但说来说去，并无一计可行，正在一筹莫展之际，忽有探子来报，说粤寇大军分作数股前来攻城。这回来得隐蔽突然，现在前锋已距城不到三十里了。马大人忙问来的有多少贼兵，探子禀道：“唯见漫山遍野席卷而至，刀枪如林，兵甲如雨，难计其数。”

花开两朵，各表一枝，先不提突然闻得粤寇发兵攻城，灵州城里是如何如何调兵遣将锁城防御，单说张小辫儿被法场周围奔逃的人流裹住，身不由己地跟着跑了一阵，也不知孙大麻子和身边那只黑猫都逃到什么地方去了。他独自一人到得一条窄街上，此时也辨不得东西南北了，暗自庆幸混乱中没被恶犬咬到，看看左右无人，便就地坐在一户人家门前的台阶上呼呼喘气。

张小辫儿心想本以为城中安稳些，想不到也是如此不太平，这回野狗们突然发狂，咬死了无数百姓，街上尽是横死暴亡之人，不如赶紧去寻了孙大麻子，一同离了是非之地，逃奔京城去谋条财路为好。心中正打着算盘，忽听墙头有猫叫声，抬头一看，却是那只月影乌瞳金丝猫，张小辫儿站起来对那黑猫说道："馋猫，又要去哪里厮耍？倒教你家三爷一场好找，可想随张三爷到京城里见识见识……"

张小辫儿话未说完，忽觉脑袋后边的辫子被人揪住，疼得他倒吸了一口冷气，骂道："没有王法了，谁他奶奶的吃了熊心老虎胆，敢扯张牌头的辫子？"

只听身后一阵锯木头般的干笑声响起："嘿嘿，如今做了张牌头了，可还记得故人否？"张小辫儿一听之下，已然知道正是当初在金棺坟里遇到的林中老鬼，急忙改口道："小子哪敢忘记老先生的大恩大德。"

张小辫儿感到辫子被人松开，便整了整衣帽，回身施礼，只见那林中老鬼身着一领宽衣大袍，服色古旧破烂，也不知是哪朝哪代的装束，脸上仍是蒙着帕子，只露出两只枯槁的眼睛，哪里像是一个活人。只听他开口问道："张牌头，老夫曾点拨过你一场大富贵，可取得了？"

张小辫儿本来恼恨这老儿指点的富贵虽有，却是官家的库银，害得自己羊肉没吃着惹身膻，跟着受了许多连累，但见林中老鬼的气色，真个三分不像人，七分好像鬼，哪里敢出言不逊自讨苦吃，只好苦着脸，把经过说了一遍，最后又说："老先生指点得虽好，奈何小子命里纳不下大财，贼偷落得贼还，银子到手还没焐热乎，就被一众公差在街上拿下了。”

林中老鬼道：“与你一同从金棺村逃难出来的两人，一个是草头太岁，倒能助你些力气；另一个却是丧门白虎星君。你将那丫头带在身边，如何能够发迹？看来也是你命中不该发在此处，才引得凶星欺主，但你也不必为之烦恼，老夫平生阅人多矣，然天下命相运数之佳者，尚且无人能出张牌头之右，日后必定还有你的造化。”

张小辫儿一听自己今后还能发迹，顿时喜出望外。俗话说得好“酒能红人脸，钱可迷人心”，他此刻根本就顾不上去想林中老鬼所言是否属实，又到底有些什么居心，立刻纳身拜倒，恳求高人算看自身造化。

林中老鬼也不说话，将张小辫儿拽起，带着他七拐八绕，来到了猫儿巷后的猫仙祠中。到了这个四外无人的清静之所，才问他道：“张三，你且与老夫说说，你平生志向如何？”

张小辫儿不好意思直接说“除了钱财别无他求”，便厚着脸皮答道：“您老别看小子只是个在市井间耍闲的光棍，烧火嫌长，闩门又短，怎么看都不像擎天架海的栋梁，但我也素来胸怀大志，也常……常想做些个英雄豪杰的事业。”

林中老鬼冷笑着问道：“你倒说来，什么是英雄豪杰？”张小辫儿道：“自古以来，凡是英雄豪杰，必然不事生产劳役，绝不能给别人当牛做马，手段须是慷慨爽快；从不以财物为心，行走四方，挥金如土，结交到好朋友的时候不惜仗义疏财；立大志，成大举，使美名广为流传，如此方是真英雄、真豪杰了。”其实这话的意思再明白不过了，就是想做大事，首先身上必须得有钱，有道是“人无财助精神减，手中缺钱应对难”。

林中老鬼点头道：“嗯……果然是英雄未有俗胸中，虽有些挥霍无度之意，略显不合天道，可这也正是豪杰襟怀的不羁之处。但你错失了槐园库银，最近这几年重财旺运已空，想得大富贵实是难于登天……”

张小辫儿闻言大惊，忙说：“小子也不奢望有吕纯阳吕祖师那根点石成金的手指头，更不敢巴盼能撞大运拾得个聚宝盆，只求有铜山、金穴般的一世富贵，便是心满意足，天天都要烧高香拜猫仙了。”

林中老鬼道：“想那铜山、金穴皆是富可敌国的财爻，你自身未必能得。不过你在财运之上虽然低落了，却恰好有将星当头，应了武运亨通之兆，若能依了老夫之言行事，一年之内，你必然能做上统兵的军官，到时候老夫再指点你一条飞黄腾达的道路，照样威风富贵。”

张小辫儿听得此言，觉得全身上下的骨头都轻了几两，做梦都没想到自己还有如此好命，多半是老家的祖坟冒青烟了。这年头有势就是有钱，如果真能做了统兵的大将，光宗耀祖恢复老张家的门第，自是不在话下，不求能做到总兵提督那么大的官，只要能得个将军，就已经威风得紧了，忙请教今后如何行事。

林中老鬼说：“天下大治之兆，是地气从北而南，如今乱自南方所生，则主天下将乱，正是建功立业的良机，若是赶趁上你的时运，休说是三四品的武官，只怕连那封疆大吏也不难做得。如今在城南荒山穷谷之中，有条漠北神獒聚了大群野狗为害，城中官兵虽众，却难以将其扑杀，灵州府上下必定寝食难安，张牌头你要想飞黄腾达，必先夺此头功。”

张小辫儿听得咂舌不下，今日亲眼见识了神獒凶猛非凡，连刑部刽子手刘五爷那等人物，都被其当场开膛破肚了。况且此兽行走如飞，诡变莫测，漫说是火枪刀矛，即便是设套下毒也必能被其识破，满城官兵都奈何它不得，张三爷哪有手段对付？前几天虽然用黑猫破了老鼠和尚的邪法。那只不过恰好是遇着物性相克，可从没听说过天底下有猫能降狗的异事。

林中老鬼却不理会张小辫儿，自行从怀中摸出一包东西，里面裹的都是咸鱼、咸肉，撕碎了随手抛落在庙堂地上。猫儿巷里的野猫们闻得咸腥，立刻从四面八方聚了进来。

张小辫儿不知林中老鬼葫芦里究竟卖的是什么药，也不敢多问，只好蹲在墙角看着。待到林中老鬼把群猫喂得饱了，才告诉张小辫儿说："要借它们祖师爷身边的几件东西来用，不先给点儿好处，它们岂肯甘休？"

张小辫儿更觉好奇，据说那猫仙爷原本是灵州城里赫赫有名的通天大盗，后来因他盗了皇宫里的夜明珠，担心被官府缉拿，便隐姓埋名遁隐江湖了，这庙里如何会有他身边的事物？

林中老鬼把神龛下的几块青砖撬开，竟从中露出一口木箱，看起来古香古色，成色陈旧，肯定已沉埋了许多年月。打开来之后，里面只是一套飞贼穿着的夜行衣。他见了这些东西，又是一阵阴沉沉的冷笑，随即对张小辫儿道："这就是当年猫仙爷穿的行头，名为'黑蝉'，此物不仅轻如无物，而且能避刀枪，遇火不燃，触水能浮，是件不可多得的宝物。但更难得的，还要属他压箱底的小猫耳朵。有了这套行头，你今夜只需如此这般，这般如此，要擒杀那漠北凶獒，也不过是如同探囊取物、反手关门一般轻而易举。"

这正是："谋成月里擒玉兔，计就日中捉金鸦。"欲知后事如何，且听下回分解。

第六章　猫儿脸

话说当年的猫仙谭道人，自隐遁世外之后便四处云游，有一年曾重回灵州故地，竟在城中见到了自己的生祠。他自叹有何德何能，敢当得如此香火，临走时把他当年所用的全套行头，都藏在了祠中神龛之下。

这都是多少朝多少代以前的旧事了，却不知林中老鬼何以对此了如指掌。张小辫儿只道这老儿定是个稀奇的人物，庆幸自己遇着了真仙。他是如贫得宝，如暗得灯，忙请教如何去对付荒葬岭的神獒。若真能立此功劳，今后何愁没有扬眉吐气、飞黄腾达的时节？正是“不经强敌分生死，哪得行踪露潜藏？待到四海闻名日，那回方表是男儿”。

林中老鬼将猫仙爷的夜行衣让张小辫儿穿了，又从箱底取出一个面具。那面具上的图案勾画得形如猫脸，头顶还嵌着两个猫耳朵，触手柔软异常。林中老鬼道：“此物唤作猫儿脸，出自波斯国极西之地，专能遮掩生人气息，只要戴上这个面具，那些深山老林里的狐兔野犬见了你，也只当你是过路的野猫。”说罢将猫儿脸面具给张小辫儿罩了，并授以奇策，让他独自带着黑猫，前往荒葬岭擒杀神獒，随后又交代给他许多今后的行止，吩咐他务必牢记在心。

张小辫儿只觉林中老鬼之计匪夷所思到了极点，未必真能做到，正待再问，就听外边鼓声如雷。他急忙出庙细听，吃一惊道：“哎呀，这是灵州城里擂鼓聚兵，想是要打大仗了。”再回身之际，却已不见了林中老鬼的身影，只有满堂的野猫正被战鼓声惊得四处躲藏。

张小辫儿站在原地愣了半天，低头看看自己身上的黑衣行头，知道刚才的事情绝非是在做梦。他心想如今兵临城下，灵州城里虽然兵多粮足，却一直孤悬无援，不知还能守到几时，反正城破了也是一死，不如就依林中老鬼所言，豁出去了搏场荣华富贵在身。

俗语说得好：“自从受了卖糖的奸商骗，今后再也不信口甜人。”但张小辫儿眼光浅，并未吃过一堑长出一智，他却觉得：“反正除了三爷自己这条小命，再无别的身外之物，倘若趁着时运做成了，便是捡来的天大便宜。”真是人心不足，尚未得陇，便已望蜀。他从此打定了主意，再不疑心有什么山高水低，收拾得齐整了，便带了月影乌瞳金丝猫匆匆赶回衙中点卯。

走在半路上，便撞见孙大麻子找了过来，张小辫儿在槐园库银一事上吃了大亏，这回便不敢张扬，与他简短说了别来情由。二人径直求见马大人，当面请命去荒葬岭剿杀野狗，为地方上除去大害。

别看马天锡是个文官，但这一年多来，他招募团练守城有功，皇上曾下旨嘉奖，据说可能不久便会升他的官，所以治地的军政防务都由他一手掌握，直接受两江总督辖制。此时粤寇兵临城下，可能明天一早就要攻城，马天锡自然忙得不可开交，不断调遣团勇，分拨火器，把别的事情都暂且放在一边了。

只是那位图海提督放不下此事，他白天在法场上被神獒吓破了胆。前来攻城的粤寇虽多，毕竟有城墙壕沟挡着，量那些乌合之众也难成大事。可荒葬岭的恶犬如鬼似魅，说不定什么时候就会潜入城中，趁人不备一口咬将过来。又想起刘五爷被开膛破肚的一幕惨状，不由得胆战心惊，片刻也坐不安稳，不住催促马大人快想对策。

正这时候张小辫儿前来请命，马天锡大喜，赞道："本官总算没看错人，张牌头真壮士也。不知如何施为，又要带多少人马？"张小辫儿道："小的承蒙恩相抬爱，始终无以为报，如能有机会给马大人分忧解难，即便是刀山火海，也不敢推辞。这回不用动一兵一卒，只求孙大麻子留在城头接应即可，小人自有本事应付荒葬岭的野狗。"

马大人见他虽然说得口滑，但看神色间胸有成竹。他也是用人不疑，疑人不用，便点首说道："如此举动，没有十二分的胆智绝难做到，看来美玉向来藏于顽石之中，倘若单以衣貌出身取人，岂不误了天下贤士？这张牌头果然不是等闲之辈，本官就依你所言，调一班公差到城头接应，事成之后，必有重赏。"说罢命人取来一柄短刀，乃是古代刽子手传下的寸青，刘五爷死后便被收入官库，此时给了张小辫儿，让他带着防身，又给了进出城防的腰牌，使他便宜行事。

但别的官吏幕僚，以及那旗人图海提督，却都认为张小辫儿这小子能有什么真手段，不过是有些个泼皮胆气而已，此事谈何容易，好比是在老虎口中讨脆骨，到大象嘴里拔生牙，都不是好惹的，纵然横着胆子去了，也只不过白白送命。

这时天已擦黑了，张小辫儿告辞出来，招呼孙大麻子和一班公差，一同到了南城。城外大敌当前，城门绝不敢开，只好在城头上用大竹篮吊人下去。

张小辫儿见城头上站得密密麻麻的，全是灵州团勇，正自不断地搬运檑木滚石、灰瓶弓箭，又摆开了许多臼炮火器，一尊尊劈山炮和一排排抬枪不计其数，真可谓是“杀气迷空乾坤暗，遍地征云宇宙昏”。他从未见过这等阵仗，不禁暗自心惊，脚底下发软，有点儿后悔刚才在官家面前逞能夸强了，可现在打退堂鼓也晚了，只好把全身上下收拾紧凑利落了，准备等天彻底黑下来以后，便出城行事，这才要“拼身入虎穴，冒险探豺狼”。

张小辫儿心道：胆小不得将军做，舍不得孩子套不来狼，谁让咱自打生下来就没财没势呢，更没有本事做别样的营生，也不甘出苦力气做活度日，再不舍得把自家的小命当本钱来搏，如何能够出人头地？想到此处便横下心来，把身着的夜行衣紧了紧，腿上用青带子打了绑腿，脚下穿了一双多耳麻鞋，又随身裹了水粮和一小袋石灰，将寸青短刀别在后腰，随后在城头上同那黑猫饱餐了一顿。

孙大麻子对张小辫儿的举动好生钦佩，有意要结伴同去，若有什么高低，两人好歹能有个照应。张小辫儿拦住他说：“看这阵势，粤寇明天拂晓就得前来攻城，你这大麻脸不留在城头上，回来时谁肯接我上来？”孙大麻子点头称是，并嘱咐张小辫儿一定要在天亮前回来，否则必被攻城的粤寇裹住，死在乱军当中。

此刻黑云遮住了明月，正是潜行的良机，张小辫儿坐在吊篮里下了城，抬眼看看四周，就把那黑猫揣在自己怀里，借着几点朦胧的星光，直奔城南的荒葬岭。

这片山豳离城虽近，但山中沟壑极深，是个极野的去处，除却抛尸的民夫，绝少有人接近。太平军也不会取道山谷，以前几次都是从两边迂回过来。

张小辫儿走不多久，就已来到山谷前边，他一向草栖露宿得多了，深夜独行荒山倒也不怎么放在心里。但见四周荒草长得比人都高，乱草野藤之间丘冢累累，坟丘间不时有野狗游荡。他按照林中老鬼的指点，把面具罩在脸上，果然没遇到什么凶险，辨明了方向穿过大片荒坟，一路下到山谷深处，发觉脚下全是死人的白骨，四周一团团磷火忽明忽灭，月光从浓云缝隙中漏洒下来，照得两侧巨石狰狞兀突，放眼看去好一片荒坟野岭。真个是“八方无客过，四季少人行”，走在其中，恰似自投阴曹地府鬼门关。

纵然张小辫儿胆大，也不禁越来越觉心惊肉跳，只好边走边和那黑猫说话壮胆：“常听说灵州的家猫不比野猫，最是嫌贫爱富、奸懒馋滑，可咱们这回进山擒杀鞑子犬，还要全凭猫兄你的本事，只要成了大事，我就天天给你买鱼鲜解馋。别看你家三爷现在穷得叮当响，想当年淮阴侯韩信未遇之时，曾受过胯下之辱，北宋吕蒙正在没当宰相之前，不是也如张三爷这般天天窝在破庙里栖身过夜？所以人活一世，命中的穷通富贵要看到头，眼前的不算，你可不能猫眼看人低……”

张小辫儿唠叨了半天，把话多是说给自己听了，顺着深谷而行，不知不觉来到一片峭壁底部，借着月光看见山根里刻着两个大字，笔画像是水里的蝌蚪一样弯弯曲曲。他虽识得些文字，却哪里认识古篆，只是听林中老鬼所言，荒葬岭万尸谷里曾是古时候铸剑的所在，山谷底下刻有“剑炉”二字，料来正是此地了。

原来古时多有名剑，非是现在的寻常刀剑可比，凡是其中的锋利之属，到水底可断蛟龙，在陆地上能剖犀象。比较有名的诸如什么太阿、龙泉、白虹、紫电、干将、镆铘、鱼肠、巨阙等，皆有各自的出处和事迹。

这山中自古出产五金之精，确实曾是春秋战国时，剑师铸造利刃之处，直至宝剑铸成后，山中精气消散，才变成了荒废阴晦之地。在刻着“剑炉”二字的山壁旁边，有个山洞，正是当年铸剑石炉的古迹。张小辫儿找到洞口，吹亮了随身带的火筒子，把身前道路照亮，摸着石壁往前走了十几步，就见山谷峭壁夹峙着一座大石殿，底部陷下一截，半嵌在山壁岩根里，露了片石顶在山谷中。

这石殿极高极广，从后到前，按照天、地、人分为三进，石门内砌着一口塌了半壁的巨大砖炉，足有半间民房的规模。张小辫儿心道：“此间是个铸剑的炉子了，人字炉壁口，虽然狭窄，但里面还算宽敞，且钻进去躲上一躲，待那鞑子犬来了之后再做计较。”谁知刚挤了半个身子进去，却见那炉膛里边竟然挂着个上吊的死人，死者脸上白惨惨的瞪目吐舌，两脚悬空，在面前晃来晃去，张小辫儿毫无防备，乍一见到这件打秋千的事物，不由得吃了一惊，被唬得半死。

这正是：“富贵荣华人皆羡，生死玄机有谁知？”欲知张小辫儿在剑炉中有哪些奇遇，又能否设计擒杀神獒，且听《金棺陵兽》下回分说。

第七章　铁公鸡

且说春秋战国时铸剑的剑炉，实际上应称剑室，殿内分做天地人三间，并有内外两层，外边围着耐火的窑砖，里面就如民宅一般，同样有铜梁石柱，内设取火锻造的内炉。那天炉出火，地炉聚精，人炉中必须有活人以命殉剑。在这座炉中，便有个剑师吊颈而亡，一缕英魂归入了剑气之中，空剩个躯壳悬了千年。

张小辫儿哪知这些缘故，撞着剑炉中有个打秋千的吊死鬼，着实受了老大惊吓，当即就想缩身逃开，但手捧火筒子的亮光一晃，瞥见那吊死鬼身下，还倒着一个全身是血的人。张小辫儿眼尖，一看却是个脸熟的，非是旁人，正是松鹤堂铁掌柜家的老仆——老军铁忠。

张小辫儿眼珠子转了两转，心想："自打那天夜晚借宿槐园，铁掌柜和铁忠便下落不明，生不见人，死不见尸，想不到铁忠老汉竟在此处。这事情蹊跷了，此人又是朴实良善之辈，三爷我怎可袖手旁观？"他稍一犹豫，就再次矮身钻过炉口，进到炉膛内对那吊死鬼抱拳道："阴阳相隔，互不侵扰，咱们是井水不犯河水。"

随后张小辫儿凑到铁忠老汉身边，伸手一探心窝，发觉还是热的，但全身血肉模糊，伤得极重，还发着高烧，嘴唇干裂，真是"身如五鼓衔山月，命似三更油灯尽"，眼见是活不久了。

张小辫儿掰开铁忠老汉的牙关，把随身带的一葫芦清水给他灌了几口。那铁忠老汉饮得凉水，哎呀一声缓过气来，神志也渐渐清醒了些，恰似"寒谷遇得乍暖之春，死灰又有复燃之色"，但恍惚中刚一睁眼，看见张小辫儿头上戴的猫脸面具，还以为山里的狸猫成了精，险些给当场吓死。

张小辫儿赶紧把面罩推到头顶，问他何以落到如此地步。铁忠老汉见是张小辫儿，虽觉万分诧异，却没了惊骇畏惧之意，趁着回光返照心中明白，就强打精神，对他说起了来荒葬岭运尸的经过。

原来那天张小辫儿和孙大麻子刚进灵州，把从瓮冢山里运来的女尸带到松鹤堂药铺，换取了铁掌柜养在自家后院的黑猫。那铁掌柜是个识货的，从不做亏本的生意，他认得这僵尸是前朝的美人盂，由于生前死得冤屈，故而形骸不化，是黑市上难求的珍异之物。

在最近几年，江南出现了许多修炼造畜邪术的妖人，趁着天灾人祸，做了许多天理难容的勾当。这伙人到处割取死人器官，把男阳、女阴凑成一副，即可配成药饵。随着邪术越练越深，到后来就需要僵尸和活胎童子，凡是含冤不朽的死尸，以及偷抢拐带来的小孩儿，还有产妇腹中的胎儿，乃至生产后的胎盘，都是此辈急求之物。

自古战、荒相连，一打完仗便是赤地千里，粮食颗粒无收，死于战乱和饥荒的人不计其数，新死的人到处都是。但几百年前的古尸和童子胎男，可就十分难得了，于是就有人暗中偷挖盗拐来了，再转手贩卖给造畜之徒，从中牟取暴利。笑贫不笑娼的年月，赚这些丧良心的钱又算得了什么。

铁公鸡虽然家大业大，但生性吝啬刻薄，对钱财求之无厌。他做的又是药材生意，对各路各码头的门道都熟，识得些穴陵挖坟的贼人，所以私下里做起了收购僵尸肉的生意，每当行货到手之后，就由他亲自带出城去卖掉。

这些勾当都是暗中做的，连铁公鸡家中至亲至信的人都不得而知，只不过他身单力薄，独自一个人做不来，便每次都要带着自家的老奴铁忠。

铁忠老汉初时并不知道究竟，一来二去时间长了，不免看出些端倪。他为人朴实忠厚，这遭雷劈的勾当如何敢做，连劝主家罢手，免得惹祸上身，咱们药铺有那么大的买卖，何苦担惊受怕做这等黑了心肝的生意。

但那铁公鸡眼孔最小，只认得一个“利”字，虽然赚下了偌大家产，却把一文铜钱看得胜过身家性命，除了赚起钱来不择手段，对自家人也刻薄吝啬至极。每天早晨在床上一睁眼，他便先自恨恨流泪不已，感到胸中恶气难平，恨什么呢？只恨这天上日月星辰来回转，昨天吃过了饭，今天醒来却又要吃饭，什么钱都能省，唯独一日两餐不得不吃。

那时候土财主和吝啬的生意人省起钱来，是各有各的招。别的咱就不提了，单说铁公鸡家金山银山，但一天早晚两顿饭，咸菜也舍不得吃，每年只买一条鱼，先拿大盐把鱼腌半个来月，直腌到能死活人，连馋嘴老猫都不敢偷吃的时候，才把咸鱼吊挂在饭桌上头。

到了吃饭的时候，全家人每吃一口糙米饭，便抬头看一眼咸鱼，只看这一眼就能立刻咸到心窝子里去，然后赶紧往嘴里扒两口饭，这一年到头的菜钱算是省下了。直至大年三十的晚上，才把这挂了整整一年的咸鱼摘下来，拿水拔去盐分，由全家老少分而食之，年初一早上人人咳得都像是要变“盐巴虎”[1]。

此事在旧社会并非罕见，只因这些守财奴们，深知钱财来得实在太不容易，每一个大子儿都是处心积虑千方百计抠出来的，所以除了暴发户，大多数富户都极其吝啬，把钱财二字看得大过了天。他们多认为钱财最是具有灵性，唯有对其珍惜备至，钱财才会甘心跟着他走。倘若是拿钱不放在心上，这手接来那手去，必然要触怒了财神老爷，岂肯再把钱送到他这里来？故此不吝不富，只要是吝啬的人家，一定都是富户。

像铁公鸡这等人，就是个一毛不拔的吝啬人家，整日里算计着怎样有进无出，却应了“有命赚钱没福消受”那句老话了，只要是有利可图，把自家老父切开来卖也心甘情愿，怎会把家仆铁忠的话放在心上。

铁忠祖上世代为仆，以往对主家吩咐下来的事情，绝不敢说半个不字。他劝了铁公鸡两回无果，愁得整宿整宿睡不着觉，正不知所措之际，掌柜的又招呼他晚上干活儿，只好硬着头皮前去。二人在密室里把美人盂剔剥了，碎骨拿到炉中烧化，只把尸皮尸肉，还有那女尸脑壳装到一个皮口袋里，趁着无人知觉，翻墙离开药铺。铁公鸡先前拿几副假药买通了一伙巡城的团勇，打开了灵州城的水门溜出来，在月黑风高中一路赶奔荒葬岭。

铁公鸡对此地道路不熟，但他也知道山谷里全是野狗，不敢贸然进去，

[1] 盐巴虎：即蝙蝠。民间传说，老鼠吃了盐会变成蝙蝠，蝙蝠俗称夜猫虎，所以又称盐巴虎。

取了个白灯笼打在手中，站在山前等了良久，就见山谷里出来一只秃尾老狗。这狗似乎是个领路的“线伙子”，望了望山前的两个人，便转过身摇头摆尾地往里去了。

铁公鸡赶紧让铁忠背起装满尸块的皮囊，跟着秃尾狗进了山谷，越行越深，最后到了一个洞窟跟前，只见有条全身白毛的哈巴狗，趴在地上守着一口钱箱，里面全是金条银锭，不仅有咱们国朝的纹银，更有许多海外才有的“金洋钱”。

铁掌柜还是初次到这荒葬岭来交易，只听牵线的说“白爷”要看货，他还道和以前一样是与某人做生意，谁知山谷中不见半个人影，莫非此狗便是白爷？铁公鸡心想我管你是人是狗，有钱即是爷了，于是当着白毛哈巴狗的面把皮囊打开，取出美人盂的头颅摆在地上。

那白毛哈巴狗到近前来嗅了几嗅，便用狗爪子从箱中拨了两根金条出来。铁公鸡连连作揖：“谢白爷打赏。”然后走上两步把金条捡起来揣在怀中。

铁忠老汉平生从未见过如此诡异的情形，真是可煞[1]作怪了，世间哪会有这等事！不禁担心是遇着山里的妖物了，忙扯着铁掌柜的衣袖，劝他拿了钱就赶紧回去。谁知铁公鸡见了钱就动火，况且看这山中无人，只有条白毛哈巴狗看着一大箱金银，尤其是那些金洋钱，金灿灿的好不晃人眼目，一股贪念在肚肠里辗转了几番，就涌上来再也按捺不住，有心把钱箱子据为己有。

铁公鸡刚捡了一石头在手，想要绕到背后砸死那白狗，却突然间从山上跃下一头巨犬，竟有驴子般大，背上生满了血斑，裹着一阵阴风扑将下来。它将铁公鸡放翻在地，就如同是“出林恶虎啖羔羊，半空皂雕追紫燕”一般，哪容铁公鸡有半分挣扎，眨眼间便已从胸膛里掏出血淋

[1] 可煞：表示极甚之辞，非常。

淋一颗人心。

可怜铁公鸡巴前算后，一辈子省吃俭用，忧烦操劳，使尽了心机，最后却落得个如此下场，真不知他“到头把命丧，辛苦为谁甜”？铁忠老汉在旁看得呆了，他曾多次在城里处决死囚的法场上，亲眼见过这头巨犬，被民间百姓呼为神獒，心里着了慌，只顾着逃命，不料一脚踩空，翻着跟头落进剑炉石屋。

铁忠滚落进来就把腿摔断了，身上被石头划得鲜血直流，侥幸钻进剑炉，挡住了狭窄的炉膛口，才得以留下性命。他打更寻夜的时候，身上会带些干粮和水，便借此维持，勉强活到现在，已是寸步难行，堪堪废命。他自己心里也清楚，肯定是活不了多久了，临蹬腿闭眼之前没别的挂念，只恳求张小辫儿行个方便，务必给铁掌柜家里人带个讯回去，好让他们知道掌柜的没了，连尸首也被狗子们啃净了，赶紧请和尚法师给做回水陆道场超度亡魂，再置办个衣冠冢，免得让主家做了孤魂野鬼。

铁忠老汉双眼目光渐渐涣散，等他断断续续地交代完了，已然是气若游丝，终于一口气转不过来，当着张小辫儿的面呜呼哀哉了。

张小辫儿暗自心惊，没想到松鹤堂药铺的铁掌柜，竟和造畜的妖邪之辈有勾结，另外林中老鬼可没交代荒葬岭中有个什么看守钱箱的白毛哈巴狗，那擒杀神獒的勾当到底行得行不得？脑中胡思乱想了一阵，便对着铁忠的尸体拜了两拜：“铁老军你如果在天有灵，可得保佑张三爷平安回去，否则你和铁掌柜可就含恨沉冤，死得不明不白了。”

就在这时，忽听山谷中大群野狗一阵狂吠，声音由远而近，来得好快。张小辫儿心知有异，急忙吹灭了火筒子，顺着剑炉炉壁爬到石屋高处，借着月色偷眼观看山中动静。只见那群荒葬岭中的野狗们，不知是从哪片坟茔堆里撵出一窝狐狸，共是三大一小，其中一条老狐狸，把个小狐狸叼在嘴里，正自没命地狂奔逃命。据说世间万物，除人之外，唯有狐狸最灵，故有狐魅之称；纵然是机警迅捷的猎犬，也难以轻易捕捉到它们，谁知竟会被野狗们追得走投无路，直投荒葬岭山谷中的绝路逃来。

正是：“说出事迹惊天地，道破行踪震古今。”欲知后事如何，且听《金棺陵兽》下回分解。

第八章　狐　玉

且说张小辫儿同那黑猫躲在剑炉石殿上，探出脑袋来，偷眼窥探荒葬岭中的动静。此时天上的星星差不多都出齐了，借着清冷的星辉月光，只见大群野狗在狂吠声中，正将一窝狐狸赶入绝路。

山中成群结伙的野狗们，专门在坟茔地里撞棺材扒坟，拖拽出尚未腐烂的死人尸体充饥，平时也会捕捉荒坟野地里的狐兔来吃。母狐狸身上有条臭腺，遇到危险时会和黄鼠狼一样放出臭气，被称作“狐烟”。

这股烟色浓绿，不似黄鼠狼的屁那么恶臭，却有迷乱神志的作用。狗鼻子最灵敏，一旦将狐烟吸到鼻子里，轻则五感俱废，在狂奔中一脑袋撞在石头上，不免头破血流、骨断筋折；重则立刻口吐白沫，倒地抽搐不已，最后心丧神迷，变成一条疯狗。

狐狸精善能迷人的传说，并不完全都是空穴来风的迷信观念，荒葬岭的野狗们似乎深知狐性，在后边赶得虽急，却始终把那窝狐狸放出一段距离，不给它们有机会放出狐烟，只是将其撵至山谷深处，待到对方筋疲力尽了，才会蜂拥上来一举成擒。

这窝狐狸中为首的是条老狐，看起来已有百年之寿，全身通红似火，前额上有一块白斑，乍一看就好像长了三只眼睛。它嘴里叼着条小狐狸，带着另外两狐一路狂奔，屡屡使出诡计，想要摆脱野狗的追击，奈何这是老天爷降下大劫相逼，始终未能得逞，眼瞅着气力衰竭，前边又被石壁拦住了去路，自知气数已尽，只好停下来闭目待死。

野狗们见群狐已然是插翅难飞了，便在山谷里将它们紧紧围住，只是龇牙咧嘴不住狂吠，却并不急于上前撕咬，就如同猫捉耗子一样，先要三擒三纵，在吃掉之前尽情耍弄猎物。

几只大小狐狸被吓得全身发抖，悲悲切切流下眼泪，而那三眼老狐似乎不甘心引颈就戮，从口中吐出一枚红丸，晶莹圆润，如珠似玉。此狐以前曾机缘巧遇，在深山中服食过一株千年灵芝，又躲进坟地里藏了多年，每晚对月吐纳炼气，竟然得了狐玉在身，此物实有起死回生之效。它如今已是走投无路，便想以玉换命。

有道是犬有犬宝、牛有牛黄，老狐体内的石子便是狐玉了。那些野狗子虽然俱是乌合之众，却也识得狐玉实乃珍异之物，吞到肚子里少说都能添几十年的寿数，真是个个眼馋，正想拥上前去争抢，就听深夜里一声牛鸣般的嗥叫。嗥声激烈昂扬，势动苍穹，不禁吓得大群野狗们全身颤了三颤，哆哆嗦嗦地夹着尾巴齐向后退。

只见一头体大如驴的巨犬，一道黑烟似的从山上下到谷中，正是荒葬岭里的神獒。这鞑子犬纵身一跃，就到了三眼老狐面前，一口吞了狐玉，转身就把两条大狐狸当场按住咬死，掏出两颗心肝来吃了，就着死狐腔子中还热乎，又咕咚咕咚饮起了鲜血。

此时三眼老狐在旁看个满眼，身上又被溅了许多鲜血，吓得体如筛糠，直到猛然醒悟过来，那神獒已经饶了自己和小狐狸的性命。它死中得活，赶紧叼起它的狐子狐孙，头也不回地狂逃而去，转眼间就消失在了茫茫夜色中。

等那神獒喝够了狐血，才把两具狐尸留给其余的野狗享用。不过僧多粥少，不消片刻，野狗们便把两条死狐狸，连皮带毛啃了个干干净净，其余没吃饱的也不敢抱怨，只好再去附近的坟场里刨死人逮兔子。

那神獒两眼目光如炬，一边用舌头舔着自己嘴角上挂着的狐血，一边阔步向剑炉走来。这炉间尚有许多铸剑时所留的精铁，它常将此地作为巢穴，以养体内暴戾之气。

张小辫儿躲在剑炉石殿的房顶上把经过看了满眼，不觉已吓出了一身冷汗，心知这鞑子犬在漠北草原上，是可以搏杀豺狼虎豹凶兽的，怎敢把它看成等闲之辈，但眼见神獒进了剑炉石屋，果然与林中老鬼所言一致，暗道："正是张三爷的时运来了，这恶犬今夜既然进了此地，就算是三头六臂背生双翅，也定让你有来无回。"当即横心竖胆，同那黑猫两个伏在石梁上，蹑足潜踪，悄悄地向石殿后面爬去。

神獒吃了两条狐狸的心肝，又吞了老狐的玉丹，那都是至热之物，不免觉得胸腹间燥火大动，要回破石殿里寻个避风的所在歇息一阵。它是何等敏锐，不消抬头去看，已知殿顶石梁间有些异常动静，占风辨气便已知道，多半是两个过路的野猫，尚且不够给自己塞牙缝儿，便也不去理会，径直来到后殿，伏在天字炉前静卧。

张小辫儿在石梁上蹭行了一阵，也来到后殿屋顶。这里石墙半塌，天空中皎洁如水的月光，从殿顶豁口处漏将下来，映得银霜满地。借着月光一看，那神獒就卧在炉旁的一座石台上歇息，它头顶的屋梁上悬着三个青铜灯盏，每一个都有脸盆般大小，上面扣着铜盖，分别饰有星斗纹路，铜质久经风吹雨打，都已显得斑驳苍绿不堪。

这三个灯盏可非比寻常，名为星星盏，乃是战国时期的青铜古物，是当年给诸侯王铸剑的时候，用来保存剑炉中火种的铜灯。要造锋利绝伦的宝剑，除了要有手段高超的铸剑匠师，以及深山中五金之精的材料之外，还必须有天火烧炉，而不能随便用人世间的凡火，非得如此，剑成后才能蕴有龙吟虎啸般的凛然剑气。

但取天火的时机，是可遇而不可求的，要等到有雷电劈中了千年古树，才能借到真正的天火火种。石殿中吊挂着的星星盏，正是当时用于储存天火的铜灯。

历经了千年沧桑，到得今时今日，那铜灯里的火早已熄灭了，但盏内的灯油还在。这星星盏分为三个部分，一是青铜灯体，二是灯芯，三是铜灯里面的灯油。灯芯是个捻子，大部分都浸在灯油中，此时灰尘久积，星星盏上盖满了尘土，早将灯口封堵住了。

张小辫儿伏在梁上看了一阵，就伸手去捉那黑猫，想要按林中老鬼之计擒杀神獒，由于他身上着了猫仙爷的行头，黑猫自然视它为同类，还以为是要作耍，“喵呜”叫了一声，嗖地从石梁蹿上了屋顶。

张小辫儿一手抓了个空，暗骂一声“贼猫，逃得恁般快”。他想上屋顶把黑猫捉回来，但身在极高的石梁上，望望下边都觉得眼晕，勉强挪到此处，已觉得手脚酸麻，更何况人不比猫，怎敢在梁柱屋顶间任意登高攀爬。

眼下在荒葬岭的剑炉当中，要是没有这只月影乌瞳金丝猫，张小辫儿便难以成事。他看了一眼梁下，咽了一口唾沫，大着胆子在石梁上站起身来，想将那黑猫重新捉下来，奈何胳膊没那么长，踮着脚尖虚空抓了几下也够不到。

张小辫儿心下大急，额头上冷汗更多，只好低声央求道：“猫二爷，这可不是胡闹的地方，你快快下来，休要坏了三爷的大计……”

可那黑猫蹲在屋顶的缺口旁，一边用舌头舔着猫爪子，一面在自己脸上抹来抹去，显得好不悠闲，两只黄金般的猫眼在月光下精光四射，似乎是有意与张小辫儿作耍，任你死求活告，就是不肯下来。

张小辫儿在梁上动作稍大了些，他比不得真猫来去无声，不免扫落了许多灰尘，从上边落下殿中。那神獒正伏在石台上养神，耳听那两只野猫在殿顶闹得动静越来越厉害，又被许多灰土落在了头顶，不禁怒从心头起，恶向胆边生，恨不得生吞活剥了它们，可是腹中的狐丹是大补之物，一团燥热尚未化去，神情有些疲倦，始终昏昏欲睡，又自恃身份，不屑于亲自去捉两只野猫，所以暗自隐忍不发，低吼声中龇了龇獠牙以示警告，便继续打起盹儿来。

这一下险些将张小辫儿吓得魂魄出窍，急忙蜷作一团刺猬般伏在梁上，连口大气也不敢出，只剩下心里怦怦怦一通狂跳。他深知这鞑子犬神异非凡，天罗地网都罩不住它，只要使其感觉到稍微有一点儿不对劲儿，自己立刻就会被其撕成碎片。

那黑猫本就胆小，也被吓得不轻，全身猫毛倒竖，当即就想开溜儿，张小辫儿暗自叫苦不迭，唯恐它就此逃了，赶紧从怀中摸出一个鱼肉馒头，将手举在半空，想引那馋猫下来。

全身漆黑的月影乌瞳金丝猫与别的猫在习性上没什么两样，除了胆小好奇之外，最喜欢偷鱼吃腥，见了鱼肉馒头，顿时从嘴角淌下一串口水，两只黄金色的猫瞳盯在鱼肉馒头上看得直了。

张小辫儿见这伎俩得逞，暗骂了一声“死馋猫，回头给你好看”，就把手中的馒头向下晃了一晃。谁知那黑猫是从骨子里惧怕鞑子犬，虽然目光紧跟着鱼肉馒头来回移动，却硬是不肯把身子向下挪动分毫。张小辫儿不免更是心急，又把举着鱼肉馒头的手向高处抬了抬，不料他在梁上伏得久了，使得全身血脉不畅，就觉得指头尖一麻，竟将馒头失手掉落，不偏不斜，恰好落到神獒的脑袋上砸了一个正着，惹得那鞑子犬嗷的一声恶吼，狂怒之下翻身跃起，像支离弦的快箭般，猛朝着石梁上扑来。张小辫儿惊得面如土色，暗叫：“糟糕！张三爷今天晚上要归位！”

这正是：“凭君胸中有妙策，难防今夜祸一场。”欲知后事如何，且听下回分说。

第九章　铜盏油

话说张小辫儿躲在石梁上，正想设法把黑猫从房顶上引下来，不料却失手将鱼肉馒头掉了下去，惹得那鞑子犬狂怒起来，卷着一股阴风，从地下腾身蹿到半空，要把梁上的野猫扑下来撕成碎片。

那神獒的来势凌厉迅猛，张小辫儿大惊失色，他想躲都来不及了，只好闭目等死。谁知就在鞑子犬还未扑至石梁的一瞬间，却听得殿顶轰隆一声，塌下一堆碎砖败瓦，一股烟尘陡然而起。

原来是那黑猫蹲在屋顶上，看张小辫儿手中的鱼肉馒头看得入了眼，身子向下探得太过，竟是踏在虚空之处，碰掉了几块碎砖和一片灰尘，它也翻着筋斗滑落下来。

鞑子犬见机奇快，它身在半空，忽见灰尘碎瓦自上落下，便凌空一个转折闪在一旁，硕大的身躯飘叶般落在地上，随即仰起头来观看殿顶动静，月影之下双目如电，凶芒毕露，显得怒不可遏。

张小辫儿本以为自己这会儿早见阎王爷去了，没想到没被神獒咬中，反倒是身上落了许多灰尘，急忙屏住呼吸，挥动手臂驱赶烟尘，这时就听得殿中铜链晃动，睁开眼睛往下一张，只见那黑猫并没有直接从屋顶摔到地下，它仗着身体轻灵敏捷，两只前爪扒在星星盏边缘上，两条猫腿凭空乱蹬，把青铜星星盏坠得似秋千般来回打晃。

星星盏铜灯被锁链悬吊在半空，那黑猫好不容易才攀到了灯盖上，它战战兢兢探头向下一望，见鞑子犬虎视眈眈地抬头盯着上边，吓得立刻又把脑袋缩了回去。黑猫将身子蜷缩在悬空的铜灯盏上无路可逃，饶是它善于攀墙爬树，也没得施展。

此时一人一猫一犬，一个躲在石梁上胆战心惊，一个趴在铜灯上心惊胆战，还有一个守在殿内怒目瞪视，恰好分处在剑炉石殿的上、中、下三处，却谁也没有轻举妄动，只剩下星星盏铜灯嘎吱吱地来回摇晃。

张小辫儿和黑猫没敢动，多是因为心中惊骇欲死，而那鞑子犬一动不动，却显得格外异常，一反它平日里嗜血贪杀的常性，这又是为何？

原来事有蹊跷，那储存天火的铜灯盏被黑猫一阵扑抓，积压在上面的灰尘掉了大片，立时从灯口里传出一阵异香。犬类嗅觉灵敏，一嗅之下就发觉大不寻常，铜灯里的灯油胜过香油百倍，不免一时疑心起来。

张小辫儿借着月色看得清楚，暗道一声猫仙爷爷显灵了，张三爷真是福大命大造化大，常言道“时来弱草胜春花，运至泥土变黄金”，看来时运一到挡都挡不住，也该着是这神獒杀业太重，命中注定要丧身于此，接下来就看月影乌瞳金丝猫在油灯上如何施展了。

只见那黑猫想蹿上石梁逃掉，奈何无从攀爬，它想跃下地面，却见那神獒不住盯着它龇牙低吼，不由得心慌意乱，又怕又急，像是热锅上的蚂蚁一般，片刻也立脚不住，只好在星星盏上不住打转。

最后它看到三个铜灯盏在半空一字排开，最边上那盏铜灯旁边，紧临着一堵有缺口的破墙，正可从中逃出剑炉。可星星盏之间离得甚远，无法直接蹿跃过去。

有道是狗急了跳墙、猫急了上房，这时候只求生路，哪还管他行得行不得，黑猫在铜灯上用力摇晃，只盼着离另一个星星盏越近越好。它使出了全力，摇得油灯剧烈地来回摆动。

折腾得正欢，忽听底下的鞑子犬好似牛鸣般低嚎了一声，惊得那黑猫的四个猫爪子一齐发软，顿时趴在摇晃不定的铜灯上，岂料晃得太过厉害，身子一打滑就往灯下滚落，黑猫“喵呜呜”一声惨叫，索性扒住了灯口边缘。它唯恐掉下去被神獒咬死，竖着猫尾巴，几个猫爪子向上蹬，这一来不要紧，坠得那铜灯不再摇晃了，反倒是在半空打了个斜，铜盏中的灯油立刻从中淌出。

那千年灯油细腻香滑，为世间罕有，引得鞑子犬不由自主地张开嘴伸出长舌，在星星盏下接着灯油来舔。它当晚活吃了狐狸心肝，一团燥火正炽，舔了几口灯油，不仅满口留香，更觉滑爽舒畅了许多。

这时那黑猫的猫爪子碰到灯油，顿时从铜盏上滑脱了，直直落向地面。神獒正吃得兴起，却突然断了供给，不免心中发怒，也不等黑猫落地，就在半空里一口将它衔住，牙关上不曾用力，一甩头便又把黑猫抛上星星盏，瞪目低吼，逼迫那黑猫再依前法施为。

那黑猫捡了条命，哪里还敢不从，急忙使出浑身解数，在星星盏上一阵折腾，将铜盏中的灯油一点点倾倒下来。神獒自在下面伸着舌头接住，不曾错过半滴，舔了好一个舒服畅快。

神獒虽然警觉狡猾，可哪里会想到野猫敢给自己下套，又加上正值心火大燥，所以难免一时大意了。它把灯油吃得口滑，也不问多少，只顾要吃，不料那灯油虽然非药非毒，却不能多吞，俗话说“狗肚子装不下二两香油”，吃多了就得掉胯跑肚，即便是硕大凶恶的巨犬，蹿上三泡稀屎之后，也会全身绵软无力，变得还不如一只绵羊。

这神獒尚未来得及跑肚蹿稀，先自被油蒙住了心，东西南北多已认不得了。它隐隐觉得不妙，在地上打了两个转，越发糊涂了，晕晕沉沉地一头撞在墙上，能撞棺板的狗头坚硬无比，一脑袋便将破墙撞塌了半壁，就势卧地不起，嘴角拖着长长的馋涎，鼾声如牛，竟然昏睡起来。

张小辫儿躲在石梁上，看见鞑子犬倒地，忍不住心头一阵狂喜，但还不敢大意，随手摸到两块碎石，从高处投在它身上。那神獒满肚子灯油，心神昏聩迷惑，纵然是泰山崩在近前也浑然不觉了。

张小辫儿大喜，骂道：“饶是你这恶狗奸猾似鬼，也教你吃了张三爷的洗脚水。”随即从殿中石柱上溜下来，壮着胆子在鞑子犬身上踢了两脚，见果然睡得如同死狗一般了，嘿嘿一笑，叫声：“这是一报还一报，你就别怪张三爷心黑手狠了。”须知“容情趁早别下手，下手岂能再容情”，当下伸手从身上拽出寸青短刀，将神獒那颗狗头活生生切割了下来，用石灰掩洒，裹在几层厚油纸中，外边则用块破布卷了，打个扣子当包袱缚在背后。

张小辫儿刚想抽身离开，但想起来还有些事要在天亮前做完，眼看时辰不早了，赶紧着手行事。他常在山野中走，识得许多野菜野草，他看剑炉附近生长着几丛七步断肠草，这是当地比较常见的一种毒草，就顺手摘了，再将没头的鞑子犬尸体切割剔剥，从肚肠内掏出了那枚狐丹，贴身而藏，随后连狗血都一发收拾了，都堆在地炉当中。

整个荒葬岭石殿分作三进，中间的地炉形如大鼎，底下有火眼火膛，山中又有的是枯树枝，他匆匆忙忙收了几捆，用火点了些干柴，从后殿取了些山泉，连同几丛七步断肠草，熬起了一大锅香肉汤。

虽然张小辫儿手脚利落，也足足忙活了一个多时辰，最后见那大锅中的肉汤，已经一阵阵冒了出来，知道大事已定，急忙带着黑猫躲回殿顶。

不多时，在荒葬岭附近游荡的大群野狗们，便被肉汤的香味引了过来。它们都知道石殿是神獒的巢穴，山中野狗无不忌惮它神威凶猛，谁也不敢越雷池半步，但肉香愈来愈浓，更是教它们难以抵挡。

终于有两条贪嘴不要命的野狗熬不住了，横下心来钻进了石殿，群狗见有带头的，哪还顾得了许多，立刻流着口水在后蜂拥而入，互相间你争我夺，把地炉中的肉汤吃了个涓滴无存，又各自抱了块肉骨头就地埋头乱啃。

七步断肠草的药性一发，凡是吃过肉喝过汤的野狗，顿时都被药翻在地，真好似“一块火烧着心肝，万把枪攒刺肚腹”，疼得遍地打滚，还不到一炷香的工夫，就死了个尽绝。

张小辫儿眼见大功告成，心里却是恍惚如梦。他以前偷鸡吊狗的事做多了，杀几条野狗的勾当自然并不放在意下，只是感叹林中老鬼真有未卜先知之能，看来张三爷时来运转的造化到了。可有道是“一将功成万骨枯”，今天只不过是百十条野狗，一想到自己今后飞黄腾达的峥嵘时节，还不知要连累多少人跟着舍身丧命，难免有些心虚，那就不知是福是祸了。

此时皓月西沉，东方将动，荒山野岭陷入了破晓前的黑暗，张小辫儿虽然心中忐忑未定，也只得尽快赶回灵州城，于是匆匆背上鞑子犬的狗头，拔草寻路离了山谷，堪堪快到城门了，天色也已亮了。忽听得一声炮响，只闻野地里杀声震天，就见有无数头裹红巾的太平军，正在一片片喊杀声中，铺天盖地般压向城墙，兵锋极盛，旗幡刀矛密密麻麻。

这正是：“刀枪耀眼日光寒，摇动旌旗蔽天荒。”欲知后事如何，且看《金棺陵兽》下卷分解。

「第四卷」

第一章　掘子营

自打盘古开天，女娲造人，大禹治水以来，世上经过了夏、商、周上古三代，随后是诸侯国割据，五霸七雄闹春秋，才引出了秦王挥剑扫六合，又使得楚汉相争夺天下……这期间也说不尽有多少改朝换代的兴衰变迁，直至明末八旗铁甲入关，一举踏平南北，定鼎了中原，天子在北京坐了龙廷，免不了一番励精图治，好让老百姓们休养生息，其间也曾有过康乾盛世，一度海内无事。

可是到了清朝末年，清政府的封建统治已经腐朽到了极点，外忧内患接踵而至。朝廷对内是横征暴敛，残酷镇压；对外则是割地赔款，丧权辱国，逼得各地义军揭竿而起，天下大乱，其中以太平天国运动持续时间最久，规模最大，彻底撼动了清朝的统治。

太平天国起义从金田爆发，迅速席卷了大半个天下，当时世上无事日久，兵甲懈怠，大清帝国的军事力量，早已不能和当初八旗入关之时相提并论。由八旗和绿营组成的正规军久疏战阵，根本难以应对大规模战争，皇帝不得不下旨，由各地官吏主持招募团勇，筹建新军，以此御敌平乱。

其实早在当年镇压白莲教的时候，朝廷就早已感觉到力不从心，开始大举兴办团练，用官府控制下的地方武装取代官兵作战。像清末比较有名的几支军队，诸如湘军、淮军、楚军等，皆是借着团练出身，营中兵勇或是父子兄弟，或为同乡同族，怎么打都打不散，所以战斗力极强。

单说那马天锡，本是区区一个知府，就因为组建团练平寇有功，才被朝廷破例升为巡抚。他不仅深通为官之道，更是满腹韬略兵机，又出身于当地根基深厚的名门望族，实有呼风唤雨的能为。但他在朝中却没有什么依靠，要放在太平岁月守文的时节里，可并非是有真本事就能够平步青云担当重任，像马天锡这种在朝中没有门路的官吏，顶到头也就能混上个臬司、藩司，至于巡抚、总督之类的大吏，可就连想都不敢想了。

恰好有粤寇作乱，马天锡施展才干的机会也就随之而来了。他亲自找来许多富商巨贾，晓以利害，让他们出钱、出粮、出丁，组建团练协助官军守城。

那些个豪商巨富都是世辈经营，唯恐粤寇一到毁了自家基业，所以拼着倾家荡产，不惜血本地支持官府。当兵吃粮的人从来不少，更何况打着官家的旗号，只要是有粮饷，就可以迅速募集到大批团勇。

凭借着灵州城里边钱粮充足，而且城防坚固，地势险要，与粤寇恶战经年，大小数十仗，非但没有丢失城池，反而牵制了几股粤寇主力，灵州团勇也逐渐成为一支善战的劲旅。

皇上对此大为赏识，破格升了马天锡的官，让他总领治地内的军政事务。可马天锡心里跟明镜儿似的，常言道“飞鸟尽，良弓藏；狡兔死，走狗烹”，朝廷上许给的顶戴花翎只不过是个空头大愿，要想图个封侯拜相，关键还是得依靠自己的实力，在尽力结交朝中权贵的同时，还要趁着眼下平乱之机，大举扩充团勇，手底下的军队越多，将来升官的资本就越多。

所以在马天锡手中，除了掌握着各大商贾支持的团练以外，还招安了几股人多势众的响马和水盗，并且利用关系暗中和洋人交易，购买了许多犀利的西洋火器，把灵州城守备得好似铜墙铁壁一般。

太平军接连打了灵州数次，都因为城高壕深，所以屡攻不克，加之军需粮草接济不足，也没办法持久围困。但此番卷土重来，大有志在必得之势。天刚破晓，一队队太平军便从四面八方聚集，先是放了一阵炮石，随后大队人马铺天盖地向城墙扑来。

灵州城里的守军，早已剑拔弩张地等了一夜，见粤寇蜂拥而来，声势极壮，真是旌旗蔽野，刀枪如林。但城中团勇多是久经沙场，此刻并未急于应战，各营全都偃旗息鼓，静静伏在堞口后边一动不动。

城底下有三条壕沟，两边的沟里都插满了尖木桩子，当中一条深壕最宽，里面注满了污水，每条壕沟之间，都接着阻挡冲击的鹿角刀栅。冲在最前边的太平军很快就到了沟前，被迫停下来拔去拦路的栅栏，还要再用竹梯搭桥，顿时有无数兵卒被沟障阻住，乱哄哄的在城下挤作了一团。

这时就听城头上一通梆子急响，伏在城上的团勇齐声发喊，把一排排抬枪和劈山炮打将下来。一时间硝烟弥漫，铅丸激射，那些挤在城下的太平军被打得血肉横飞，你推我挤乱成了一片，有许多人在混乱中掉进壕沟，不是被木枪戳死，便是落在污水里淹死，中枪带伤、折足断臂的更是不计其数，血糊糊地倒在地上大声惨呼，但太平军前赴后继，仍然是不顾生死地蜂拥上来冲击城壁。

守军随即又放下滚木礌石。那些滚木上都嵌满了铜片铁钉，滚落下去一碾就撞出一溜血胡同。只见城墙附近狼烟火炮轰响不断，强弓硬弩射得好似狂风骤雨，直杀得尸积如山沟渠满，血流成河映红了天。这场恶战，从拂晓打到正午，太平军死伤累累，被迫暂时停下攻势，留下数千具尸体收兵后撤。

马大人在城上举着单筒千里眼看了一阵，发现粤寇败而不乱，在附近聚拢人马安营扎寨，把灵州城围得水泄不通，看起来竟然是要持久困城，心中不免隐隐担忧起来。

那位图海提督听报说粤寇在城下大败，被官军杀死无数，立刻顶盔贯甲上城来观看战果。他全身戎装披挂，前后簇拥着几十名亲兵护卫，还专门有两个家奴给他扛着大刀，当然这口刀从来没有人看见提督大人用过，纯属是增添虎威的摆设。等他到了城头之后，已被身上厚重的盔甲累得气喘吁吁。

马大人一看这位爷来了，赶紧命人搬了把太师椅来，请图海提督在城楼上坐了督阵。图海将军看到太平军在城下尸横遍野，心中颇为满意，扶正了头盔，咧着大嘴哈哈一笑，对众人说道："当今天子在位，咱们的皇上是何等的英明神武，这些不自量力的发逆反贼无异是以卵击石，能兴得起什么风浪？我看也不用朝廷起兵来剿，只需如此几阵下来，此辈丑类就已被咱们斩尽杀绝了。"

马大人赶紧迎合，先说皇上乃是真龙下凡，确实英明盖世，神鉴无双，又赞图海提督是皇上手下的福将，但他心下却不以为然，眼见这一仗虽然杀伤贼寇无数，但胜得格外蹊跷。粤寇最是悍恶狡猾，要是都像这般前来送死，早就被官军扫平镇伏了，也不至有今日的气候。按照以往的经验来看，先前被打死在城下的，应该都是些被粤寇掳来的流民和俘虏，敌军的主力却未受什么折损，只怕真正的恶战还在后头。

此时有若干小股太平军到城下骂阵，这也是古代的一种心理战，不外乎骂那些清妖都是关外深山老林里成了精的妖魔鬼怪，占了汉室山河，乱我大好中华，又让大伙儿都在脑袋后面留上一条"猪尾巴"，谁不留就要杀谁的头，真他妈没天理了。这等妖孽竟然还敢诬蔑我天朝的天兵天将是造反的贼寇，却不知古时仓颉造字的时候，是根本没有"造反"二字的，这都是官家自己捏造出来骗老百姓的，总教大伙儿蒙在鼓里受他们欺压。清妖没入关之前，不也是被咱们骂作满洲鞑子吗？劝你们不可违背天道助纣为虐再给清廷当什么奴才了，赶快幡然醒悟，把城里的当官的全都绑出来献到阵前，跟着咱们的洪天王杀尽清妖，共享太平盛世。

城中对此早有准备，也有先前拟好的骂词，专教那些嗓门儿大的兵勇与粤寇对骂，无非是骂你这班专信什么"一竖一横"的发逆丑类，从来不尊先贤古圣。为首的那个贼酋伪王，将自己打扮得跟个西洋和尚一般，不过是一介跳梁小丑而已。本来明明是我朝的子民，却胆敢蛊惑人心，妄自充做西洋神仙的儿孙，连自己的祖宗都不认得了，如今竟还扬眉袖手地大言什么天道，其实根本就不知天道是个什么东西。今天你等死伤惨重，想必已经领教了官军的雷霆手段，何苦再做此大逆不道的勾当。要知道回头是岸，劝尔等不如早日改邪归正，赶紧把一干伪王伪帅捆起来献到城下。官府念你们一时误信匪类妖言，必定不予追究，给了赏银就将你们发送回乡做个安分守己的良民，否则等朝廷大兵一到，天威之下你们个个都是诛灭九族的罪过。

双方开始时还都有些劝降之意，但始终没人肯投降献俘。灵州城已经挡了太平军多时，经过一场场恶战之后，两边互有死伤，都对敌军恨之入骨，各自明白谁落在对方手里都得不了好，任其说得天花乱坠也无动于衷。

骂到后来，就干脆变成了肆无忌惮地破口大骂，尽是些市井乡间的粗俗脏话，极尽歹毒诅咒之能事，直到红日西斜，那一阵阵南腔北调、此起彼伏的叫骂声也未停止。马大人心中越发不安，总觉得粤寇似乎在有意掩盖什么举动。他带着亲随，仔细在城头上巡视了一回，吩咐各营小心戒备，多准备火箭、灯笼等一应远近照明之物，防止粤寇入夜后趁着天黑前来偷城。

正在这时，马大人突然发现城下有些异状，他察觉到城南一片茂密的草木，显得有些异常，但若非是仔细加以辨别，轻易也难发现，越看越是奇怪，豁然间醒悟过来，心底惊呼道："险些就被瞒过去了，粤寇军中向来有掘子营，肯定从头天晚上就开始掘地穴土了，这是想在地道里暗中埋设炸药轰塌城墙，大概只等天色一黑就要破城。"他这个念头尚未转完，就听到一声恰似撼地雷鸣般的轰然巨响，震得地动山摇、房倒屋塌。

这才是："天翻地覆何日定，龙争虎斗几时休？"欲知后事如何，且听下回分解。

第二章　云中塔影

话说自古两军交锋，向来是兵不厌诈，太平军中的掘子营，昨晚趁着夜色挖开了一条地道，白天佯攻了半日，下午又不断遣兵骂阵，要引官兵出城决战，实则都是虚晃一枪，暗中早已把地道挖得又深又阔，并往里边运送了大量火药，打算等到入夜后点燃引线，一举炸毁灵州城坚固高大的城墙。

但灵州城里也有高人安排，把城防布置得如同铜墙铁壁一般，而且知道太平军惯用穴地炸城的伎俩，故此事先有所防范，在城根前的地下暗藏了许多五雷开花炮。太平军对此没有丝毫防范，果然有军卒无意中触发了暗炮的炮信，并且引爆了己方运入地道的火药，当场就有一千多人被炸为了齑粉，纵有侥幸没死的，也都给崩塌的土石埋在了地下。

由于暗道中的火药实在太多，爆破的威力非同小可，震得城基都跟着颤了三颤，又摇了三摇。南城中距离城墙较近的房屋也被震倒了一片，压死了许多灵州军民。

这时集结在南门外的粤寇，趁着城上守军混乱，在一阵阵鼓角声中调动大军，举着密密层层的重盾，架起云梯向灵州城猛攻而来。

城上守备的团勇仍是用劈山炮、抬枪、火铳、弓箭、灰瓶、砺石相击。但这股太平军都是粤西老营里的精锐之师，从南到北身经百战，不是拂晓时攻城的乌合之众可比，早把高大厚重的皮盾藤牌结成阵势，将头顶遮得密不透风，盾牌上多是包有铜皮，挡住了狂风骤雨般袭来的矢石枪弹。

官军只好不断用劈山炮和虎蹲臼炮轰击，虽然也杀伤了许多敌人，但那些太平军来得好快，犹如一股股猩红色的飓风。先锋营奋不顾身地抢到前边，用沙袋填平了深壕，后边的大军一队接一队拥过深壕，攻到了火炮射击不到的城根死角里，随即竖起云梯，争先恐后攀向城头。

当先爬城的太平军兵卒，都是些身手矫捷不输猿猱的少年之辈，个个精瘦黝黑，矢石敢当先，生死全不惧，攀梯登城如履平地，只要他们上了城头，形成与敌军短兵相接的混战，这灵州城多半就守不住了。

城下的无数太平军将士，见那先锋营顷刻间就上了城头，都道是城破在即，顿时士气大振，发了狂似的举着刀枪呐喊起来："进城杀尽清妖！杀尽清妖享太平！"喊杀声好似山呼海啸，吞没了一切。

马天锡虽懂兵法，毕竟不是武将，先前被地底的爆炸震得遍体酥麻，由身边的随从们抬到城楼里，缓了好一阵子才回过神来。此时听得城头上一片大乱，急忙起身从箭孔中向外张望，一看这阵势他就知道攻城的是粤寇精锐，灵州团勇虽然凭借火器犀利，舍生忘死地与敌军恶战，但已失了先机，眼瞅着就挡不住了。

马天锡确实是个临危不乱的帅才，他急忙命人在城楼上挑起一串红灯笼。这是以红灯为号，告知各营团勇，要同时使用"殇水"御敌，这正是"运筹帷幄元帅事，冲锋陷阵将士功"。

灵州城是座千年古城，历来属于兵家必争之地，在城墙后设有多处藏兵洞。马知府头天晚上就已安排了许多兵丁，在藏兵洞里搭起炉灶大锅，烧沸了一锅锅的殇水。这殇水是用热油，混合以粪便、石灰加以熬制，煮熟了无数来回，此时正自烧得滚开，用木桶装了，自女墙后一桶桶递上城墙，再从城头上整桶整桶地泼洒下去。

厚盾重牌虽能挡住滚木礌石，却挡不住有质无形的流质。人体肌肤只要沾上滚烫的殇水，立时就会生出一大片燎泡，迅速溃烂流脓，噬肌腐骨，直至露出白花花的骨头。倘若是手足被烫伤，还可以让同伴及时用刀斧斩断肢体保存性命，可一旦是身躯和头颅碰到个一星半点，连神仙下凡、华佗在世也救不回来了，最是歹毒无比。

城上守军泼下滚沸的殇水，立时烫死烫伤了无数太平军，已攀云梯上的也纷纷惨叫着翻落下来，拥至城下的部队也乱了阵脚，死在殇水下的太平军不计其数。大队人马不得不向后退却，灵州团勇趁机在城头用火器轰击，又使太平军留下了一大片尸体。

马大人虽然表面看起来慈眉善目，实则一向心狠手辣，是个贪杀的阴险性子，眼见城下尸积如山，他连眉头也不曾皱得半下，只是暗恨此时好不容易打得粤寇主力溃不成军，却没有大队官兵在外围劫杀，否则定可将其一举扑灭，成就一场不世的奇功。

至于太平军在灵州城下遭受重创溃败之后，城中军民是如何如何休整戒备的，自然不在话下。单说张小辫儿裹了神獒的狗头，在当天拂晓时分从荒葬岭回来，恰好遇到粤寇攻城，他见势不好，急忙掉头躲进了山沟。只听灵州城的方向杀声震天，也不知战况如何，不敢轻举妄动，直等到黄昏了，见到大批太平军溃退下来，枪炮声也渐渐没了，他才敢在入夜后潜回城下。

整日的激战过后，灵州城各门紧闭，张小辫儿摸着黑来到城门前，见城下的死尸是一层压着一层，中枪带箭的、缺胳膊没脑袋的、肚破肠流的……怎么死的都有，连壕沟里也全给填满了，野猪、野鼠们争相而食。不免看得他触目惊心，急忙把一支响箭射到半空，让城头的人放下竹筐来接应。

那孙大麻子在城头上苦等了一天一夜，其余的公差早逃散了，但即便是同太平军打到最激烈的时候，他也始终留在城墙上，唯恐错过了张小辫儿的信号，眼看天都大黑了，还以为张小辫儿必是死于乱军之中了，正想找个由头出城去寻他尸体，却在这时听到响箭破风，赶紧放下竹筐把张小辫儿接了上来。世人的交情大多是“利”字当头，黄金不多交不深，不图利的也多半只是口头交情、酒肉朋友，但他二人是一同逃难出来的生死患难之交，自非寻常可比，此时见对方脸上全是血污，却幸好都还活着，各自欣喜不已。

张小辫儿同孙大麻子稍稍整顿衣衫，便一同前去拜见巡抚马大人。粤寇大军溃退后，在几十里外收拢兵甲，此时仍然紧紧围困着灵州城。马大人也没敢歇着，一直忙着清点伤亡，以及向各处部署调遣兵勇，听闻张小辫儿从荒葬岭回来了，未知此去成败如何，急忙传他们进来。

张小辫儿施过了礼，把背上的包袱解开，让众人观看那颗狗头，并把来龙去脉简要说了一遍。他知道凭自己的口舌瞒不过马大人，不敢信口雌黄，此去的经过多是如实说了，唯独没提及林中老鬼只言片语。

其实堂上聚集着许多官吏，大伙儿在碎剐潘和尚的刑场上都是亲眼见过荒葬岭神獒是何等凶恶，想不到竟会被张小辫儿这小子独自擒杀，不免全都咂舌不下，谁也不敢相信这事会是真的。

只有马大人显得喜出望外，他抚掌称快，赞叹相猫之术果然不是等闲的手段，竟能驱使猫子盗灯偷油，迷倒了神獒，这教逢强智取，真是匪夷所思。至此更是对张小辫儿另眼相看，他又告诉众人以前有个比喻，说是居住在海里的老鳖见了海天广阔，就欺负井底之蛙最多只见过巴掌大的天，它却不知道佛祖驾前的金翅大鹏鸟，只在一展翅之间，便能够飞到了天涯尽头。所以才说山外有山，天外有天，海水难以斗量，凡人不可貌相，须知韩侯、蒙正这些古代的大人物，早先也有困顿不遇的时节，休要将肉眼俗眉来看待英雄踪迹。

众官吏赶紧连连称是，这张牌头深藏不露，果然是有些真本事，又都借机称赞马大人是慧眼识英雄，能够广辨天下奇人异士，选拔人才更是不拘一格，吾辈望尘莫及。今天先是大破粤寇，又为灵州城除去了一桩大害，实是可喜可贺，圣上闻知必然重用，看来马大人荣升之期指日可待了。

马大人当下嘉勉了张小辫儿一番，赏了许多钱物，让他暂且去好好歇息。张小辫儿终于在人前显了些手段，虽还算不上扬眉吐气，仍不免暗自得意，只道自己是困龙遇水，离大请大受的发迹光景已不远了。张三爷生来就不是凡夫俗子，不搏他一番远乡异域尽皆知闻的不朽名声，就太对不起咱身上这点儿本事了。古人说：凤栖于梧，龙跃于渊，物有所归，人各有命。岂是做白日梦的妄想？

张小辫儿志得意满，领受了赏银，同孙大麻子回到宿处，吃足了酒肉，也不管天南地北了，倒头便睡，接连做了一夜升官发财的美梦。他正睡得如同身在云端，梦中只觉天高地广、无拘无碍，却忽然被两个做公的从床上硬生生揪了起来，说是马大人要他火速前去听令。

原来灵州城里出了一件奇事。头天傍晚粤寇在城外炸塌了地道，虽然没有损坏城墙，但南城边上的一片房舍被震塌了几处，清理废墟的时候，扒开碎石乱瓦，见地下被震开一条大缝，不断往外喷涌了许多白茫茫的云雾。初时也未见怎样，可随着白雾越来越浓，那云气凝聚变幻，久久不散，逐渐形成了一座古塔的影子。虽然只是轮廓，但一十六层的八角玲珑宝顶，每一层都真切异常，甚至连椽檐崩毁剥落之处，也清晰可辨。

白雾幻化成的古塔高上青天，大逾常制，从地底缓缓升起，一动不动地浮在半空，此时红日高悬，浮云净扫，四周碧空无际，如镜如洗，唯有那团形如高塔的云雾聚而不散，显得奇诡难言。城中纵有见多识广之辈，也不知何以有此异象。

连城外的太平军也全都看得目瞪口呆，人人遥相观望，个个心下骇异，还以为是城里的清妖使出了什么邪法，只得暂时罢了攻城的念头。灵州城里也是一时间人心惶惶，谣言四起，有的说是震开了什么妖洞、鬼府，有的说那是地底怪蟒吐雾。众说纷纭之下却谁也不敢下去探明真相，还有人给巡抚马大人出谋献策，说这云中塔影来得古怪，不知到底主何吉凶，料其根源必在地下，咱们府衙里做公的有“三班四快”，其中顶数张牌头艺高人胆大，出了众的眼明手快，而且更是怀有异术在身，养兵千日，用在一时，何不就此遣他下去一探究竟。

这正是：“水底丢针水中寻，海里失宝海中捞。”欲知后事如何，且听《金棺陵兽》下回分解。

第三章　金鳞鲤

先说本回开话的垫场词，有道是：“广知世事休开口，纵会人前只点头；倘若连头也不点，一生清静乐逍遥。”这是说人生在世，有数不尽的烦恼辛苦，都是自己找寻来的，正所谓“是非只为多开口，烦恼皆因强出头”。所以劝诸位，任凭阁下胸中是如何广博，也轻易不要在人前卖弄手段，免得招惹来无穷无尽的是是非非。

只因张小辫儿先前在荒葬岭设计弄死了鞑子犬，回来后对众人好一番夸耀，吹嘘了许多自家的得意手段。他毕竟年轻浅薄沉不住气，更不知道公门里的规矩，结果等于是把自己推在了风口浪尖之上，如今灵州城里显出云雾幻化的异象，众官吏自然要推举张牌头去探探究竟是何物作怪。

张小辫儿和孙大麻子稀里糊涂地被传到南门，尚不知是有哪桩着急的事体，等马大人将他们招至身边，便指点着面前那团形如古塔的白色浓雾说起缘由。

据闻灵州城在几百年前曾有座宝塔，壮伟辉煌，高可入云，被视为天下群塔之王，塔中又常有精怪藏纳，屡屡发生一些耸人听闻的异事。

其中最稀奇的，还要属“塔见”奇观，传说一甲子中仅出现五次，以往每隔十二年，灵州城附近的山上就会升起白雾，日光照到上面，便随即显现出无数古塔的影子。云中的塔影大小不一，倏忽万状，前边一座消失隐去了，下一座才会紧接着出现。塔影最多的一次，只在半个时辰之内，就陆续出现六十四座宝塔的身影，传说那是数百里之内的各处名塔有灵，都在按期前来朝见塔王。

后来这座灵州古塔毁于战火，从此不复存于世，成了一件连本地人也大多没听过的旧时传说。马大人通晓许多地方志，所以知道在前朝时，确实曾有这等光怪陆离的奇异景象，但是虽有明文记载，其中提及的原因却不足为信。这种现象就如同山海幻市，因为塔王高得出奇，一旦有日光将灵州古塔的塔影投射在云层上，随着空中聚集的云气变幻不定，所以塔影也随之变化，才产生了民间盛传的“塔见”异象。

眼下的事情却不比以往了，前天粤寇炸城未遂，反倒把城中几处相连的房屋给震塌了，恰好就是当年的塔王旧址所在。那废墟底下裂开了一条地缝，从中有茫茫白雾升腾而上，云雾似乎是有形有质，浮在半空凝幻为高塔形状，久久不见有消散的迹象。

马天锡对张小辫儿说，这座云雾高塔约有一十六层，与古时被毁的塔王形制一般不二，就好似是当年那座古塔的塔灵显圣。此等反常异状，理不可晓，使得满城军民人人惶恐，人心危骇之际，流传讹言，纷纷不一，现在又正值粤寇围城相攻，万事大意不得，本官想找几个眼明手快、胆识出众的好汉，去那云雾下的地洞里追根溯源一探究竟……

张小辫儿精明油滑，不等把话听完，已然心下明了，事到如今，万难推托，非得着落在自己头上不可，与其等马大人点将下来，还不如三爷充回好汉，主动挺身而出，于是连忙上前请命。

张小辫儿此前在猫仙祠里，第二次遇到林中老鬼之时，又得了许多指点。当时林中老鬼曾告诉张小辫儿，要想飞黄腾达，必须甘冒奇险，在灵州城做下几件常人不能为的大事。所谓“出生入死无他求，只图英名四海传”，只要有了名头，将来才能有机会封侯拜相，若是前行怕狼，后行怕虎，一辈子畏头畏尾、缩手缩脚，只能永远做一介默默无闻的无名小卒。

这几件举动，事关张小辫儿一世荣华富贵的成败兴衰。第一件便是到荒葬岭擒杀神獒，如今此事已经做成了，那颗獒头已连夜被官家悬挂在街头示众；而第二件事，正是与古时的塔王有关，也绝非是等闲小可的勾当，好在林中老鬼已经交代好了大致脉络，剩下的就得凭他自己见机行事了。

张小辫儿当下禀告马大人，这个涌出白雾的地洞，以前的的确确曾是灵州塔王寺旧址。古塔毁坏后，地底的塔基至今还在，不过这座塔底下并没有地宫，而是有口深井，井底藏着口风雨钟，是件青铜铸造的传古之物。每当风雨来临之际，风雨钟便能够嗡然自鸣，屡验不爽，当年一直供在寺庙里享受香火，后来塔王寺里的僧人们为避兵祸，就将此物藏在了塔底。现在白雾幻化凝聚，乃是井中有宝气蚀天，不出两日，就能自行消散。

马大人闻言称奇不已，万万想不到张小辫儿这个专在街上寻些空头事来做的游侠之辈，竟能如此博古通今。据典籍所载，风雨钟是确有其物，可塔王寺早已毁了几百年，谁会知道有东西藏在塔底的古井里边。

张小辫儿不敢说出林中老鬼泄露天机，只谎称他自幼勤奋好学，多曾拜过名师，得过高人传授。俗话说“井淘三遍好吃水，人从三师技艺高”，不单只学过相猫之术，更随一位老道长学过憋宝，通晓天下种种宝物的出处来历，以及取宝的不同手段。

马大人听出他言过其实，对此将信将疑，但又见他言之有物，想必自有手段应对，于是表面上不露声色，只微微点头称赞道：“张牌头真乃奇人也！”随即问他，“你可敢带些人手下到井底，把那风雨钟打捞出来让本官开开眼界？”

张小辫儿禀道："恩相有所不知，这口井底的水中还有两尾金鳞鲤鱼，专门守着风雨钟，不容旁人近前。它们活得久了，已然成了些气候，寻常的兵勇进去了，也只能枉自送命。小的不才，愿和孙牌头两人，带上几十只灵州花猫下井，拼着九死一生，定能设法取出风雨钟，在明天天亮之时，献到恩相堂前。"

马大人说道："好胆识！但现在不比以往，正是平乱之时，咱们军中无戏言，倘若你能做成此事，本官今后必然抬举重用于你。"随即他吩咐下去，派兵把守四周，闲杂人等不得近前，又拨了一哨团勇，专听张牌头调遣，然后便自行带人去巡视城防了。

张小辫儿当众夸下了海口，心里却顶多只有三分把握，听马大人话里话外的意思，竟是给自己立下军令状了，做成了万事皆好，做不成就得提头来见，但开弓没有回头箭，只好求猫仙爷务必灵应则个，好教张三爷马到成功。

张小辫儿找人买来些面饼馒头，带在身上径直前往猫仙祠。他和孙大麻子两人来到庙中，先给猫仙爷叩了几个头，上了两炷香，就地坐下来收拾整顿。

孙大麻子对张小辫儿单枪匹马取了神獒首级之事，已自佩服得五体投地，刚才见他应了马大人吩咐的差事，不知他又有什么妙计，心下老大稀罕，一时未敢骤然说破，此时才问起来要如何行事。有道是"官无三日急，倒有七日宽"，一天一夜之内取出风雨钟是否有些操之过急？按理该当从长计议，还是去讨一个不拘时日的活限为好。

张小辫儿心里虽然没底，表面却装作了坦然自若不以为意的模样，也不对孙大麻子明言，只是吹嘘道："想想以前在金棺村的时候，那些个乡下的愚夫愚妇，谁肯把咱们正眼相看？不过当日穷困失意，乃贤士之常，却不知咱们兄弟是十年磨一剑，霜刃未曾试，时来运到时，皆显出为将为相之才。除了颠倒乾坤，还什么事是做不成的？齐家、治国、平天下，统统的不在话下。”

张小辫儿逞了一番口舌之快，说要养精蓄锐，先自倒头大睡起来，直至天色渐晚，养足了精神气力，吃些干粮填饱肚子，起身穿起猫仙爷留下的黑蝉夜行衣，脑袋上顶了猫儿脸。他让孙大麻子也赶紧收拾利落了，带上绳索、哨棒、灯烛等一应之物。

此时天色大黑，猫仙祠中的野猫已经越聚越多，张小辫儿经常带在身边的月影乌瞳金丝猫也混在其中。灵州花猫中以金玉奴为首领，除了那些散处在各条街巷中的家猫，几乎都已云集至此。只见群猫中胖的瘦的、高的矮的、凶的善的、美的丑的、馋的懒的、公的母的、大的小的，几乎什么模样的都有，一时观之不尽。

张小辫儿背过《猫谱》，一看之下，就知道庙中野猫多是产于灵州的名品，诸如什么长面罗汉、千文钱、过桥金、薄耳将军、绝鸡种、圆尾虎、灶上懒、睡神炉、夜明灯、毛毡子……虽然各有形态习性，都属品相极佳的花猫。

张小辫儿对着群猫作了一揖，口中说道：“小人张三，向来最尊猫仙爷爷，今天要有劳诸位猫爷猫奶，摆出猫儿阵来相助一臂之力，事关重大，万望帮衬扶持则个。”说完从怀中取出那枚狐玉，托在掌中，放到金玉奴面前给它看了一看。狐玉属阳，猫眼属阴，应了物性相吸之理，群猫难免对此物大为好奇，纷纷围拢过来看个不住。

张小辫儿见时机到了，对孙大麻子使了个眼色，手中攥住那块狐玉，二人跳出圈外，快步朝门外走去。野猫们怔了一怔，却都还想再看看那狐玉究竟是个什么东西，便在金玉奴的带领下从后尾随而来。队伍拖拖拉拉，足有一条街长，在清冷的月色之下，数百只野猫缓缓向着塔王寺古井逶迤而行。

这正是：“刚在山中擒凶神，又去井底钓金鳞。”欲知后事如何，且听下回分解。

第四章 灶上懒

天上金乌玉兔轮转，地下古往今来变迁。凡是有了本事在身的人，无非上、中、下三条出路，上者是学得文武艺，货卖帝王家，为朝廷出力，图一番封妻荫子的高官厚禄；中者能凭着自身艺业养家糊口，虽然劳烦辛苦，却也能够安身立命；下者就是流落进草莽了，只能做些个没有王法的勾当，大秤分金，小秤分银，无粮同饿，有肉同吃，所谓分赃聚义。

但为何许多有大手段的人物，一辈子活得勉勉强强，终日里衣不蔽体，食不果腹，反倒还不如那些平庸无能之辈。只因同样一世为人，机缘命运却是千差万别。所谓高才命穷、庸才运通，此身的贫富贵贱，向来是论命不论才的，不管你胸中是如何的才高志广，倘若该着你命里用不上的，终究没处施展手段。

张小辫儿跟林中老鬼学了一套相猫的法子，本以为多是些鸡鸣狗盗般的雕虫小技。灵州城里的野猫家猫，个个馋懒狡猾，既盖不成瓦房，又蒸不熟米饭，三爷挨饿受冻时能指望它们顶得上什么用场？却没料想时运一到，无中也能生出有来，自然遇到一番大请大受的机缘，他竟然凭着灵州野猫相助，做出了许多惊天动地的大事。正是谁说猫无道？猫道也有踪，更兼多奇异，从来胜庸俗。

话说当天夜里，头顶一轮皓月当空，映得澄辉万里，上下一碧。张小辫儿和孙大麻子引了一大群野猫，穿街过巷而行，径直来到塔王寺旧址跟前。此时城中早已宵禁，家家关门闭户，街上冷冷清清的空无一人，只是偶尔有几队巡防的灵州团勇，持着刀枪往来戒备。

倒塌的民房废墟中，地面上裂开了一条深沟，里面雾气浓重，在外边看不出是深是浅，四周把守着哨兵勇，都举着火把灯笼。张小辫儿向他们要了两盏灯笼，和孙大麻子各自提在手中，带着野猫们一头钻进了浓雾之中。

此处在好几百年以前，曾是一座高塔埋在地下的塔基，地底尚有砖石夯土可见。最深处藏着一口深井，由于塔基开裂，并不需要从井眼上垂绳下去，二人摸索着崩塌的砖墙往下走，就觉阴冷潮湿之气渐重，井壁上到处都是湿漉漉的水雾。

塔王寺古井口窄腹大，井底是个天然石洞，井眼下方正对着一处深潭，潭水深不可测。原来天下之渊，共分作三十六脉、七十二眼，皆是极深极幽的潭、井、渊、泉。这口古井正是其中之一，西接八百里洞庭湖，东边则连着浩瀚无际的汪洋大海。

在早年间，大约是唐朝的时候，灵州城方圆数百里内，常有灾荒出现，不是炎赤田裂，便是洪水泛滥，十年里头，往往有九年都是灾年，以致斗米千钱，民不聊生。朝廷认为肯定是在灵州城的千年古井当中，有条老龙兴妖作怪，于是请来高僧镇伏，并且下旨建了一座寺庙，又在井上起了一座金碧辉煌的高塔，用香火供养着一尊风雨钟，祈求风调雨顺。

那风雨钟能预知风雨阴晴，乃是塔王寺里的镇寺之宝。据传早在大禹治水之时，多有鬼神相助，一次在深山里疏通河道的时候，遇到黑雾弥漫，白昼里伸手不见五指，幸亏有一头大野猪口衔明珠作为前导，不断将附近涌出的云雾吸入嘴里，才使得禹王带着大伙儿在黑雾中伐通了河道。其实那颗明珠是块罕见的荧光矿石，能够吞聚云雨，风雨钟上正是嵌铸了此物，所以时常在塔王寺上空显出奇异云象。

有道是世间好景难久长，彩云易散琉璃碎。到后来改朝换代，刀兵四起，灵州城也免不了饱受战火摧残。塔王寺里的高僧担心风雨钟毁于战乱，就将它偷偷藏在了塔王下的古井里，又恐贼人盗宝，便把青铜钟锁在了两尾鼍鱼身上。

鼍鱼并非中土之物，原是由一位印度僧侣，从婆罗甘孜国携带而来的两栖异种，存活的寿命能比老龟还要长。它们形如金鳞鲤鱼，背上有硬壳如甲，在水中力大无穷，要是有贼子妄想盗取风雨钟，即便不是被鼍鱼咬死在水里，也会惊得它们拖拽着铜钟遁入深水，几十上百年里不复出现。

张小辫儿和孙大麻子摸到水潭边，举着灯笼四下里一照，只见那水面平滑如镜，也不甚宽阔，却比普通的井水大得多，约有四张八仙桌子大小，一大团白雾从水面飘涌上去，越到高处越多，井底水潭四周并没有雾气，那井壁和洞穴中有无数尊大大小小的石佛，宝相千变万化，妙态庄严。

那伙以金玉奴为首的野猫们，也在后边相继跟了进来。它们整日都在灵州城里游荡厮耍，从穷街陋巷，到朱门大户，乃至玳瑁梁间、鸳鸯楼头、画阁之中、绣屏之内、城里城外，没有一处不是它们往来惯熟的，却向来不曾到过塔王寺古井，此刻见这井底的藏佛洞里石怪水异，都感觉大为好奇，聚在一处瞪大了眼睛四处打量。

张小辫儿指着水潭中白雾涌动之处，对孙大麻子说：“水中这个所在，便是藏着风雨钟的地方了，若有手段取出此物，何愁换不来顶戴花翎的高官厚禄……”

孙大麻子吃惊地说：“俺说张三，想来这是何等隐秘的事体，你又是从哪里知道得如此详尽？再者说来，那风雨钟是灵州重宝，向来司掌着方圆百里之内的风调雨顺，咱们岂敢轻易惊动它？莫非你又撞见了金棺坟里的老鬼？别忘了咱们先前在槐园里惹祸上身，还都是由此而起，俺劝你可再也别听信他的妖言了，那厮未必是安的什么好心。”

张小辫儿随口遮掩道：“金棺坟一片荒冢，哪里有什么老鬼？三爷这是自家传下来的憋宝相猫之术。不过真人不露相，露相非真人，故此以前没在金棺村里施展过，如今井底的风雨铜钟聚住了云雾，显出塔灵异象，搅得满城军民人心不安，咱们兄弟怎可袖手旁观？”又说这古井里藏的风雨钟，只不过是件能聚云雾的古物，岂是当真管得了什么风调雨顺？咱们灵州自古就是猫多庙多，诸如什么塔王寺、金棺寺、龙王庙、猫仙祠……简直是数都数不过来，把上下九十九重天的神仙佛道都供遍了，但逢上灾年，还不是照样该旱的旱，该涝的涝，风雨钟何曾起到过半点儿用处？要不是当年的猫仙谭道人除掉了火蚕，哪里还能有灵州城今天的繁华规模？所以说天底下的事情，向来应当是在德不在险、在仁不在物，如果世人没做出那份德行来，纵然有宝也无灵。

孙大麻子是个直肚肠的实心眼儿，听罢怔了一怔，迟疑道：“这等？”又想了想，终于觉得有点儿开窍儿了，随即点头说：“嗯……果然有理，别看俺有一身恨天无把、恨地无环的莽撞力气，可要说起见识机智，还是三弟更胜一筹。依你说，此事该当如何理会？”

张小辫儿道：“井底的水潭深得直通海眼，又有成了精的老鱼藏在其中，要是贸然过去，多半要被水怪拖到龙宫里充做龙王爷的上门女婿。据说龙女绝非花容月貌，可个个都是夜叉修罗的撮鸟模样，若真如此，三爷岂不尴尬？幸好咱们把灵州猫王金玉奴引到了塔王寺古井里，你我兄弟只躲在一旁等着坐收渔人之利也就是了，且看野猫们如何施展。”

孙大麻子可想不出几只野猫能济得甚事，对此半信半疑，只好耐住性子，同张小辫儿攀到井壁上的一个佛龛里，挑了两盏灯笼，往前照着那片深冷寂静的深潭。这正是：“安排扑鼻芳香饵，静待金鲵上钩来。”

再说灵州城里的大小野猫钻到井底藏佛洞中，忽听潭中水面一阵轻响，群猫知道那是水族游弋翻涌的动静，又嗅得井底有活鱼腥气，不禁被勾起了馋虫，纷纷捉着脚步凑到水边，向水里张望窥觑。

原来灵州野猫最喜鱼腥，自古就有在水边观鱼的习惯，加之最近几年来，当地天灾兵祸相连，早已无人再去猫仙祠里供奉鱼鲜，即便是臭鱼烂虾，也难得一见，此刻见了井底游鱼，免不了要凑到近前去过回眼瘾。

谁知群猫刚到潭边，就见水花突然一分，从中涌出一个大鱼头来。那鱼体态奇异，鳞甲灿然，瞳子大如海碗，吓得野猫们大惊失色，急忙四散躲避。其中有只灶上懒最为笨拙，虽然侥幸没被拖入水里，但它躲得稍稍慢了半步，竟被那怪鱼一跃之力，撞得横飞了出去，直落在石佛丛中，懒猫折脱了一条猫腿儿，惨叫不迭。

鼍鱼平时以吃潭中的鱼、蛙、龟、蛇为生，更擅能拖拽野狗野猫入水吞食，此时一击未中，也有些出乎意料，便隐入水底静伏不动。

灵州野猫们领教了厉害，再不敢靠近水边半步。那只全身锦绣的金玉奴，是城中野猫的首领，带着大小群猫，凑近去看了看那只摔断了腿的灶上懒。它神态甚是怜惜，见伤了同伴又都有些恼火，不肯就此善罢甘休。

群猫嘀嘀咕咕的似乎是商量了一阵，那只灶上懒便拖着条瘸腿，一步一挪蹭到井壁旁，顺势依贴在墙上，也不知它是使的什么法子，自己挨着石壁跳了几跳，虽然疼得嗷嗷直叫，但竟然把骨头重新接好了。

其余的野猫见灶上懒腿骨没有大碍，就分头跑出井外，一瞬间散了个一干二净。张小辫儿也不清楚这伙野猫究竟会做出什么名堂，和孙大麻子在井底苦苦等了一个多时辰，正以为野猫们一去不复返了，却见群猫带回了一只肥大异常的老猫。那老猫胖得出奇，分量怕有不下几十斤重，周身上下长毛邋遢，把耳鼻双眼都给遮住了。这猫脏兮兮的，稍微一碰就噼里啪啦往下蹦“活物儿”，行动起来也格外迟缓。

张小辫儿和孙大麻子看得暗暗好奇，想不出野猫们是从哪里请来的这位“爷台”。但张小辫儿能够相猫，心知别看这只老猫虽然肮脏邋遢，但它须毛俱长，毛为白、褐两色，胡须分作金、黑，头圆爪短，体胖如同葫芦，吞江吸海，遇水不沉，乃是隋唐时的名品古种，世上多呼为“渡水葫芦猫”的便是。此猫非同小可，事迹之奇盖世无双，倘若讲出来，真正是“古往今来未曾有，开天辟地头一回”。欲知此猫到底有何奢遮手段，且留下回分说。

第五章　擒鼍鱼

常言道得好：五个手指头尚且不是一般长短。可见普天下的人，虽然都是俩肩膀顶着一个脑袋，但若比起美丑善恶、高矮胖瘦、文武技艺，却实在是有万般差异，不能一概而论。

人是如此，猫也一样，譬如猫能捕鼠，那就好比是人会张口吃饭，是其与生俱来的本事，不足为奇。普天底下的家猫野猫，除了捕鼠爬树，更是根据其品相种类不同，也自是有千支万派的能为，哪能够一模一样！

所以有的猫擅长捕鼠镇宅，有的猫则专门会些偷食摸雀之道，更有许多罕见罕闻的奇异能为，不在本回话下。本回单表在隋唐年间，秦王李世民率军东征西讨，有一天他单骑探营，结果暴露了行踪，遭遇大队敌军追杀，逃到了黄河边上，眼看着走投无路，就要被生擒活捉了。但他是真龙天子，免不了有百灵相护，正在千钧一发的紧要关头，就见黄河里有一只形如葫芦的大花猫，随波逐流起起浮浮，从上游漂了下来。

秦王李世民情急之下落到水里，两手揪住了猫尾巴，挣扎着游到了对岸，终于摆脱了敌兵的追击。事后连他自己都觉奇怪，世上怎会有能渡河的猫，便以此事询问部下。秦王驾前有个徐茂公，是个广识方物的奇人，他先说此乃我主“吉人自有天相”，然后讲起有种渡水葫芦猫。

这种葫芦猫，说是猫，其实不是猫，体形比常猫大出许多倍，应该是深山里的一种狸猫，体态浑圆，尾长毛长，习性反常，能够潜渡长江大河。在水里靠着捉小鱼小虾为食，它可以七天七夜都不上岸。

灵州城里的野猫们，在塔王寺古井里吃了亏，倘若在平时也只好罢了，毕竟野猫没办法下水捉鱼，可那深潭中的金鳞鼍鱼是婆罗甘孜国的珍异生灵，吃了可以延年益寿。群猫嗅到了鱼腥便再也按捺不住，打定主意要吃这两条井底金鳞。

野猫们见那水中鼍鱼厉害，真的是难以对付，群猫中为首的金玉奴最为精明多智，也不知它们是怎么商量盘算的，竟出去找来了渡水葫芦猫相助。

就见那葫芦猫拖着笨拙的身躯，一摇一摆地来到水潭边。它并没有直接渡水，而是找了一块极阴极湿的地方，用爪子拨开地上砖石。这井底下终年阴晦潮湿，养肥了许多蜈蚣、蜘蛛一类的毒虫，红黑斑斓，奇毒无比。它们发觉失了藏身所在，便纷纷游走出来，对那只胖大的渡水葫芦猫乱钻乱咬。

原来葫芦猫皮糙肉厚，耐得住剧毒。它被蜈蚣、蝎子咬中，便开始从头到尾虚肿起来。而那些毒虫在吐毒之后则翻滚扭动着死在附近，看得躲在一旁的张小辫儿和孙大麻子起了一身鸡皮疙瘩。

脏兮兮的葫芦猫全身受尽毒蜇，自己觉得差不多了，就哼哼叽叽地爬到潭边，将它那条长得出奇的猫尾巴浸入水中。猫的威风全在尾巴上，登房上树更是要凭着猫尾调风，以便掌握平衡。有的大户人家养猫只作观赏之用，并不需要它们捕鼠，为了防止它到处乱窜，便特意将猫尾裁去一截，那猫就会变得老实乖巧，再也翻不了天了。

渡水葫芦猫的猫尾分作九节，按《猫谱》上来讲，猫尾贵长，尾节贵短，就是说猫尾巴越长，而且摆动的频率越高，这只猫就越敏捷，能够捕鼠不倦。可葫芦猫的这条大猫尾巴又粗又圆，是个贪懒贪睡之尾，沉到水里就如同是条船舵一般。

水中那两个金鳞老鼍，守着风雨钟活得年头久远了，都是有些个道行在身的，等闲的渔网钓饵自是不会放在它们眼里，可忽然见那水中有条猫尾巴，都不知那究竟是个什么物事，有些像水蛇，可显得太过笨拙了些，若说是水草之类的，又为何有股奇异的腥味？

一对鼍鱼虽是疑心正盛，但抵不住腥，赴水游到近前，一口咬住了渡水葫芦猫的尾巴。那葫芦猫刚被毒虫蜇了一通，皮肉间都是毒质。鼍鱼体内同样有七个毒囊，遇毒后自然而然也要运毒抵御，两条老鱼咬住猫尾不放，不多时竟已吐净了鼍毒。老鼍吞噬有剧毒的水蛇水蛛，才会每隔数十年能结出一个毒囊，是它自身精气所在，散尽鼍毒后，不由得全身虚软脱力，半分也动弹不得。

葫芦猫趁机使出怪力，用尾巴将两条老鼍拖拽上岸，其余的野猫红着眼睛一哄而上，团团围在四周。但那两条老鼍自知落入险境，使尽最后的力气，掉头摆尾就想逃回水中，但鱼背上的锁链被葫芦猫胖大的身躯死死压住，真是“肥猪拱入屠户门，自投死路命难逃”，只得任凭野猫一片片扯脱鱼鳞，露出血淋淋的鲜活肉身。

灵州群猫如风卷残云一般，把那两条金鳞鼍鱼吃了一个痛快，果然是鲜活味美。野猫们个个心满意足，早把那枚奇怪的狐玉忘到九霄云外去了，当下簇拥着金玉奴和那只渡水葫芦猫，“喵呜呜”叫了几声，摇摇摆摆地径自去了。

张小辫儿和孙大麻子闪身从石佛后边钻出来，在地上死鱼残骸里找到链子，合力拖动，缓缓将水中的风雨钟拽上岸来。那铜钟只不过尺许长短，遍体青绿，蚀透了朱砂水银之色，铸满了饕餮鱼龙波浪的纹路，从中渗出缕缕轻烟薄雾，好似祥云缭绕。

张小辫儿用指节试敲一下，声音铮然动听，晓得正是那件宝物，心中好生得意，哈哈一笑，对孙大麻子道：“果然是灵州重宝，竟是如此晃人眼目，看来这都是猫仙爷爷保佑，才能有咱们的造化机缘，不如就此裹了风雨钟逃出城去，下半世哪里还用得着发愁吃喝穿戴？”

孙大麻子赶紧劝他道：“三弟你可千万别打邪念头，此宝岂是寻常人家收得住的？还是尽早献给官府，倒是兄弟你的一场功劳。”

大凡为人处世，切不可有私心，私心一起，常会做些不计后果的勾当出来。幸亏此时天下扰乱，赋役繁重，没有人肯出钱来买青铜古物，所以张小辫儿只得罢了这个念头，又寻思着只要把相猫之术学得精熟了，要聚来天下奇珍异宝也只如探囊取物一般，张三爷是宰相器量，何必目光短浅只在乎这一尊风雨钟。

此时铜钟出水，从井口中喷涌升腾的白雾渐渐消散，全都在高空凝聚成了积雨云，一时间乌云压顶，雷声翻滚隆隆闷响不绝，但还没有下雨，只是遮蔽了冷月孤星。张小辫儿和孙大麻子二人，招来在上边候命的一哨灵州团勇，让他们裹了风雨钟，直接抬回去交给知府马大人发落。

众团勇都是灵州本地人，这几天以来，亲眼见到张小辫儿屡立奇功。张小辫儿又专会夸口，上吹天，下吹地，中间吹空气，哪怕芝麻大点儿的事情，只要放到了他嘴里一说，也变得惊天动地，翻江倒海，加上言语便给，口若悬河，那些没影子的事，都能够说得绘声绘色有鼻子有眼。所以团勇和公差们无不佩服他，都赞叹张牌头果然是手段了得，如此奇才伟略，可堪大用，将来必定被朝廷提拔封赏，到时候可别忘了照应兄弟们些许。

说着话这就来到了马大人府门前，虽然正是后半夜，但粤寇围城甚紧，全城戒备森严。马大人是外松内紧，夜里根本睡不安稳，闻报后就吩咐让张小辫儿和孙大麻子到后堂相见。

那小凤在马府做了丫鬟，总算过了几天安稳日子，她见张小辫儿和孙大麻子都已当上了灵州捕盗衙门的牌头，也不禁替他们欢喜，但马大人急着要问话，无法容她过多叙谈，只得规规矩矩地立在一旁伺候着。

马天锡看过了风雨钟，更是对张小辫儿刮目相看，真想不到此人办事如此得力，千难万难只如等闲，于是也不隐瞒，把实情告诉给了张小辫儿和孙大麻子。他要这风雨钟无用，只是镇守灵州的富察图海提督苦求此物。此人是上三旗出身，家族在朝中党羽满布，称得上是有根基、有脚力，他到此地赴任，全家亲眷也都带在城中。老图海有个女儿，向来视作掌上明珠一般，所以名字叫作富察明珠，现今年方十六，生得如花似玉，美冠一方，可惜她自从来到灵州之后，就生了一种怪病，到处医治无果。据说有个名医给过一个秘方，需要用风雨钟接够了雨水，再烧热了用来洗澡，才能痊愈，正苦于遍寻不着，如今幸得你们从塔王寺古井里捞出此物，老图海知道这件事以后，少不了要有番重酬厚赏，到时候本官也会趁机抬举你们。

张小辫儿和孙大麻子急忙拜谢，不过张小辫儿脑袋里却另有盘算。林中老鬼在猫仙祠指点了他几件大事，如果都做成了，自然是平步青云。那几件事一是去荒葬岭擒杀神獒；二是引着群猫在塔王寺古井里捞出风雨钟。这些事情一件紧连着一件，件件都有关联，而今这第三件事，就是要缉拿造畜邪教的教主白塔真人。

于是张小辫儿禀告马大人，富察明珠小姐的病症不在药引，而是源于提督府里躲藏着妖邪鬼祟之物，若不尽早剿除，恐怕将要为祸无穷。

这正是："双手撒开金线网，从中钓出是非来。"欲知后事如何，且听《金棺陵兽》下回分说。

第六章　灵异解

话说张小辫儿先取了鞑子犬的首级，又从塔王寺古井里打捞出了风雨钟，自以为得计，对那林中老鬼的言语更是深信不疑，接下来就打算剿除隐藏在灵州城里的造畜邪教。倘若把这件大事做成了，离着飞黄腾达的时日也就不远了。

此时虽然有大股粤寇围城，但灵州城防壁垒森严，城内兵多粮广，即便粤寇构筑壕沟围困，也足以坚守个一年半载；而且灵州团勇和官军的火器十分犀利，倘若粤寇举兵强攻，无异于是以卵击石，飞蛾扑火自投罗网，所以不足为虑。

唯一让马大人深感不安的，就是躲藏在城中造畜的妖邪之辈。这伙人行踪诡秘，始终对藩库里的库银垂涎三尺，加上官府先前将老鼠和尚凌迟正法了，贼子们难免怀恨在心想要趁机报复。荒葬岭的野狗搅乱法场之事，多半就是被造畜之术所控，竟然妄图行刺朝廷命官，看来一日不将此辈彻底铲除，城中的军民官员，便是一日寝食难安，事关平乱大局，实是一等一的紧要。

马天锡如今对张小辫儿的本事倚若长城，信之无疑，但事情牵连重大，不得不详细推问。张小辫儿现在的底气足了，凭着胸中见识倒也应对自如，自称家传师学，得了许多本事在身，承蒙老大人赏识，故此倾心竭力，愿效结草衔环之报。这几天以来不辞劳苦风险，在各处细细明察暗访，终于打探到了一些端倪。

原来造畜之徒，专食人肝人脑，胎男、僵人都是他们口中的药饵。此辈多拜古塔为祖师，如今的教主道号唤作白塔真人，多年以来深藏不露，不知他的俗家来历，更无人知道他的相貌如何。

其实此前林中老鬼只告诉张小辫儿，那白塔真人藏身在提督府里，带着风雨钟前去，便可逼他现身出来，至于详情究竟如何，则没有一一指明，届时还要见机行事。张小辫儿只好捏造了许多借口，又想说敢拿自己这颗脑袋来担保，但转念一想可别把弓拉得太满了，万一出了岔子，张三爷这颗脑袋岂不是没了？

于是他只说暗地里寻踪辨迹，发现那白塔真人多半就躲在图海提督的府邸中。射人先射马，擒贼先擒王，只要拿住这个为首的妖道，何愁不能将他的徒子徒孙一网打尽。

马天锡心想那老图海虽然官高职显，却是个不顶用的酒囊饭袋，我不得不处处容让奉承于他。可这灵州城天高皇帝远，实际上还不是本官想怎样就怎样。如今战局正紧，剿除白塔真人之事不容稍有闪失，宁可信其有，不可信其无，再也顾不得许多了。

马大人当机立断，调集了许多团勇，暗中把提督府团团围住，并且吩咐下去，不论里边出来什么人，甚至是钻出来一只老鼠，飞出来一只鸟雀，都一概格杀勿论。随后他带着张小辫儿和孙大麻子等几名亲随，连夜抬了风雨钟，前去拜访图海提督。

那位图海提督虽是武官，但养尊处优惯了，现在是一不能骑马，二不能射箭，自从粤寇攻城以来，每天晚上都得躲在地窖里才睡得着。此刻他正搂着两个小妾睡得鼾声如雷，闻报说马大人深夜求见，图海提督还以为有什么大事发生，慌忙起身到前堂相见。

图海提督虽是在旗的贵胄，但是在公务上，他对马天锡一向是言听计从。反正守城杀贼的功劳一大半要记在他名下，乐得做个甩手掌柜，又寻思马大人星夜之时找上门来，定是有十万火急的要事，故此不敢怠慢。

宾主双方叙过了礼，马大人并没有直接说要进来抓捕贼寇，毕竟白塔道人藏在提督府里的事情，传出去好说不好听，只是说张、孙两位牌头从古井中打捞出了风雨钟，下官听闻明珠小姐染疾在身，需要此物接雨水做药引，所以心急似火，赶紧带人送到府上，深夜前来叨扰，还望将军恕罪则个。

图海闻言大喜，对此事千恩万谢，连说马兄真是太见外了，这是在咱自己家里，理应以兄弟相称，还提什么上官下官的，随即命管家收了风雨钟，又吩咐摆酒设宴，款待马大人和张、孙两位牌头。

张小辫儿和孙大麻子长这么大，从没上过正经席面，何况是与上官同席。虽然夜间准备仓促，可在桌上摆设出来的，还尽是些他们见都没见过的山珍海味，真如贫人获至宝、寒士入仙境，算是开了大荤了，于是只顾埋头吃喝，把旁事都先抛在脑后了。

马天锡借机同图海提督攀谈起来，二人推杯换盏，先说了些军务，随后把话头绕到明珠小姐的病症上。那图海是武将出身，生性粗略，对汉人的传统礼法并不看重，而且酒量不大，三杯酒下肚就把实话说了。

他年老无子，就明珠小姐这一个宝贝疙瘩，捧在手里怕掉了，含在口里怕化了，但自从到灵州赴任以来，便是家宅不宁，家眷多有怪病缠身，提督府里总有怪异之事。也没少请了和尚、道士来看，却始终瞧不出什么名堂，入乡随俗供了猫仙爷的神位也不管用，他思量着这是一处凶宅，正打算挪动挪动，换个府邸。

马大人奇道："怪哉，提督府以前是个好生兴旺的所在，不曾听说是什么凶宅，但不知府上都有什么怪事？"

图海提督说，家中最蹊跷诡异的有五件事，一是提督府偌大的宅院，前、中、后三进，两侧各带一片跨院，大小不下百余间房舍，却从来不曾有半只鸟雀出现，不仅树上没有鸟巢，宅院上空也从来不曾有鸟雀飞过。灵州城里有这么多野猫，唯独不来提督府附近出没。

马大人心下称奇，口中却道，想来是它们不敢冒犯提督虎威，尚且不足为怪。

图海提督咧开大嘴哈哈一笑，自嘲道老子有个狗屁虎威，这要不算奇的也就罢了。第二件却更是怪异，光天化日里说出来都觉得毛骨悚然：每到阴天下雨，提督府堂前就会现出一个女子身形，雨下得越大越清楚，天晴既没。

第三件是在灶房，在月明星稀的夜里，总有人看到房中有黑物出没。那东西没有头面手足，全身湿淋淋的大如磨盘。

第四件是在后宅，总是听到叩门声甚急，可开门一看，门外连个鬼影都没有，最后受扰不过，就在那道门外砌了砖墙，可深更半夜敲门之事依然发生。

第五件就是怪病，许多人在睡觉的时候，都会听到房里有人低声耳语。那声音像是念经念咒，可房中除了自己之外，再也没有其他的人，这被梦魇住的情形，在医道中可能是失魂症，明珠小姐就深受缠扰，整天整夜地胆战心惊。

图海提督叹道，如今困守灵州，想搬家也没合适的地方可去，幸得捕盗衙门里有能人，说有了风雨钟，提督府中得了失魂症的人早晚都能治愈。

马大人说，这些事情果然怪异了，若不查个水落石出，提督大人如何能安心为朝廷效力？不过也不必挂怀于心，做兄弟的既然知道了，定当想方设法，为图海老哥排忧解难。

图海提督觉得马大人是个文官，虽然通晓兵法谋略，可镇宅之事应属方术一道，隔行如隔山，他不肯轻信，摇头道：“且看马兄高才，谈何容易。”

马大人有心要抬举张小辫儿，就对图海提督说，本府捕盗衙门里的张、孙两位牌头，都是有胆有智有手段的人物。这位张牌头，得过高人传授，通晓相猫憋宝之术，更是熟知诸路乡谈风物；而孙牌头一身虎胆，最擅相扑厮杀。剿除荒葬岭神獒，打捞塔王寺古井下的奇宝风雨钟，都得他二人出力不小。

图海提督斜眼看了看张小辫儿和孙大麻子，半信半疑地说这两个小子真有如此本事？若真如此，你们可能查出我府中为何有这许多怪事？

马大人示意让张小辫儿上前说明缘由。张小辫儿赶紧用袖子抹了抹嘴上的油，他心中早有计策，把提督府中的五件事情一一分说。灵州城是座千年古城，经历过许多朝代，又是鱼龙变化之地，所以古旧遗迹最多，阴雨天时堂前地面上显出女子身形，那是因为早在前朝，曾有人把成形的老山参埋在了下边。

那厨间的水缸底下，压着一只老蚌，每到月明之时它就要吞吐黑气。而后门屡有异常动静，是因为门闩作怪。那根当作门闩的木头，原是一株万年老桂树的根须，桂树逢阴气而动，所以显出异状。府上没有鸟雀野猫经过，多是由于它们惧怕这几件东西，可以把门闩当作木柴，劈了烧火；并将风雨钟当作锅鼎，架在火上烹煮蚌肉和山参，给府中上下人等喝了，足能够安神压惊，提督府就再也不会有怪事出现了。

图海提督见张小辫儿说得头头是道，不由得信了大半，连忙命管家一一照办，果如其言，但还有一件怪事未解，却是何故？

张小辫儿说请恕小子斗胆，听到人语而不见人影，正是因为提督府中隐藏着白塔真人，要不尽早将他揪出来，恐怕后患无穷，随后又说明了造畜邪术的种种厉害之处。

图海提督闻听此言，吓得七分酒意散去六分，可府上都是从北京带出来的家眷奴仆，跟随自己多年，从来没发现里边有个什么道士。这妖道究竟藏在什么地方？许不是隐埋了姓名改头换面，如此神不知鬼不觉，更不知有何图谋，本提督怕是在睡梦中也会被割了头去。他越想越是胆寒，急传上下人等，按名册清点，不分高低贵贱，有一个算一个，都立刻召集到后院里。

此刻正值夜深人静，提督府里的人们多半都在睡觉，莫名其妙地被召集到院子里，人人都觉得惶恐不安，可主子图海将军发了话，谁也不敢抱怨，不到一盏茶的工夫，就聚齐了全家上下一百多口，院中灯火通明，鸦雀无声。

马大人事先已和图海商议定了，在将军府抓捕白塔真人一事，须是瞒上又瞒下，万万不能声张出去。一旦拿到了点子，就派人秘密押送到死囚大牢，暗中审问处决，决不能公诸于世，轻则败坏了女眷的名节，重则万一惊动了朝廷，谁也担当不起窝藏贼寇的罪名。

张小辫儿趁这个空子，到猫仙祠找了他那只月影乌瞳金丝猫来，黑猫眼明胆小，机敏异常，只要那白塔真人在它面前经过，此猫必然生出感应。

府外已调遣重兵围得水泄不通，马大人和图海两位大员，亲自带着一伙眼明手快的公人，各藏兵刃火器，洞开了一间厢房，假借服用参汤去病为由，让提督府内的上下人等，挨个从廊前经过，到时候用黑猫认明正身，听得摔杯为号，便不由分说，一拥而上当场将其拿下。

这正是："正邪难从表面分，疑神疑鬼更疑人。"欲知张小辫儿能否擒获白塔真人，且听下回分解。

第七章　人作狗

话说图海提督中，除了他的正房偏房、三妻四妾，还有许多奴仆杂役，上上下下一百多人，更无一个遗漏，凡是有鼻子有腿带活气的，全都聚到后堂的院落中。又在廊下用老桂树根引火，煮化了蚌肉、山参，让全家老小挨着个地过来喝汤。

马天锡带着张小辫儿等人藏在房中偷眼观看，每走过去一个人，图海提督就在旁低声告诉马大人，这是谁谁谁，是亲眷也好，是门房的仆人也好，都把身份来历说明了。转眼间就排查过了一遍，可从始至终，并没发现其中混藏着什么可疑的人。

张小辫儿见那黑猫无动于衷，不免有些尴尬了，看看马大人和图海提督脸色铁青，更是自觉不妙，但林中老鬼既然说了白塔真人就躲在提督府中，岂能有误？看来未必是混在家眷奴仆里，或许同那潘和尚一样，在园子里挖了暗道藏身亦未可知。

张小辫儿正想找借口推托遮掩，却听马大人询问图海提督，府上的人可都出来了？怎不见明珠小姐？图海提督说我那孩儿知书识礼，品貌端正，怎么可能是邪教的白塔真人？她只带着两个贴身丫鬟在后宅居住，如今世道太乱，所以向来不曾出过家门，也不见外客。

马天锡是推案折狱的祖师，素有“马王爷”的诨号，是说他断案时恰似有三只眼睛，心思细密异常，从不肯有一丝一毫的疏漏，更知道如果今天拿不到白塔真人，一是打草惊蛇，往后再想剿除就更是难上加难了；二来自己带人把提督府查了个遍，找不出什么真凭实据来可无法交代。于是劝说图海把明珠小姐和她的两个丫鬟请出来，咱们不怕一万就怕万一，狡兔尚有三窟，此事关系提督全家安危，万万大意不得。

图海提督无奈，心想暂且任你马王爷可劲儿折腾，到最后咱们再算总账不迟，当下便命人带明珠小姐来园中喝参汤安神。

众人候了一阵，就见明珠小姐被一个丫鬟搀扶着款款而来，先请了回安，就去服用参汤。那蚌肉极老，与千年山参吊汤，味道格外浓烈辛苦，比药汤子还要难喝数倍，明珠小姐捏着鼻子喝了半碗，剩下多半碗都给丫鬟喝了。

张小辫儿初次看到明珠小姐，见她眉似远山，眼含秋水，真是个沉鱼落雁的容貌，就算不是姑仙真人下凡，也是月宫里的广寒仙子转世。想不到图海提督这个老厌物，竟会有如此周正的女儿，张三爷若能讨了她做老婆，也不枉我为人一世了，心中不免动了歪念头，一时看得出了神。

谁知这时他怀中抱着的黑猫突然蜷缩起来，吓得全身瑟瑟发抖，唯两只猫眼精光闪动。张小辫儿猛然一惊：“难道明珠这小妮子就是精通造畜邪术的白塔真人？”

张小辫儿并不知道白塔真人的相貌特征，更不知此人是男是女，但据说早在嘉庆年间，各省就有缉拿这巨寇的海捕公文，却始终追捕不到，从没有人亲眼见过真身。明珠小姐是年方二八的佳人，她怎么可能是成名多年的白塔真人？难不成那妖道修炼得能够移形换貌？

但造畜之辈身上邪气凝聚，身边总有无数冤魂纠缠，所以月影乌瞳金丝猫生出感应，惊得毛发森森俱竖，恨不得赶紧远远快逃，或是找个地缝钻进去躲藏，这情形就和在筷子城里遇到吃小孩儿的潘和尚一模一样。

明珠小姐身边是个服侍她的贴身丫鬟，年纪十五六岁，模样乖乖巧巧，同样是从小入府为奴，并非来历不明之辈。张小辫儿等人全是肉眼凡胎，主事的马天锡虽然老练毒辣，却也没有火眼金睛，根本辨认不出她们哪个是白塔真人。

官府剿了多年，都未能彻底铲除造畜妖邪。“白塔真人”好响的名头，非是等闲小可的贼寇可比，众人如箭在弦，暗中蓄势待发，只等马大人摔杯为号。

马大人心中不免有些犹豫，手握茶盏踌躇难决，示意张小辫儿快想办法认明真身。张小辫儿六神无主，只得悄悄揪住黑猫耳朵，让它不要乱动，这两个如花似玉的大姑娘怎么可能是妖邪之辈，万一认错了可是难以收场。

那黑猫虽然耳朵吃疼，但怕得很了，叫也不敢叫出声来。张小辫儿心中称奇，再次抬头向廊外窥探，只见明珠小姐和她的丫鬟正向回走，可月影乌瞳金丝猫却兀自体如筛糠，惊得颤抖不已，显然是有什么能够吓死猫的东西，正从后宅接近。

张小辫儿急忙打个手势，让众人切莫轻举妄动，正点子才刚刚出来。这时就见另有一个大手大脚的粗笨丫鬟，怀中抱了一条白毛哈巴狗，径自到廊下来喝参汤。明珠小姐身边有两个丫鬟，这是个给小姐抱狗的粗使丫头。

张小辫儿看那黑猫一对金瞳充起血来，心知只有野猫感到极度恐惧的时候才会如此，忽又想起先前在荒葬岭剑炉中，遇到奄奄一息的铁忠老汉。铁忠临死前曾说过一件事情，松鹤堂药铺的掌柜铁公鸡，暗地里把僵尸带到荒山，卖给了一条白毛哈巴狗，结果枉送了性命，难道那条被铁公鸡称为“白爷”的哈巴狗就是白塔真人？

张小辫见机行事，这条白毛哈巴狗即便不是白塔真人，也多半和那妖道脱不开干系。该当是它的劫数到了，倘若不是这笨丫头抱狗出来喝汤，险些就被它瞒过去了。

马知府见张小辫儿点头示意，随即摔碎了手中茶盏。那条白毛哈巴狗一对眼睛贼溜溜地乱转，经过廊下时似乎就已经感到了潜伏的危机，正当满腹狐疑之际，忽听房中啪嚓一声响亮，动静极是不善。它如惊弓之鸟，挣脱了那丫头的怀抱，蹿到地上就逃。

四下里埋伏的公人，如狼似虎般同时拥将出来，但众人多以为是要擒拿那个粗使丫头，谁去理会一条白毛哈巴狗，就任其从身边溜走了。幸亏有孙大麻子听到张小辫儿的招呼，他眼疾手快，叫声“着家伙吧你”，一棍子扫个正着，把那哈巴狗打得在半空翻了一个筋斗，口吐血沫滚倒在地。张小辫儿赶上去抖开绳索将它捆成一团。

那抱狗丫头被捕快按翻在地，早已吓得尿了裤子，嘴里连话也说不囫囵了。图海提督莫名其妙，也没见那白塔真人现身，怎地胡乱绑了我家一个粗使丫鬟和一条白毛哈巴狗？

马大人喝令手下不须粗鲁，免得惊扰无辜，借了提督府一间密室，挑灯夜审。谁知不审不要紧，三推六问之下，竟然牵扯出了一件惊天奇案。

原来那抱狗的丫头却是毫无干系的，灵州黑猫所畏惧之物，仅有那条白毛哈巴狗而已，但历来审案都是问人要口供，如何才能从一条狗子的口中，追问出白塔真人的下落？

虽然马天锡善于推断重大之狱，当此情形也是无计可施，只好在密室中掌起了灯，找了些相关的人过来问话，主要是套问提督府里这条白毛哈巴狗的来历。原来这条狗子还是当年在北京城里买的，一向驯服乖巧，善解主人心意，从不曾有过什么异常举动。

此时密室里只剩下图海提督、马巡抚，以及张小辫儿和孙大麻子两个牌头，那白狗被孙大麻子一棍打得吐了血，给锁在密室角落里老老实实地趴着，埋着个头不住在舔自己的伤口，眼中全是惊怖之情。

图海提督心中颇为不满，心想："马王爷不知犯了什么糊涂，竟然在深更半夜里听信了张小辫儿的鬼话，把我全家上下折腾得不轻，最后却捉了条不相干的狗子来。这狗怎么可能是白塔真人，如此作耍，岂不是来捋着本提督的虎须来寻乐子？"不由得就想当场发飙动怒。

还没等图海说话，忽听马大人猛地一拍桌案，骂声贼子恁地狡诈，叫左右准备动刑，用钢针蘸了热粪刺它腹部。

图海提督还以为马大人这是下不来台了，竟要对白毛哈巴狗用刑，心中更是不以为然，何况你打狗还得看主人呢，便阻拦说此狗平日里甚是驯服，从不乱吠乱叫，所以家里人都十分喜爱于它，你们何苦偏要跟它过不去。

马大人说："提督有所不知，在本官看来，此狗实是反常至极，断定它根本就不是狗子。"说罢又命左右立刻上刑。张小辫儿和孙大麻子领了个喏，撸胳膊挽袖子火匝匝地就要上前动手，却见锁在墙角的那条白毛哈巴狗腾地人立而起，随即伏在地上，叩头如同捣蒜，而且口出人言："上官神鉴，既被识破行藏，自知是躲不得了，再不敢有些许欺瞒，只求免动酷刑。"声音尖细刺耳，听它话中之意，竟是惧怕用刑，当堂求饶起来。

图海提督被唬得目瞪口呆，怎么府里真养了如此一个妖怪？马大人面沉似水，命左右牌头挑断了那白狗大筋，提到近前来推问口供。

那白毛哈巴狗自知落到官府手里得不了好，忍痛被割断了大筋，两眼中全是怨毒之色，但惧怕受刑，只好如实招供，自认就是白塔真人。早在北宋末年的时候，灵州城就有造畜的勾当，那时候是以拐卖人口为主，其手段五花八门，不是常人可以想象出来的。有一路跑江湖卖艺的，以杂耍杂戏为生，其中就有专门驯狗的把戏，耍狗卖艺的都是老头儿，但是他们所养的狗子其实都不是真狗，而是拐卖来的童子。

世人不知其底细，都觉得那伙人有造畜妖术，能把小孩儿、妇女变成狗子拐带贩卖，传得神乎其神，谈之色变。其实不然，那是贼子们先从乡下，用迷魂药拍来四五岁的小孩儿，拐带到家里，宰杀一只和这小孩儿体形差不多大小的狗子，剥了整张的狗皮，趁热裹到这孩子身上。狗皮最紧，血淋淋地裹在人身上就再也剥不下来，再用各种手段加以折磨，强迫那披了狗皮的小孩儿，每时每刻都要模仿狗子的举动，如若稍有不从，就活活打死，弃尸荒野。

待那孩子驯服了，就带着他出街当作耍狗的卖艺，毕竟人类要比狗子机灵，不论是翻牌识字，还是跳圈、作揖、翻跟头，都不需要去刻意训练，所以常常能聚引观众，获利颇为丰厚。但被狗皮裹住的小孩儿全身都被热血烫伤，而且身体生长发育不得，从数九隆冬到三伏酷暑都是在这一身狗皮子里，遍体都是冻疮热疹，最多维持一年半载，就得活活困死在狗皮子里，其状惨不可言。

造畜邪术兴起的那个年月，正值金人南侵，打破东京汴梁，掳走了徽、钦二帝，使得天下纷乱，国破山河碎，官司王法形同虚设，人命犹如草芥一般，根本不把一条性命当一回事，随随便便放在手里折磨死了，也只当是掐死个虱子，全然不放在心上。

这正是："宁做太平安乐犬，莫为乱世苦命人。"欲知后事如何，且听《金棺陵兽》下回分解。

第八章　塔教妖邪

且说官家施展霹雳手段，一举拿住了藏在提督府里的白塔真人，押到密室中严刑逼问，哪容他想不招。

那白塔真人自知气数尽了，又惧怕被官府酷刑折磨，只得吐露实情，说起了造畜一脉的起源经过。据民间风传，所谓造畜之邪术，多是指一伙身怀异术的妖人，将妇女、孩童迷惑了，让他们吞吃符水，将活人变作猪、驴、牛、羊一类的牲口，偷拐了驱赶到市集上贩卖谋利，但皆属以讹传讹的虚妄之说。

其实早在宋室南渡之际，正值天下动荡，灾荒相连，饥民遍野。大姑娘插了草标卖的价钱，还值不得半头毛驴子。当时有些跑江湖卖艺的心术不正，使出百般昧心取利之法，拐带了童男童女，剥了狗皮猴皮裹在小孩儿身上，再用各种手段加以折磨驯服，逼迫他们演练诸般杂戏，被害死在他们手中的人不计其数。

那些老百姓们不晓得内情，看街上耍猴戏狗的好不伶俐乖巧，都道杂耍艺人使得好手段，却不知这伙人在私底下做的全是些没天理的勾当。

直到后来世道逐渐安稳，官府才开始搜捕造畜之辈，一旦落网，必以极刑处置，酷刑重典的高压之下，使其一度销声匿迹。可每逢战乱天灾，人心丧乱；世风不古，造畜之事便往往得以死灰复燃，渐渐成了气候。他们拜古塔为祖师，自称塔教，割取死人的男阳女阴配药，一旦炼成了迷心药饵，大至牛马鲸象，小到虫鼠蛇蚁，都能听其所用。塔教中的妖邪之辈，多是潜伏在各地隐姓埋名，驱使这牲畜作奸犯科，公家屡禁难绝。

这白塔真人早在白莲教举事之时，便已成名，各处州府县城里都有缉拿此贼的海捕公文。他生具异相，是个天生的侏儒，三寸钉的身材，面目更是可憎，自幼被家人视作怪物，遗弃在荒山野岭，任其自生自灭。他命大没死，依靠山泉野果为生，反而与世隔绝地苟活了数年。后来在深山里遇到了塔教异人，得授异书，学了异术在身，从此出山为非作歹，并且收纳了许多门徒弟子，做了塔教之主，自号“白塔真人”。

但是由于白塔真人身形相貌特殊，平日里不出门走动也就罢了，只要一出门去，必然被眼明的捕快公差识破行藏，当场擒获了问罪，哪容逍遥法外至今？幸得他天生擅学狗吠，时常能够假做了狗子，爬墙跃壁，快捷如飞，所以他狠下心来，依照宋时古法，活剥了一条白毛哈巴狗的狗皮，血淋淋地粘在自己身上，自此摇身一变，就变成了好端端的一条白狗，形貌举动酷肖无差，完全可以乱真。

白塔真人虽然势力不小，俨然有草头天子之态，但那只是趁朝廷忙着镇压白莲教，无暇顾及此辈。白莲教被剿灭之后，各地缉拿反贼的风头甚紧，塔教也逐渐冰消云散，残党余众深深地藏匿在民间。

有道是“大隐隐于朝，中隐隐于市”，白塔真人假做了狗子，躲到深宅豪门之中。那些公差海捕根本不知道他的底细，如同大海捞针一般，又能上哪里找他？

到得粤寇之乱席卷江南，白塔真人便找机会混入图海将军府中，跟着图海全家老小一同回到灵州城。他勾结旧日余党，打算趁乱劫取藩库的大批官银。在白塔真人的门徒当中，要算老鼠和尚行事最为诡秘。潘和尚带着群鼠躲在槐园里挖掘地道，暗中偷窃库银，眼看即将大功告成，谁料不知怎么走漏了风声，使得潘和尚被官府捕获，押到街心，活活吃了一剐。

这件事气得白塔真人以头触墙，对官府鹰犬更是阴恨不已，但他并不清楚潘和尚究竟是如何失手，故此不敢轻易露面，只是暗中引来荒葬岭的鞑子犬，将灵州法场搅乱血洗了一回，算是替徒儿报仇雪恨了。

谁知此事尚未了结，鞑子犬的狗头就已被官府悬在城内示众了，白塔真人接连失了左膀右臂，不免暗暗心惊，知道这肯定是有高人跟自己过不去，否则就凭灵州官兵，根本捕杀不了凶残猛恶无比的神獒。幸亏是自己躲在提督府里深藏不出，否则此刻多半也被官家擒获正法了。

白塔真人阴险狡猾，疑心最重，越想越觉得提督府里也未必安全，正思量着要出城躲避。但灵州城被粤寇团团围住，城门全都闭了，连只飞鸟也逃不出去，于是就想躲到穷街陋巷的空屋里去。眼下这年月，兵荒马乱，地方上多有逃亡之屋，谁会在意空房旧宅里的野狗，那倒是个最为稳妥的去处。

可偏偏在这个节骨眼儿上，他听到有人送了风雨钟来提督府。白塔真人在深山里练出来的都是贼功夫，什么叫贼功夫？自然是起五更爬半夜练就的，鸡司晨，犬守夜，耳音嗅觉最是灵敏，哪怕有些许异常的风吹草动，都逃不过他的感应。所以一嗅着了青铜气息，便知提督府中来了宝物，心中不觉动了贪念，便从犬舍里钻出来，缠着抱狗丫头又挨又蹭，似是能通人性想讨汤水来喝。那抱狗的粗使丫头无奈，只好抱了他来到廊下。

原来造畜的塔教，皆是拜古塔为祖师神明，深信世间有塔灵存在。当年灵州城里有座高耸入云的古塔，被称为万塔之王，这座八角宝塔虽然早已坍塌毁坏了，但塔底的古井里，还藏有一尊能聚风雨的铜钟。古物有灵，拢住了千年宝塔的龙气，故此这伙人都将灵州城视为圣地，当作了塔教的老巢。

白塔真人这些年来，苦寻风雨钟无果，突然闻得此物现身，自然欣喜若狂，不料一着棋差，大意失荆州，到得廊下方觉势头不对。但还没来得及脱身躲藏，就已被张小辫儿的那只月影乌瞳金丝猫识破，给做公的当场拿住，否则隐忍不出，谁又能奈何得了他？他思前想后仍觉莫名其妙，自道这都是鬼使神差，命中注定大限催逼，因果上的事情不是由人计较出来的。

马天锡在以前当知府的时候，就曾经亲自断过造畜之案，见到有歹人把小孩儿蒙了猴皮，又用铁索拴了打锣戏耍。那猴子遇到马知府的轿子经过，便当街拦住，跪地流泪叩头。马大人心知有异，连人带猴都锁了带回衙门，才审出其中端倪。此刻在密室中看出白毛哈巴狗形态诡异，识破了他的行藏，便假意出言恫吓，果然唬得此贼伏地招供。看来随你贼巧伎俩，能有千变万化，须是瞒不过公门老手，这正是“局中早有一招先，任你诈伪到头输”。

此时白塔真人已被挑断了大筋，成了手足俱废之人，便有天大的本事也施展不出了，自料在劫难逃，不得不把实情交代出来。身为塔教教主，落到官府手里，根本别想活命，只求上官心怀仁念，千万别用酷刑折磨，自知惹下弥天大罪，肯定是有死无生了，务请看在交代了塔教渊源，以及数十年来法身修炼不易的分上，别动刀刃斧锯，好歹留个囫囵尸首，来世当牛做马不敢忘报。

马大人越听越恨，此等丑类，在世上横行为祸日久，自以为能逍遥法外，不知做下了多少恶事，一旦被拘到公堂，便原形毕露，才知道求饶乞怜，看来自知死罪难逃，想不受极刑也可，快把塔教残党一一供出，若有半点儿隐瞒不实，定不轻饶。

谁知白塔真人竟对此事抵死不招。张小辫儿和孙大麻子两人用长针蘸了粪水，一针接一针地狠戳他身上柔弱细嫩之处，把那白塔真人疼得惨呼哀号，口中尽骂些阴毒无比的诅咒：你们这班朝廷的鹰爪子只会为虎作伥，胆敢如此祸害本真人得道的法身，我咒你们个个不得好死……

张小辫儿和孙大麻子皆是心狠胆硬之辈，又最是憎恨造畜的妖邪之徒。见那白塔真人狰狞悍恶，硬熬着酷刑不肯伏法招供，更是心头动火，骂道："你奶奶的还敢嘴硬，看爷爷如何戳烂了你的舌头再刺你的眼珠子。"用针时丝毫不肯手软，直扎得白塔真人的一身狗皮子上体无完肤，然后又要用针去戳他的舌头眼睛。

马大人在旁看得明白，知道白塔真人虽然惧刑，却更惧怕招出同党。想必其背后还有个极厉害的人物，倘若再继续用刑，就得把他活活疼死了，于是喝令左右停了粪针，低声同图海提督商量了几句。那图海提督也不是善主儿，他告诉马大人这件事切莫传扬出去，就在密室中结果了这厮的性命最好，随后出了个阴毒的点子。

马大人闻言点头同意，吩咐了张小辫儿几句，让他们依照提督大人的意思，了结掉白塔真人的性命，然后毁尸灭迹，就自行陪同图海提督离开了密室。

张小辫儿等马大人离开之后，让孙大麻子出去准备一应事物。密室里就剩下他独自一人。他盯着白塔真人嘿嘿一阵冷笑，骂道："狗贼，明年的此时便是你的祭日了，张三爷明人不做暗事，临死让你死个明白，别到阴世里再做糊涂鬼，槐园中的老鼠和尚与荒葬岭神獒，都是折在三爷手中。"

白塔真人虽知必死无疑，但万万没想到连今夜都过不得了，惊道："潘和尚先被押了三天才绑到市心碎剐，怎地连夜就要去了我？"随即又咬牙切齿地说道，"想吾横行世上数十年，却不料最后糊里糊涂地栽到你这小贼手中，吾死也不能瞑目。"

白塔真人临刑之际难免心寒胆战，越想越怕，口也软了，又央求道："还望张牌头念在我法身修炼不易，更是以此丑态在世间偷生多年，不如使我走得从容些个，留具囫囵尸首也好。"说罢涕泪齐流，告诉张小辫儿在何地何地，埋了一匣子金洋钱，只要成全则个，钱匣子里的东西就全是你张牌头的。

张小辫儿一面暗中记下藏着金洋钱的所在，一面在口中说道："想那些金洋钱多是不义之财，三爷自然是照单收了，难道跟你这狗贼还有什么客气的不成？不过你现在所求之事跟我说却是无用，刚才图海提督已有过交代，不容你死得爽快便宜。咱们做公的受上官支配，凡事身不由己，恐怕张三爷是周全你不得了，咱能做的最多是赶上清明节多烧些纸钱，荐度你在冥府里少受些苦楚。"

白塔真人没料到海图提督已有了吩咐，不免心惊肉跳，问道："不知他们想要如何处置本真人？是要开膛摘心还是要碎剐零割？又或是车裂腰斩？"

这时就见孙大麻子回转了来，他手中拎了一个木桶，里面所熬都是滚沸的鱼鳔，另外带着两个剪碎的麻袋片子。张小辫儿指着那些事物道："官家有命，念在你摇尾乞怜的分上，不以刀刃相加，只要给你做一番披麻拷，剥皮问。据说当年岳武穆蒙冤之时，就曾受过此刑。不过你这丑类恶贯满盈，是自作孽不可活，如今要被天道诛灭，岂能与岳爷相提并论，赶快闭上你的鸟嘴领死吧。"

白塔真人气量狭窄，而且色厉胆薄，识得那披麻剥皮之刑，又知道这种极刑最是残酷不过，听得此言顿时急怒攻心，惊骇之余，哇地呕出一口黑血来，咳了两声，气急败坏地骂道："想我在提督府中躲了多时，并不曾为害他家中老小，图海狗官何以恁地歹毒！你们使如此阴狠的手段害我性命不要紧，本真人死后必要放出血咒，教灵州城里变作尸山血海，人畜不留！"

这正是："世人尽说天高远，谁识报应在眼前。"欲知后事如何，且听《金棺陵兽》下回分解。

第九章　披麻剥皮刑

话说那白塔真人曾经躲在暗处，目睹刑部刽子手在十字街心碎剐老鼠和尚，只觉极刑之酷无以复加，所以他落到官府手中之后，只求速死，恳求官家不要零割碎剐，留下他一具完整法身。一来他是惧怕酷刑之苦，二来当时人们迷信传统的观念，认为如果此生犯了大罪，在法场上被碎尸万段了，即便下辈子赶去投胎，也只能变作无数蛆虫蚊蝇，任凭世人拍打踩踏，那就沦落到万劫不复的境地了。

白塔真人本是个行踪震动天下的异人，不料阴沟里翻了船，被人不费吹灰之力擒了，又挑断大筋，百般折磨，眼看就要屈死在密室里了，不住苦苦哀求上官，千万别以刀锯相加。他的意思是最好服毒，或是拿根麻绳来勒死。

但那马大人和图海提督都是心黑手狠的人物，不用刀刃也不能轻饶了这个重犯，天底下没有那么便宜的事，便交代左右用鱼鳔披麻伺候，随后就离开密室去巡视城防了。

张小辫儿和孙大麻子领了命，要亲手结果这恶贼的性命，当下用刀剃去白塔真人遍体犬毛，把他周身上下收拾得光溜溜的，好似白羊一般，又将那麻袋片子割成细条，一条条蘸了滚胶，趁热搭在白塔真人身上，顷刻间就从头到尾粘了数百条碎麻袋片子。

此刻白塔真人已被吓得全身颤抖，屎尿齐流，再也扛不住了，只好把余党所藏之处一一供出，再无丝毫隐瞒，还求上下宽松些个，容本真人死得痛快点儿。

孙大麻子骂道："俺见了你这贼撮鸟便没好气，果然与那老鼠和尚都是一路货，身上全没有半点儿胆魄，害死在你手里的无辜性命不计其数，惹下如此大罪也只拿一条命来填，就算粉身碎骨也是你的便宜。如今死到临头，你伸出脖子等死也就是了，何苦还要如此出丑。"

张小辫儿也在旁讥笑道："真人法身虽是尊贵，但这披麻剥皮之刑却难熬得紧，不得立时便死。我等又不是技艺娴熟的刽子手，如今初次做这勾当，手底下难免生疏，不管是轻了重了，还望真人多多包涵。"

白塔真人恨得咬碎了牙齿，对张小辫儿和孙大麻子说："天下欺人之甚者，莫过如此了，本真人做了厉鬼也咽不下这口恶气。你两个小贼又以为自己是什么好角色了，都他妈是朝廷的鹰爪子。为何自古以来贼氛炽然，屡剿不绝？只因官匪一家，猫鼠一窝，捕盗者皆为盗贼，不过是成王败寇而已。你们使如此阴狠的手段祸害本真人得道法身，晚上还想睡得安稳吗？"

张小辫儿听那白塔真人越说越是怨毒，便对他骂道："聒噪，爷爷们今日要替天行道，这就打发你个狗贼上路，趁早去酆都枉死城中标名挂号。"说罢和孙大麻子俯下身子，鼓着个腮，一口接一口地往那白塔真人身上吹着凉气。

原来这披麻剥皮的大刑向来不入正典，本是南宋时流传下来的一种逼供酷刑，到后来也多曾用于暗中处决囚犯。先是把麻布条蘸上热胶，粘在囚犯赤裸的皮肉上。鱼鳔之性最黏，粘住了就别想分开，待到凉干了之后，倒拽麻布条，一扯之下，就能连皮带肉撕下一块，所以也称"披麻拷，扒皮问"。即便是铁石心肠的硬汉子，也万难熬得住这种毒刑，真可谓"直教铁汉把魂销，纵是狂夫也失色"。

那白塔真人全身披满了麻布条，张小辫儿和孙大麻子朝他吹了一阵气，看看鱼鳔热胶差不多都已凉了，估摸着用刑的时辰差不多了，就先试探着揪住白塔真人背上一片麻布，往戗碴儿的方向狠狠一拽，只听刺啦一声响，硬生生撕下来一片皮肉。血点子溅了一地，疼得白塔真人杀猪般叫，擂天捶地地呼痛。

白塔真人身上虽是裹了一层狗子皮，可这数十年来，狗皮子早已与自身皮肉连为了一体，再也分离不得，被麻胶一带就撕下一绺肉来，顿觉痛彻了心肺，自知如此死法太过残酷，连忙想要再次出言讨饶，但剧痛之下，口舌多已不听使唤了。

张小辫儿拎着拽下来的麻布条子看了看，果然是血肉相连，便顺手抛在一边，更是不容白塔真人再作分说。他突然冒出坏水，奇道："咦，三爷好像听见空中鼓乐鸣动，想必是仙人打开了天门，这就要接真人回去了。如此的好事，须是耽误不得。"说着就与孙大麻子一齐动手，将麻布条子扯了一个痛快，撕不到一半麻袋片子，就已将白塔真人活活疼死了。

用刑过后，密室中遍地血肉狼藉，细看那狗皮子里裹的，赫然是具畸形的人骨。张小辫儿请提督府的管家来验了刑，才拢了堆暗火焚尸灭迹。至于官府如何按照所取口供秘密布置，到处缉拿漏网的塔教余孽，自不必说。图海提督府上窝藏了妖道，当然不能声张出去，只是全家上下难免受了些惊吓，要在打退粤寇之后，请戏班子来唱几出《三英战吕布》、《尉迟公单鞭夺槊》、《关羽千里走单骑》之类演武镇宅的戏文，这些事自然不在话下。

书中有交代，可叹这位白塔真人，在深山里苦修多年，得了异术在身，最后却得了这么个结果，死得惨不堪言，没什么好计较的，只能说"万事劝人休作恶，举头三尺有神明，作恶倘若无报应，世上岂不人食人"。

大概因为白塔真人作恶多端，劫数到了，老天都要收他，自然难逃身死命丧，于情于理确是如此。可是话虽这么说，此人毕竟是塔教首脑，官府追捕了他几十年都没见踪影，除了潜踪深藏，更会许多造畜的诡异手段，还有荒葬岭的神獒，以及躲在槐园筷子城里吃小孩儿的潘和尚，这些妖人恶兽，有哪一个是易与的？怎地通天的本事不得施展，就全都折在了张小辫儿手里？

想来张小辫儿也只不过是半通非通地学了点儿相猫之术，怎么就能凭着大运误打误撞，举手投足之间就把这些巨奸大恶一一铲除，归根到底还是得了林中老鬼暗中指拨。那林中老鬼不言则可，言出则必定应验如神，道破了许多玄机，凡事经他布置，必有可观。

张小辫儿还以为自己时运来了，祖坟上添了座没影没形的荐福碑，早晚就要发迹，故此命中才有贵人相助，得遇到林中老鬼指点迷津。要不了多久，张三爷便已是轻裘肥马载高轩，指麾万众驱山前，何等的威风荣耀。却不想仕途沉迷，实是无边的苦海，哪得逍遥自在，头上的顶戴花翎红缨子，又不知要用多少鲜血染透。

更想不到世上绝无如此便宜的好事，常言道得好"得便宜处失便宜"，祸根凶神早已深埋，只不过还不到他张三爷发还的时候。要问盐从哪儿咸，醋打哪儿酸？那金棺坟里的林中老鬼究竟是什么来历，如此扶持张小辫儿又到底有什么图谋？

可这些事别说张小辫儿蒙在鼓里，就连提督府白塔真人、筷子城老鼠和尚、荒葬岭鞑子犬这一干赔上性命的妖人恶畜，也是死得稀里糊涂不明不白。恐怕他们直到过了奈河桥落进了枉死城，也不知自己其实是死在了林中老鬼的算计之下。

至于林中老鬼之事，全是后边的话头，日久自明，现在暂且不表。单说当今世上内忧外患，盗贼草寇多如牛毛，灵州城内虽然兵精粮足，但被粤寇团团围困，几场恶战之后，不免人心惶恐。张小辫儿剿杀塔教妖邪一事虽然做得隐秘，奈何这天底下没有不透风的墙，没过几日便是满城皆知。他名头在外，大有能声。

这人的名，树的影，传来传去，众人都以为张牌头是有大手段的人物，每每见了他便是牌头长、牌头短，就如称那些富户为员外一般，总是尊他，等闲出去吃茶喝酒，店家也不肯要他使钱。

张小辫儿心中暗自得意，连走路都快不知道先迈哪条腿了。他感念林中老鬼的恩德，却在城中苦寻不着此人，又常常想起多得灵州野猫相助，得空就买些熟肉鱼头当作猫食，拿去猫仙祠里给野猫们享用，故此满城之中，连人带猫，无不念着他的好处。特别是那些家猫野猫被他喂熟了，更是出入相随，形影不离，招之即来，挥之即去。

这天马大人在城头上点阅了灵州团勇，然后传来张小辫儿，说起张牌头手段不凡，别看年纪轻轻，却是自古英雄出少年，轻而易举地铲除了盘踞在城中多年的塔教妖孽，深得本官和图海提督赏识。如此人物放在捕盗衙门中岂不大材小用，必当破格举荐出来，推举到军中报效朝廷，如此才能得以施展真实本领。今日先调拨到团练中充做营官，管领一营团勇。

当时清廷的满人八旗兵和汉军绿营兵，多是因为年久不用，军纪废弛，士卒懈怠，再也不复昔日横扫天下之锋，难以应付大规模的战事。只有僧格林沁率领的蒙古马队东征西讨，除了拱卫京畿重地，还要四处镇压农民起义。此刻朝政紊乱，天下动荡不安，这支人马虽然精锐，却往往扑灭了东面，西面又生出乱来，也自是疲于招架。守卫京城的大军不能轻易调动，只好命各地自组民团，眼下灵州城里有许多民团，多是就地招募聚集。这里边不免鱼龙混杂，更有许多招安来的响马草寇，其中有一营的字号称为“雁营”，营中皆为同乡同族的“雁户”，最是彪勇善战，冲锋陷阵，浑不惧死。但“瓦罐不离井上破，将军难免阵前亡”，其营官在前天守城御敌的血战中，被粤寇弹丸贯脑而亡，所以营头之职暂时空缺。

马大人深感雁营士卒劲悍，又都是响马子出身，难以被官家掌握，唯恐其生出乱子来，所以思量着要派个心腹的人统领此营。可图海提督却认为雁营中的兵勇都是满身贼骨头，屡屡在城中闹事，可能暗中还有杀官造反之意，根本不能留，留下来必成大患，应该尽快想办法除了此营。双方争执不下，最后图海就提议让张小辫儿辖带此营，表面上是提拔于他，其实用心阴险狠毒，是打算安排一个去处，让张小辫儿和雁营有去无回。谁料想，只因这一去，才引出一场恶战，直杀得天昏地暗，数月无光。

有分教："千军万马似潮来，尸满城郭血满垓。"欲知后事如何，且看《金棺陵兽》第五卷《黄天荡》分解。

「第五卷」

第一章　打孤雁

有道是“耕牛无宿草，仓鼠有余粮”，拉犁耕田的黄牛一生辛勤劳苦，却连果腹的草料都未必够吃，临到老更要受一刀之苦，还不如那些窃粮搬仓的鼠类，吃着精粮，养得肥胖安逸。人世之中，往往也是如此，真正任劳任怨出力气做事的，未必讨得到什么好处。马大人不知耗费了多少心机，筹募团练守城御敌，但那个酒囊饭袋般的旗人提督老图海，却唯恐他在灵州城拥兵自重，处心积虑地剪除此人羽翼，首先就是要除掉雁营。

这雁营之中皆为雁户出身，也就是以打雁为生的雁民。在灵州城西有好大一片芦苇丛生的沼泽地，被称为黄天荡。水草茂密无边，不知覆着多少里数，那些南来北往的大雁途经此地，多会在黄天荡中落脚。雁乃守信之物，每到迁徙之期，天空中雁阵翩翩，一队连着一队，漫天皆是，观之不尽。

世上打猎的猎户，无非是挖陷阱下套子，或是用弓弩、火铳击射猎物，如能依法施展出这些手段，要打什么熊罴虎豹，或是狐狸黄狼，自然不在话下，却唯独是打雁最难。俗话说宁吃飞禽一口，莫吃走兽一只，野雁乃是禽中之冠，自古被视为“五常俱全”的灵物——哪五常？仁、义、礼、智、信是为五常。

说雁有仁心，是因为一队雁阵当中，总有老弱病残之辈，不能够凭借自己的能力打食为生，其余的壮年大雁，绝不会弃之不顾，养其老送其终，此为仁者之心。

大雁不仅有仁，更有情义，雌雁雄雁相配，向来是从一而终。不论是雌雁死或是雄雁亡，剩下落单的一只孤雁，到死也不会再找别的伴侣，这是其情义过人之处。

天空中的雁阵，飞行时或为“一”字，或为“人”字，从头到尾依长幼之序而排，称作“雁序”。阵头都是由老雁引领，壮雁飞得再快，也不会赶超到老雁前边，这是其礼让恭谦之意。

雁为最难猎获之物，是因为大雁有智，落地歇息之际，群雁中会由孤雁放哨警戒。所谓犬为地厌、雁为天厌、鳢为水厌，这三种生灵最是敏锐机警，一有什么风吹草动，群雁就会立刻飞到空中躲避，所以不论是猎户还是野兽，都很难轻易接近地上的雁群。

雁之信，则是指野雁是南北迁徙的候鸟。因时节变换而迁动，从不爽期，至秋而南翔，故称秋天为雁天。这仁、义、礼、智、信的五常，即便至圣至贤之人也未必能够做足，所以依靠猎雁为生的雁户，无不敬重野雁品质。

雁户猎雁的器械称为“雁排”，是在一个渡水木筏子上铺设排枪。先把排子隐藏在芦苇荡深处，然后再由身手矫捷的雁民，身披蓑衣，头插雁翎，寻着雁踪，偷偷潜行到雁群栖息之地，约是离着一箭之地便不能再接近了，否则必然惊走雁群。

雁户们潜伏至深夜，看那月冷星稀之际，便突然点起一支火把。雁群中哨戒的孤雁好不警觉，立刻振翅示警，也就在这同时，雁户急忙将火把浸到水中熄灭了，继续悄无声息地隐蔽不动。那些大雁从睡梦中惊醒，正要展翅腾空逃命，却发现四野茫茫，一片寂静，不免怀疑是那孤雁误报，便嘈杂着责备了它一阵，随后放下心来继续歇息。

雁户们躲在四周，听得群雁逐渐安静下来，知其已然熟睡，就再次点起火头，孤雁尽忠尽职，立刻再次报警，而雁户们仍是熄灭火把。如此反复几回，雁群都被搅得心神俱疲，它们长途迁徙，本就疲惫不堪，又被孤雁一而再再而三地惊扰起来，而芦苇荡中哪有什么险情？最后终于恼火起来，活活将那孤雁啄死。

却不知如此一来，正是中了雁户的诡计：一是失了放哨的孤雁，再者三番两次的惊扰，早已是困乏难挡，警惕性放低了许多，雁户们趁此机会，牵动排枪四下合围。待到那些野雁发觉大事不好，从睡梦中猛然惊醒过来，再想逃脱已经晚了，都被雁排的射程罩住，大多难逃中弹身亡的厄运。这个猎雁的法子，唤作“打孤雁”。

雁户们依靠猎雁过活，也只勉强糊口，常被官府盘剥压榨，赶上离乱岁月，更是衣不遮体、食不果腹。其中便有许多人仗着身手敏捷，藏身在芦苇荡里，劫杀过往的客商，做些替天行道、杀富济贫的勾当，也算是绿林响马中的一路。

后来这伙人都被马知府招了安，编为灵州团勇，号称雁营。如今营管阵亡，图海将军就推举张小辫儿去统辖此营，因为图海暗觉张小辫儿查出将军府里藏着妖道，让他十分地下不来台，又恐此人日后成为马天锡的左膀右臂，心中自是阴恨起来，打算找个机会要一举除掉这些心腹之患，这正是“朝中奸党横行日，天下英雄失意时”。

张小辫儿却还道这是上官抬爱，他哪里晓得官场上明争暗斗的险恶之处，于是带着孙大麻子和黑猫，大摇大摆地前去应职。想想那雁营里，少说也有八九百号兵勇，如今都要听张三爷的号令调遣，真是得意非凡。

雁营中的老营管死后，营中以其子“雁排李四”为首。这李四不过二十几岁，是雁民出身的闹银响马，擅能扎排使铳，故此得了个绰号，唤为“雁排李四”，又素有神手之称，手中火器百发百中。他还有个自小相依为命的妹子雁铃儿，生得眉目秀艳，体态绰约，是个巾帼不让须眉的女儿家，胜过《水浒》扈三娘，不让《西游》罗刹女；除了能征惯战，更有百步穿杨的手段，随身一张雁头弯弓，七十二支雁翎箭，向来是箭不虚发，发必应弦，此时也着了男装，跟随在营中征战。

雁排李四早就觉得充为团勇给官府卖命，虽然出生入死，却不似官军那般有粮有饷，远不如在黄天荡里杀人越货来得痛快，何苦屈身小就，终日受人管制，靠吃着顺气丸才能度日。正思量着要带兵反出城去，到时候天是王大，老子就是王二，管你什么清军太平军，只要胆敢进得黄天荡来，便随着爷的性子，一发杀个痛快。

正这时，忽闻灵州捕盗衙门里的张牌头要来统领雁营。雁排李四是足踏风云，气冲牛斗的傲骨之人，最喜爱结交天下豪杰，心想："久闻张牌头大名，听得耳朵也快起茧子了，既有机缘，何不会上一会，看看他是否果真是个出众的好汉子，然后再走却也不晚。"当下出来相迎。

谁知双方一照面，雁排李四还以为自己看错了，瞧那张小辫儿猴里猴气的一脸泼皮相，歪戴帽子斜瞪着眼，小号官服穿在身上都显得肥大，肩膀上还架着一只黑猫。只有旁边那个麻子脸，倒是生得虎背熊腰，只看那身量步法，料来也是得过些传授的壮士。

但灵州自古就有拜猫仙的风俗，雁民们也尊猫仙爷爷，一见张小辫儿肩头蹲着只黑猫，雁排李四等人便不敢太多轻看于他，当即上前抱拳行礼，可心中却是有些尴尬，不太相信就凭这个泼皮般的小子也有本事剿杀老鼠和尚和白塔真人那伙巨寇。

张小辫儿惯会见什么人说什么话，又得林中老鬼指点，知道雁营之中多是草莽之辈，便也抱拳拱手，直接就问李四等人："诸位好汉，以前可都是啸聚山林的响马？"

雁排李四和雁铃儿等人闻言吃了一惊，雁营如今是受了朝廷招安的团勇，官家早就表示对以前的所作所为既往不咎，不知他又提这话是什么意思？莫非官府变了心意，要去了我等不成？想到此节，不禁个个戒备起来，悄悄将手按在了腰刀的刀柄上，只等潜伏的官军蜂拥上来，就亮出家伙拼他个鱼死网破。

谁知张小辫儿却大言侃侃地说，想我张家祖上就有人做过响马盗，当年在绿林之中，那也是有字号有踪迹的人物。自古以来，响马多为明盗，遇到过往的客商大户，先是放出一支响箭为号，这才现身出来拦住去路，并要念动劫山赞子说："此山是爷开，此树是爷栽，要想打此过，十个驮子留九个，牙蹦半个说不字，嘿嘿，一刀一个草里埋。"这就叫明目张胆，连马颈上也要系着铃铛，走到哪儿响到哪儿，如此方才算得上是梁山本色的明盗响马了，绝不是寻常的草寇毛贼之流可比。世人愚眼俗眉，哪识得咱们响马子的来历，更不知咱这绿林义气，从来就不是那些龌龊儿男能学得来的。诸位既然是响马出身，想必都是慷慨洒脱的当世英雄，让小弟有幸得遇，实是三生有幸。

张小辫儿前两天曾和孙大麻子暗中掘藏，找出了白塔真人生前埋在城内的一匣子金洋钱。他信从林中老鬼之言，唯恐聚多了钱物招来祸端自毁前程，在没做上高官之前，不敢再动贪念，此刻只好忍痛割爱，把金洋钱全部带到营中，当场分给众人，以表结纳之心。

古人言："士为知己者死。"张小辫儿这几句话果真是说入了巷，满满一匣金洋钱更是动人眼目。那雁排李四等人俱是豪杰的襟怀、草莽的性情，一听之下无不动容，都觉得先不论张营官本事如何，单只这番器量，以及仗义疏财的手段，也称得上是宰相之才了。能够说出这等言语，绝非凡品，此时虽然只是个雁营营官，想来日后必成大事，而且同为绿林一脉所出，我等将来如能跟随在侧，怎不得他些好处受用？于是尽皆心服，当场推金山倒玉柱，呼啦啦拜倒了一片。为首的李四说道："虽然我等多是出身于尘埃之中，却也颇知英雄典故，曾见古今事迹，晓得世间义气二字最重，如蒙张三哥不弃，愿先就此结纳了。今后同生共死，荣损相连，不论刀山火海、枪林箭雨，永远追随左右。"

有道是"打虎亲兄弟，上阵父子兵"，在当时的民团兵勇当中，多有拉帮结伙拜把子的风气，若不用此，便难以在军中立足。这也该着是他们前世的缘分，命中天数近合，一见之下，都觉意气相投，愿意拜把子结为生死兄弟。择日不如撞日，雁营众人当即就撮土为炉，插草为香，张小辫儿、孙大麻子、雁排李四、雁铃儿，以及营中几位雁户出身的哨官，一同跪倒在地，双手抱拳，用大拇指指向自己心口，当着那只黑猫，对天盟誓，念起“插香令”来。其令曰：

> 二人同心，其利断金。
> 万众齐志，名标青史。
> 江湖一把，功业千秋。
> 香火在手，歃血为盟。

张小辫儿幸得林中老鬼点破了自身命数，只用三言两语，便凭空得了一班好汉子以性命相交，真乃如虎添翼。所谓一个好汉三个帮，如此一来，何愁大计不成？

这正是：“逢山必要先开道，遇水还得早架桥。”欲知张三爷率领着雁营何去何从，且听下回分解。

第二章　设香结盟

且说这座灵州城，从古就以出产花猫闻名，故此得了一个俗称，唤作猫子城。虽是个繁华锦绣的富贵之地，却正值国家用兵之际，连年不断的战乱和灾荒，一边是官府催征盘剥，另一边又是贼寇四处洗劫，附近的十里八乡，多已被搜刮得民尽财穷。

那些个指靠着捕渔猎雁为生的雁户，大多没有养家糊口的活路，纷纷落草为寇。但一打起仗来就是赤地千里，荒郊野地中除了成群结队出逃的难民，哪有什么走货的客商富户经过，再也无处去杀富济贫。雁户们无非只剩下两条出路，一是按照从古传下的旧例，想当官——杀人放火受招安，全伙被收编为团勇之后为国出力，随着官府征剿贼寇；再者就是加入太平军揭竿造反。总之投到哪边都躲不开冲锋陷阵，要怪只怪自家没赶上好时候，身为社会最底层的雁民，又是生逢乱世，不是刀下死，就是枪前亡。

仔细权衡起来，毕竟这第一条路有粮有饷，又是名正言顺；而第二条路则是诛灭九族的不赦之罪，另外太平军是拜上帝的，与灵州拜猫仙的风俗水火不同炉，普通民众根本接受不了这个观念。雁户们经过商议，青壮之辈就随着首领老雁头，一同投了官府，在战阵之中拿命换些钱粮，将养族中的老弱妇孺。

老雁头死后，雁营里群龙无首，缺粮短饷，这伙人本是黄天荡里的响马子出身，又不免时时恐惧官府猜疑，正打算哗变了反出城去，却在此时马大人派张小辫儿来做营官。

张小辫儿使出手段，结之以财，纳之以心，雁营里的草莽之辈果然感激不已，都愿意追随效命。众人按照绿林规矩设香结盟，虽然只是插野草做香，酌清泉为酒，但这古礼是先贤所留，传到后世，万古馨香不朽；念罢了“插香令”后，各道生辰八字，序过长幼，皇天后土，猫仙爷爷在上，一个人头磕在地上，歃血为誓，结成了生死兄弟。

那些开帮立会的绿林响马，向来是以湖南洞庭湖贼巢中的盗魁为尊，在入伙插香时，都要念颂一篇《常胜赞赋》为证。当时就连绿营官军中的兵将，都暗暗效仿此例，更别说是团练这种地方武装了，所以才说官匪本是一家，何以见得？且听结义颂子：

雁字营里传号令，有缘兄弟听分明。
今逢吉日开黄道，我等结义来荒郊。
探得名山修金楼，地势巍峨气象高。
南北英雄齐聚会，到来都是大英豪。
正副营官先请到，十二哨头把名标。
命人巡山去望风，有无奸细听蹊跷。
再把盟坛搭筑好，以凭结义认同胞。
香焚头把纪周期，羊左当年订此交。
留下千秋香一把，后人结义胜同胞。
香焚二把敬桃园，万古义气尚凛然。
歃血盟咒何所似，乌牛白马祭苍天。
香焚三把为梁山，兄弟论交把命换。
吾辈今朝来结义，同心同德效古人。

这是说结义要学古人一样，做到金石不换、生死不移的才好。古代人交朋结友，最重的是个然诺，不像当世的人们，只知道口头结交，起先有酒有肉时，如胶似漆，到后来遇到困难，就反目无情。

同营之人按照古例，拜成了把子，自是欢喜无限。虽然按年纪来论，张小辫儿排不到众人头里，但他身为雁营营官，众人都是尊他，即便是比他岁数大的，也称他为三哥。张小辫儿也就稀里糊涂地认了，与大伙儿称兄道弟，摆开酒肉来拼了一醉。

原来自打张小辫儿从塔王古井中起出风雨钟，灵州上空的塔云翻滚，真是云生四野，雾涌八方，使得连日里暴雨如注。那雨下得就好似悬河倒海一般，河道皆满，淹没了不知多少低洼沟壑。灵州城地势较高，才未被水淹，而正在城外围困的太平军粮草不足，本是加以挖掘壕沟困城，实际上仍是准备穴开地道炸城而入。大雨一连下了几日，火药多是受潮无法使用，眼看军中粮草也已耗尽，再也无力拔城，只好聚拢部队，准备撤围而去。

巡抚马天锡在城头上看出粤寇动向，明知贼寇接连折了几阵，加上没有粮草，退得必定慌乱，要是能有大队官兵在外围拦截，灵州城里的团勇趁机出城相攻，来个内外夹击，必定能杀他个片甲不回。奈何江南数省都已陷落，周围根本没有别的官军可以调动。

马大人也清楚，正是因为灵州城孤掌难鸣，粤寇是想来就来，所以退兵时必定疏于防范，于是就盘算着要派数营精锐，绕出去在路上伏击。但提督老图海却是死活不肯同意，灵州兵勇有限，仅够固守坚城，决不能轻易出动一兵一卒与粤寇大军野战，否则城防必然不稳，如果贪功丢了灵州，朝廷责怪下来可是万万吃罪不起。

但图海提督随后又说，抚标和旗兵不能轻动，但长毛发逆的气焰恁般嚣张，官兵任其从容撤走，岂不是助长贼势？依本提督之见，咱们灵州的雁营骁勇善战，咱们不妨就调遣此营出去截杀长毛。

马天锡心知图海不仅心胸狭窄，更是贪赃枉法，唯利是图，常常以各种名目，到处搜刮财帛中饱私囊，实是肥得流油。他以前曾派人把几大车财物运回北京，半路上却都教雁户中的响马子给劫去了，所以他对这伙人怀恨在心，视为眼中钉、肉中刺，早就有心除之而后快。

自古道“卵不击石，蛇不斗龙”，以这区区一营兵勇，如何对付数万之众的大股粤寇？马天锡本待不允，但转念一想，现在不能得罪图海这老匹夫，而且如果能做到出其不意，胜败之数还未可知。当下筹划一番，命雁营多携火器，今天放假一天，好酒好肉饱餐战饭，到得晚间，让他们在夜里借着雨雾从水门出城，然后绕到黄天荡里潜伏藏纳，等粤寇经过之时趁乱截杀。

雁营上下得了号令，皆知来日必然有场恶战，但雁户多是悍勇之辈，从来无惧生死，吃饱喝足之后，各自忙着整顿器械，只有李四等人，兀自陪着张小辫儿喝酒未散。孙大麻子和李四都是豪杰器量，拼起酒来接连干了数碗，都是一饮而尽，又借着酒兴谈论起武艺，二人各自不服，当场伸胳膊递腿比试起来。

张小辫儿量浅，他是“三杯竹叶穿心过，两团桃花上脸来”，只吃了两三碗酒，便已是东倒西歪，坐也坐不稳了。可身边的雁铃儿和几个哨官还在不住劝酒，尤其是雁铃儿，千杯不醉的海量，举杯推给张小辫儿道：“三哥，今天好兴头，不妨再多吃一碗。”

张小辫儿眼花耳热，舌头都短了半截，自知再喝下去三爷就要归位了，赶紧抬手推开送到面前的酒碗。但他喝多了手底下没准，竟然一把推到了雁铃儿的胸前，一触之下感觉不是太对，便随手抓住，使劲儿捏了几捏，迷迷糊糊地奇道：“看贤弟的身量也……也不……也不肥胖，为何……为何长了如此一对好奶？”

那雁玲儿又惊又羞，臊得满脸通红，赶紧把张小辫儿的手从身上推开，当即柳眉倒竖，唰地拔出腰刀，这正是“娥眉变作婵娟刃，要杀席上轻薄人”。一旁的两名哨官见势头不对，立刻站起身把她拦下。雁排李四也知道自己这妹子杀人如麻，伸手五指令，卷手就要命，她是瞪眼就宰活人，急忙和孙大麻子停下手来，大叫道：“我的小姑奶奶，今天是咱们雁营结义的大日子，怎能动刀动枪！你竟敢对三哥无礼，是不是不把我这个当兄长的放在眼中了？快给我把刀收起来了！”

张小辫儿原本十分酒意，早被眼前这明晃晃的利刃给吓得醒了一多半，再定睛仔细一看雁铃儿，方才赫然醒悟，暗道一声惭愧，竟没分辨出这少年是个女扮男装的美貌小娘子。绿林中最忌戏嫂欺妹，这是三刀六眼的罪过，真被人家当场剁翻在地也没什么好埋怨的。饶是他张三爷刚刚还自夸英雄了得，此刻也被唬得气也不敢出，屁也不敢放了。

雁排李四见这场面不尴不尬的岂是了局，连忙打个圆场。他说早就风闻，在灵州城里有个稀奇古怪的说书先生，能讲诸般袍带公案类的大书，凡事经由他口中说来，果是好听，更能卜算吉凶祸福的兴衰运数。咱们雁营今天晚上就要出城杀敌，兵凶战危，生死难料，看现在天色尚早，既然喝过了酒，我等不如去街上闲耍一回，听那先生讲几段故事，再问问他雁营此去征战，钝利究竟如何。

张小辫儿求之不得，赶紧说正合心意，当下随着众人一同前往，这正是“要知古往今来事，须问高明远见人”。

此时粤寇围城，城中家家关门闭户，茶馆里早已经没人去了，只好到那说书人的家里去寻他。一行人转街过巷，最后来到一座精洁雅致的小院跟前，上前叩开了门，便有一个童子出来询问来意。张小辫儿等人说明要找说书的先生讲书，付过了茶资，就被引到堂中，众人分职位高低在两边客位依次落座。

不多时那说书人出来相见。只见这位先生，不过四十来岁，颌下留着短须，白净面皮，体态消瘦。他自称以说书讲古为生，偶尔给人算命，也一向都是阴阳有准，但从来不用四柱五行，更不需推演卜算，只需察言观色，就能知道来者的进退生死。别人问他从哪儿学来的这等本事，他却只推说是博古方可通今，讲书讲得多了，自然能够明白世间造物的兴废之理。

雁营潜出城外伏击粤寇是军机秘事，自不能轻易泄露，另外张小辫儿自恃有林中老鬼指点，怎会信一个说书人说些有的没的。只是既然来了闲耍，也不能不讨个彩头，所以就直接问那说书人，倘若我雁营临阵作战，兵甲钝利如何——也就是问问他胜败征兆。

谁知那说书人一见张小辫儿，竟然吃了一惊，当堂怔了半晌，脸上更是变了颜色，道声失礼了，在下万不敢在列位官长老爷面前卖弄见识，说罢就要端茶送客。

雁排李四是响马子的脾气，点火就着，哪受得住一介市井说书之人如此怠慢，闻言勃然大怒，啪地拍案而起，拽出刀来骂道：“恁般不识抬举？

你这厮虽不长进，却也是有两个耳朵的人，难道就没听说过咱们营官——灵州张三爷的赫赫大名？且看爷爷割了你这两只没用的耳朵！”

那说书先生却丝毫不为所动，他也是个极倔的性子，神色傲然，嘿的一声冷笑，只道自家从来不肯说虚妄之语，但张营官的事情非同一般，说不得，不敢说，说了必死。眼下倘若用强相逼，那么是杀是剐悉听尊便，死得倒还利落些。

正是：“只因算尽人间事，惹得杀身祸一场。”欲知这位说书人窥破了哪些端倪，其中又有多大的祸端，才让他抵死不肯明言，且听《金棺陵兽》下回分解。

第三章　富贵梦

上回正说到众人想要卜算雁营的前程运数，谁知那说书先生非但不肯明言，反而几句话惹恼了雁排李四。李四当即拔出刀来，就要削他一对耳朵，孙大麻子却是个耿直之辈，不肯以强凌弱，赶紧在旁劝阻。

雁铃儿也听得不耐烦了，从座位上站起身来，对张小辫儿说：“三哥，这厮言语不知进退，怕不是个良善之人，休要与他一般见识，咱们回营去了。”

张小辫儿心里同样是不怎么痛快，自己嘲解道：“三爷以前有位老道师傅也是在江湖上卖卜算命多年的点金大行家，你们这些个招摇撞骗的门道儿，瞒得了旁人，却瞒不过你家张三爷。常言讲得好，‘有卦口，没粮斗，若信卜，卖了屋’。”说罢哈哈一笑，起身迈步就走。

书中代言，这位说书先生，也不是个平庸之辈，自幼熟读经典，诸子百家，天文地理，无一不通，无一不精。若论起他的才华来，就连那古时的大儒苏东坡、白乐天之流也不肯放在眼里，真正是胸怀万卷，笔扫千军，辩才无对，文采无双，更善谈人命数，言下从无落空，但他念及世道衰颓，无心功名，退居在灵州城，只凭着卖卜讲古度日。

他瞧出张小辫儿命数蹊跷，只是不敢直言道破，本想把他们打发走了了事，但此人生来便是心高气傲，此时见张小辫儿走得洒脱，心想若是让他们如此走了，吾的本事岂不真要被人视为江湖伎俩？于是叫道："且慢，还望诸位军爷息怒，既然来了，不妨先听在下讲段罕闻的旧事，消遣了再走不迟。"

张小辫儿等人本就是来听他讲古的，为了图个酒后的消遣，看那说书人言语客气下来，便消了无明之火，回转身重新落座。孙大麻子兴致勃勃，咧着大嘴笑道："不知先生要给咱们讲哪段大书？可会讲武松武二郎大闹飞云浦？俺祖上是山东清河县人氏，最喜欢听这些梁山好汉的事迹。"

雁排李四则说："那些短打的听来总不尽兴，倒不如说一回精忠岳武穆朱仙镇大破金兵，或是说说大明英烈、燕王扫北，这些书才打得热闹。"众人你一言我一语地乱点，正不知要听些什么，却忽听那说书人开言道："列位军爷，咱们今日既不讲史书袍带，也不讲公案短打，只伺候列位爷一段民间流传下来的奇异说话，这个说话的名目，唤作《撒豆罗刹江》。"

众人都道："这可稀奇了，从未听过什么《撒豆罗刹江》，想那江水里也能种豆子不成？不知罗刹江是在哪里？此事又究竟是个什么来历？只听这个名目，想必应该是水路上的事迹了？我等愿闻其详。"

只见那说书的先生整整衣襟，清清嗓音，啪地一拍醒木，教听者收敛了心神，才将这《撒豆罗刹江》的说话娓娓道来。抑扬顿挫，张弛合度，讲起来有急有徐，果是引人入胜，他先是唱了一套入话的定场词，诗云：

怒气雄声出海门，舟人云是子胥魂。

天排雪浪晴雷吼，地拥银山万马奔。
上应天轮分晦朔，下临宇宙定朝昏。
吴征越战今何在？一曲渔歌过晚村。

这首古诗，单赞的是钱塘江潮。此潮涨落之势浩大无极，风波险恶凶猛，常常吞没军民，翻覆了过往船只，所以那钱塘江自古便得了个“罗刹江”的别称。

话说我朝初年，就在这罗刹江畔，曾有一户贫苦人家。当家的汉子，姓黄名衫，字颢年，同妻子两个，养着全家的爷娘子女，开了间磨豆的磨坊，起早贪黑，辛苦经营，勉强度日，家中从不曾有隔夜之粮，吃了上顿发愁下顿。

在早些年，黄家本是地方上的大户，修道积善的人家，造桥铺路屡有善举，却不知从哪里触怒了神灵，家业传到黄颢年这辈，竟衰落得不成样子。夫妻两个每日哀叹，求天求地地祷告，不知这苦日子还要挨到几时，要不是家里上边有老，下边有小，真打算手挽着手，一同投到罗刹江里寻个了断才休。

有这么一天，黄颢年在磨坊里给人家磨了一袋豆子。那坊中没有拉磨的驴子，只能用人力推磨，出了满身汗水，累个半死，收工时天色已经晚了，正待要关门回家，却见不知从哪儿进来了一位老客。

那老客个子不高，小鼻子小眼，水桶般的身材，穿着一件白色的湖绸长袍，装束诡异非常，在黑夜里煞是显眼。他径直来到磨坊的门前，满脸堆着笑，与黄颢年深深打了一个问寻。

黄颢年回了一礼：“不知远客到此有何见教？”那老客道：“正要有事相求，故此叨扰贵人。”原来他带了一船货物回乡，行至罗刹江里，遇到了大风浪，满船的舟子和帮工，都被卷入了水中，这老客侥幸保住了船只货物，奈何没了舟子、水手，船搁在浅滩上进退不得。此地又是前不着村，后不着店，故此想请黄颢年帮个忙，替他看守一夜船只货物。等他到城里雇来帮手，早上再行起航。当然也不能让黄颢年白忙活，届时愿以一成货物相谢。

黄颢年虽然穷困，却是个急公好义的男子，见不得别个有难，何况还有好处可分，当下应允了："这等小事，何难之有，远客只管自去，晚生在此替你看管货物，绝无闪失。"

那老客再三称谢，叮嘱黄颢年千万别使货物丢失，即便我转天不能回来，我家后人早晚也会来取，然后匆匆离开，连夜赶到城中找帮工去了。黄颢年就连家也不回了，独自忍着饥饿劳累，到江畔拢了堆火，坐在地上守着船只。

到了后半夜，家中妻子放心不下，提着灯笼来寻。黄颢年与她说明缘由，妻子也说："这是急人之难，行善的事，岂可疏忽。"当下两人轮流看守。

不料接连守了三天三夜，仍不见那老客回来，黄颢年虽然不肯失信，又到城里去找，四处打听遍了，都没有得到下落。

黄颢年开始有点儿不知所措，同妻子一商量，说不定那位老客倒霉走背字儿，遇到哪路强人害掉了性命，只是这船货物如何处置？既然其中有咱们的一成，何不到船舱里看看究竟是些什么，然后再做计较。

夫妻二人打定主意进了船舱，一看满舱都是黄豆，不下千斤，而且颗粒饱满。黄颢年经营了数年磨坊，从未见过这种上好的豆子，当下拿出大秤，自取了一百余斤，回到坊间磨了豆浆。没想到这些豆子做成的豆浆，飘香四溢，口感醇厚，喝了一回想二回，在市上口耳相传，很快就卖个精光。

黄颢年夫妻两个把生意做得顺手了，眼看又过了数日，还是不见那老客的踪影，就决定再从船舱里取些豆子，大不了日后主家寻来，连本带利一并偿还给他。如此一来二去，还不出两个月，就把船里的千斤黄豆取了一空。

黄家借此发了一笔外财，真应了一顺百顺那句古话。黄颢年本就是商贾人家出身，手中有了本钱周转经营，自此赶趁着时运，不出几年就把家业赚得偌大，置办了广厦良田，家中奴仆成群，一日比一日兴旺。

黄颢年时常感念当年那位老客，要是没有他那船豆子，哪有咱们黄家今日的光景。他越想越觉得此事不同寻常，有时与妻子说起来，都道那老客形貌装束奇异，未必是凡间的人物，料来是五通五显之类的神灵，看我黄家一门善男信女，特意显出神通相助，看来咱们应当修祠建庙，每年多做几回道场，感谢上苍之德。

可惜好景不长，到了第五个年头上，黄颢年只要晚上一闭眼，就会梦到有人砸门，开门看时，见一伙凶神恶煞般的人直闯进来。这伙人个个相貌丑陋狰狞，皆是身穿白袍，头戴古冠，对着黄颢年连骂带打毫不客气，口口声声说黄家欠了他们老太爷一大笔钱，并且拿出一个账簿来，一行行指给黄颢年看。那账簿上写得清清楚楚，某年某月某日，黄家用老太爷船上的豆子赚了多少多少钱，又在某年某月某日，用这笔钱做了什么什么生意，赚了多少多少利润。你这家伙闷声发大财，还以为天大的便宜都教你占了，如今还账的时候到了，快快连本带利地还回来。

黄颢年每天都会从这个怪梦之中惊醒，醒来之后就看见身上青一块紫一块，全是伤痕，吓得他魂不附体，茶饭不思，瘦成了一副骨头架子。他自己心里明白肯定是惹了大祸了，赶紧请来一位能看祸福的居士，询问此事吉凶。

那位居士善谈因果，听罢了始末，告诉黄颢年道："阁下果然是惹了因果上的事。你命中本无富贵，但你夫妻二人不甘贫困，天天在家中对天对地诉苦不休，结果反被那罗刹江里的邪魔歪道听见了，假意前来点化于你，骗你拿了水府中的东西，现在连本带利都得还回去。那五通五显多是山妖水怪，从来不会有善心感应，既有所施，必有所取，自古宿债相偿，谁也救不了你，要是你家产不够的话，恐怕就得拿全家人性命去填。"

黄颢年被人一语点破，情知大事不好，唯恐祸及家中老幼，自然是不敢怠慢，匆忙备了整整十船上好的豆子，又有猪、牛、羊三牲等许多供品，行船到罗刹江中，同妻子两人跪在船头焚香叩头，将带来的所有物事全部倾入江中，就看那浊水翻翻滚腾，从江里涌出无数大鱼，张开大口争相吞食。

黄颢年暗自念声阿弥陀佛，总算是发还了这场宿债。正自侥幸间，忽遇狂风大作，水底老龙惊，半空厉鬼哭，罗刹江中巨浪排空，压顶而来，一下就打翻了江面上所有的船只，使船上之人尽数葬身鱼腹。江水泛滥成灾，又吞没了黄家所在的村镇，可叹黄颢年不肯守命自安，虽得了几年富贵，却赔上了满门性命，真教“凭君纵有千钧力，命里安排动不得”。

这回《撒豆罗刹江》的说话，虽是半真半假，却又无假不成真，只为劝那些怨天恨命之辈，休要眼光浅、口头轻，指天叫地地胡言乱语，更不可贪图非分得来之物。须知道“富贵只是五更春梦，功名好似一片浮云，到头来万事皆空”。

这位说书先生对张小辫儿等人讲古，真正是“说话仅凭三寸舌，称出世上深与浅；醉翁之意不在酒，只盼点醒梦中人”，果然指中了要害，听得张小辫儿冷汗淋漓，坐立不安。却不知他张三爷能否晓得苦海无边，早早回头，且听《金棺陵兽》下回分解。

第四章　猫儿药

且说雁营出战在即，张小辫儿酒后带着手下哨官们听个说书人讲古，讲的是一段《撒豆罗刹江》的说话。

原来那说书先生看出张小辫儿命数奇特，知道他惹了大祸在身，而且还要连累灵州城里的军民人等，不分男女老幼，都得跟着一发死个尽绝，就算是鸡犬猫狗也留不下来一条。只是此事非同小可，他也不敢直言相告，故此托借当年的一段故事加以点拨。但说书人讲的事情，与张小辫儿所遇之事肯定是不相干，只有其中的道理相通。

所谓“书不在厚，有味则馨；言不在多，有理则重”。您要问说书人讲的这个理是什么理，他正是想告诉张小辫儿：“从来没有天上掉馅儿饼的好事，随你小子现在使尽英雄，早晚有一天宿债相偿，凶神恶鬼必定会找上门来，到时候再后悔可来不及了。”

可是良言难劝该死的鬼，张小辫儿虽然隐隐听出些意思，心中也觉得颇不安稳，但他骨子里认定自己绝非凡夫俗子，荣华富贵，飞黄腾达多是张三爷命中注定所得，哪里肯信这说书人乱嚼舌头。

张小辫儿眼珠子转了两转，又想生死总有命，富贵都在天，反正张三爷本就是穷光棍一条，无非凭着偷鸡吊狗的手段，勉强度日过活，想来能有今日光景，也合着否极泰来之理。天为宝盖地为池，人生在世是浑水的鱼，受用一天，就得一天的便宜。

说书先生偷眼相观，见那张小辫儿仍旧是一副全然不以为意的模样，知道对牛弹琴了，心中只是冷笑，抱拳拱手尊诸位：“今日有幸伺候列位爷一段说话，也算是咱们有缘。咱这说书之人，只不过是凭着耍嘴皮子赚钱糊口，无非讲些个风月，谈些个异闻，图个好听罢了，自然做不得真，其中如有疏漏怠慢之处，还望官长老爷们海涵。奈何这良辰短暂，美景易逝，再长的故事终有个了局的时候。”说罢他就推说时辰已经不早了，命侍童送客。

雁排李四和孙大麻子等人，更是没听出这段说话的玄机，只顾听个新鲜热闹，虽然未能尽兴，也只作罢了，都称谢道：“先生讲的果是稀奇，我等今后定当再来讨教。”当下拱手作别，随着张小辫儿回到营中。

这些天来暴雨不断，灵州附近的几处江堤都被冲开了口子，一时间洪水暴涨，吞没了好多村庄道路。巡抚马天锡虽是本省的封疆大吏，但还在官府手中控制的地盘非常有限，周围各处多被粤寇攻陷，眼见贼势之盛难以遏制，幸好天降骤雨，引动山洪发作，被大水淹死的贼人不计其数，使得围困灵州城的数万粤寇失了后援，加上粮草供给不上，等到雨停洪落之际，必定撤围。

马天锡看这两天的暴雨小了许多，察形观势，断定太平军肯定会暂时放弃攻城，等他们流窜到别处大肆劫掠一番，补充足了粮草兵源，才会再次卷土重来。眼下四周的道路都被洪水破坏，如果没有水师接应，这么多太平军想后撤，只能经过南边的黄天荡。

所以马大人调遣雁营趁夜从水门出城，埋伏在太平军的必经之路上，杀他个措手不及。虽然不可能尽数歼灭，至少能重挫粤寇锐气，使其闻风丧胆心存忌惮，短期之内不敢再犯灵州。这样一来官府才能有时间整顿军备，招练新勇，巩固城防。

张小辫儿看看天黑雨住，就率雁营团勇焚起大香，一同拜了猫仙牌位，叩求猫仙爷爷灵验感应，慈悲无边，保佑雁营旗开得胜，马到成功。随即整装结束，教这近千名团勇，各自背负了火药铅丸，带着抬枪火铳，开了城下水门，乘着舢板潜出城去。

此时乌云压顶，四下里黑得如同锅底，城外到处都是粤寇，雁营不敢用半点儿灯火，全仗着雁民们常年在夜晚狩猎，目力自是不凡，摸黑把一艘艘舢板划入河道，绕着水路直奔黄天荡而行，真是神也不知，鬼也不觉。

张小辫儿虽然充做营官，却是半点儿不懂战阵厮杀之道，好在身边的雁排李四和雁铃儿等人，皆是身经百战之辈。雁营响马以前经常与围剿的官兵厮杀，也同地方上的民团作过战，到后来又打太平军，也不知做过多少杀人放火的勾当，而且黄天荡是雁营的老巢，到了其中就能占尽天时地利，就算太平军有十万之众，也能在荡中杀他个人仰马翻。

舢板行了一夜，到了转天，早已雨住雷收。张小辫儿等人坐在船头四下打望，但见那天地间仍是阴晦无边，水面上漂的一片片全是浮尸。有道是“人动杀机，物能感知，而天动杀机，人莫能知”。当时天下纷乱，遍地都有杀生害命之举，这大概就是老天爷动了杀念，单是清廷镇压太平天国这十几年里，因为灾荒战乱而死的人口，就有将近七千余万。您数数那时候整个大清国总共才多少人，战事最激烈的这几个省真是十室九空，人烟灭绝，行出数十里，也不见半个活人。即便那些没被洪水淹没的村镇田舍，也多是房倒屋塌，空空荡荡，连鸡鸣犬吠声都听不到，各处都是一派死气沉沉的气氛。

张小辫儿做了雁营营官，心下原本极是得意，但在舢板上看到天灾兵祸的大劫之下，满目尽是凄凉景象，忽觉值此乱世，即便真能发迹了，也难快活受用，便对众人说：“我看国家兴亡，匹夫有责，咱们雁营舍生忘死，拼着性命平寇杀敌，不为别个，只为了早日国泰民安，让天下百姓再不受这离乱之苦。”

雁排李四和孙大麻子、雁铃儿等人闻言齐声称是，心中尽皆叹服，对他佩服得五体投地，却不知张小辫儿心里正在思量着：若非是民丰物足的太平盛世，张三爷空有家财万贯，也没处花销享乐，身居高官还得替上下排忧解难，所谓“将军铁甲夜度关，朝臣待漏五更寒”，如此整日地奔波劳碌耗费心血，哪能有什么兴头？

雁铃儿见张小辫儿身边有只黑猫，那黑猫虽然疲懒，却生了两只黄金眼睛，顾盼之际好生灵动，但此猫只与张小辫儿一人相熟，从不和旁人接近。她好奇心起，就问道：“三哥，听说你在灵州城做捕盗牌头的时候，活捉潘和尚、白塔真人一干巨寇，全凭城中的猫子暗中相助，可否真有此事？”

张小辫儿早就有心卖弄些豪杰的事物，此刻被雁铃儿一问，恰是挠到了痒处，便说道："咱和野猫天生就是有缘，提起灵州城里那些家猫野猫之事，实是稀罕得紧，怎么个稀罕？真教开天辟地稀得见，从古到今罕得闻。昨天那个说书先生大言不惭，还敢号称什么——褒贬忠奸评善恶，纵横捭阖论古今。他也不过是能说几套老掉牙的古旧大书罢了，连个老猫能言的说话都不会讲，可恨那厮更是有眼无珠，不识咱们当世的英雄好汉，他要是肯跟在三爷身边做个师爷，保管他这辈子能见些真实世面。单是咱灵州野猫事迹，也足够他编几个拿人的段子出来。"

张小辫儿乘在舢板上随军而行，眼见四野茫茫，还远远未到黄天荡，便顺口答应，趁机对身边的几个人侃起《猫经》。说是咱们灵州花猫，多为汉代的胡种，最具灵性神通，至少有两百多种名品，非是外地的普通猫子可比。别看它们整天东游西荡只知耍闲，其实这人世间的事情，就没有它们不晓得的，不仅能够感应吉凶祸福，更有许多奇异能为。

你看那些灵州之猫，无不是两色相间，凡属此类，都善于调配猫儿药。早年的猫仙谭道人，就曾走街串巷，售卖猫儿药济世救人，不知治好了多少疑难杂症。但这猫儿药只有野猫能配，就连谭道人都不知全部秘方，他虽精通猫道，却也没办法掌握千变万化的猫儿药。

原来在灵州城内外，生长着许多草药，如果哪只野猫被蛇蝎咬了，或是受了什么别的创伤，它都会自行去衔来几株药草，混合了服食，用以拔毒疗伤，这就是所谓的猫儿药，治起病来万试万灵。但这配方随着季节时令变化，到现在也没人知道野猫们是怎么配药的，那可真是起死回生的灵丹妙药。

张小辫儿正说到兴头上，雁铃儿等人也都听得入了神，忽听一声雁哨响亮，众人心中一凛，情知有变，还以为在途中遇到流寇，却不知来了多少敌人，纷纷在船上举起抬枪，却见从远处的水面上漂过来一件物事。

水面上那东西随波逐流，起起浮浮越来越近，顷刻间离得雁营舢板就只有一箭之地了，众人方才看得清楚，却是一条体形极巨的老狐狸，身下跨着一颗大南瓜浮水而来。那老狐额前顶着个白斑，乍一看就好似有三只眼睛。它挤眉弄眼地骑在瓜瓢上，遇到雁营这数十艘舢板和一排排抬枪弓箭，竟然丝毫也不惊慌，直将众人视如无物。

雁营兵勇虽然骁勇善战，却多是迷信鬼神之辈，见这三眼老狐骑着南瓜渡水，而且不知避人，物性反常，多半是成了精的妖物，见着它可不是什么好兆头，杀之也恐不祥，所以空举着排枪，谁都不敢动手击杀。

雁排李四见那老狐神态鬼祟，知其来者不善，必是有些古怪，发狠道："叵耐你这孽畜来得不是时候，看某结果了你的性命……"他担心用火枪动静太大，探臂膀把背后的雁头弯弓摘下，搭上一支白尾雁翎箭，便要抬手射去。张小辫儿急忙拦下，说道："四哥且住，这三眼老狐怕是冲着我来的，不可轻易坏了它的性命。"

这正是："劝君不可结怨仇，结得怨仇深似海。"欲知后事如何，且听《金棺陵兽》下回分说。

第五章　水鼠堤

且说风雨钟凝聚的云气引得江洪暴发，城郊四野低洼之处，都被大水淹没。雁营的舢板队离了灵州城，隐匿了行踪，从水路奔着黄天荡而行，途中满目所见，尽是洪荒浩劫过后的凄凉景象。

谁知行到半途，忽然遇到一只三眼老狐。那老狐胯下骑着个南瓜，远远地渡水而来，转眼间就到了众人身边。雁排李四见这老狐行迹诡异，不知主何吉凶，当下动了杀机，张弓搭箭就要将其一举射杀。

张小辫儿在舢板上看得真切，想起自己先前曾在荒葬岭见过此狐。

当时它被野狗追得走投无路，被迫吐丹逃生，随后张小辫儿诱杀鞑子犬的时候，顺手从恶犬腹中剖出了狐玉。这枚玉丹是那老狐吞吐日月精华多年所得，岂肯轻易失却？它此时渡水前来，多半是想向张小辫儿讨回狐玉。

张小辫儿虽然是个好管闲事的祖宗，专撞没头祸的太岁，但眼下军情紧迫，当务之急是要去黄天荡设伏。他一生荣华富贵的成败都系于此战，哪敢掉以轻心，自然不肯为了一枚狐玉旁生枝节。念及此处，他赶紧拦住雁排李四的弓箭，说那是狐仙也未可知，大凡物之异常者，绝不可轻易加害，否则必然招灾引祸，不妨留它一条生路。

当年唐太宗李世民救了一条赤炼红蛇，从而登基坐了江山；医圣孙思邈年轻时治过井底的老龙，才有幸得授四卷奇书，从此医术大进，可见凡是非常之物，大多有其灵性。倘若不曾为祸人间，都不应该随便坏了它们的性命，积德者遇福，种祸者埋怨，冥冥之中因果关联，往往都有吉凶报应跟在后头。

雁排李四听得分明，奇道："原来如此。"只得把雁头弯弓收了。就见张小辫儿从怀中摸出狐玉，放在掌中一招，那老狐遥相望见，也似是有灵有识。它本来躲在荒山穷谷之地，大水一到，山里边有无数走兽都被淹死，这老狐为躲洪荒，才骑着南瓜浮水避祸，侥幸得以逃脱性命。它也不知挣扎着漂流了多少时日，没想到天数偶然，机缘凑巧，竟能遇着雁营取回了玉丹，真是"水中失宝宝再回，海底捞针针已得"。那狐待到近前，一口衔了玉珠吞落腹中，随后再也不向雁营众人多看一眼，自以狐尾拨水，乘在瓜上去得远了，不多时转入一片山坡背后，不见了踪影。

人心之中的善恶，原本只在一念之间，不管是在暗室之内，还是在造次之间，一动恶念，凶鬼便至；反过来也是，倘若你善意萌生，自然就有福神跟随。张小辫儿难得生出一念之仁，让雁排李四放过了三眼老狐，自以为是积德行善的举动，却未能辨明妖邪善恶，此事究竟是吉是凶，还留着一段后话要说，眼下暂且不表。

雁营舢板队又行出十余里，遥看前方水面浩大，丛丛生长的芦苇渐行渐密，总算是进入了黄天荡地界。船到荡中，四望无际，一阵阵朔风吹过，使得散碎芦絮漫天飘飞。灰蒙蒙的天空中，偶尔有几只离群的孤雁哀哀而过，也不知是投奔何方，正是“水近万芦吹絮乱，天空雁阵比人轻”。

雁排李四为张小辫儿和孙大麻子指点地势：“这片荡子本是片半涸的湖沼，历来都是野雁南北迁徙的必经之地。北近大江，南压六州，覆着不知多少里数，形势果是险恶。荡中更有无数水鼠衔草结泥筑成的天然堤坝，形如三环套月。鼠坝造化奇绝，能够调节湖水涨落，所以不管外边有多大的洪水经过，荡子里的水位也不会变化，一年到头，总是半水半泥。雁民自古就在这黄天荡里捕鱼猎雁为生，识得各处坑洼沼泽和水面深浅。”

围攻灵州的太平军没有水师接应，如今断了粮草供给，只能从陆路向南撤退，但是附近的官道多被洪水毁坏，太平军连日激战，始终打不下灵州城，再拖下去就会陷入进退无路的绝境，所以他们不得不从黄天荡中的水鼠堤上南逃。

身为雁营营官的张三爷，可对行军打仗、排兵布阵之事一窍不通。想那粤寇来势极大，自己这边只不过一营弟兄，往多了说还不足千人，数量悬殊，大战来临之际，不免有些担心难以应对。

好在雁排李四曾随着老雁头久经战阵，只因他们雁民雁户多为响马出身，虽然被收编成了灵州团勇后屡立战功，却仍有一世洗刷不掉的案底，始终难以取得官府的信任，但他与营官张小辫儿结为了异姓兄弟，自然要竭尽所能相助。他泰然自若地说：“三哥不必忧虑，兵来将挡，水来土埋，这股长毛中的精锐不过十之一二，其余都是裹卷而来的乌合之众，根本不堪一击。何况这黄天荡是雁营老巢，水路错综复杂，外人绝难识得。

到了咱这一亩三分地，管教那些粤寇有来无回，来一个咱宰一个，来两个咱杀一双，我只愁他人马来得不够多。”

雁排李四说完，抬手命众团勇停住舢板，营中每个兵勇都带着一只雁哨。这哨是用野雁脑壳打穿了制作而成，吹响了呜呜咽咽，曲声极尽哀愁凄苦，还可模仿雁鸣雁啼，此刻同时吹动起来，四野皆闻。

张小辫儿和孙大麻子两个外行，不知为何满营都吹雁哨，正待要问，就见周围的芦苇水巷深处，忽然涌出无数竹排，排上之辈，多是头插雁翎，身披蓑衣的猎户打扮，而手中所持，尽是杀人的利器，无非是土铳、竹标、渔叉、梭镖、雁翎刀。

原来当初老雁头为了在乱世中谋条生路，带着许多雁民去灵州做了团勇，但荡子里仍然留下了不少雁户。这些人里边虽然不乏老弱妇孺，但真要全伙出来，其中能够提刀杀人的，也足有不下两千之众，至今还是在黄天荡里做些月黑杀人、风高放火、有肉同吃、无粮同饿的勾当。

雁营兵勇都是黄天荡里的子弟，双方相见，俱是欢喜，大伙儿闻听老雁头阵亡的消息，念其往日恩情，不免尽皆哀叹，咬牙切齿地要为老首领报仇雪恨，待到悲愤之情稍止，雁排李四便为一众雁民响马们引见张小辫儿。李四说张三哥是个义气过人、手段慷慨的好汉，荒葬岭神獒、筷子城老鼠和尚、躲藏在提督府的白塔真人，都被三爷亲自擒杀，真是为民除害，人皆称快。不仅如此，这位张三爷更学了一身猫仙谭道人留下的本领，深得巡抚大人的赏识，如今咱雁营兄弟们都追随着他杀贼立功。

雁排李四是老雁头之后，论起武艺见识来，他更是数千雁户里一等一的好汉。那些雁民听他是如此说的，无不信以为真，都争着过来与张小辫儿结拜。

张小辫儿暗道一声：“惭愧，想我张三也能得有今日的名头？”当下厚着脸皮对众雁民说道：“也不知前世烧了多少高香，使得这辈子能结交到这么多兄弟，真不枉小弟我为人一世了。我张三是个一刀两断的性子，从不学那粘皮带骨拐弯抹角的腔调，今日前来，正是要在这黄天荡里与粤寇厮杀一场，还望各位好汉鼎力相助。有道是‘人过留名，雁过留声’，与其自甘埋没在尘埃草莽之中，何不轰轰烈烈做回好汉，若能立下一场平寇定乱的不世奇功，必能千秋万古，传颂不朽，也好让后世知道天底下曾有过咱们雁营的字号。”

张小辫儿更知雁民都是穷苦出身，所谓“人穷志短，马瘦毛长”，对这伙人单单晓以大义，说什么忠君爱国、青史留名的空头话可不顶用，于是又信口胡编说：“自从粤寇作乱以来，从南到北冲州撞府，席卷了不知多少金银财帛在身，这些非分所得，可比过往的贩货行商之辈肥得多。而且据说这股粤寇的首脑，曾是个有名的大海盗，在海上劫过不少洋人货船，身上有大把的金洋钱在，另外想必那些做过海盗海匪的人物，也必定探寻过龙宫海藏，所获之物自然都是奇珍异宝。珠是夜光珠，玉是盈尺璧。现在朝廷上不分大事小情，无不以平贼定寇为先，只求各地尽早剿灭粤寇，而那些长毛的贼赃所得，谁有本事有胆子拿了，就他奶奶算是谁的，往后官家绝不追究。”

先前张小辫儿曾给雁营兵勇们分过一些金洋钱。金洋钱是民间的称呼，其实就是异域海外的金币，虽然在大清国里不能正式流通，但确实是货真价实的真金白银。又铸造得格外精致考究，谁见了不喜爱？所以往往要价极昂，远远超出了金洋钱本身的市值。雁民们听了粤寇身边携有金银财宝这些消息，果然群情振奋，纷纷表示愿效死力杀敌。

另外雁排李四还与周边的一些响马惯有勾结，安排人传出飞雁令，把附近能召集来的响马子都找来。眼下战乱连着天灾，各处都没了活路，见有这能发横财的勾当，都肯铤而走险，一天之内就聚集了三五千人马，水旱两路分为数队，各有雁营中的哨官统辖，又预备下土铳土炮，多削竹枪乱箭，乘在雁排上到处埋伏。

等到第二天天刚破晓，就有探子来报，已经望见太平军大队人马浩浩荡荡而来，军卒密密麻麻犹如蝼蚁一般，队伍铺天盖地，见头不见尾，数不清究竟有多少人马。雁排李四命各队人马分散到芦苇荡里隐藏行迹，听得雁哨为号，便一齐出来厮杀，眼见一场血战在即。这正是“杀气横空红日冷，征尘遍地白云寒”。欲知后事如何，且听《金棺陵兽》下回分解。

第六章　雁　冢

话说雁营近千名团勇，会合了许多响马子，在黄天荡中设伏，布下了天罗地网般的杀人阵势。这些人多是猎雁叉鱼之辈出身，惯于施展埋伏手段，那片荡子里又是水草横生，芦苇茂密异常，满目萧萧，遮蔽了潜藏的险恶杀机。水野之间荒荒冷冷，静得出奇，在外边根本看不出有丝毫异常。

到了拂晓时分，草尖上晨露未消，芦苇深处的水洼子里一缕缕薄雾缥缈，眼看太平军就要进入黄天荡了，张小辫儿急忙让雁排李四留下调遣兵勇，准备伏击粤寇。他则带着黑猫，由孙大麻子和雁铃儿两个哨官跟随，三人撑了一架渡水雁排，前往水沼最深处的雁冢。

那雁冢本是黄天荡里的一座土丘，后来被水淹没。据说以前南北过往迁徙的候鸟群中，常有许多年老力衰，或是途中伤病难愈的，它们自知永远也飞不到目的地了，只好自行苦撑到雁冢上慢慢等死，直到断气之前都会抬头望天，眼睁睁看着翱翔天际的同类。从来没人知道：为什么那些将死的候鸟野雁，都会停留在雁冢上。但雁民们自古崇敬义气，延续古时旧例，从来不肯加害降落到雁冢附近的候鸟。

而关于雁冢，还有另外一个传说，当然就连雁民中最年老的猎户，也讲不太清楚它的年代来历，只是一代代口耳相传下来。说大概是唐朝末年，在五代十国那会儿，有个将军被人害死在此地。荡中的雁民们怜惜他死得壮烈，就在雁冢上盖了座低矮简陋的土地庙，把将军尸骨藏在其中，岁岁烧香，年年叩拜。

即便是冷庙泥神，受得香火多了，也少不得灵动起来，何况土地庙里的尸骸，是个含冤负屈的武将。不知是不是那英灵长存不灭，自从雁冢上有了这座将军庙，土丘就开始下陷，最终沉到了水面以下。随后天兆反常，有无数水鼠衔石投草，围着雁冢构筑起了一圈圈的堤坝，竟然绵延数十里之长，将各条流入黄天荡中的水系疏导贯通，养得荡子里水草丰足，旱涝不侵。

只是打这开始，芦苇荡子里常有阴风黑雾涌动，使得天地变色，水路迷失，这些天地间的反常异象时有时无，从来没有一定规律可循。雁民们都说那是雁冢里的将军怨气未散，只要一刮阴风，就预示这世上要有刀兵水火、洪荒疫病之灾。

以前的人们对此深信不疑，按照年头从外省买来穷人家的孩子，童男童女凑出一对，收拾齐整打扮好了之后，活活投到雁冢周围的水域里淹死喂鱼，以求水底神灵息怒，保佑一方太平无事。可始终也没见真起到什么作用，甭管愚民愚众怎么供奉，战乱天灾该来的还是照样会来，所以此地的香火渐渐荒疏了。直到明朝末年，这个残忍的风俗才算彻底废除。

张小辫儿记得当初在猫仙祠中，第二次遇着了林中老鬼，曾被告知自己眼下将星当头。在这乱世当中能够武运亨通，只要依照林中老鬼的安排布置行事，无论是平寇还是杀贼，战则必胜，攻则必克，要想在黄天荡中取胜，就得用黑猫将雁冢里的将军尸骸引出来，其中若有丝毫差错，雁营就有全军覆没之险。

俗话说“便宜都是套人的网，说话尽是陷人的坑”。这话是一点儿不假，可张小辫儿却鬼迷了心窍，竟把林中老鬼之言都当作了金科玉律，当真是言听计从，自然是认定了成败全都在此一举，于是急匆匆赶奔雁冢，正是“心忙似箭尤嫌缓，排走如飞尚道迟”。

引路的雁铃儿，自幼生长在黄天荡里，各处水路最是熟悉不过，撑着雁排渡水而行，穿过密密匝匝的芦苇丛，把张小辫儿和孙大麻子带到一片开阔的水面。只见这苇丛深处，水平似镜，烟波浩渺，幽深莫测。

雁铃儿下竿停了雁排，告诉张小辫儿道：“三哥，此处便是雁冢了，那座将军庙就沉在水里，底下常有吸人的漩涡卷动，水性深浅难测，这许多年来，从来没有谁敢下去探过究竟。”

张小辫儿不太擅长水性，最多会两下子狗刨般的手段，到了水上，禁不住心下颤栗，嘴上却硬撑道：“成大事者不拘小节，咱们雁营都是好汉子，做事只求对得起天地良心，人言都不计较，信什么鬼神之说？小的们只管放亮了招子，且看三爷如何把那埋骨水底的将军请出来见见。”

孙大麻子历来不惧鬼神，却唯独敬重古时先贤英烈，此刻与粤寇恶战在即，他也搞不明白张小辫儿为何突然要做这等怪事，闻言急忙劝阻道：“俺的爷，此事可由不得你使着性子胡来，想来那位将军老爷也是个有英灵感应的水府郎君，你怎好轻易惊动？”

张小辫儿道：“倘若水中真有英灵，理当助我雁营平寇杀贼。”说完命雁铃儿把排子撑到坝边。那坝上都是拳头大小的窟窿，被水鼠钻得密布无间，贯穿相连。水鼠这东西有点儿像是水狸子，同样的牙齿锋锐，能啃倒千年古树，善于筑坝围堤。但这黄天荡里的水鼠，在民间俗称水耗子或阴鼠精，与水狸、河狸等物并非同类，喜欢阴冷潮湿之所，生性残忍狡猾，可以入水拖了大鱼上岸，又或是咬死栖于芦苇丛中的水鸟野雁为食，其中的硕鼠甚至能够搏杀老猫。它们在这片荡子里，趁着水中阴气越聚越多，数量难以估计，只有灵州花猫才能镇伏。

张小辫儿按照林中老鬼所授的相猫之术，把月影乌瞳金丝猫推到水鼠洞前。猫的性子是闻腥即动，虽然灵州花猫从不捕鼠，但造物相克，它嗅得水鼠洞窟里的阴腥气息，还是忍不住“喊”出声来。

可能有看官要问，怎么是“喊”出声来？原来猫叫之声自古分为数等，凡是猫子，都以能“喊”为贵，比如恋灶畏寒之类懒猫叫声是“唤”，而最威猛的则称为“猫喊”。那猫子喊非同小可，真个是“响到九天云皆散，声入深泉游鱼惊”。

《猫经》里有言，说是：“眼带金线者，声威如狮虎，镇宅卧厅堂，虽睡鼠也亡。”而水里的阴鼠精最为惧怕猫喊，正是闻声即逃，恐慌的情绪更是一传十、十传百，迅速蔓延开来，那些躲藏在堤坝洞穴里的水耗子们，都以为是大祸临头，就见那母的衔着小的，公的拖着老的，从各个洞窟里蜂拥而出，潮水也似的在堤上往外乱窜。

张小辫儿等人都没料到几声猫叫会惹出这么大动静，看那无数皮光毛滑、锋牙利齿的水耗子夺路狂奔，一道道浊流般地在面前涌过，仿佛是天地倾覆的末日即将来临。三人心下也自不胜骇异，真叫人头皮子发麻。雁铃儿连忙把排子划向水中，只求离得越远越好。

水耗子数目多得惊人，狭长的鼠坝上根本挤不下它们，就有许多被迫掉进了水里。那些阴鼠生来便能够涉水，落水的群鼠挣扎游走，一时间把寂静的水面搅得开锅也似。

忽然间水面陷落，出现了一个巨大的吸水漩涡，水鼠们离得稍近，便被卷入其中。这一来使得水耗子更加惊慌，雁铃儿叫道不好，多半是潜伏在黄天荡水底的弥洞陵鱼。她识得此物厉害，知道水面上是待不得了，就把雁排驶到附近的一块高地上，这地方本是株古木折断后残留下来的树根，勉强可以落脚。

三人前脚踏上老树根，后脚雁排就被打翻了，只见水波分开，从中露出一个水怪般的大鱼，见头见不到尾。鱼头足比那大号的磨盘还大着三圈，鱼首生得酷似人脸，皮色如石，嘴巴大得惊人，张口吸水，不断吞吃身边挤成一团的阴鼠。

世上万物依照天道循环，有道是卤水点豆腐，一物降一物。荡子里聚集的水耗子极多，自然也有专吃水鼠的弥洞陵鱼。所谓“弥洞”，取的是吸水之意，此鱼是个石性，整年整年地伏在水底一动不动，但这时水面上群鼠云集，噪乱异常，才引得它现身出来，连带得水底泥沙涌起，都跟着翻上了水面。

孙大麻子不识得弥洞陵鱼，还道真是水上郎君所化之物，不由看得呆了。雁铃儿识得这陵鱼吸水之势能吞牛马，她也不知张小辫儿如此行事，究竟是意欲何为，只好问道：“三哥，大队粤寇转眼就到，你现在竟要捉鱼吗？”

张小辫儿却最是疲懒不过之辈，即便身在险境，也不忘图个嘴上快活，信口就说：“妹子有所不知，你三哥家里还有个八十岁的老娘在堂，全指望捉住这鱼回去，好卖来养那八十岁的老娘……”

雁铃儿闻言甚为感动，心想我这位雁营营官张三哥，不仅足智多谋，为人慷慨，义气过人，更难得的是做人至亲至孝，出来征战都不忘奉养家里那“八十岁的老娘”。俗话说万恶淫为首，百善孝当先，现今世风不古，能够如此真乃难能可贵，自此对他更是敬爱。

可张小辫儿尚未说完，就见那陵鱼忽然摇尾拨鳞，竟从大嘴里吐出一具大骷髅来。那骷髅好不硕大，虽然全身皮肉尽消，只剩下白森森的骨架，饶是如此，也要比身材魁梧的孙大麻子高出半截。周身上下顶盔贯甲，盔是日月飞虎盔，甲是锁子百叶连环甲，兽头护肩，铜镜护心，牛筋皮索为绦，内衬鹦鹉绿的滚绣战袍。不知为何缘故，那一副戎装衣束，竟依然鲜艳如新。

张小辫儿伏在树根上看得分明，心道真是猫仙爷爷显灵，总算把这位“爷台”从水里请了出来。它埋骨水底千年，果然是因为年深岁久，修炼成大气候了，却不知现形后究竟要怎样作怪。

这正是“白云本是无心物，反被清风引出来”。欲知这具将军白骨，如何能助雁营平寇杀敌，且听《金棺陵兽》下回分解。

第七章　白骨将军

话说那黄天荡里水路纵横，覆着万顷芦苇，地旷人稀，历来便是绿林好汉出没的所在，前临剪径道，背靠杀人岗，不知屈死过多少行人，所以荡子里阴气极重。

书中代言，当年的雁冢将军坟沉到水下之后，庙祠崩毁，尸骸被那弥洞陵鱼吞下。但那是古时英烈遗骨，披挂着避火渡水的护体宝甲，使得一股无质无形、氤氲空漾的英风锐气凝而不散，落在鱼腹中虽然皮肉消腐已尽，但白骨盔甲依然不朽不化。

雁冢水底的弥洞陵鱼贪婪无比，只顾着吞吸落水的大群阴鼠，奈何腹腔中有具骷髅堵着，难以吞个痛快，只得把肚子里的物事倒呕出来。就见黑水滚滚翻涌，从中冒出一具顶盔贯甲的大骷髅来，白森森、水淋淋，骷髅头的两个眼窝深陷，好似两个无神的黑洞一般直视天空，被宝甲托着，浮在水面上忽起忽落。

当初在猫仙祠里，林中老鬼曾告诉过张小辫儿：“只要你在水面上见着了白骨将军，雁营必能大破粤寇。”其余的细节则一概未说。

张小辫儿就算是想破了脑袋，也猜不透其中的奥妙。他虽然先前对此事深信无疑，事到临头却也难免心中忐忑起来，暗自骂道：“娘的是臭脚老婆娘养的，看雁冢里的这具大骷髅，虽然生前威风八面，现如今可只是一堆无知无识的白骨，怎能指望它去上阵厮杀？林中老鬼那葫芦里卖的到底是什么药？他可别一时犯了糊涂掐算不准，支给我一记昏招儿，连累得张三爷把小命都搭了进去。”

正自胡思乱想，蓦地里一阵阴风透骨。这阵阴风非比寻常，吹动地狱门前土，卷起酆都山下尘，霎时间刮得天地变色，雾气皆散。张小辫儿三人全身打个冷战，再看水面时，就见弥洞陵鱼与那白骨将军都已沉回了水底，只剩下大群水耗子在堤上夺路奔逃。

雁铃儿看雾气散了，不敢怠慢，急忙拖回翻倒在水面上的排子，载着张小辫儿和孙大麻子躲入芦苇丛中，会合了埋伏在附近的雁营团勇。

张小辫儿伏在雁排上，心中兀自狐疑不止，实在想不出那葬身水底的骷髅将军能有何作为。他却不知道，原来那骷髅身上披挂的宝甲，是套久经战阵的古物，其中沉积的煞气甚重，千年来不见天日，一旦出世，顷刻间就引得阴风拂动，吹得万千芦絮随风飘摇，把笼罩在黄天荡里的薄雾都卷散了。待得煞气散尽，那具宝甲也自支离破碎，再次与骷髅白骨没入了雁冢的水底。

您别看这阵风来得容易去得快，可在兵家成败之事上，却往往起着至关重要的作用。想来古诗有云“东风不与周郎便，铜雀春深锁二乔”，当年汉末三国，赤壁矶头一场大战，要是没有泥鳅造洞引发东风，什么苦肉计、连环计、反间记，也只落得奇谋无用，倘若武侯借不来东风，哪能有后来的火烧连营？所以有篇赞子，单赞这天底下风的好处，其赞曰：“风、风、风，东西南北风，无影又无踪；收拾乾坤尘埃净，移阴现日更有功；卷杨花，催败柳，江河能把扁舟送；拥白云，出山峰，轻摆花枝树梢动，钻窗入帘去，烛影又摇红。”

雁冢水底的宝甲引出了一阵阴风，与雁营在黄天荡设伏又有什么相干？原来太平军起兵攻打灵州城，师久无功，空折了许多人马，又逢四周洪水陡涨，断了粮草补给，使得军中人心慌乱，只好趁着雨停洪落匆匆撤兵。

可官道被洪水冲毁了大半，许多地方根本无路可走，唯一可容大军通过的去处，只有黄天荡了。大队太平军偃旗息鼓，连夜撤退，从山路上逶迤下行，相次到了荡边，队伍已多不齐整，一步懒似一步，拂晓时就见那荡子里薄雾弥漫，静得出奇。

太平军中统兵的首领，是久经沙场之人，熟识兵机，疑心也重，能够通过占风望气来相形度势。他虽然知道灵州城外围没有大队官兵，但到得近前，看出那黄天荡的雾气里，隐隐有杀机浮现，料来此地险恶，一时未敢轻入，正要派出探子另觅道路。

却在这时，忽见从荡子里逃出许多水鼠，从身边掠过，往着野地里乱窜，而天地间又是疾风卷动，扫净了荡中雾气。那太平军的首领看得明白，反倒是吃下了一颗定心丸。他深知水鼠习性，水耗子惧人，见人就钻洞，既然遍野逃窜，那黄天荡里肯定没有伏兵，只是物性反了时令而已。再说雾蜃消散，进去就不会担心迷失道路，就算里边藏着些个毛贼草寇，谅也不敢冲撞我大队军马，除非他们活腻歪了。

连夜行军，士卒疲惫松懈，如此一来，太平军也就大意了，连探路的前哨都不曾派遣，一队接着一队蜂拥而来，从各道鼠堤上进入了芦苇丛深处。密密麻麻的军卒犹如一条条长蛇，见头见不到尾，穿过黄天荡，缓缓向南移动。

中军行到深处，正自慌慌而走，就听得一声雁哨凄厉。长长的呼啸声，撕破了阴晦的天空，哨音未落，已从四面八方的芦苇丛里，冒出无数雁排，上面架着土铳土炮，更有许多团勇使用抬枪，朝着堤上毫无防备的太平军攒射起来。

一时间枪炮之声大作，震耳欲聋，荡子里硝烟弥漫，血肉横飞。太平军猝不及防，做梦也想不到荡子里能有清兵，看情形绝不是小股人马，芦苇深处的雁排忽隐忽现，不知来了多少官军。而且太平军行军时，摆出的是几条“一”字长蛇阵，突然被打到了七寸上，不得不仓促应战。各队人马之间，难以互相接应，首尾也不能相顾，兵卒心中多是惶恐，在狭窄的水鼠堤上你拥我挤，根本辗转不开。人撞人，自相践踏，马撞马，尸横遍地，大队人马一乱，十杆抬枪里放不响一杆。

但那雁营早已埋伏准备多时，正是一个在明一个在暗，一排火枪轰过去，太平军就倒下一片尸体，眼见死的人多，一具具尸体不断滚落水中，把湖水都染作了赤红。

这支围攻灵州城的太平军，大多是被裹来的俘虏和乱民，十成之中，倒有七成多是乌合之众，遇着恶战一打就散。他们不知荡子里的深浅，数万人马都涌向没有官军截杀的沼泽地，也有慌不择路的纷纷跳水逃窜，带队的官长喝止无用，只好提刀砍了几个逃兵，但此时兵败如山倒，又哪里遏制得住。

雁营备了许多丈许长的竹枪，这种竹枪又长又利，即使对方想欺身近战也够不着，一排排攒刺过来根本无法抵挡。团勇们见粤寇阵势大乱，便从后赶杀过去，举着竹枪到处乱刺，把落水的太平军都刺死在水里，其余陷到沼泽里的更是不计其数，死尸填满了水面。

唯有行到雁冢附近的太平军中军，都是来自粤西老营的精锐，而且太平军里为首的将领也清楚，要是不能在荡子里杀条血路冲出去，这支兵马就得全军覆没，所以不顾死伤惨重，指挥着在排枪轰击下幸存的兵卒，把那些中枪伤亡的同伴堆成掩体，抵挡住芦苇丛中不断射来的弹丸，并以火铳、弓箭还击，就地死守不退。

埋伏在四周的团勇、雁民、响马子，杀散了大队粤寇之后，发现整个黄天荡里就剩下雁冢一带还在激战，便以雁哨相互联络。各队人马从四面八方围攻过来，雁营虽然骁勇善战，但遇到了太平军精锐之部，也难轻易占到上风，双方兵对兵，将对将，展开了一场你死我活的血战。只见刀枪并举，剑戟纵横。迎着刀，连肩搭背；逢着枪，头断身开；挡着剑，喉穿气绝；中着戟，腹破流红。直杀得尸积如山，血流成河，这正是“棋逢对手无高下，将遇良才没输赢”。

张小辫儿在灵州城里多次见过战阵厮杀，都无眼前这般惨烈，眼见自己雁营里的弟兄们死伤无数，也不禁咬牙切齿，两眼通红。正在两军难分上下之时，众人远远地望见粤寇阵中，有一个身材魁伟之人，连鬓络腮胡子，四十岁上下的年纪，骑着高头大马，穿了一身锦绣黄袍，身上带着宝剑和洋枪，指挥若定，周围有数十名军士举着盾牌将他护在其中。看他那装束气魄皆是不凡，料来是个为首的草头伪王。

雁铃儿久和粤寇作战，能识得伪王服色，点手指道：“此贼必是统兵的占天侯。”说罢挽开雁头弓，搭上雁翎箭，开弓好似满月，箭去犹如流星，口里叫个“着”字，嗖的一支冷箭射出，正好穿过盾牌缝隙，把那占天侯射得翻身落马，摔倒在地。太平军顿时一阵大乱，知道主帅阵亡，再也无心恋战了。

雁排李四见粤寇军中首脑中箭落马，知道时机已到，呜呜吹动雁哨。雁营团勇们听得号令，都拔出雁翎刀在手，蜂拥着冲上前去，翻过堆成山丘般的尸体，舍身撞入人群里挥刀乱剁。

雁户所用的雁翎刀，身长柄短，背厚刃薄，最适合阵前斩削，在近战之中尤其能发挥长处。只见凡是长刀挥过之处，就是一颗颗人头落地，整腔整腔的鲜血喷溅，真可谓所向披靡。孙大麻子也杀红了眼，在人丛中一眼瞥见那占天侯中箭带伤，倒在地上挣扎着想要起身，就抡着大刀上前，杀散了持盾护卫的太平军，打算一刀削下那占天侯的人头。

谁知占天侯身边常带着一个容貌绝美的侍童，那厮在混乱中倒地装死，趁孙大麻子不备，朝他身后一剑刺去。孙大麻子虽是武艺精熟，临阵厮杀的经验却不老到，他贪功心切，只顾着要杀占天侯，不曾提防别个，猛然间只觉后心一凉，已被利刃穿胸而过，当场血如泉涌，竟教那侍童坏了性命，可叹“瓦罐不离井上破，为将难免刀下亡”。

雁排李四恰好在旁边看个满眼，但乱军之中事发突然，想去救人已经来不及了。他与孙大麻子是结拜兄弟，兄弟死如断手足，不由得怒火攻心，眼前一阵阵发黑，断喝声中抬起手来，把雁翎刀劈将过去，只一刀就剁翻了占天侯的侍童，抬脚踢开尸体，又待再去剁那为首的占天侯。却不料那占天侯虽然中箭负伤，却是悍勇出众，仍要作困兽之斗。他倒在死人堆里，还握了柄短铳在手不放，看见有人过来就一枪轰出，不偏不倚，恰好打在雁排李四头上。李四立时鲜血飞溅，翻身栽倒。

这正是“阴间平添枉死鬼，阳世不见少年人”。欲知后事如何，且听《金棺陵兽》下回分解。

第八章　排令开山

且说雁营与太平军在黄天荡里一场恶战，真杀得“人头滚滚如瓜落，尸积重重似埠山”。雁排李四在混战之中直取敌首占天侯，不料中了冷枪，饶是他机敏过人，躲避得极快，奈何离得太近，竟被铅丸铁沙射瞎了一只眼睛，倘若再偏个半毫一厘，恐怕就得当场被铅弹射穿了脑袋。

雁排李四也当真悍勇，不顾自己眼眶里血肉模糊，倒地后翻身便起，发狂了一般，挺着雁翎刀合身扑上，一把揪住那占天侯披散的头发，硬生生将他从地上拎起来，夹在腋下勒住颈项，在阵前将其生擒活捉。

其余的太平军见大势已去，顿时四散溃退，丢盔弃甲，争相逃命，走不及的纷纷弃械投降。雁营团勇杀顺了手，根本不肯留俘，追赶上去逐一剿杀，抡着刀，看见活的就砍，撞见动的就杀。这场恶战，直打到黄昏薄暮才停，荡子里的水都被鲜血染红了。

雁营派人飞驰灵州城报捷，剩下的大队人马都留下收治伤者，归殓尸骸。从古到今，兵凶战危，有道是“杀敌一千，自损八百”，虽然一举击溃了大股粤寇，还活捉了贼酋占天侯，但到最后清点下来，己方营中的团勇、雁户、各路响马子，也死伤了不下两千人。

雁排李四坏了一只招子，满面都是鲜血，所幸弹丸没有入脑，有随军的郎中赶来，用能化五金的水银化去嵌在他眼窝里的铅子，才算保住了一条性命。

张小辫儿在旁，看见身受重伤的雁排李四与横尸就地的孙大麻子，当时就想要号啕痛哭一场，却怎么也流不出泪来，心里边都凉透了，要多后悔就有多后悔：“要是早知道林中老鬼指点这场的荣华富贵，是要搭上自己手足兄弟的性命，三爷我宁可不要也罢。孙大麻子与我是过命的交情，当初二人一同从金棺村里逃难出来，向来是互相照应帮衬，如兄似弟；后来大伙儿拜把子结成生死兄弟，只盼着将来有朝一日，能够同享荣华，共分富贵，想不到今天竟已人鬼殊途了。”

以前张小辫儿没少看过生死之事，可那都是与自己不相干的，见得多了，心也木了，直到此刻真正折损了手足兄弟，方才知道生离死别之苦。一场仗打下来，原本好端端的大活人，说没就没了，心里如何能是滋味？他便有心弃了雁营营官之职，打算远远逃开为上，可又一寻思，值此天下大乱之际，世上哪还有什么太平的去处？现今早已没有回头路可走了，倘若不是奔着这一条道跑到黑，孙大麻子岂不白死了？他脑中胡思乱想的，好半天也没个定夺。

雁铃儿为兄长裹扎了伤口，二人就过来劝解张小辫儿，毕竟打仗没有不死人的，而且人死不能复生，但是经过今日一战，咱们雁营必定名扬天下，这些兄弟们也算是死得其所了。与其献俘邀功，不如就此将那贼酋占天侯开膛摘心，祭奠阵亡兄弟们的在天之灵。张小辫儿心神恍惚，点头道：“全凭四哥做主。”

这时暮色低垂，黄天荡里凄风凛冽，笼罩着愁云惨雾，雁营的一众团勇们，早已把尸骸收拢掩埋，坟前草草地设了灵棚牌位。雁排李四命手下人，将那被俘的占天侯，捆成五花大绑，带到灵位跟前。

那占天侯肩上中的箭镞尚未拔出，伤口处的鲜血不断滴落，跪倒在雁排李四面前，乞命道："告壮士，饶我性命则个……"

雁排李四拔了钢刀在手，冷冷地指着一排排灵位道："饶你这厮性命不难，你只需让我这许多兄弟点头应允。"说罢手起刀落，占天侯一颗人头落地，满腔的鲜血冲天。雁排李四又让在旁站立听命的两个刀斧手，上前挖出人心，就于那灵棚下祭飨了。

雁营中的阵亡之人，多是黄天荡雁民的父兄子弟，设灵之时哭声震天，有妻子哭丈夫的，有老娘哭儿子的，也有那兄弟哭手足的，按照绿林旧例，有哨官抛撒纸钱，念颂赏孤令。

令曰："山遥遥、水迢迢，两座明山搭座桥；端起连浆带水饭，又拿香馃并纸钱；高声叫住众英魂，黄泉路上停一停；站住脚步莫回头，听我赏孤把话传；当日有缘结金兰，恩义可比日月辉；恩深似海恩无底，义重如山义更高；同来吃粮把兵当，共赴沙场血染袍；为兄弟命丧黄泉，阴阳相隔难相见；冥钱烧纸虽不多，还望英贤来领受；愿你等早升天界，佑我等福寿绵绵；今生不得重聚首，来世还当效桃园。"

开罢了令咒，众人在一片悠悠鸣动的雁哨声中，焚化发送了灵位，当夜就在荡子里宿了营，转天接着军令，雁营要返回灵州城。那些前来助战的雁户和各路响马，都在战场上的死人堆里剥取了许多财帛，有的人得着钱物，就辞别了自行回去；更有不少野心大的响马草寇，不把生死当作一回事情，只想趁着战乱接着发财，便投奔到雁营之中充为团勇。

如此一来，雁营出城时不过近千人的队伍，经黄天荡一战又折损了许多弟兄，但收兵回去的时候倒反多了一倍有余，于是就在半路上重新结纳整顿了。入伙必须插香立誓，这是当时民团里的一种风气，只有结成生死兄弟，相互之间才能以性命相托，无非是设下插香堂，排令开山。

以营官张小辫儿和雁排李四为首，底下的哨官和团勇，都依次排开，放令道："东山的汉子西山来，鸟为食来人为财，蝴蝶只为采花死，赵老儿伴着珠光亡。有缘兄弟到山堂，管你登台不登台，先设三十六把金交椅，次摆七十二条银板凳，龙归龙位，虎归虎位，有位的入位，没位的站排。"

天下的盗贼响马虽然散布四方，但从汉时有绿林军、赤眉军造反以来，也自行结成一党，在各地遥相呼应，各朝各代均有盗中魁首作为统领。那盗魁也称"总瓢把子"，占据着八百里洞庭湖。洞庭湖万山环列，连着三江，司掌着天下形势，历来就是盗贼的老巢。黄天荡里的雁户响马，只不过是其中的一脉分支而已。

由于这回进雁营入伙的多是外人，必须由雁排李四，亲自拿"套口"过问新进团勇："今日午时开山门，众位兄弟听真切，九道安了生死路，哪个敢进这山门？不是能人莫入门，不做兄弟你别来；身家不清早早走，底子不足早回头；冒充行家赶紧走，查出来了要人头；不是为兄情面冷，今日山中正凶险；上四排兄弟犯了令，自己挖坑自己跳；下四排兄弟犯了令，三刀六眼定不饶。"

入伙之人听清了规矩，要各自报清身份来路，也都得拿切口套词来讲。比如说："耳听兄长把我唤，整顿衣冠来参见；今与众兄幸相逢，实是前生信有缘；众兄有胆又有识，个个都是有名人；怜我愚笨是后进，言语不周望海涵；某地就是生我的县，某乡某村那是我家园；某年某月我母有难，某月某日我就下了凡；某山某寨插了香，今日结义投雁营；入营自当遵号令，吃咒赌誓表心迹；上不敬兄把头断，下不爱弟挖心肝；如不敬兄不爱弟，让我短命落黄泉。"

营官还要问有何凭证？后进就答道"以裁香为凭"，这时要把手里的草香折断，表示倘若有违此言，就如这炷香一般，落个一刀两断的下场。

雁排李四把能留的人都留下，根底不清的则一律打发回去，重新清点营中团勇，共计两千二百出头，实力扩充了一多半，自是欢喜庆幸。只有张小辫儿心下犯着嘀咕，眼见兵马越来越多，这可是仗要越打越大的兆头。大概死的人也会越来越多，照这么打下去，还不知要死伤多少手足兄弟。张三爷眼下走的这条路，什么时候才算是个尽头？料来多想也于事无补，听天由命罢了。当即整顿队伍，回城听命。

雁营在黄天荡大破粤寇之事，果然震动了天下，京城里的皇上听得捷报，喜动龙颜，谓我朝中兴在望，当即亲提御笔，写了“忠勇雁营”四字，让兵部破例给张小辫儿加了参将之职。别看是正三品的武官，也拿着朝廷的俸禄，但实际上却是个有名无实的虚衔，还是让他做他的营官，另外作为封赏，今后营中的团勇皆加双饷。

图海提督本想借着太平军的刀子，除掉灵州雁营，谁想得了这么个结果，反倒成全了此辈，又觉得张小辫儿和雁排李四手段了得，在城中又是死党众多，要逼得他们紧了，恐怕生出别般大乱子来，也只好暂且衔恨隐忍在心。而且调遣雁营截击粤寇正是他出的主意，当然免不了奏报朝廷给自己邀功请赏，这些事情都按下不表。

只说时光易逝，寒来暑往，过完了秋冬，又过了春夏，张小辫儿蒙受巡抚大人赏识，充做了雁营营官。他虽不懂战阵杀伐之道，但手下的雁排李四等人，多是当今世上骁勇善战的将才，更肯为他拼命，统率着雁营团勇，接连不断地与粤寇交战，到处攻城拔寨，收复了灵州城附近的好几处重镇。

这一天雁营回城休整队伍，张小辫儿寻了个空，独自一人来到猫仙祠里。那些野猫们见有熟人来了，都拥到祠中与他厮耍。

张小辫儿喂那些野猫们吃了些东西，便跷起二郎腿倚倒在神龛上。这半年多来，他经历了无数杀伐之事，蓦然间生出一阵感慨，当初做梦都想求一场荣华富贵，可天底下刀兵四起，也不知张三爷何年何月才能有顿安稳饭吃？早知道做人辛苦，先前投胎的时候，还不如求那轮转阎王给三爷托生成个灵州野猫，倒落得逍遥快活，强似整日出生入死，无休无止。

正恁般烦恼，忽听有个枯柴般的声音冷冷说道：“兀呀，故人别来无恙否？”张小辫儿心中一惊，忙从神龛上跳起身来，抬眼看时，已见猫仙祠里多了一人。那人穿着一身破破烂烂的灰袍，就好像是从古墓死人身上扒下来的古旧服饰，又蒙着个面，只露出两只毫无生气的眼睛，不是旁人，正是能够指点祸福吉凶的林中老鬼。

张小辫儿半年不见此人，想不到今天竟自己找上门来了，正有些紧要的话想问他，连忙唱个大喏，谁知还来不及多作叙谈，却听那林中老鬼突然开口道：“张三爷，你大祸临头，性命都将不保了，还有心思在此闲耍！”

这正是“你自闭门家中坐，难防祸从天上来”。欲知后事如何，且看《金棺陵兽》终卷《瓦罐寺》分解。

「第六卷」

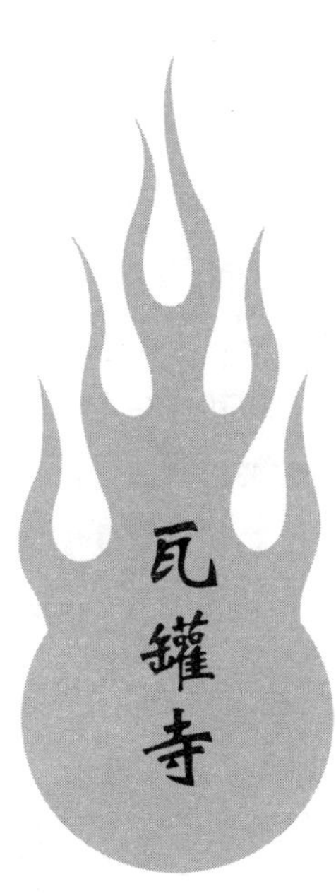

第一章　哑子猫

世上历来有种旧说，所谓“事不过三”，张小辫儿在猫仙祠第三次遇林中老鬼，可与前两回的境遇大不相同了，那老鬼见面就说“张三爷近日就要惹来杀身之祸，到时候性命难保”。

张小辫儿这一年多来，久在军营战阵之中出没，随着雁营剿过塔教，打过太平军，经得多、见得广了，遇事已不似从前那般慌里慌张、毛手毛脚。但他得有今日光景，全凭林中老鬼暗中点拨，知道此人有神鬼难测之机，不言则已，言则必中，见他如此一说，岂有不信之理。

张小辫儿脑中一转，心想当初你这个老儿可是亲口许下，若是张三爷真有马高镫短的时日，则必来帮衬扶持，岂能说过了不算？于是忙对林中老鬼说道：“小子当年饥寒交迫生计无着，幸得老先生不弃，三番两次指点迷津，否则早就成了‘路倒’喂了野狗，现在连尸骨也剩不下了。还求您老人家救人救到底，送佛送到西，再指点小子一条生路。大恩大德，没齿难忘。”

林中老鬼仿佛是个死人般沉默了许久，才缓缓开言道：“老夫早就说过，看你张三爷的气色极高，必主大富大贵，才有意在暗中扶持于你。但须知上天有好生之德，你雁营杀人太多，惹得凶星犯主，所以命里注定要有一场大劫。可只要躲过了此劫，你今后飞黄腾达再无阻碍，功名利禄不求自得，扫地也扫出金锭子来。可这天罗地网般的劫数连神仙也算不出来，怕是不那么好躲，真要该着你死，纵有一千条性命也就此休了。”

张小辫儿大惊失色，咕咚跪倒在地涕泪齐流，恳求林中老鬼务必相救则个。张三爷前边十几年穷困潦倒，度日如年，水里火里扑腾了多时，好不容易熬出点儿头绪了，可还没等到安稳受用，就要如数被老天爷收走了，真是“早知富贵生前定，悔却从前枉用心”。

林中老鬼道：“暂且不必如此惊慌，老夫既然当年跟你说了，要周全你一世荣华富贵，遇此大劫临头之际，自然不肯袖手旁观。古人言物有一变，人有千变，若要不变，除非三尺盖面。只要张三爷你依着老夫之言行事，不管是天诛还是地劫，皆可如履坦途，必保万无一失。”

林中老鬼说完，就从祠堂中的许多野猫当中，拣出一只大花猫来，并从怀中取出一个火漆封存的竹筒子，都交给张小辫儿，问他可识得此猫。

张小辫儿也不知林中老鬼是何用意，用眼打量那只大野猫，只见它一身锦绣似的花纹，生得呆头呆脑，憨里憨气，而且尾长爪短，猫脸奇大，额上顶个“丰”字。张小辫儿学过《云物通载》里的《猫谱》、《猫经》，如何能不认得，便答道：“按照猫相之说，此猫名为长面罗汉的便是，好像是个从来不会开口的哑子猫。”

林中老鬼道：“这猫儿确是唤作长面罗汉，生来就是个佛陀的性子。金童耳、玉女腰、仙人背，虽然驯服木讷，但它并非是不会叫唤的哑子猫，只是愚民无知，认定此猫妨主，是个降祸的太岁、耗气的鹤神，所到之处，总有灾殃出现。其实不然，它是能见凶相征兆，开口必主不祥，故此轻易不肯开口，从今日开始，你要时时刻刻将它带在身边，形影相随，寸步不离。什么时候你听到这长面罗汉开口，也就是你命中劫数来临之兆，到时候你须立即打开竹筒。这竹筒中自有回天之术，务必依照其中指引行事，切不可有丝毫怠慢，否则你张三爷必死无疑。”

林中老鬼又告诉张小辫儿：“日月有盈亏，星辰有失度，为人岂无兴衰？老夫虽然深知此理，又看出凶兆已近在眼前了，但天机最巧，天意难料，却也说不准这劫数究竟是几时来，又是如何来，故在竹筒子里留下回天保命之策。如今老夫所能帮衬于你的，仅此而已，到头来能不能留下小命，就看你张三爷自己的造化了。咱们之间的缘分到此也就尽了，今日一别，此后再无重逢的时日，所谓相见何太迟，相别何太早，三爷你就好自为之吧。”说罢扬长而去，竟自转入猫儿巷中不知去向了。

张小辫儿听了个一字不漏，真教心惊肉跳，自知此劫厉害，怕是避不过去，难免惶恐不安，好半天才回过神来。他低头看见身前伏着一只长面罗汉猫，自己手中又握着个函封牢固的竹筒子，里面沉甸甸的，触之有铜声，似乎装着几件细小金属器物，这才明白刚才经历的真真切切，绝非南柯一梦，忙朝林中老鬼离去的方向拜了几拜，心中空落落的若有所失。

张小辫儿想到自己在金棺坟遇仙、瓮冢山挖出僵尸、松鹤堂药铺换猫、槐园掘藏、筷子城撞着老鼠和尚、荒葬岭擒杀鞑子犬、从古井中打捞青铜风雨钟、提督府捉拿白塔真人、黄天荡大破粤寇，这种种离奇绝险的经历，算来都与林中老鬼脱不开干系。

俗话说得好，“幸灾乐祸千有人，替人分忧半个无”，这世上冷眼看热闹的人，向来是要多少有多少，可一旦你有了难处，要寻个能在关键时刻提携帮衬一把的人，却总也找不出半个。张三爷命中能遇到林中老鬼相助，已然是福分不浅了，有道是“神龙见首不见尾”，这等奇人异士的踪迹也正该如此。

张小辫儿胡思乱想了一阵，又将林中老鬼最后留下的话语仔细揣摩了几遍，虽然不得要领，却也知道是福不是祸，是祸躲不过，索性横下心来，揣了那枚竹筒，抱起罗汉猫，径直回到营中。

自此之后，一连数日，张小辫儿只在营中守着长面罗汉猫，这一人一猫，朝夕相对，寸步不离。他不知究竟祸从何来，整日整日地提心吊胆，唯恐此猫忽然开口，给他来个措手不及，可那罗汉猫一如常态，始终不见有丝毫异状。

这一天晚间，张小辫儿在营中凭几而坐，长面罗汉猫就伏在他身前的桌案上睡得正香，忽闻飞檄传至，急如星火。原来有官军与粤寇在义县激战，上峰要调遣灵州雁营连夜驰援，接令后一更擂鼓聚兵，二更点将出城，片刻不得延误。

那军令如山，张小辫儿自然不敢有违，又思量着与其在城中苦等劫数来临，实在太过煎熬，倘若三爷命中真有一场大劫，须是避得过初一，避不过十五，躲了霹雳，也躲不开雷公，但人挪活，树挪死，倒不如随军出去见机行事。当即便同雁排李四等人聚拢本营团勇，收拾披挂齐整了，列队开拔，二更前离了灵州城，从官道上往西进发。

雁营的兵勇足有两千之众，营中以雁户为主，另有许多投效而来的绿林响马，若论阵前厮杀之事，历来是灵州诸营之冠。但雁营杀贼再多，应得的封赏也都被老图海那种欺君误国、冒滥居功的贪官污吏抢占去了，恰似是鹬蚌相争，到头来反被渔人得利。

张小辫儿和雁排李四等人，眼看着仗越打越大，自己这伙兄弟们在阵前出生入死，论功行赏的时候却总是没份儿，心下难免都有愤愤不平之意，甚至曾经打算再去山上落草。但赶上这种荒废年头，就连杀人越货的响马子，都是没处去杀富济贫的，山贼们连日发不得市，最终揭不开锅饿死的也有，要是不来当兵吃粮，绝没有别般生路可寻。

这时刚得回城休整，又奉命前往义县驰援，人在矮檐下，怎得不低头？军令一到，恰似星急火急，只好匆匆忙忙连夜赶路，也不管是四更五更，日里夜里了，正是急不辨路，待雁营走到天亮时分，前边被一片岭子拦住了去路。仔细看那绵延起伏的山脉，真是“高峰千丈冲霄汉，瀑布飞帘百尺悬。山峦起伏多怪样，乱石横陈少人行。苍阴蔽日藏猛兽，悬崖陡壁心胆寒。野草闲花铺满地，古藤荆棘把路拦”。

雁排李四骑在马上，手搭凉棚看了多时，就提起鞭子指着前边的山峰，对张小辫儿说道：“看这山势果是雄勇，却不知是个什么去处？”

张小辫儿正自魂不守舍，冷不丁被人问起，才连忙抬眼打量，发现竟离以前金棺坟不远。他是向来识得这片山岭的，便答道：“此地唤作青螺岭，险峻非凡，过了岭子即算离了灵州地界。要去义县，只好取山路穿岭而过，否则咱们兄弟还要多绕上一天的路程。”雁排李四道：“兄弟们赶了一夜，没耐烦绕路转山，既然如此，穿岭而过就是。”当下带队进山。

青螺岭群山环绕，当中抱着一块盆地，自古便有个偏僻的镇子，称为青螺镇。雁营的队伍经山路进来，翻过了岭子，就已望见山坳深处，一片片苍松翠柏，古木盘龙，树丛掩映之中青砖碧瓦，屋宇连绵，赫然是个古镇模样。

雁营本打算避开青螺镇，直接穿岭过去，但山里的天气，是孩子的脸，说变就变，凉风一起，转眼间吹动乌云，遮得昏天蔽日，云层中霹雳滚滚，眼看着风雨就下。雁铃儿对张小辫儿说：“听天上的雷声响得不善，看来这阵暴雨必然不小，雨中的山路陡峭湿滑，恐有意外发生。咱们全营走了整整一夜，都疲乏得紧了，不如先到青螺镇里稍事休息，避到雨住了再走不迟。”

张小辫儿也正有此意，他向来偷懒耍滑惯了，眼下虽然军情紧急，但回头只要推说“途中遇到暴雨难以前行”也就是了，便说道：“妹子所言极是，看来这有智的妇人，果然是胜过男子。”招呼左右道，“弟兄们，都随三爷到镇中歇脚去也。”说罢便告之各哨哨官，指挥着雁营掉转行军方向，径投隐在深山中的青螺镇而行。却不料这一去，竟是“猪羊拱进了屠户门，一步步自投死路来”。

欲知青螺镇里究竟藏有什么古怪凶险，且听《金棺陵兽》下回分解。

第二章　灵州七绝

且说山中雷雨将至，张小辫儿就命雁营的两千多名兵勇，都到青螺镇里避雨。但一旁的雁排李四是个常在厮扑丛里行走的，最是敏锐机警，他在高处下望，看那古镇里寂静异常，毫无人烟踪迹，想来那些居民因为战乱天灾，早都逃得一空了，可是深山古镇里边又黑又冷，阴气森森，怎么看都不是个善地。

雁排李四心念一动，就告诉张小辫儿，说这青螺镇四面环山，地形险要，咱们都到古镇中安营歇息倒不打紧，可万一附近有粤寇出没，肯定会趁着风雨交加，居高临下地攻打过来，到时候雁营难免要吃大亏，却不如把大队人马都留在岭子上，只带一部兵勇前往镇里探明情形，如此上下分兵，就可以形成相互照应的犄角之势。

张小辫儿不想冒着雨随大军留在岭子上睡帐幕，就派前哨探路，又带着雁排李四兄妹和一队团勇，直奔山中的青螺镇。渐行渐近，却不见镇中有半个人影，天上密云不雨，四周越来越是阴暗，除了滚滚闷雷作响之外，偌大个古镇，竟然空荡荡的连鸡鸣犬吠也听不到。

只因当时天下大乱，官司王法形同虚设，无论是造反的贼寇，还是清廷的官兵、团勇都和山贼土匪没什么两样，在营时饮酒吃肉，出路时抢劫金银，杀人放火之类的勾当更是家常便饭，不管是到什么地方，百姓们无不望风而逃，地方上十室九空。

所以雁铃儿等人虽见那镇中空寂，一处处死气沉重，却也并不感到太过意外，知道镇子上纵然有些逃不开的老弱妇孺，此时见了清军，也早都关门闭户躲了起来，于是让跟随的团勇们各持刀矛抬枪，紧紧护在营官两侧，仔细提防戒备。

张小辫儿随军而行，他根本不去理会青螺镇中的动静，自顾盯着那长面罗汉猫。只要此猫不曾开口，天塌下来也砸不到三爷的半根毫毛，可一旦它见着凶兆开口出声，自己这条小命也就快到头了，却不知能否躲得过去。

张小辫儿外边戎装披挂，内穿能避水火的黑蝉轻甲，暗藏了利刃火枪。他虽然外松内紧，仍是难免流露出心神不宁忽喜忽忧的模样，跟在身边的雁排李四看个满眼，就出言相询，说咱们雁营兄弟多是响马盗贼出身，时时都被官府防备猜忌，而那些粤寇也是恨咱们入骨，不过三哥不必挂怀，只要兄弟们还有一口气在，管他来的是明枪还是暗箭，都能替三哥挡了。

张小辫儿知道雁排李四义气过人，但林中老鬼之事诡异难言，无法如实相告，便推说并非是担心自身安危，只是一进青螺镇，就想起以前的旧事来了，虽然时隔数年之久，可回想起来，至今恨得牙根儿发痒。

雁排李四和雁铃儿听得此言，心中更觉奇怪，不知是件什么旧事。其实这话倒不是张小辫儿信口胡编的，原来灵州是千年繁华之地，鱼龙变化之乡，自古以来便有“七绝”之称，头一件极有名的，当属云中塔影。以前塔王寺古塔高入云霄，每到城外远山雾气凝聚，日影照射之时，就会出现群塔来朝的异象，民间有“塔市”之称，向来与登州海市齐名，不过随着灵州塔王毁于战火，塔市奇景早已经不可复见了。

其次是灵州城里的猫仙祠，想国朝上下，大江南北，关内关外，虽然地大物博，但是拜猫为仙的奇风异俗，也只在灵州才有，故此才称得上是一绝。

这灵州七绝有的是指古迹，有的是风俗，各不相同，其中最后一绝，指的是青螺烧饼。在灵州地界边缘的青螺古镇，出产上好的五香牛肉，以及牛油酥麻烧饼，把烧饼夹了牛肉，合在一起吃更不得了，那可真叫回味无穷。镇子里有许多烧饼铺子，各家都有独特的民间手艺和祖传秘方。

头两年张小辫儿还未发迹之时，曾到过青螺镇里偷鸡摸狗。他嘴馋了想从烧饼铺里顺点儿吃的，结果被人家揪着辫子当场捉住，人赃并获，不但烧饼没吃成，还吃了一顿好打，至今回想起来，还是耿耿于怀。可他对雁排李四和雁铃儿就不能这么说了，三爷可丢不起那人，只说当年英雄末路，穷困潦倒，途经此地遇到有个烧饼铺子，又看那老板做烧饼的手艺确实是得过些传授的，于是对他好说好求，想要讨几个烧饼回去，好养活家里那八十岁的老娘。谁想那做烧饼的吝啬无比，又是狗眼看人低的小人气量，非但不肯施舍，反倒举拳就打。三爷的肋骨也被他踢断了几根，到现在只要赶上天阴雨湿，骨头缝里就疼得难挨。

雁排李四听得恼火："这厮实是欺人太甚，要知道君子报仇，十年不晚，三哥你可还记得是哪个烧饼铺子？待兄弟们寻上门去，先杀他全家良贱，再放把大火，烧他一个干干净净，片瓦不留，才算出了这口恶气。"

张小辫儿故作洒脱道："时过境迁，还理会那些旧事作甚？只是触景生情，想起当年四处流落，忍饥受饿，总以为将来发迹了，就可以衣食无忧，终日地逍遥快活。可到了今时今日，虽是一身混入公门，正三品的顶戴花翎扣在了脑袋上，再也不用为了吃穿用度发愁，谁知却又有了许多以前连想也想不到的苦处。看来人生在世，活这一辈子，真是野花不种年年有，烦恼无根日日生。"

众人说着话就到了青螺镇街心。这古镇当中是个千年古刹，当年繁华鼎盛的时候，也是在灵州境内有名的一座庙宇，唤作瓦罐寺，里面供的是城隍老爷。如今早也已荒废多时了，只见庙门颓败，神路凄凉，堂上泥塑的小鬼、判官、牛头、马面，一个个东倒西歪，缺胳膊少脑袋。

正在这时，半天里一个霹雳炸雷响起，震得古刹屋瓦颤动，满天布乌云，电闪又雷鸣，狂风发怒吼，大雨就来临。初是蒙蒙细雨，继而如倾盆覆瓮，恰似翻江倒海之势，雨雾蔽野太空迷。檐前垂瀑布，陆地把舟行，街市涌波涛，屋舍泡洪流，河道条条溢，溪巷处处通，须臾暴雨如注，顷刻悬河注海。

雁排李四急忙带着众人避入瓦罐寺。行军打仗之辈没那么多忌讳，到了庙堂里席地而坐，看这雨势一时半会儿也停不下来，就命营中团勇烧水造饭。

张小辫儿心里有事恍惚，坐也不是，站也不是，正焦躁间，见庙里还有道后殿，想要图个清静，便信步走去。雁排李四兄妹恐他遇到刺客，形影不离地跟在左右。三人带着几个亲随，从廊下转到后殿门前，忽听从门里传来哞的一声牛鸣，不禁觉得古怪了，这镇子里的百姓早就逃了一空，哪里还会有牛？何况又是在这座荒废的古刹之中？

张小辫儿道："这牛多半是哪个酒肉和尚偷来养在此地的，在破庙里杀生吃肉，正是野僧的本事，既被三爷撞上了，正好给营中兄弟们炖锅牛肉，岂不强似啃那些粗硬干粮。"说着抬脚踢开殿门，往内一看，只见殿内点着一盏昏暗的油灯，满地积尘，遍挂蛛网，神龛里五道神君的泥像，早已没了面目，门口的柱子上拴了一头青牛，角落里还搭着锅灶面板，锅里是生肉，旁边的箩筐里堆满了烧饼，看这摆设，倒似是个屠牛打烧饼的铺子。

这种铺子往常在青螺镇里再是寻常不过，可不知为何藏在寺庙里，而且更奇怪的是屋中停了一口油亮漆黑的棺材。张小辫儿等人都觉诧异，莫非是棺材里的僵尸成了精，在这儿开了间铺子宰牛炖肉打烧饼？

雁排李四出身绿林，胆智超群，从军以来杀人如麻，出生入死都不放在心下，哪里会在乎这些怪事。他冷哼了一声，就要叫左右上前，把那头青牛牵出来，就地宰剥了吃肉。

张小辫儿习过《云物通载》，不仅能够相猫辨狗，连各种牛马也都识得。要论起名马良驹，往往价值巨万，其中的名目，无非是乌骓马、胭脂马、艾叶青、干草黄、火焰驹、青鬃兽、白龙驹、玉顶骥之类，日行一千，夜走八百，古时候伯乐就懂得相马，这些个事体，倒也不在话下。

但要说起这相牛之术，想来其中只不过青牛、黄牛、水牛之分，体形虽巨，却多是用来耕田拉犁，相牛岂不是有名无实的屠龙之术？其实牛中也有吉凶丑恶之分，张小辫儿看出屋里拴的青牛极是怪异。原来凡是温顺健硕之牛，必定是“岐胡有寿，膺匡欲广”，也就是要额宽、角长，但这头无主的青牛，却是毛少骨多，舌冷蹄高，额底珠泉处都是旋毛，睫乱角偏，怎么看都是个怵人的鬼相。

那青牛看见有人进来了，就昂起首来，目露凶光，打着响鼻不断低鸣。雁排李四动了杀机，对张小辫儿说道：“三哥，吾见得牛马多了，可从没看过这等不知死的孽畜，此牛可杀不可留。”

张小辫儿也奇道：“据说老牛常鸣，多半是腹中有宝之兆。”说着走上前去，伸手摸了摸牛背，想看看此牛究竟是衰末之牛，还是正值健年。凡是青牛，三岁生两齿，四岁生四齿，五岁生六齿，其后每一年，便接脊骨一节，不料刚把手放到牛背上，却触到一片片肉鳞。张小辫儿心下猛然一紧，才知道眼前这青牛根本就不是牛，他急忙低头去看地上跟在身后的长面罗汉猫，那猫正自张口欲叫，这真是“千惊万吓心俱碎，肠断魂销胆亦飞”。欲知后事如何，且听《金棺陵兽》下回分解。

第三章　蛇　母

在旧时的民间传说里，牛为通冥通天之物，阴司里就有吃鬼的牛头恶神，名为“方良”。在阳世间也有种体生肉鳞的怪牛，此牛专吃死人肉，它可以驱鬼起尸，令死者自解其衣，脱光了之后才上去啃吃。驱鬼起尸之事虽然未必真有，但全身鬼相的方良牛生性反常，穷凶极恶，不食草而食腐，自汉代以来，就是早已绝踪灭迹之物。

张小辫儿识得此牛，或许是塔教余孽所留亦未可知，心中顿生厌恶之情，正焦躁间，忽见那长面罗汉猫张开口来，顿时惊得头顶上飞去三魂，脚底下走掉七魄，慌得脑中只剩一个念头，就是赶紧打开竹筒，按照其中所藏的回天之策救回自己这条小命。

可他刚要拆开封着竹筒的火漆，却见那罗汉猫懒懒地打了个哈欠，并未作声。张小辫儿知是虚惊一场，觉得脚都有点儿软了，重新揣好竹筒，抬手在猫头上敲了一个栗暴，随后就喝令左右，把瓦罐寺后殿的这头青牛牵出去宰了，但肉不能吃，抽筋扒皮，牛尸大卸八块，用牛皮裹住，找个猪槽装了，然后挖地埋藏。

几名亲随答应一声，就要上前动手捆绑那牛，就听屋里的棺材盖子嘎吱吱响了一声。外边大雨如注，炸雷不断，众人吃了一惊，还道是有尸起之事发生，纷纷拽出腰刀来，护在张小辫儿身前。

雁排李四骂了一声，抬脚踹开棺盖，提刀便剁，谁知棺内却躲着个披麻穿孝的女子，叫道："军爷不需粗鲁，奴家还是活人。"说话声中已从棺材里爬了出来，给雁营众人道个万福，自称是本地人氏，出身书香门第，奈何生来命蹇，嫁与了青螺镇烧饼铺的赵六为妻。夫妻两个起早贪黑，辛苦经营烧饼铺子，虽然只够度日，倒也过个安稳。谁知天有不测风云，人有旦夕祸福，赵六被贼寇所杀，连铺子也一并毁了，没了安身之所，只好搬到荒废的瓦罐寺后殿孀居，打些牛油烧饼，托人到镇外贩卖，换了钱粮为生，独自伴着放置亡夫衣物的空棺守灵至今。

那孀妇又说，这青螺镇里的人大多逃难去了，镇子里只剩下些孤儿寡母，老弱病残之辈。这兵荒马乱的年月，大伙儿早都成了惊弓之鸟，远远望见有许多人马在岭子上出没，便急忙卷了家当躲避起来。她一个妇道人家，慌不择路，就藏进了空棺材里。如今举家产业，仅剩这一头青牛，听见军爷们要将此牛牵出去杀了，故此惊出声来。

雁排李四见这女子妖妖娆娆的，形迹十分诡异，便逼问她说：“咱们雁营都是官军，又不是山贼草寇，兵甲旗号甚是鲜明，你们这些贱民都不带眼睛吗？看见官军为何躲藏，莫非暗地里敢与贼寇相通？”

那孀妇低着头，轻声细语地求告道：“军爷切莫见怪，咱们安分守己的良民百姓，赶上这么乱的年头，不管是山里来的，还是水上走的，可都是惹不起的，猛然见山里来了这许多手持刀枪的兵勇，怎能不慌？”

雁排李四见她对答如流，处处遮掩得滴水不漏，话中竟没破绽可寻，但如此镇定自若，哪里像个守寡独居的孀妇。这番鬼话瞒瞒旁人也就罢了，又怎瞒得过雁营的四爷。他心想：“我若现在一刀剁翻了你，却坏了雁字营的名头，四爷倒要看看你如何兴风作浪。”于是假意理会了，收起出鞘的秋水雁翎刀，冷眼盯着她的一举一动。

雁铃儿和其余几名亲随，也都是心明眼尖的人，知道这小寡妇果是蹊跷，不免暗自提防起来，此时就见那赵氏孀妇两手捧起一钵烧饼，缓缓递上前来，要请雁营的诸位军爷享用。

雁营众人剑拔弩张，只要那孀妇胆敢轻举妄动，就能当场将其乱刃分尸，而张小辫儿看罗汉猫并未开口，自知劫数未到，暂且不会有什么凶险，胆气也随即壮了几分，就问道：“小娘子这烧饼，可是青螺牛肉馅儿的？”

那孀妇道：“先夫传下的烧饼手艺，是上好的拆骨牛肉馅儿料。”说着就将青螺烧饼捧到众人眼前。

张小辫儿看到烧饼中的肉色黑紫，连皮带骨剁得稀烂，全不似牛肉成色，虽然酱汁浓重，却盖不住隐隐约约的一股尸臭。他偷眼一看脚旁的长面罗汉猫，那只斑纹如画的大花猫，正自蜷伏在地上，蹙眉瞪目，颇有厌烦之意。凡是通灵之猫，最憎恶吃死尸腐肉的东西，张小辫儿见了罗汉猫的神态，已知烧饼馅儿是人肉做的。

张小辫儿断定那妇人必是漏网的塔教余孽，正要喝令手下发难，岂料那始终低着头的孀妇忽然抬起头来，露出一张厚施重粉的惨白面孔，两眼含恨，似是要流出血来，张开口吐出一条长舌，舌尖分为两叉，嗞嗞作响，竟像是毒蛇吐芯一般，直奔张小辫儿激射而来。

好在雁营众人早有防范，雁排李四最是眼明手快，怎能容她刺杀营官，骂声妖妇，一刀挥去，说时迟，那时快，雁翎刀早剁在她的肩胛骨上，将她砍翻在地，抬脚踩住，其余的团勇蜂拥上前来，当场捆作了五花大绑。

塔教不过是会些造畜的邪术，专做偷尸盗骨、拐卖童男童女之类见不得光的勾当，撞在雁营面前，根本不堪一击。那孀妇虽然有些诡异手段，但得分碰上的是谁，雁排李四岂是易与之辈？她既然失手被擒，肩头又伤及骨，疼得实在是熬不住了，自是和其同党一样丑态毕露，不断开口讨饶。

张小辫儿也不命人给她裹伤，只教人拿刀子挑去她舌上的毒囊，然后就地加以盘问："如今你落在雁营手中，趁早绝了活命的念头，按理就该一刀一刀碎割了你。但小娘子如此青春貌美，三爷怎会忍心加害，只要你如实招来，什么都好商量。"

那孀妇见大势已去，只好和盘托出。原来这孀妇是塔教中的蛇母，自从教主白塔真人被官府处决之后，整个教门都被彻底剿灭，蛇母躲在青螺镇瓦罐寺里，从死尸身上割肉，打成肉馅儿，裹在烧饼里贩卖，置了一具空棺材作为教主灵位，暗地里发誓要报仇雪恨，但多次潜入灵州行刺，都因为戒备森严，没能得手。

今天一早，她看见官军进了镇子，本想远远逃开，但仇人相见，分外眼红，远远瞧见了雁营的旗号，自道真是冤家路窄，看来不是冤家不聚头，一狠心就躲入棺中等待机会。可事先准备不足，上来就已经失了先机，只好冒死动手，想要拼个同归于尽，最终还是难以得逞，自知躲不过一死，只求留个囫囵尸首。

雁排李四和雁铃儿都道，倘若派兵将蛇母押解回去献给官府，此辈身怀邪术，恐怕走在路上不大稳妥。塔教的妖人丑类作恶多端，杀一个少一个，所谓“斩草除根，萌芽不发；斩草若不除根，春至萌芽再发”，如今落在咱们手里，还留她作甚，就地打发了便是。

张小辫儿心想：“看来塔教余孽已把三爷视作了眼中钉、肉中刺，不把这伙人彻底剿除，我今后睡都睡不安稳。这卖烧饼的小寡妇阴险妖媚，肯定做过白塔真人的姘头，为她那老相好的报仇心切，既然擒住了，理应趁早除去，免得夜长梦多留下后患。”于是命团勇取块脏布过来，蒙在那蛇母脸上，用麻绳吊颈，把她活活勒死在廊下，然后拢起火来焚化尸体。

雁营曾经受命，在灵州城大举捕杀塔教教众，凡是捉住了可疑之辈，不用问青红皂白，一律就地处决，杀的人也不计其数了，动手弄死这寡妇，就如同捻死一只臭虫。

张小辫儿随即带人搜查瓦罐寺后殿，见那棺材底下，都是腐烂的残肢，那锅灶中煮的，连人肝人脑也有。雁营众人捂着口鼻，把腐臭的尸肉都搬到廊下焚毁，又遣了几个粗壮彪悍的团勇，拿着解骨尖刀在手，捆翻了殿内所拴的青牛，在大雨中屠剥起来。

那方良牛常被饲以尸肉，性情极是凶恶，但它鼻环被扣住了就挣脱不得，被雁营团勇们放翻在地，用利刃割开了脖颈血脉，鲜血决堤般涌了出来。它临死前挣扎欲起，圆睁着二目，向天长鸣，最后这声牛鸣沉闷剧烈，穿透了重重雨雾，伴着天上翻滚的霹雳，在青螺山中反复回响。

这时也不知是由于震地的雷声，还是惊天的牛鸣，引得整座千年古刹的地底下，发出一阵轰隆隆的回应。殿顶上的瓦片都跟着颤了几颤，山墙木柱嘎吱吱地摇晃不休，动静极不寻常，使得满营皆惊，就好像是瓦罐寺下边埋压着什么庞然巨物，受了牛鸣吸引，将要破土而出。张小辫儿预感到事情不妙，虽然还没见到罗汉猫开口，却也不免有些慌了手脚，他抬眼看见倒在血泊中的方良牛，心念猛然一动，想起一件要命的事情来，叫得一声不好，这回怕是中了塔教的诡计了。

看来流年不利，倒霉事都教三爷赶上了，这人要走了背字儿，真是连喝口凉水都要塞牙，时运一旦衰退起来，就好比是遇着了“断送落花三月雨，摧残杨柳九月霜”。欲知瓦罐寺中究竟有哪般惊天动地的怪事发生，且看《金棺陵兽》下回分解。

第四章　地蛙聚塔

张小辫儿猛然想起一事，当初在提督府密室之中，夜审白塔真人，使出酷刑折磨逼供，问出了许多塔教邪徒藏匿的所在。造畜放蛊一类的诡异勾当，早在唐代就已有了雏形，结成教门之后，又从南宋流传至今，这伙人始终都尊灵州古塔为通天神明，其始因到现在几乎已经不可考证了。

后来督抚衙门根据白塔真人招供的线索，派出大批公人，到处搜捕造畜的妖邪之流，曾查获了几张教众们烧香供奉的图画。那些画中都有一座黑塔，塔影朦胧歪斜，不可细辨，那座怪异的黑塔底下，还有一头啃吃死人的青牛，在牛背上盘着一条五花蛇。

这幅画描绘的内容十分离奇古怪，谁也说不清画中藏有什么隐晦之意，只知道塔教信徒将其视为教祖的真身，绘成影像，代代焚香膜拜。

张小辫儿虽然也见过此画，但时间久了，就逐渐淡忘了，加上张三爷眼下是泥菩萨过河，正不知自身如何避祸度劫，哪有闲工夫思量这些不相干的事情。直到他在古刹瓦罐寺中杀了蛇母与那青牛，又发觉大雄宝殿地下出现异状，这才念及前事，心想难不成那幅塔教教祖的画像中，所描绘的地方正是青螺镇？如今地动山摇，莫非是黑塔要现出真身了？

拴在殿前的马匹都受了惊，急欲挣脱缰绳逃遁，雁营众人自是察觉到了势头不对，各提刀枪从殿内出来。此时大雨倾盆，古刹瓦罐寺里的积水成渠，雨水都已经没过了脚面。前殿后殿之间是个铺设青砖神道的庭院，就见那神道间的积水深处，有几条宽大的裂沟，好像是早年间闹旱灾的时候，平地扒开的口子，里面深不见底，不管有多少雨水淌入其中，也灌注不满。

就见从那裂开的水沟中，忽地探出车轮般大的一只巨蛙，全身碧绿，背上黄边黑纹贯顶，犹如一片漆黑的塔影，怒瞪其目，闪烁如电，鼓动两腮，从阔口中射出一条长舌，直接探入牛尸的腹中，翻探搅动之际，早将一枚拳头大小的牛黄掏出，收舌吞入口中。

灵州自古多蛙，尤其是附近的瓮冢山上有大量野虾蟆。那虾蟆也叫鳞蛙，是席上的珍馐美味。张小辫儿早先在山里挖掘僵尸的时候，曾在山洞中遇过一只雨蛙，可跟瓦罐寺里这只狰狞硕大的巨蛙一比。雁营里其余的哨官团勇，从来没有见过此物，尽皆骇异莫名，一时之间目瞪口呆，竟都忘了使用手中的火器弓箭。

此时从地底涌出数千蛙属，种类不同，巨细混杂，难以尽数辨别，只粗略一看，其中就有土蛤、紫蛙、金蛙、蟾蜍、虾蟆等，大的如同海碗，或如量米之斗，小的不过拇指一般。群蛙冒着瓢泼大雨，从地下洞穴里爬至神道，砌墙似的聚拢起来，将为首的巨蛙托在高处，鼓腮齐鸣，凄厉的蛙鸣之声传遍四野。

书中暗表，此事还真被张小辫儿猜着了。灵州百姓大多拜的是猫仙，而造畜的教众视古塔为尊，不过这塔可不是土木石头搭建的，而是青螺山里生存着的一种奇形怪状之蛙。这是种依靠穴地食尸为生的地蛙，此蛙背上有斑，酷似塔纹，它们实际上是山蛤的一种，因其群聚之时犹如黑塔蠕动，故此在民间超度阴魂的水陆道场当中，又称其为冥塔。

山蛤平时不见天日，一旦从地下出来，必然成群结队地砌拢堆积，似乎是想要爬上天空，这就如同群狼嗥月，是其生性使然。据说如果天底下将有改朝换代的巨变，或是天翻地覆的大灾难，才会有地蛙聚塔的异象出现。当年南宋灭亡之前，临安城里就出现了群蛙结阵游城的怪事，而且各门皆有，三日始散，没过几年蒙古铁骑南下，就彻底灭了偏安一隅的南宋朝廷，所以说这是绝恶的征兆。

而塔教表面上是拜塔为仙，实际上拜的是蛙仙。这种视蛙为青神的风俗，最早源于苗裔，冥蛙是食腐尸的祖宗，所以造畜之辈都尊此蛙为仙。塔教的蛇母畜养方良青牛，就是为了等到牛腹中结出宝来，宰杀了投到地洞里祭祀青神，以免山蛤从地下逃窜出来，使得世间灾难蔓延，这是种罕见的奇风异俗。苗裔中从古就有，可传到了明清两代，当初为善的念头早就没了，塔教至今仍然保持埋藏牛宝的举动，却是意欲为祸作乱。

张小辫儿虽然对此事的细节无从知晓，但他看到瓦罐寺中群蛙筑塔，也知道这是天下大乱，难以平复的征兆。自己连做梦都想着的清平盛世恐怕是没指望了，心头无明火起，高声叫个“杀”字。四周的雁营团勇早已张弓搭箭，听得营官号令，当即发箭如雨，照着高处的山蛤攒射过去。

灵州自古就有吃虾蟆的习俗，当地民谚称“大虾蟆有酥在背”，这个“酥”是指巨蛙老蛤背上有毒腺，不可食用的意思。那车轮般大的山蛤背上斑纹如画，中箭后腐液飞溅，有几名团勇躲避不及，手背和面颊上沾到了些许，顿时被剧毒噬骨入脑，惨叫着翻身倒在雨水中，只滚得几滚，便没了声息。

雁营团勇都是久经沙场的精兵锐卒，见后殿前边的庭园局促，便在发喊声中纷纷退让。那山蛤是庞然蠢物，中了几箭浑如不觉，从蛙群堆积的塔丘上爬落下来，撞开殿墙后门，钻入了大雄宝殿。

张小辫儿刚刚带兵从四面围住正殿，那山蛤就撞破了墙壁，顶风冒雨，莽莽撞撞地冲到街上。巨蛙口中以气吁人，凡是碰到的团勇，便被这股腥臭的阴气迷闷在地，雁营虽是人多势众，竟然也拦它不住。

雁排李四冷眼相看，知道山蛤虽然凶恶残忍，但却是个蠢物，既然爬入镇子的街巷之中，房屋错落阻隔，稍减其势，当可以力治之。于是让雁铃儿带几名亲随护卫营官，他自己则纵身上马，指挥手下团勇分头登房上树，遥踞屋顶树冠，向下放箭击射，随即鞭马狂驰，其行如风，径直穿过门墙倒塌的殿堂，紧紧追在山蛤背后。

山蛤落在街心，刚转过一处街角，身上就已被乱箭射成了刺猬。它也慌了起来，东撞一头，西撞一头，可四面八方射下来的箭雨越来越密，最后只好退到一间民房里，可那房墙古旧破败，不胜重压，被山蛤一撞就塌了半壁。

倒塌的墙壁将那山蛤盖住，只能露出半个头来，山蛤挺起前肢，刚想从废墟中起身，就被雁排李四带着十几名团勇从后赶至，乱刀砍去，剁下半个蛤头。雨水冲得鲜血遍地横流，有人过去踢了踢那死不闭眼的蛤头，只觉重如磨盘，怕是有不下数十斤的重量。

雁排李四用马匹拖了那颗血淋淋的山蛤脑袋，回来向张小辫儿复命，说此蛤腐臭如尸，并非常物，万没想到这座青螺镇，竟会是塔教的老巢，多亏雁营弟兄们身手了得，又事先有些防备，否则还真难对付此辈。

张小辫儿赶紧抱拳称赞道，四哥是常山赵子龙转世，百万雄兵也视如无物，料理这伙塔教的妖邪丑类哪在话下。如今塔教上下都被官府斩尽杀绝了，再也不足为患，只是山蛤筑塔可不是什么好兆头，这离乱荒诞的世道还不知几时才算完，看来今后的仗会越打越大，咱们雁营算是有得打了。

雁排李四闻听此言，也不免神色黯然，正要命营中团勇在青螺镇里各处搜查，忽听远处号角呜呜呜动，镇外的山岭上杀声震天。这时有团勇一路奔过来禀报，说在岭上遭遇了大股粤寇，雨天火器难以发射，雁营只好凭借地势，以强弓硬弩御敌，但粤寇来得不少，又趁着雨势来袭，占了天时，照这么打下去胜负难定。

雁排李四和张小辫儿听得军情有变，急忙带人回到后殿，雁排李四把几个哨官聚集起来，以黑炭草草画出青螺岭地形，又在地上摆了几个柴枝石子，代替两军之间的兵力部署，借此交代众哨官：岭子上正是狂风暴雨，倘若在这个时候拼死突围，咱们雁营就得在半路上被粤寇杀散了各个击破，如今别无出路，只好固守待援。各哨团勇应当踞住何处御敌，又如何如何攻守进退，如何如何相互接应支援。众人听了官长布置，就随着雁排李四，急匆匆奔出去，分头冒着大雨率部迎战。

古刹瓦罐寺后殿里，就只剩下张小辫儿和雁铃儿等几个护卫。张小辫儿一屁股坐在棺材板子上，心中暗自咒骂，不知今天是个什么日子，先是暴雨如倾阻了路途，落脚落在这荒凉古镇的破庙之中，又遇到刺客行凶，见了山蛤筑塔的噩兆，现在更与大股粤寇遭遇，怎么这些要命的事情都赶到今天了？

可转念一想，张三爷毕竟是福大命大造化大的人，身边有的是生死相交的弟兄，量那些塔教粤寇之流虽狠，又能奈我何？只要这长面罗汉猫未曾开口，三爷我就能事事逢凶化吉，处处遇难呈祥。

张小辫儿又想起林中老鬼说过，只要自己能躲过命中这场大劫，别说是三四品的顶戴花翎，将来就是一品的大员也取如坦途，荣华富贵举手可得。可有道是在劫难逃，这场天大的劫数究竟从何而生，到时候真能躲得过去吗？

雁铃儿站在张小辫儿身旁，手持雁头弯弓，弦上扣着三支快箭，只等万一有粤寇打入瓦罐寺，就发出连珠快箭射杀。她见张小辫儿的神色忽喜忽忧，以前多临战阵，从未见他如此心神不定，就劝三哥休要忧虑，雁营是百战劲旅，眼下虽然陷入重围，也足以固守三五天，再说此地距离灵州城不算远，大雨一停，援兵必然赶到，到时里应外合，还不杀这股粤寇一个片甲无回。

张小辫儿可不想在雁铃儿面前自坠威风，强打着精神，硬充作谈笑自若的模样，说是“凤凰没毛飞不远，虎无爪牙难发威”，我张三率领雁营转战南北，幸得有四哥和六妹在身边，这就如同是凤得羽翎，虎添爪牙。咱们雁营是横扫千军的虎狼之师，岂会把粤寇发匪这等乌合之众放在眼中，只是心下时常……时常为了乱世难定而深感焦虑，又难免要惦念家中那八十岁的老娘。

张小辫儿说顺了嘴，正待对着雁铃儿继续夸口而谈，可忽见那只卧在地上的罗汉猫，嗖地一下蹿到棺材盖上，双眼精光闪烁，脸冲脸，面对面，紧盯着张小辫儿“喵呜呜”地叫了一声。

只这一声猫叫，就吓得张小辫儿魂飞天外了，口中“啊呀”一声大叫，一个跟头向后翻下棺材，四仰八叉地重重摔在地上。他顾不得爬起身来，就先忙不迭地去掏藏在怀里的竹筒子，想要看看林中老鬼留在其中的回天之策，究竟是个什么法子。谁知伸手在怀中一摸，却是摸了一空，那回天之策竟然不翼而飞了。

有分教：“造化自有乾坤定，命里安排动不得。”欲知后事如何，且听《金棺陵兽》下回分解。

第五章　猫借命

俗传“猫有猫语，犬有犬言”，凡是物有灵性者，皆有心念感应。据说蛇能吸蛙，蛙就一动不动默然待死；猛猫伏鼠，鼠也不敢躲避，在古时候的观念里，就认为这是由于心念震慑之故。而野猫又是诸般灵物之首，猫中的长面罗汉，虽是满身憨懒气质，却能感知主子的生死吉凶，它平时如同哑猫一般闷不作声，但是不开口则可，开口必然妨主。

张小辫儿在灵州城厮混得久了，城中野猫都视其为主。就在瓦罐寺这座千年古刹的后殿里，那长面罗汉猫突然盯着张小辫儿叫了一声，吓得张小辫儿一个跟头翻在地上，急忙伸手入怀，去摸林中老鬼留给他的救命之策。

谁知一摸摸了一个空，三爷脑袋里嗡地一下就炸开了，心道：“糟糕，张三爷这回算是真要归位了。这一路上奔波辗转，谁知道把那竹筒丢在哪里去了？千不该，万不该，就不该从灵州城里出来，早知落到今日这般地步，还不如一直躲在猫仙祠里，不错眼珠地盯着那竹筒子。可三爷我也没有未卜先知的法儿，谁知道这老猫早不叫晚不叫，偏赶到这节骨眼儿上给三爷来这么一嗓子。”

雁铃儿看张小辫儿刚刚还谈笑自若，可这时突然栽倒在地，脸上的神色也都变了，忙将他扶起来，询问究竟。

张小辫儿怔怔地道：“这老猫能知主子生死，它开口一叫，三爷就要死到临头，恐怕是过不去今天了。”他又觉自己这辈子活得太亏，几番出生入死，好不容易混上个正三品的参将之职，可这官还没做热乎就要死于非命，越想越是不值，不由得垂下泪来。

雁铃儿劝解道：“三哥，有咱们雁营两千多兄弟在此，谁个不要命了，敢来动你一根毫毛？再说老猫怎会知人生死，从来说贫好断，贱好断，只有寿数难断，就连灵州城里算卦奇验的陈半仙，也难以断人阳寿。这只大花猫又不是阎王的老子，判官的哥哥，怎么能够开口就定人生死时辰，这般有准？”

张小辫儿抹着满脸的鼻涕和眼泪说道：“妹子你可不知，常言道得好，金风未动蝉先晓，暗送无常死不知。这长面罗汉猫是通灵之物，按那传古的《猫谱》所说，只要它开口出声，其主必难活命，绝无反转的余地。只可惜咱们今生有缘结为异姓兄妹，还没聚够呢，这就又要生离死别了……”

他哽咽着说了一半，自知今日之劫是万万躲不过去了，想起还有些话需要赶紧交代，就狠下心肠说道：“他奶奶的混账乌鳖羔子，三爷死就死了，死了死了，一死百了，有什么大不了的，可临走之前还有个托付，将来赶上清明冬至，妹子可别忘了给你三哥和孙大麻子多烧些纸钱。我们兄弟今生在阳世上做了半世穷神，死了可不想再做那枉死城中的饿鬼。还有马大人府上有个小凤，那也算是我的半个同乡，你想着把她接出来，别让她再做奴婢听人使唤了。”

张小辫儿说到这里，连自己都觉得佩服自己，心中更觉煞是不平，暗想：“我这死到临头了，还不忘旧时患难之交，可见张三爷最是心善的人。这等好人要是说死就死，老天爷岂不是瞎了眼睛？”

雁铃儿见张小辫儿说得煞有介事，不由得信了几分，但还是出言宽慰道：“三哥，你别再说这些不吉利的话，好端端的如何说死就死，就算今天粤寇打进青螺镇来，我等拼着性命不要，也得保着你杀条血路突围出去。”

张小辫儿深知雁营之众精锐绝伦，营中雁排李四等军官更是指挥有方，青螺岭上粤寇来得虽多，却未必真能打得进来，此节根本不必担心。而且自己全身披挂戎装，里边还套着能避水火的黑蝉轻甲，怀揣短枪，腰悬长刀，从头到脚顶盔贯甲，绝没半点儿破绽可寻，就算是迎面被洋枪洋炮轰到，都不会立时毙命。守在身边的雁铃儿，也有百步穿杨的手段，只要有她一张雁头弯弓和七十二枚雁翎快箭在手，谁也别想接近三爷百步之内。

按说如此布置，称得上“稳妥”二字了，还有什么好担心的？岂不知天意难测，那生死命数绝非常人所能预料的，倘若真是命里该着要死，随你上天入地的本事，横竖是躲不过去，说不定吃饭时也会噎死，喝水时也能呛死。就连诸葛亮那么大的本事，称得上烛照古今算无遗策了，他料到自己命数将尽，才摆出了七星灯借寿，最后还不是遇着魏延闯帐，一脚踢翻了灯盏，使得诸葛武侯星殒五丈原，可见时可变，运可变，唯有命数难变，难于上青天。这正是阎王要你三更死，谁能留你到天明？

话说这人生在世，有生就有死，等大限一到，生死簿上钩了姓名，两腿一蹬，呜呼哀哉，即便是贵为当朝天子，身居万万人之上，有金山银山之富，敌国的家私，也买不来命外的一日之寿，所以怕有何用？

只是天下最残酷之事，莫过于知道自己的死期，张小辫儿年纪轻轻，眼前的花花世界，日后的锦绣前程，岂肯甘心就死，自然是六神无主，惊慌失措，难以走得从容。

雁铃儿也是替他焦急，难道这罗汉猫真有恁般灵验，它对着主子开口出声，主子就必会死于非命，其中就没有半分反转的余地了？

张小辫儿丧气道：“你三哥我本来命不该绝，先前曾在猫仙祠里遇到异人，得了一道回天保命的奇策，只等这老猫对着三爷开口，我依着其中安排行事，就可度劫避祸。谁知我时时刻刻贴肉藏在身边，眼下该用着它时，竟而失落无踪了，这岂不是天亡我也？看来老天真要收我这条小命了。”

雁铃儿心细如发，提醒张小辫儿道：“三哥，既是你随身藏纳的紧要事物，怎会轻易丢失？适才咱们刚进这后殿，我看你在手中摆弄一个竹筒，莫非就是那筒子？”

有道是当事者迷，旁事者清，张小辫儿被人一语点破，恍然醒悟过来，抬手一拍自己脑门儿：“可不是吗，起先撞见方良牛之时，瞧见那懒猫望天打个哈欠，唬得三爷以为是它要开口叫唤，就伸手从怀中摸出了竹筒，然后……”他将前事在脑中转了几转，料想必然是当时遇到蛇母行刺，自己慌了手脚，没有将竹筒子重新藏入怀中。天幸没有失落在途中，只要出不了瓦罐寺后殿，不愁寻它不着。

张小辫儿重新见到一线生机，不待说完，便赶忙同雁铃儿提着灯烛，在殿门廊下各处找寻，果然发现那竹筒子掉在角落里了，火漆封得牢固，尚未脱落，想是先前雁营团勇们捕杀从地底冒出的群蛙之际，在混乱中碰撞滚落到这里。

张小辫儿犹如抓到了救命稻草，心中一颗石头落地，止不住狂喜起来，一面不住口地称赞雁铃儿，一面手忙脚乱地拆开竹筒，见那里面竟是九只小巧的铜猫，古纹斑斓，不知是哪朝哪代的旧物，此外赫然有张图画，配着几行字迹。举在灯下细看了几番，二人都是又惊又奇，张大了口，半天也合不拢来，依照此图行事，果真可以躲避这场生死大劫吗？

原来这图中所绘的情形，是九只花猫，围着一个人形，张小辫儿熟知《猫经》，识得这幅画里画的是灵州城里古时流传的一则传说，据说猫有九命，除却自身本命之外，尚有灵城、木官、天玉、地奥、鬼师、发微、见金、定火八命，多能渡劫挡灾，可是一命只过一劫，而且其中唯独没有水命，所以俗传老猫惧水。

在当年灵州猫仙祠香火鼎盛的时候，如果有人得了重病难愈，就备下丰厚供品，宰杀猪、牛、羊、鸡、鸭、鹅，共是三牲三禽，到祠中求猫仙爷借命。那时的善男信女无不深信此道，遇着刀兵水火的劫难，就家家户户悬挂《九猫图》，以求猫仙爷保着全家老幼平平安安，不遭横死暴亡。到了明末，这种事猫供猫的风俗逐渐没落，虽然时至今日，民间普遍还拜猫仙，却无人再信问猫借命之说了。

画旁注释大体是说：雁营营官张小辫儿命中要有一场大劫数，躲过去了就是云开雾散，荣华富贵指日可待；躲不过去就是死于非命，荣华富贵全成过眼云烟。有道是“人的命，天注定”，该当水里死的，必不在火中亡，可到最后究竟是水里死，还是火中亡，只有天知地知，人莫能知。

长面罗汉猫生来就是佛陀的良善性子，更具慧眼，能看吉凶因果，可以通过观察世人颜面气色，感知主子的生死祸福。它只有看见自己的主人印堂间死气缠绕，才会开口出声，这是其心伤哀叹之意。谁要是听了此猫开口，谁就是死到临头了，必定看不见第二天的日头，此事万试万灵，不爽毫厘。以前就常有高僧养着罗汉狮子猫在佛堂里，以便知道自己圆寂之期。

可林中老鬼看出张小辫儿不比别人，天生是个猫主的命格。命局中的变数奇绝，或是极贵，或是极贱，总能够躲劫避灾，自身的造化也大，眼下虽然行到了山穷水尽之地，即将有无边的劫难临头，可是只要能在命中生出变数来，也许有机会度劫得生，扭转乾坤。

这正是“路至尽头重开径，水到穷时再发源”。欲知张三爷能否真有回天之命，且看《金棺陵兽》下回分解。

第六章　雷雨夜

话说林中老鬼为张小辫儿留下了扭转乾坤的回天之策，这个法子可邪了，只待罗汉猫对着主子开口出声，劫数也就到眼前了，此时一定要回避风雨，怎么躲？有宅的进宅，没宅的进洞，不管是寺庙道观，或是民房客栈，赶紧进去把门关上，等到第二天天光一亮，这场要命的劫数就算躲过去了。

倘若落在荒郊野岭，身边没有房屋瓦舍，就想办法钻山洞子，钻树窟窿，总之要藏在仰不见天之地。躲进去之后，不管外边山崩地裂，还是房倒屋塌，纵然有天大的动静，也要不闻不问，只管坐住了不动，不到时辰绝对不能出来，否则横祸立现，当场就会死于非命。到了那个时候，就算是大罗神仙也救不回你的这条小命。

这九只铜铸的小猫，是唐代皇宫大内里司掌时辰的古老器物，《九猫换命图》中描绘的猫子，都是依此铜猫为原型，端的灵验非凡。那猫儿眼里嵌有萤石，亮若曙星，能随着日月轮转，会在夜里依次产生明暗变幻之异；等到来日天亮之时，九对猫儿眼都会变得暗淡无光，那时就说明劫数已过，今后的荣华富贵，不求自来，高官厚禄，唾手可得。

张小辫儿把那竹筒里的事物，反复看了三五个来回。他是死中得活，真好比是月被云遮重露彩，花遭霜打又逢春，心想自打出了灵州城，一路上赶前赶后，阴差阳错，恰好落脚在这瓦罐寺千年古刹之中。看来张三爷果然是命不该绝，只消在此间躲到天明，何难之有？即便是皇帝老儿下旨来传，三爷也要横了心肠一步不挪。

张小辫儿是市井间的泼皮光棍出身，除却一条性命之外，再无别般牵挂，他顽劣的性子发作起来，抗旨不遵的事情也是真敢做的。心中打定了主意，他便把后殿的空棺摆好，当作一条案子，在上点了灯烛，又将那九只铜猫，按照大小模样，依次放在灯下。

随后张小辫儿席地而坐，周身上下披挂整齐，洋枪短刀就放在手边，守着九只萤石铜猫，一个时辰一个时辰地苦挨起来。这时天还没黑，但青螺岭里狂风骤雨，虽是在白昼里，却如同暗夜一般，风雨交作之声虽然猛烈，仍然掩盖不住古镇外边杀声阵阵。

有许多传递军情的团勇，走马灯似的赶来飞报。原来青螺镇四周环山，只这两条道路可通岭外，雁营事先扼险据守，太平军本想趁着雨势偷袭端营，结果都被打退了下去。双方互有死伤，在战况最激烈的时候，两军在风雨中以白刃相搏，杀得分不清敌我了。

张小辫儿借机充了好汉，命手下都出去助战，并且告之全营，自古“天上麒麟原有种，穴中蝼蚁只偷生”，张三爷就留在青螺镇中，半步不退，与全营兄弟共存亡，要是打退了粤寇，大伙儿一同回去请功邀赏，银子要多少有多少；倘若被粤寇杀败，咱就精忠报国，豁出去不要性命了，拼一个够本，拼俩赚一个。当初雁营的弟兄们都曾结义为盟，说好了同生死、共富贵，今天就应了前誓，死也要死在一处，埋也要埋到一起。

张小辫儿说罢，就命雁铃儿把随军携带的酒肉取出，摆出一副泰山崩于前而目不瞬的架势。他神色自若，坐在棺材板子前，背后依着庙里的泥神塑像，自斟自饮起来，竟像是对四周震耳欲聋的喊杀声充耳不闻。那些在他身边的团勇见了，无不钦服，赞叹营官高义过人，今时罕有，哪晓得他还另藏了一副肚肠在心里，只是觉得张大人如此胆魄气度，视贼兵犹如无物，真显出了几分“月黑风高英雄胆，杀人放火壮士心”的绿林本色，我等在阵前交战，怎敢不用命杀敌。

却不知张小辫儿心里正自慌得打鼓，他是想借着酒劲儿以壮胆气，又盼着喝多了昏昏沉沉睡上一夜，等醒来满天的乌云也都散了，有道是“饮得春夏秋冬酒，醉倒东西南北人”。可他心中没底，酒喝下去也都穿肠而过了，反倒是越喝脸色越白，满头冷汗淋漓，连半分醉意也没有。以前只道是光阴迅速，容颜易老，谁想眼下的光阴，会是恁般难熬。

张小辫儿自在棺材上饮酒，扔了块肉脯在地上，要与那长面罗汉猫吃，可罗汉猫却显得焦躁不安。它不饮不食，对地上的肉脯看也不看一眼，猫尾来回摆个不停，时不时地呜呜哀叫。

雁铃儿奇道：“天底下哪有不食荤腥的猫儿，这罗汉猫可真怪了，它似是在担心什么？青螺镇瓦罐寺里是不是要出什么大事了？”

张小辫儿也有同感：“今天的雨也下得邪了，倾盆倒海般地下个不停，先前地底的群蛙蜂拥而出，也是个极为反常的征兆。不过青螺岭地势独特，周围三十里并无江河，故此从来不遭山洪侵害，想来还不至于有大水冲入镇中。”

正说着话，一道闪电掠过，映得殿中雪亮雪亮，跟着就是炸雷霹雳之声响起，震得屋瓦梁柱都跟着颤动。一时间电闪雷鸣，就好像在半空中，擦着头皮子滚动。张小辫儿和雁铃儿都抬头向上观瞧，见殿顶是个穿心独梁的结构，古刹年久失修，在震雷暴雨之中，好像随时都会轰然倒塌。

雁铃儿听这雷声响得不善，担心殿阁被雷火击中，就劝张小辫儿到别处躲避，可张小辫儿认准了林中老鬼之言，抵死也不肯挪窝，眼看着已经入夜了，现在出去肯定要功亏一篑。这天象虽然反常，但只要不离开瓦罐寺后殿半步，穿心梁砸下来也落不到三爷头上，再说身上穿着官服，还会惧怕闪电霹雳不成？三爷是铁石打成的心性，今夜索性就拿身家性命当作乾坤一掷，不等到那九尊铜猫的猫儿眼都灭了，绝不走出后殿，是死是活都认了，所谓“世事变化不定，英雄能屈能伸”。胳膊虽粗，却拧不过大腿，凡人别跟老天爷过不去，到底是生是死，只好听天公任意摆布了。

张小辫儿虽然口上用强，也不免暗中忐忑，思量平生所为，绝没犯过该遭雷击的罪过。自从受了督抚大人提拔，为官从军以来，披星戴月，早起晚眠，从没有半日轻闲，带着雁营一众兄弟出生入死，立下了许多汗马功劳。摸着良心想想，虽然从来没做像什么斋僧布施、盖塔造寺、修桥补路、惜孤念寡、敬老怜贫之类的大善举，但张三爷自问也没做过真叫人皱眉切齿的缺德事。在自己手底下了结的几条性命，无不是大奸巨恶之辈，要说不敬天地、不孝父母、毁僧谤佛、糟蹋良女这些天怒神怨的恶行，可是没有半点儿瓜葛。张三爷满腔子都是仁义心肠，专好路见不平，拔刀相助，见不得别个受难，见了就必要出手相助，倘若今日果真躲劫不过，身遭横死暴亡，兀的不屈煞我了。

张小辫儿又怕自己是“前生注定今生案，天数难逃大限催”，那冥冥之中的事，谁能猜想得到？他被那一个接一个的炸雷，唬得心惊肉跳，但自道张三爷以前混得好不落魄，衣不遮体，食不果腹，只在寒窑破庙里容身，若不是得遇林中老鬼，哪有今时今日的作为？眼下只当这条小命是捡来的罢了。

想到这里，张小辫儿狠下心来，端起海碗来，“咕咚咚”灌了两口烧刀子，耳根子发热，胆气顿生，再不去理会响彻云霄的霹雳雷鸣。这阵炸雷声刚刚从头顶响过，就听殿堂神龛里一阵耸动，似乎在暗中有个什么物事，正自寒寨率率地移动。

雁铃儿发觉有异，回过头去就是一箭射出，随后举灯察看。原来殿后有尊执掌《生死簿》的判官泥像，脑袋都已没了，一只比猫子小不了多少的老鼠，被雁翎箭射个对穿，活活钉死在了泥簿的册页上，鲜血滴落地面，染红了好大一片。

张小辫儿见是老鼠，就放下心来，称赞道：“六妹真不愧是我雁营第一神手，看来这硕鼠……”他话音未落，就见从那神龛、殿柱、墙缝、屋梁间，钻出无数虫鼠蛇蝎，其中连少见的黑头蜈蚣和夹板子也有。也不知这些东西平时都藏在哪里，更不知此刻是为了哪般，它们就好似预感到大祸临头一样，没头没脑地只顾往殿外逃窜，把那长面罗汉猫也吓得不轻，避之唯恐不及，立刻腾起身形，无声无息地跃上了棺材。

张小辫儿和雁铃儿两人也都慌了手脚，手拨脚踢，总算是把殿内的虫鼠蛇蚁都赶散了。说着话就已是后半夜了，天上雷声渐收，山里的大雨也止住不下了，由于战况险恶，驻守在瓦罐寺里的兵勇都被派去助战，偌大个庙宇中只剩他们二人一猫，除了殿外偶尔有几声蛙鸣，四周再也没有半点儿响动，静得连根头发落在地上都能听得真真切切。

二人听不到岭子上的交战之声，心知雁营多半已经杀退了粤寇，这一阵又不知折了多少兄弟，雁铃儿黯然不语。张小辫儿见到窗外的天光隐隐放亮，耳中隐隐听得金鸡唱晓，不觉竟已到了黎明时分，急忙去看九尊铜铸的小猫，发现猫儿眼里嵌的萤石色泽如灰，都变得暗淡无光了。

张小辫儿自道捡回了性命，虽然吃了些惊恐，却终归是死里逃生了，脑中的这根弦子都快绷断了，至此方才长出了一口大气，自言自语道：“都说人是苦虫，看来这话是半点儿不假，活人只有享不了的福，却没有受不住的罪，这一夜过得好不艰难，总算是被三爷熬到头了。”他也惦念着雁营里的一众弟兄，心里翻翻滚滚的感慨万分，也说不上是喜是忧。他伸了一个懒腰，收起洋枪和寸青短刀，张口吹熄了棺材上的蜡烛，随后抱起那长面罗汉猫，叫上雁铃儿，一脚踢开房门走到外边。

可张小辫儿刚刚走到庭中，就猛然发觉事有蹊跷，恍惚之状荡然无存，心里边也清醒过来了，这天色何曾亮了？外边浓云墨染，天黑得跟锅底似的，几乎是伸手不能见掌。

张小辫儿全身如触寒冰，颤了一个不住，霎时间三魂缥缈，七魄幽沉，嘴里叫声“见鬼了”。他知道劫数根本未过，急忙抓住雁铃儿的手，转身就往回跑，不料刚一回头，就发现在身后的黑暗中，悄然无声地戳着一个人影，距离近得几乎是脸贴着脸了。那身影如鬼似魅，绝然不是活人，好似阴魂附体般紧跟在背后，半点儿生气也无，若不是张小辫儿猛然转身向后，哪里能够亲眼得见。如此一来，可就把他回天保命的退路给断了，这正是“屋漏偏逢连阴雨，船迟又遇打头风”。

欲知瓦罐寺中究竟生什么变故，且听《金棺陵兽》下回分解。

第七章　天　坠

且说那瓦罐寺荒废了几百年，等闲怕是只有孤魂野鬼才来投宿，一向多有古怪。张小辫儿分明听得鸡叫，又见到殿外天光已亮，还以为三爷命里的这场劫数躲过去了，他惦念营中的兄弟，急于离开瓦罐寺，恨不得三步并作两步挪了，谁知出了后殿，抬眼一看，就觉情形不对，估摸着也就三更刚过，还不到四更天，他慌了手脚，赶紧转身要逃。

没想到身后黑蒙蒙地戳着一个人影，正是黑灯瞎火之际，张小辫儿和雁铃儿也瞧不清楚别的，只是离得极近，看见对方那张脸毛茸茸的不似人形，两个眸子里闪过一抹诡异的寒芒，就算他二人胆子再大，也不禁被吓得魂飞天外，腿肚子都转筋了。

张小辫儿惊骇莫名，忽见面前有阵精光吞吐不定，定睛一看，原来有只老狐狸，学做人模样站在殿门前。那狐狸神态鬼祟，额间有块白斑，看着有几分相熟，正是自己当初在荒葬岭遇到的三眼狐。

那三眼狐口中含着珠玉，身前咬死了一只金冠紫翎的大公鸡，它正对着张小辫儿挤眉弄眼。张小辫儿这才知道，原来是这老狐弄丹，欺得铜猫萤石失了光彩，又不知从哪儿偷来了一只大公鸡，竟在深夜里做出了一场天亮鸡鸣的鬼戏。

张小辫儿虽不知这老狐打的是什么主意，但自己的大事可都教它败坏了。他火撞顶梁门，从怀中掏出洋枪，就想将三眼狐当场射杀，可正在这时，就听得头上天崩地裂般的一阵巨响，声如裂帛，震得人耳鼓齐鸣。

张小辫儿、雁铃儿两人，以及那三眼老狐和长面罗汉猫，全都被这突如其来的巨变惊得呆了，一同抬头上望：在那阴云密布漆黑一片的天际，不知何时裂开了一条血红的缝隙，随着阵阵不断的雷声，就见东南有一大星，亮如明月，夹杂着幽蓝色的烈焰，从空中一震而坠，正落到瓦罐寺后殿，轰的一声巨响，将那座飞檐斗拱的殿阁砸了一个粉碎。

张小辫儿和雁铃儿两人站在殿前，见了天坠异象，都已是面如土色，脑中再无半点儿念头了，就觉有股怪风吹至，灼热酷烈异常，身不由己地被热流冲出几个跟头，好半天也爬不起来。

天有星坠之象，在古代向来被视为凶兆，那三眼老狐与罗汉猫似也识得厉害，都各自抱头鼠窜，一溜烟似的跑了，转瞬间就已逃得无影无踪。

天坠之处随即燃起了熊熊大火，映照得天地间一片赤红，地上虽是积水成渠，却仍然阻不住火势蔓延，把千年古刹瓦罐寺的梁柱木阁都引着了。初时只如萤火，次时仿佛灯光，越烧越大，变作千盆鲛油焰，化成万炉烧天火，简直是五通神推倒了火葫芦，宋无忌放翻了赤骡子。这场大火烧得泻烛浇油般的烟飞火猛，就如同是“周郎赤壁施妙策，项王纵火烧阿房”。

张小辫儿盔歪甲斜，连水带泥滚了满身，多亏雁铃儿拖着他逃到庙外。回身望望冲天的烈焰，二人皆是后怕不已，倘若适才没有离开后殿，此刻早就被天坠压成齑粉了。

两人都觉心惊胆寒。据说天崩地陷之类的灾难之前，往往会有许多妖异的先兆，诸如猫鼠蛇蚁一类的生灵也远比世人的感应敏锐，怪不得青螺镇古刹里面万物反常，地底墙洞里的山蛤和老鼠都要争相逃命，原来竟有大星坠于此地。

张小辫儿思量着自己能活到现在，恐怕是那老狐狸活得久了，能够灵通感应，故意将三爷从瓦罐寺里引出，报答了此前在荒葬岭擒杀神獒，以及黄天荡里水上还珠的恩德。看来连畜生都知道有恩必报，可比那些忘恩负义的世人强过百倍了。

但是张小辫儿仍然百思不得其解，既然瓦罐寺里如此凶险，为何林中老鬼为三爷如此布置？还说什么回天保命的奇策。所谓“花枝叶下尤藏刺，人心怎保不怀毒”，那林中老鬼到底是安的什么心？他一时间心乱如麻，也想不出什么头绪了，正自恍惚之际，雁排李四已带大队团勇赶到镇中。原来雁营恶战了一天一夜，终于杀退了围攻而来的粤寇，正在岭子上休整的时候，见到有大流星下落，坠地有声，雁营与太平军上万人看得心惊胆寒。

雁排李四唯恐张小辫儿与雁铃儿被天坠砸死，急忙一路奔下岭来，见两人俱是安然无恙，才算安下心来。他告诉众人说此地不可久留，这回粤寇来得太多，一旦对青螺岭形成合围，倘若没有大队官军在外接应，咱们想走可就走不脱了，趁着狂风暴雨停歇，又有天坠异象出现，使得粤寇军心慌乱，得赶紧收拢队伍冲出山外。

张小辫儿险些被天坠吓破了胆，只道是撞上了姜子牙的老婆扫帚星君，还不知接下来要有哪些祸端，好汉不吃眼前亏，再不敢在此多耽搁了，忙说“正该如此”。当下率众拔营起寨，从岭下的山口杀将出去，打破了一条血路，丢盔弃甲，偃旗息鼓，匆匆退回了灵州城，不在话下。

只说星霜屡改，岁月频迁，自从天坠青螺镇瓦罐寺之后，当地的老百姓们重建家园，以为星陨不祥，便聚众在焚毁的古刹废墟前，动手挖掘星石，打算挪到别处的山洞里加以埋藏。

众人发现陨石穿地数尺，竟把殿内的地面，砸出一个大窟窿来，等清理开倒塌的残砖败瓦，看那洞中有一黑石，表面疙里疙瘩凹凸不平，有微热留存恒久，半像是铁，半像是铜，分辨不出是种什么物质，权其重，不下数百斤，若以铲斧劈磨，就会火光四射，坚如生铁，根本分解不开。

由官家出面，征集军民壮夫，用牛牵马引，使出了种种手段，更费了许多力气，好不容易才把陨石从坑里拖拽出来。再看那坑内，却有一具焦臭的尸骸，辨认残缺不全的骸骨，竟似猫骨，多半是个狸猫之属，只不过大得出奇，不类常猫，已被陨石烧灼得面目不存，若非是藏在地底最深处，恐怕连焦炭般的残骸都留不下半点儿。

当时的愚民愚众，认为天坠就和雷劈一样，绝不会无缘无故发生，更不会没来由地击杀世间生灵，这肯定是什么妖邪躲在瓦罐寺里，此辈生前不知造下过多大的孽业，受了鬼神之忌，竟至有星坠相击。看来举头三尺有神明，这瓦罐寺荒废了多年，还能显出如此灵异，果然是佛天甚近，报应从来不虚，欺心瞒天的勾当是做不得的。

于是就有那些专门好出头的大户人家，诚心诚意，出了大笔银钱，购买砖石木料，聘请巧手工匠，在废墟旧址上，重修庙宇，再塑金身。因有天坠击妖，故将瓦罐寺的旧名，改称为截妖寺，并且造了一座偏殿，单独供奉陨石，千年香火又渐渐兴旺起来。每到庙会或是菩萨降诞的时节，方圆数百里内的善男信女，便会接踵而来，络绎不绝。

这些风闻传得极广，张小辫儿在灵州城中也多曾听说，却始终不知其中原委，自己劝慰自己不应当以一时失势，就自堕其志，又混了几时，到后来见也无其他异状出现，索性就不再多想了，他这是“只因上岸身安稳，忘却从前落水时”。

雁营从青螺岭退下来不久，便又有飞檄传至，张小辫儿赶紧接了令，初时还以为是要调兵继续征剿粤寇，但这回的事情非同小可，原来英法联军逼近北京，朝廷急调各地精兵进京勤王，巡抚大人亲点了骁勇善战的灵州雁营北上。

雁营不敢怠慢，立刻整顿兵甲动身，谁知刚要出城，又传来消息，朝廷已和洋人议和了，各路人马继续就地征剿粤寇，不必进京护驾了。张小辫儿闻讯松了口气，便在营中与众兄弟商古谈今，最后说起那英法联军能有什么本事，只不过几千人马，竟然能打到北京，要是咱们雁营去了，还不一刀剁了夷酋的脑袋回来下酒。忽有部下来报："有位说书先生要来求见营官。"

张小辫儿一听，立刻想起了血战黄天荡以前，带着众人到城中听书的事情，那时孙大麻子尚未身亡，兄弟们相聚一堂，是何等的畅快。既是勾起旧事，自然免不了一声叹息，他心知那说书先生是个极有见识的人，应该以礼待之，使命手下把此人请了进来，一见面就招呼道："先生，你来得正好，叵耐这闲日难过，快给我等讲些古往今来的奇闻逸事。"

那先生先对众人施了一礼，笑道："张三爷，不知想教在下伺候哪段说话？"张小辫儿道："公案史书类的说话无非就那几般，早都听得厌烦了。先生今日不如说说我们雁营的事迹。"他异想天开，竟打算教那说书先生临时胡编一段。单讲皇帝在紫禁城中，得知灵州雁营平寇定乱，真有百战百胜的手段，便在金銮殿上设下御酒，传忠勇雁营全伙进京，供皇上御前校阅。到那时京城里万人空巷，不分男女老幼，尽皆争相来看。只见雁字营盔明甲亮，绕行九门之后，再从演武楼前经过，那短刀手、长枪手、弓弩手、藤牌手，一行行，一列列，队伍齐整森严，真是兵如云，将如雨，军容肃穆，阵势威武。

众哨官闻言都是哈哈大笑，齐声喝彩，喧声如雷。那说书先生却听得冷汗直冒，心道，"这小子可真敢夸口，也不怕风大闪了舌头，还是先说正事紧要"，便告诉张小辫儿道："在下此来，正有件异事要说与三爷得知。但这件事关系重大，不便张扬出去，只教天知地知，你知我知，也就罢了。”

张小辫儿早知这说书人是无事不登三宝殿，当下屏退了左右，又思量“隔墙尤有耳，窗外岂无人”，便压低了声音问道：“早看出先生是个有远见卓识的非凡人物，今日特意到此，却不知有何见教？”

那说书先生也低声道：“张三爷，咱们明人不说暗话，你可曾识得金棺坟里的林中老鬼？”

张小辫儿暗自心惊，他向来口风甚紧，除了早已在阵前殒命的孙大麻子之外，此事并没有再对谁吐露过分毫，想不到这说书人竟会知道。既然教他说破了“海底眼”，想必也是局中之人，何况正有许多疑惑未解，只好打开天窗说亮话，当下不再隐瞒，点头认了，又问先生何以得知。

那说书先生道：“这事说来话就长了，山自青青水自流，要想知道其中的缘由，且听在下从头道来。灵州城外的荒山野岭里，有座埋香掩骨的旧时墓冢，民间俗称其为金棺坟，此墓非同小可，倘若讲开来，真正是：话到迷雾寒千古，语出阴风透九霄。”

欲知后事如何，且留《金棺陵兽》下回分说。

第八章　喜钱儿

那说书先生晓得前因后果，就在营中为张小辫儿讲出一件事来，说起金棺坟古冢的来历。原来坟中埋葬的贵妃娘娘，生前能歌善舞，容颜绝美，有倾国倾城之姿，皇宫内苑的三千粉黛，都及不上她，故此深受皇帝宠爱。

这贵妃专喜欢畜养珍异之猫，凡是世间的名贵佳猫，她都要想方设法得到，单是常跟在身边的狮猫就不下十余只。群猫中有只两色妖瞳的波斯狮子猫最为名贵，更是与贵妃形影不离。

谁知有一天贵妃娘娘正在御花园赏花，妖眼狮子猫瞧见有白蝶在花间飞舞徘徊，便扑跃追逐，一路离了大内，从此不知去向，遍寻无果。贵妃娘娘终日垂泪，茶饭不思，害了好一场大病，把皇上急得团团乱转。

有些朝中大臣为了讨好贵妃，特意从民间收罗来千百只波斯狮子猫，可这些狮猫都不对娘娘的心思。又有大臣不惜重金，教那能工巧匠，费尽心思，造了与真猫大小无异的一只纯金狮猫，神态憨然慵懒，两只猫儿眼各嵌异色宝石，像极了当初那猫，在精美玉匣里盛了献入宫中，才哄得贵妃转悲为喜，由此可见她当年确是荣宠无边。

但是好花不常开，好景不常在。猫是通灵之物，群猫聚集的地方，难免有些怪事出来，终于惊着了当朝的太后。又有许多失宠的嫔妃趁机进言，所谓欲加其罪，何患无辞，谎说那贵妃整天与群猫私语，她肯定是古墓中的狸猫成了精，进宫来用妖法迷住了皇上，致使朝政荒疏，如此下去必然断送了江山社稷。

太后久在深宫，养了满腹的阴狠性子，随便找个由头，就吊取了贵妃性命。皇帝事后得知，虽然懊恼，却也发作不得。他伤心爱妃惨死，就下旨送其还乡安葬，先在金棺寺里停棺三年，等到造好了金棺坟才正式下葬掩埋。

贵妃以前养在宫中的群猫，连同饲猫的猫奴，也都被逐了出来。猫奴们感念旧主恩德，就带着大群猫子，远迁到灵州城里居住，为贵妃的金棺坟守墓，繁衍生息至今。所以灵州城里的野猫格外多，而且皆是品相俱佳之猫，使灵州得了个猫儿城的别称，倘若究其根底，那金棺坟才是源头。

当年的猫奴都是越人，懂得相猫之道，在灵州驭使群猫守墓的时候，曾择了些门人弟子，授以古术，即为猫主。后来名动天下的猫仙谭道人，正是此脉传人。只不过青出于蓝，而胜于蓝，谭道人熟知世间方物，广有奇异能为，但他因为控猫入宫盗取夜明珠一案事发，隐埋了姓名，改头换面，云游四海去了，终于不知其下落所终。

谭道人的一身本事，都录入了一部《云物通载》当中，传到后世，灵州城的猫主就是林中老鬼了。此人无名无姓，只得一个道号在身，不仅承接了猫奴、猫盗所留衣钵，自身更有离奇际遇。他擅能以猫打卦，看乾象遍知天文，观地理明识风水，深晓五星，觉吉凶祸福如神，秘谈三命，断成败兴衰似见。

但这林中老鬼早年间心术不正，意图要猫儿药练就金丹，用之点石成金、服之长生不老，故此入了塔教，吃了不少童男童女，做下了许多伤天害理的勾当。一日他入山寻药，遇了暴雨，竟被天雷击中，周身半毁，烧没了面目。他侥幸逃出命来，口里接了猫舌，身上补了猫骨猫皮，从此后再也不能以真面目示人，躲在金棺坟里一藏就是十几年。

他是道门中人，明白自己虽然避过了雷劫，但也丢了半条性命，又知他那造畜的所作所为，还要再受天谴。这一场大劫要是躲不过去，只能落得个化作荒烟衰草的结果，终归难成正道，便深藏形迹，一直不敢在世上露面。

如今想得大道，只有用当年猫奴传下的法子，找个造化大的人来同自己换命，于是他在古墓中苦等了多年，总算是等来了能数清《百猫迷魂图》的张小辫儿。这张小辫儿天生是个造化奇大的猫子命，格局随着时运起落，可贵可贱。

林中老鬼便自称鬼仙，以要结善缘为名，传了张小辫儿几件相猫的本事，又唬他有荣华富贵、高官厚禄可求，在暗中点拨指引，借了张小辫儿的手将塔教连根剿除。

林中老鬼是灵州群猫之主，他见那长面罗汉猫屡有异状，自知劫数将至，只等此猫开口出声，就是他命丧之时了。这时候张小辫儿也把这段因果宿债差不多都填满了，林中老鬼就想借张小辫儿这三品武官，来替自己挡过天劫。

林中老鬼这件事情要是做成了，此身出有入无，非止一城一地之祸，却不想人算不及天算，也合该着张小辫儿命不该绝，竟在瓦罐寺古刹当中，被三眼老狐引出来躲过一死。那林中老鬼虽然推测如神，但他欺心瞒天，最终也是棋差一着，事到临头回天乏术，被天坠陨石，击得粉身碎骨，又遭业火烧化了残骸。

看来那长面罗汉猫开口出声，其主果然必遭横死，只不过猫主不是张小辫儿，而是林中老鬼，此事阴错阳差，却也正应了天意难违之语。

张小辫儿先前也曾隐隐猜到了一些端倪，这时听了此事前因后果，知道多半都是真的，必定不是眼前这说书人胡乱捏造来的。事后想想也觉脊背发凉，要不是得那老狐狸相救，张三爷早就给别人充作替死鬼了，恐怕到死还都被蒙在鼓里。但不知为何，他对林中老鬼，也并无太多怨恨之意，听说此人已经在天坠时死在瓦罐寺了，心下反倒有些难过。而且张小辫儿总算知道了自己根本没有富贵不可限量之命，虽是如此，却也落得一个轻快，正是“一朝识破因果事，月自明兮鹤自翔”。他问那说书先生道：“想来此事埋根极深，不知你这位只会说书讲古的先生，却是从何得知得如此周全？”

那说书先生诚惶诚恐地答道：“说来惭愧，在下与林中老鬼皆属金棺坟猫奴一脉，虽然彼此之间有许多年不相往来，但看到张三爷在灵州城里的种种作为，就知道必定是此人在背后指点。只是那林中老鬼是在下的前辈，又是个料事如神的人物，手段厉害得紧，满城的野猫都是他的耳目，所以当初不敢明言道破，唯恐得罪了他，引火烧身。”

张小辫儿心里恼火，暗骂这说书先生真是臭脚婆娘养的，便说：“现在连黄花菜也都凉了，说来又有何益？”

那说书人忽然给张小辫儿下拜道：“林中老鬼已经死在了瓦罐寺，

如今三爷你就是灵州城群猫之主了。相猫憋宝之术亦正亦邪，唯看何人用之，善用则善，恶用则恶。在下不才，今后愿意追随张三爷左右，做个雁营中的师爷。”

张小辫儿闻言大喜过望：“军旅之中，向来枯燥寂寞，咱们雁营里倘若有了先生这等人物，在一起谈谈讲讲，今后还有什么难过的日子？”可转念一想，又觉此人虽是胸藏锦绣，博古通今，但三爷这雁营也不是他想来就来的所在，出谋划策的本事究竟如何，还得试试才行。于是又对他说，上水泊梁山入伙还得先纳个投名状，你这先生想做师爷，得先替三爷去提督府当回说客，要是能说得老图海把他的女儿下嫁给张三爷，才算是你的能耐。

那说书先生见张小辫儿命数离奇，才有心要跟随左右照看于他，当下笑道：“何难之有。”随即讲出一个计策来。原来在灵州城猫儿巷的野猫里，有只小巧的花猫，周身都是铜钱般的花纹，唤作“千文钱”，古称“喜钱儿”。按照相猫之说，这只猫最能向人讨好，它跟在谁的身边，谁就会格外招人喜欢，带上此猫上门提亲，还不等开口说话，这门亲事就已经先成了三分。另外那老图海迷信命禄，只要这先生给张小辫儿伪造一张极贵的命格，再加上他以三寸不烂之舌游说，不愁此事不成。

张小辫儿本来只是想难为难为这个说书先生，没想到娶亲之事竟然被他说得易如探囊，不觉喜动颜色，急忙就要起身到猫儿巷里去捉“千文钱”，先教老图海那狗官晓得他些手段。

谁知那说书先生又道：“如今这世上大乱未定，正值朝廷用兵之际，眼看各路官军都要南下征剿粤寇，值此天地失常的时节，还暂且不宜谈婚论嫁，此事应当徐图后计。”

张小辫儿心想这可倒好，三爷我是急惊风遇上了慢郎中，也罢，反正是好饭不怕晚，既然有此良策，又何必急在一时，于是召来营中弟兄，暗中开了香堂，让这说书先生插香入伙，立下盟誓大咒，其中经过自不必说。

那说书人入营不出三日，果然如其所言，雁营要奉命南下剿寇。看来官军与粤寇之间，即将展开一场前所未有的大战。张小辫儿经那先生指点，在离开灵州城开拔之际，带了几只得胜猫在身边，率领着雁营兵勇，会合了大队官军，浩浩荡荡而行。

此后数年，雁营跟着大军转战南北，扫平了粤寇，征尘未洗，便又北上围剿捻匪，直到随着左帅的楚军挥师西进，一举收复新疆全境，才得以功成身退。其间辗转万里，立下了无数汗马功劳，更有许多奇踪异迹，却不在本回话内，这正是：“海深能容蛟龙隐，天高可使凤凰游。”

后记一

《贼猫》这个故事，我是从 2007 年夏天就开始写了，直到 2008 年“五一”劳动节才结束。虽然全文篇幅不长，但当时除了工作之外，主要的精力都用来写《鬼吹灯》，所以通常都是十天半个月才有时间写一小段《贼猫》，写到最后大约是二十万字，历时将近一年。

在写《贼猫》的过程中，我时常都会问自己——“究竟如何选择正确的道路？”以及“究竟怎样才算是正确的道路？已经走过的道路，是偶然还是必然？”所以可能在《贼猫》这个故事里，也会或多或少，流露出我的这些疑惑。

我觉得人生可以说是一个没有地图的迷宫，起点是出生，终点是死亡。因为在人的一生之中，每时每刻，随时随地，都会面临着无数选择，似乎充满了无穷的可能性。而当你停下脚步回首来路的时候，也许就会发现，人生迷宫中错综复杂的岔路虽然多得数不清，但绝没有回头路可走，从起点走到终点，只会有唯一的一条道路。或是成功或是失败，不论是自己选择的道路，还是别人指点的道路，都未必就是正确的道路，不走到最后，谁都无法预料，我想这条道路就是所谓的“命运之路”。

记得以前看过一部电影，片名记不住了，讲的是在科学高度发达的未来时代，人类已经掌握了穿越时空的尖端科技，但是根据当时的法律规定，绝不允许人以任何借口回到过去篡改历史。可是有一位女科学家冒死触犯了禁忌，她希望凭借时空穿梭机回到过去，改变第二次世界大战期间犹太人惨遭屠杀的悲剧。

这位科学家选择的办法是前往阿道夫·希特勒刚刚出生的时代，她以厨娘的身份加以伪装，混入了希特勒家中，克服了重重困难和阻碍，把当时还是婴儿的阿道夫·希特勒投入河中淹死，随后她也投河自尽了。可能直到她死，她都以为自己已经改写了历史。

可是她并没有想到，负责看护希特勒的保姆，在发现这件事情之后，为了免于受到主人的责罚，就从街边饿死的乞丐身旁抱回了另外一个婴儿，而这个婴儿才是历史上真正的纳粹首领——阿道夫·希特勒。也就是说这位科学家的牺牲，根本就是毫无意义，不仅没有改变历史上大屠杀的惨剧，反而阴错阳差地促成了该事件的发生，如果她没有自作聪明地回到过去，第二次世界大战也许就不会发生。

当然这只是一部完全虚构出来的科幻电影，但它所表达的应该就是历史无法被科技改变。因为在宇宙深处，必定存在着人类永远无法掌握的某种重力，即便能够控制时间与空间，也难以对抗重力的奥秘。

而人生的道路，也似乎始终在被命运的重力控制着，这种无影无形的重力，也许是性格，也许是机遇，但更多的应该是选择。我想人们大概都会有“事先规划自己人生道路”的潜意识，比如择业、交友、投资，甚至有的父母很早很早就为子女做出了选择。可不管是主动的选择，还是被动的选择，我们都不能提前预知它是不是正确的道路。

《贼猫》里的张小辫儿也是如此，他在金棺坟古墓中遇到奇人异士，被指点了一条荣华富贵之路，事实上他是被人当作了度劫挡灾的替死鬼。但是就连料事如神的“林中老鬼”，最终也没办法摆脱“命运的重力”。

还有雁营中的兵勇，他们是绿林草寇出身，心目中并不存在任何“忠君报国”的概念，之所以舍生忘死地为了张小辫儿卖命，只不过一是为了有钱有粮，二是张小辫儿是巡抚大人的亲信。在乱世之中，个人的命运是渺小并且微不足道的，只有依附在更大的命运中，才有机会保存下来。所以从这个角度来看，其实《贼猫》里的每一个人物，都在赌上性命寻找属于自己的道路，可以说这是一条前途未卜的血腥之路。

以上是我在创作《贼猫》期间的一些个人想法，接下来要说的是故事本身，首先是故事中的语言。《贼猫》的故事背景，是发生在清朝咸丰年间，所以选择了近似评书的白话叙述。因为我始终都认为，时代背景不同的故事，就要有不同的语言风格，如果在古代的故事中，出现许多近现代才有的语言，就会使人感到很别扭，至少我个人是没办法接受的。例如张小辫儿说：“你这个美眉虽然可爱，但是很黄很暴力。”这就明显太不合适了，倒不如写成张小辫儿说：“此女胆色非凡，杀人不眨眼睛，胜过须眉男子。”

以前曾经有过做导演的愿望，但估计我这辈子是没戏了，只好通过创作不同题材的故事，来满足自己当初那个小小的愿望。电影大师库布里克所执导的电影，有科幻题材的《2001 太空漫游》，也有战争题材的《全金属外壳》，几乎每一部的类型和风格都不相同，但无一例外地成为后世的经典之作。我想导演是通过镜头来为观众讲述故事的，而作者则是通过语言文字来讲故事，一个作者也应该有能力驾驭不同类型的故事，虽然我不是专业作家，但我个人也很希望能够为读者朋友带来有着不同感受的作品。目前为止我的全部作品中，《贼猫》的语感是最令我感到满意的。

再说《贼猫》的故事风格，草莽传奇的色彩非常浓重，虽然里面的许多人物看起来市侩泼皮，又有许多很有趣的野猫，但就整体来说，《贼猫》并不能算是一个轻松诙谐的故事。正值兵荒马乱人心败坏的时节，清兵和太平军打起仗来，常常杀得尸横遍野，血流成河，官府使用的酷刑也非常残忍，而满城的野猫虽然看似与张小辫儿亲近，实际上却都是暗中监视他一举一动的眼线，恐怕张小辫儿事后想起来，他自己也会觉得心里发凉。

《贼猫》中涉及了许多与猫相关的内容，可能会被读者朋友问到，这些内容是否有其原型？相猫之事，在广东地区确实存在，世上至今仍有《猫经》流传，但《贼猫》里面提到的各种灵州野猫，诸如进入皇宫大内偷窃夜明珠的四耳神仙猫、月影乌瞳金丝猫、长面罗汉猫、渡水葫芦猫，以及还没机会出场的千文钱和得胜猫等，就都是小说家言了，我姑妄言之，您姑且听之，大可以把它们当作波斯猫的一个分支来加以想象。

在《贼猫》这个故事当中，除了真实的历史背景以外，还是有许多事物，都是有出处可寻的，并非全盘虚构，这些可以留给读者朋友们自己发掘，我在后记中就不多说了，只讲几个与《贼猫》背景接近的野史传说。

一是鞑子犬和狗碰头，这些凶恶的野狗，都是确有其物的。鞑子犬大概灭绝得比较早，在清代之后就见不到有关记载了，而撞棺材板吃死人的野狗，直到几十年前，都还有人亲眼见过，额前有个血红的肉瘤，经常在荒凉的城郊和偏僻的乡村出没，到了近些年也不多见了。

二是造畜之事，俗传造畜为妖术，可以把人变为牛、马、猪、羊进行贩卖，有许多相关的文字记载，其中最著名的一篇，要属蒲松龄先生的《聊斋志异》，这应该只是一种民间传说而已，古时候未必真有此术。我在《贼猫》中描写的人贩子，活生生剥下狗皮或猴皮，将拐骗来的幼童裹住，逼训其翻跟头、钻火圈，以充做耍猴戏狗在街头卖艺来骗取钱财，这种事情可能确是事实，虽然并不属于造畜一类的传说，但我认为这些事更符合“造畜”二字的原型，只不过从未做过考证，不知道两者是否属于同一回事。

第三说一说关于猫的民间传说。众所周知，猫在埃及被视为神明，在中国却从来没有拜猫仙的习俗。古时曾有动物八仙和五大家的传说，老鼠是其中一家，却始终没有猫的一席之地。但在东方，不仅是中国，包括日本、泰国等地，都将猫视为神秘的灵物，比如“老猫会讲人话，但因为犯忌而不敢说”之类，都可以当作很有趣的故事来看。《贼猫》的篇幅有限，无法再多写关于野猫的传说逸事了，以后有机会，还会再多讲一些。另外古时关于陨石坠落、塔市山影之类的记载，在此就不多作赘述了。

目前《贼猫》在灵州城发生的这部分故事，从张小辫儿偷鸡不成，夜走金棺坟古墓开始，直到说书人前来入伙投效，雁营南下征战为止，就已经完全结束了。今后如果有机会，当然还可以再写雁营进京追捕塔教余孽，在陕西血战捻军的猴子阵，以及开赴回疆大漠作战的种种事迹。至于是张小辫儿究竟是不是《鬼吹灯》中的摸金校尉张三链子，这个猜测的空间先给大伙儿留下。

说到这里，有必要感谢喜欢《贼猫》这个故事的读者朋友们，这其中虽然有见过的，但大多数我都没见过，可是我时常都会感受到你们所带给我的认同感，非常感谢你们的支持与关心，祝你们平安健康，万事如意。

最后还要感谢负责校阅审读的各位编辑老师，在下错别字比较多，标点符号基本处于乱用的水平，辛苦你们了。

张牧野

后记二

《贼猫》是我在 2007 年写的一部小说，到 2013 年再版为《金棺陵兽》[1]，转眼已经过去了六年。

当时的想法，是给《鬼吹灯》写一部前传，摸金校尉的传承很清晰，在我作品中出现过的人物分为以下几代：第一代，贼魔张三链子；第二代，三符传四徒，金算盘、铁磨头、了尘长老、阴阳眼孙先生；第三代，分为三支，《鬼吹灯》中是阴阳眼孙先生一脉的胡八一，《谜踪之国》是贼魔张三爷一脉的司马灰，《傩神》一书中是金算盘一脉的打神鞭、白胜利。

往后越写越多，贼魔张三链子的故事，只在《鬼吹灯》和本书中有

[1] 2019 年第三版为《贼猫：金棺陵兽》。

所叙述，虽然当时并未对读者确认本书中的张小辫儿，就是《鬼吹灯》中的张三链子，但是给出的提示已经很明显了。本书就是讲张三爷少年之时，在江南办过的几件奇案，张小辫儿和各种灵州野猫的历险，迄今为止也是让人手心冒汗。

不过本书结束之后，张小辫儿率领雁营平寇定乱得到三枚摸金符的故事，仍是一段很大的空白。可以说这段故事我已经构思了很久，我会尽量找时间写出来。今后几年我的作品会陆续再版，有几部自己认为以前的写得不好，再版时会进行大篇幅的删改，包括《鬼吹灯》。

因为《鬼吹灯》是在网络上同步更新的长篇小说，字数多篇幅长，时间又紧迫，所以出版的实体书基本和草稿一样，写过之后自己连再看一遍的时间都没有，不乏前后矛盾、内容多余，或是叙述重复。有的部分在写的时候根本来不及走脑子，有很多非常好的构思，没能充分地写出来，而且国内实体书删掉了一些重要情节，希望推出终极修订版之际，可以弥补这些遗憾。

而本书并非在网上同步更新，而是第一部我完成全稿之后才出版的作品，因此在情节和语言上没有过多改动的必要。

为了便于广大读友识别，从 2012 年开始，我的每部作品末页，都有我的全部作品目录，未收录其中的作品均为同人、盗版、冒名。

天下霸唱全部作品目录

《凶宅猛鬼》（无实体书）

《鬼吹灯 1：精绝古城》

《鬼吹灯 2：龙岭迷窟》

《鬼吹灯 3：云南虫谷》

《鬼吹灯 4：昆仑神宫》

《鬼吹灯 5：黄皮子坟》

《鬼吹灯 6：南海归墟》

《鬼吹灯 7：怒晴湘西》

《鬼吹灯 8：巫峡棺山》

《鬼吹灯之牧野诡事》

《贼猫：金棺陵兽》

《地底世界之雾隐占婆》

《地底世界之楼兰妖耳》

《地底世界之神农天匦》

《地底世界之幽潜重泉》（又名《谜踪之国》）

《绝对循环》（又名《死亡循环》）

《死亡循环 2：门岭怪谈》

《我的邻居是妖怪》

《河神：鬼水怪谈》

《河神：外道天魔》（待出版）

《鬼不语：仙墩鬼泣》

《无终仙境》

《迷航昆仑墟》

《摸金校尉之九幽将军》

《摸金玦之鬼门天师》

《大耍儿之西城风云》

《大耍儿之两肋插刀》

《大耍儿之生死有命》

《大耍儿之肝胆相照》

《天坑鹰猎》

《天坑追匪》

《天坑宝藏》（待出版）

《天坑出马》（待出版）

《崔老道捉妖：夜闯董妃坟》（四神斗三妖系列 1）

《崔老道传奇：三探无底洞》（四神斗三妖系列 2）

《火神：九河龙蛇》（四神斗三妖系列 3）

《火神：白骨娘娘》（四神斗三妖系列 4）（待出版）